dtv
Reihe Hanser

Erik ist 14, als ihn keine normale Schule mehr aufnehmen will. Denn er ist der Anführer einer berüchtigten Jugendbande. Seine letzte Chance, doch einen Schulabschluss zu machen, ist das Internat Stjärnberg. Stjärnberg gilt als Eliteschule. Doch in Wahrheit wird sie von einer Clique sadistischer Primaner beherrscht. Und die Lehrer schauen weg. Pierre, dem sanften Jungen, mit dem Erik sich anfreundet, bleibt nur die Flucht. Erik aber wird durchhalten. Und so absurd es klingen mag: Stjärnberg, der Hort des Bösen, wird ihm spät, aber nicht zu spät zur Schule der Friedfertigkeit. Als er das Internat verlässt, weiß er, dass Gewalt in seinem Leben nie wieder eine Rolle spielen soll. Als er das begreift, ist es wie eine Befreiung.

Jan Guillou, geboren 1944 in Södertälje, zählt zu den bekanntesten zeitgenössischen Autoren Schwedens. In Deutschland wurde er vor allem durch seine Polit-Thriller und historischen Romane bekannt. Viele seiner Romane wurden verfilmt, zuletzt auch ›Evil‹, der 2004 für den Oskar nominiert wurde.

Jan Guillou

**Evil
Das Böse**

Roman

Aus dem Schwedischen von
Gabriele Haefs

dtv

Ausführliche Informationen über
unsere Autoren und Bücher
www.reihehanser.de

9. Auflage 2016
2007 dtv Verlagsgesellschaft mbH & Co. KG, München
© Jan Guillou
Published by agreement with Salomonsson Agency
Titel der Originalausgabe:
›Ondskan‹
© der deutschsprachigen Ausgabe:
Carl Hanser Verlag München 2005
Umschlagfoto. Mathias Johansson
Artwork, All Rights Reserved: Moviola & Nordisk Film
Gesetzt aus der Stempel Garamond 11/13·
Satz: Satz für Satz. Wangen im Allgäu
Druck und Bindung: Druckerei C.H.Beck, Nördlingen
Gedruckt auf säurefreiem, chlorfrei gebleichtem Papier
Printed in Germany · ISBN 978-3-423-62301-8

Der Schlag traf ihn hoch am rechten Wangenknochen. Und genau das hatte er beabsichtigt, als er sein Gesicht um einige Zentimeter schräg nach oben gedreht hatte, während sein Vater zuschlug. Am Esstisch zielte der Vater meistens auf die Nase und versuchte, aus dem Handgelenk mit der Rückseite der Fingerspitzen zu treffen. Auf der Wange tat so ein Schlag nicht weh. Es war nur ein stummes, weißes Gefühl, ihn zu bekommen. Lieber auf den Wangenknochen.

Der Vater war stolz auf den Schlag, er bildete sich etwas darauf ein, schnell und überraschend zulangen zu können. Doch Erik, der seine Schläge und Finten kannte wie das Einmaleins, hatte das verräterische Zucken unter dem rechten Auge bemerkt, das jeden Schlag ankündigte. Beim Essen war in der Regel nur mit lange und ausführlich angekündigten, nach weitem Ausholen mit der rechten Hand verabreichten Ohrfeigen zu rechnen. Oder eben mit dem versteckten Hieb aus dem Handgelenk, der aus der anderen Richtung kam und auf die Nase zielte. Letzterer sollte eher demütigen als verletzen.

Erik hätte den Kopf problemlos so weit in den Nacken legen können, dass sein Vater ihn komplett verfehlte. Aber da bestand das Risiko, dass der alte Mistkerl durchdrehte und sich über den Tisch warf, um ihn mit einem linken Haken oder einer geraden Rechten im Gesicht zu treffen. Porzellan konnte dabei zerbrechen, schlimmstenfalls kippte der ganze Tisch um. Und Erik wäre natürlich schuld, was die Nachtischprügel bis zu einer halben Stunde verlängern konnte.

Deshalb durfte der Vater nicht ganz danebentreffen, wenn er zu dem hinterhältigen Schlag aus dem Handgelenk ansetzte. Es erforderte Disziplin und Übung, den Kopf nur so weit wegzudrehen, dass der Vater die Nase verfehlte, die Wange aber traf.

»Ja, ja«, sagte der Vater munter. »Heute entscheiden wir uns für die Bürste und fünfundzwanzig Schläge.«

Das war ein ungeheuer mildes Urteil, fast schon das Minimum. Fünfundzwanzig Schläge mit der Rückseite der Kleiderbürste dauerten ungefähr zwanzig Sekunden, dann war es vorüber. Er würde nicht weinen müssen, er wollte nicht weinen, wenn der Vater ihn schlug. Es war möglich, nicht zu weinen, wenn er so lange den Atem anhalten konnte. Schläge mit der Birkenrute, die langsamer und schmerzhafter waren als die mit der Kleiderbürste, ließen sich ungefähr dreißig Hiebe lang aushalten. Es war leicht, während der fünfunddreißig Sekunden, die dreißig Schläge mit der Birkenrute dauerten, den Atem anzuhalten.

Am schlimmsten war die Hundepeitsche. Man hatte das Gefühl, schon beim ersten Schlag zu zerbrechen. Mit dem ersten Blut wurde einem die Luft aus dem Körper geprügelt. Man wurde zu einem kleinen Nichts, das keuchte und ächzte und weitergeprügelt wurde, bis es endlich richtig weinte. Schlimmstenfalls schon bei der Hälfte, nach zwölf oder dreizehn Schlägen.

Wenn man weinte und sich zugleich wand, um den Schlägen auszuweichen, geriet der Vater in Erregung, schlug härter zu und vergaß zu zählen. Oder er brach ab und erklärte umständlich, dass er nun zehn Schläge zugeben müsse, da man ihm das Prügeln erschwert habe.

Fünfundzwanzig Schläge mit der Kleiderbürste waren fast nichts. Erik durfte nur seine Dankbarkeit nicht zeigen, denn das konnte zu Zugaben führen. Und natürlich musste er für den Rest des Essens das Glück auf seiner Seite haben: er durfte den Salzstreuer nicht fallen lassen, durfte den Arm nicht über den Tisch ausstrecken, durfte das Brot nicht auf der falschen Seite beschmieren, durfte den kleinen Bruder nicht ärgern, durfte das Milchglas nicht umstoßen, durfte die Kartoffeln nicht zu achtlos schälen usw. Denn das alles führte zu Strafzugaben. Wie jeder noch so fadenscheinige Grund, den der Vater fand.

»Du hast ja vielleicht scheußliche Trauerränder unter den Nägeln. Und das beim Essen. Macht fünf Schläge zusätzlich«, sagte der Vater.

Dreißig Schläge mit der Kleiderbürste waren fast nichts. Man konnte leicht für dreißig Sekunden den Atem anhalten und sich darauf konzentrieren, nicht zu zappeln oder zu schreien.

Es war Mitte September, ein kalter Tag mit klarer Luft und greller Sonne. Sie aßen früh und die Sonnenreflexe spielten im Muster der geschliffenen Fensterscheibe. Er beobachtete einen dicken Sonnenstrahl und stellte sich vor, dass die Staubkörner darin eine Milchstraße bildeten, und dass der Riese am kosmischen Mittagstisch mit dem wahnsinnigen Vater gleich einen stummen Pfiff ausstoßen könnte, der die Staubkörner umeinander wirbelte und sämtliche Planeten aus ihren

Bahnen schleuderte, dann würde die Erde von einer ebenso unerwarteten wie totalen Katastrophe zerstört.

»Beim Essen wird nicht gespielt, fünf Schläge Zugabe«, sagte der Vater, der die Milchstraße aus Staubkörnern offenbar entdeckt hatte.

Aber fünfunddreißig Schläge mit der Kleiderbürste waren noch immer kein Grund zur Besorgnis. Es war leicht, sich bei fünfunddreißig Schlägen mit der Kleiderbürste zu konzentrieren, zumindest, wenn die Haut an Hintern und Rücken einigermaßen heil war.

Wieder betrachtete er den Lichtstrahl mit den Staubkörnern. Er spielte mit dem Gedanken, das Planetensystem noch einmal anzublasen, im Tausch gegen fünf weitere Schläge. Aber er tat es dann doch nicht, es hätte wie eine absichtliche Provokation aussehen können, dann würde der Vater nicht nur fünf Schläge dazugeben, sondern auf ein schlimmeres Instrument als die Kleiderbürste umsteigen. Das alles wäre die Sache nicht wert.

Er stellte sich nur vor, wie er in das Planetensystem blies.

Hinter den Messingklappen des Kachelofens knisterte das Feuer. Es hörte sich an wie Tannenholz und nicht wie das teurere Birkenholz. Hinten an der einen Querwand beleuchtete das grelle Sonnenlicht ein helles Viereck auf der Tapete. Dort hatte am Vortag noch ein Bild gehangen. Jetzt hatten sie also noch ein Bild verkauft. Als die Familie aus der reichen Vorstadt hierher gezogen war, war noch die ganze Wand im Esszimmer mit Bildern bedeckt gewesen.

Nach dem Essen half er sorgfältig beim Abräumen,

um nicht weitere Zugaben herauszufordern. Danach ging die Mutter in die Küche, um Kaffee zu kochen. Und er musste mit dem Vater ins elterliche Schlafzimmer, um die Nachtischprügel über sich ergehen zu lassen.

»Zieh die Hose runter und beug dich vor«, sagte der Vater gewohnheitsmäßig und griff nach der Kleiderbürste.

Er hörte dem Tonfall des Vaters an, dass keine direkte Gefahr bestand. Der Vater war an diesem Tag gelassen und beherrscht und die Sache würde rasch hinter ihnen liegen. Er zog die Hose nach unten und beugte sich vor. In dem Moment, in dem der Vater den Arm zum ersten Schlag hob, holte Erik tief Luft, kniff die Augen zusammen und ballte die Fäuste. Alles ging schnell, und dann blieb nur noch die Demütigung.

»Wieder Freunde?«, fragte der Vater und streckte die Hand aus.

Wenn er die Hand nicht schüttelte, würde er die gleiche Tracht Prügel ein weiteres Mal kassieren.

»Wieder Freunde«, sagte er und lächelte. Er gab dem Vater die Hand. Dann zog er die Hose hoch und ging auf sein Zimmer und zum Plattenspieler. Elvis Presleys neues Stück hieß »Heartbreak Hotel«.

Er lag auf dem Bett und betrachtete die Spinnweben am Stuck und das Muster der Risse in der Decke, und er sah sich selbst als Rock-'n'-Roll-König auf einer Bühne weit weg in dem freien Land im Westen. Er versuchte, Elvis Presleys fremde Wörter nachzusprechen, und blieb lange so liegen und fühlte sich ganz und gar glücklich.

Es war ein Tag, an dem einfach alles perfekt verlaufen war. Es hatte auch keine besonders schlimmen Nachtischprügel gegeben, und dass sie so früh gegessen hatten, bedeutete, dass der Vater abends früh zur Arbeit musste. Der Vater arbeitete als Oberkellner, nannte sich aber lieber »Direktor«. Wenn er früh arbeiten musste, konnte man ins Kino gehen. Es gab drei Kinos, in denen Erik Filme sehen konnte, die eigentlich erst ab achtzehn freigegeben waren, und das nächstgelegene zeigte einen Kriegsfilm, der in Korea spielte. Den wollte er sehen, und er wollte allein hingehen, um ohne irgendwelches Gerede mit anderen genießen zu können, dass an diesem Tag alles gut gegangen war.

Er hatte Leuchtturm zusammenschlagen müssen. Das Ganze hatte sich am Ende als unumgänglich erwiesen, und wenn er es nicht geschafft hätte, dann hätte er seine Clique verloren. Die Clique gehorchte nur, solange man siegte. Das war eigentlich ungerecht, da es für jemanden, der eine Clique kommandierte, eigentlich wichtigere Dinge gab, als eine Schlägerei zu gewinnen. Aber so ein Zweikampf war der überzeugendste Befähigungsnachweis, man musste ihn nur gewinnen, und als er sich die Sache genauer überlegt hatte, war ihm aufgegangen, dass er seit über einem halben Jahr wusste, dass der Tag kommen würde, an dem Leuchtturm ihn herausforderte.

Leuchtturm würde die Clique niemals übernehmen können. Leuchtturm konnte sich prügeln, aber er konnte nicht reden, und wenn er das Duell wirklich irgendwann gewann, dann würde das nur dazu führen, dass die Clique langsam zerfiel und er am Ende ohne einen einzigen Kumpel dastand, der ihm gehorchte. Er würde ganz allein mitten auf dem Schulhof stehen, ohne zu begreifen, wieso. Es reichte eben nicht, der Stärkste zu sein.

Leuchtturm war nämlich der Stärkste, da konnte es keinen Zweifel geben. Er war fast zwanzig Zentimeter größer als alle anderen aus seinem Jahrgang. Er war noch keine vierzehn, aber er war eins achtzig groß, wog achtundsechzig Kilo, konnte einen kleinen Ball problemlos fünfundsechzig Meter weit werfen und hatte einen absolut gigantischen Schwanz. Leuchtturm prügelte sich selten und phantasielos, aber er war grauenhaft, wenn er in Zorn geriet.

Erik hatte während der vergangenen Woche, als klar war, dass das Unvermeidliche näher rückte, das Problem immer wieder gedreht und gewendet. Leuchtturm schlug eine lange, schwingende Rechte. Es war ein langsamer Schlag, aber mit Gewicht und großer Reichweite. Er trat nie. Aber er versuchte, den Gegner festzuhalten, um sein Gewicht ins Spiel zu bringen. Wenn man unter Leuchtturm zu liegen kam, war man ihm hilflos ausgeliefert. Leuchtturm schlug schwer und langsam abwechselnd in den Bauch und ins Gesicht des Opfers, bis die Sache als erledigt gelten konnte.

Leuchtturm war derjenige, der das Geld einsammelte. Jeder Schüler konnte Geld bei ihnen leihen. Die Bedingungen waren einfach: hundert Prozent Zinsen in zwei Tagen – und Leuchtturm nahm sich die vor, die nicht bezahlten. Es war absolut notwendig, Leuchtturm zu den säumigen Zahlern zu schicken, sonst wäre das System schon zu Anfang zusammengebrochen.

Leuchtturm schlug eigentlich ohne Aggressivität, und wer von ihm Prügel kassierte, hielt sie vor allem deshalb für schlimmer, als sie in Wirklichkeit waren, weil er so groß war und eine schwarze Lederjacke mit dem Emblem der Clique auf dem Rücken trug. Die Angst der Opfer vor Leuchtturms Schlägen war im Grunde wichtiger als die Schläge selbst.

Es war Göran gewesen, der Leuchtturm immer wieder beiseitegenommen hatte, um ihm einzureden, er müsse Erik im Kampf besiegen und damit die Macht und Führung in der Clique an sich reißen. Vielleicht hatte Göran nicht einmal damit gerechnet, dass Leuchtturm gewinnen würde. Aber er hatte dicht neben Erik gestanden, als sie im ersten Jahr an der Schule die Clique gegründet hatten und es noch eine offene Frage gewesen war, wer denn nun bestimmen sollte. Erik hatte Göran nach allen Regeln der Kunst zusammenschlagen müssen, um die Sache ein für alle Mal zu klären, und ein Jahr lang war alles gut gelaufen. Jetzt wollte Göran wahrscheinlich versuchen, Leuchtturm nach und nach zu seiner eigenen Waffe aufzubauen.

Erik hatte sich in der Woche vor der Herausforderung nichts anmerken lassen. In dieser Zeit hatte er seinen taktischen Plan perfektioniert. Es war ganz klar, dass es keine Möglichkeit mehr zu einem Kompromiss gab. Er konnte nur gewinnen oder Prügel kassieren, und wenn er Prügel kassierte, würde er danach sehr allein sein. Leuchtturms Überlegenheit in Gewicht und Reichweite machte ihm viel weniger Angst als das Risiko, allein und von der Clique ausgeschlossen zu sein.

Aber nach einigen Tagen des Nachdenkens hatte er

genau gewusst, wie er Leuchtturm besiegen konnte. Nicht seine Schnelligkeit würde die Entscheidung bringen, die wurde von Leuchtturms Gewicht und Kraft ausgeglichen. Aber Leuchtturm dachte langsam, und es dauerte lange, bis er wütend wurde. Also konnte man ihn besiegen, wenn man rasch und kompromisslos ans Werk ging. Dagegen verwarf er die Alternative, Leuchtturm unter seinen Riesenschwanz zu treten. Ein solcher Sieg würde keinen Beifall finden, sondern nur zu allerlei Gerede führen, und am Ende stünde ein Revanchekampf, der noch schwieriger zu gewinnen wäre.

Eine Herausforderung verlief immer nach einem bestimmten Ritual. Die Kämpfer stellten sich einander gegenüber und widmeten einige Minuten gegenseitigen Beschimpfungen, bei denen es vor allem um die Feigheit des Widersachers ging. Dann musste man den Gegner dazu bringen, zuerst und ein wenig zögerlich zuzuschlagen, damit man mit voller Wucht zurückschlagen konnte. Man konnte dem Gegner zum Beispiel immer wieder auf die Nase tippen, bis er die Beherrschung verlor und sich wehrte. Damit war dem Ritual Genüge getan und der Kampf in Gang. Während des Rituals bildeten die Zuschauer einen johlenden Kreis, um die Sache zu beschleunigen. Der Kampf sollte beginnen, ehe einer der patrouillierenden Lehrer dazwischenkommen konnte.

Mit diesem Verlauf der Dinge hatten Leuchtturm und Göran gerechnet. Leuchtturm würde ihm im Ring der johlenden Zuschauer gegenüberstehen und einen seiner langen Arme ausfahren, um ihm mit den Fingern übers Gesicht zu wischen oder ihm die Mütze vom Kopf zu schlagen. Es würde dann sehr schwer sein, gegen Leuchtturms Abwehr und seine lange Reichweite anzukommen. Und auch auf andere Weise wäre dann nichts mehr zu erreichen, es würde so enden, wie es immer endete, wenn Leuchtturm sich prügelte: er würde auf dem Gegner liegen und zuschlagen, bis die Sache erledigt war.

So hatten die sich das vorgestellt.

Als die Entscheidung kam, wusste Erik genau, was er zu tun hatte. Er wusste auch, dass er gewinnen würde, wenn er seine Angst ersticken könnte. Es war absolut entscheidend, dass er auch nicht eine Sekunde zögerte.

Die Clique versammelte sich am Ende einer Frühstückspause unter den großen Kastanien in der hinteren Ecke des Schulhofs. Erik verteilte die Tageseinkünfte aus dem Wuchergeschäft und gab Leuchtturm einen zusätzlichen Fünfziger mit dem Auftrag, zum Bäcker um die Ecke zu laufen und ihm eine Lage Butterkuchen zu kaufen.

»Nö«, sagte Leuchtturm beleidigt. »Deinen Kram kannst du dir ja wohl selber kaufen, Mann.«

Dann warf er den Fünfziger vor Eriks Füßen auf den Boden.

»Ja, und wenn du schon gehst, kannst du Leuchtturm gleich auch welchen mitbringen«, kicherte Göran im Hintergrund.

Unter den Kastanien war es jetzt ganz still. Der Fünfziger auf dem Boden konnte nicht falsch verstanden werden. Es gab keinen Weg zurück, Erik musste seinen Plan ausführen, ohne auch nur eine Sekunde zu zögern.

Er lächelte, als er zwei Schritte auf Leuchtturm zuging.

»Wenn ich richtig verstanden habe, hast du gerade gesagt, dass du nicht einkaufen gehen willst«, sagte er gelassen und weiterhin lächelnd.

»Genau das«, sagte Leuchtturm mit einer Heiserkeit, die bedeutete, dass sein Mund wie ausgedörrt war, und er hob vorsichtig die Arme, um mit dem Ritual zu beginnen.

Erik zielte mitten auf den Solarplexus und lächelte auch noch, als er mit aller Kraft zuschlug und sein ganzes Körpergewicht in diese Vorwärtsbewegung legte. Er hatte das Gefühl, dass seine Faust durch die weichen, noch nicht gespannten Bauchmuskeln bis zum Rückgrat durchdrang. Leuchtturm krümmte sich ohne einen Laut zusammen, gelähmt, weil er keine Luft bekam. Mit dem nächsten Schlag zielte Erik auf Leuchtturms Nasenwurzel. Er traf beim ersten Mal nicht perfekt, schlug aber gleich wieder zu und nun setzte das Nasenbluten ein. Danach schlug er eine trockene Rechte schräg nach oben auf Leuchtturms linke Augenbraue. Das brachte den blauen Fleck, das eigentliche Brandmal, das ebenfalls wichtig war.

Leuchtturm ging in die Knie. Jetzt galt es, die Gelegenheit zu nutzen, solange Leuchtturm den Schreck und die Angst noch nicht überwunden hatte. Er hob Leuchtturms Kopf mit der rechten Hand hoch und zielte mit der linken Faust auf das rechte Auge. Aber er sah, dass das gar nicht mehr nötig war.

»Ergibst du dich?«, fragte er.

Leuchtturm nickte stumm. Er bekam schon wieder Luft, aber der Kampf war vorüber.

»Hier«, sagte Erik und reichte ihm sein Taschentuch. »Wisch dich ab, du siehst unmöglich aus.«

Dann hob er den Fünfziger auf, reichte ihn Göran und ließ ihn Butterkuchen holen, den er dann mit Leuchtturm teilte. Er wusste, dass Leuchtturm diese Herausforderung niemals wieder wagen würde. Er wusste ebenso, dass er nicht mit heiler Haut davongekommen wäre, wenn er die Schlägerei fortgesetzt hätte. Aber alles war nach Plan gelaufen, und die Clique war vor dem Zerfall gerettet. Leuchtturms blaues Auge würde als Abschreckung mehr als genug sein.

Am selben Abend freute er sich im dunklen Kino, als Robert Mitchum in seiner Super Sabre einen gelben Teufel nach dem anderen abschoss. Für jedes abgeschossene Schlitzauge in seiner MIG 15 brachte man vorn an der Super Sabre einen roten Stern an. Einer der gelben Teufel ließ sich besonders schwer erwischen und hatte sogar etliche blaue Sterne an seinem Flieger. Aber Robert Mitchum brachte ihn nach hartem, ehrlichem Kampf doch noch zur Strecke.

Er hatte eine Gänsehaut an den Unterarmen, als er das Kino verließ. Dabei wusste man im Kino immer, wie es ausgehen würde. Die Seite, zu der man hielt, gewann. In der Wirklichkeit war es nicht so, schließlich hätte er an diesem Nachmittag auch allein bleiben und die ganze Clique verlieren können. Wenn er auch nur im Geringsten gezögert oder den Schlag in den Solarplexus nur halb verpatzt hätte, wäre er geliefert gewesen.

Das graue Jugendstilgebäude, in dem die Lehranstalt untergebracht war, ragte mitten im Stadtteil Vasastan auf wie eine Burg. Im Treppenhaus hinter dem großen Eingangsbereich stand eine Skulptur, die Ikaros darstellte und die der Nationalbildhauer, einer der beiden berühmten ehemaligen Schüler der Anstalt, geschaffen hatte. Die Treppen waren aus dunkelgrünem Marmor.

Wer zum ersten Mal durch das schwere Eichenportal und durch die dunklen Gänge mit dem hohen Gewölbe schritt, wusste, dass er ein neues Leben begann. Wenn man die Mittelschule besuchte, war die Sache kein Spiel mehr. Man war jetzt getrennt von denen, die zur Volksschule gingen und die es im Leben nie zu etwas bringen würden.

Davon hatte die Begrüßungsrede des Rektors gehandelt. Danach hatten die Knaben, hier war immer nur die Rede von Knaben, den ersten Tag der Einführung in die Disziplin der Anstalt widmen müssen.

Der Klassenlehrer ernannte einen Ordnungsmann. Der Ordnungsmann war eine Art Kompaniechef, der den Lehrer vorn am Pult erwartete. Der Ordnungsmann musste auf der schwarzen Tafel notieren, wer sich beim Warten auf den Lehrer danebenbenommen, wer geflucht, den Pultdeckel zu heftig zugeschlagen oder zu laut gesprochen hatte.

Wenn der Lehrer hereinkam, schrie der Ordnungsmann: »Aufgepasst!« Die Knaben traten einen Schritt nach rechts aus der Bankreihe und standen Habt-Acht.

Der Ordnungsmann machte eine volle Wendung zum Lehrer hin und leierte herunter: »Klasse 2–5 A, abwesend Arnrud, Carlström, Svensén und Örnberg.«

»Guten Tag, Knaben. Setzen!«, brüllte der Lehrer.

Dann übertrug er das, was der Ordnungsmann an die schwarze Tafel geschrieben hatte, in das dicke Klassenbuch. Drei Einträge im Klassenbuch pro Halbjahr und die Kopfnoten wurden um eine Stufe gesenkt.

Wer danach vom Lehrer angesprochen wurde, musste sofort in Habt-Acht-Stellung gehen. Die unangenehme Situation, Habt-Acht stehen und mit lauter, deutlicher Stimme – immer laut und deutlich, sonst musste es wiederholt werden – mitteilen zu müssen, dass man die Antwort nicht wusste, hatte angeblich einen positiven pädagogischen Effekt. Die Knaben sollten auf diese Weise eine Neigung entwickeln, die Antworten in Zukunft doch zu wissen.

Die Regeln, nach denen ein Ordnungsmann ernannt wurde, waren ein wenig vage. Dafür war der Klassenlehrer zuständig, und bei einer Klasse mit neuen, unbekannten Knaben war das nicht leicht. Ein gut angezogener Knabe aus besserem Hause – Kleidung und Nachnamen gaben hier wichtige Hinweise –, der nicht zu schwächlich aussah, war die Faustregel in einer neuen Klasse. Aber nichts hinderte den Klassenlehrer daran, jederzeit den Ordnungsmann auszuwechseln.

Beim Sport waren die Auswahlkriterien weniger dem Zufall überlassen. Der Käptn hatte seine klare Routine. Der Käptn war Kapitän der Reserve und empfing die Knaben mit einem Florett in der Hand, das er nachdenklich einige Male durch die Luft pfeifen ließ, ehe er es beiseitelegte. Bei der Auswahl stand ihm sein Untergebener, Leutnant Johansson, zur Seite.

Wenn der Ordnungsmann die Klasse in die Turnhalle geführt hatte, erteilte der Käptn den Knaben den Befehl, durch die Halle zu laufen. Er gab dabei mit kurzen, lauten Geräuschen den Takt an.

»Lölö lölölö, lölö lölölö«, hallte es unter der hohen Decke wider.

Sie liefen durch die Halle, mit dem seltsamen Gefühl, nicht zu begreifen, was hier passierte und was der Käptn damit bezweckte. Nach einer Weile wurde die Übung abgebrochen, und die Knaben mussten sich in zwei Reihen vor den dicken Tauen an der einen Längswand aufstellen. Die Taue hingen von der Decke und die Halle war ungefähr sieben Meter hoch.

»Und jetzt: klettern, Knaben!«, brüllte der Käptn. »Fertig, los, vier und vier, so hoch ihr könnt!«

Die meisten blieben irgendwo auf halbem Wege hängen. Einige schafften es nur ein kleines Stück, ehe sie unter dem Kichern der Zuschauer resignierten und wieder nach unten rutschten. Der dicke Johan kam unter dem spöttischen Kommentar Leutnant Johanssons ungefähr einen Meter hoch. Erik und noch zwei andere kletterten bis ganz nach oben. Erik erfasste intuitiv, was dazu nötig war.

Die nächste Übung war Bockspringen. Der Bock wurde in jeder Runde erhöht, bis nur noch Erik und Leuchtturm übrig waren. Leuchtturm gewann. Der Käptn und Leutnant Johansson machten sich Notizen.

Danach gab es eine kurze Einführung in den Tigersprung über den Kasten. Leutnant Johansson führte die

Technik vor, erklärte das Sprungbrett und setzte hinzu, dass man beim ersten Mal Mut fassen müsse. Es sei nicht so gefährlich, wie es aussehe.

Die meisten Knaben zögerten und bremsten im Anlauf und wurden von Leutnant Johansson der Feigheit bezichtigt. Erik biss die Zähne zusammen und nahm sich vor, nicht zu zögern, er zwang sich dazu, nicht zu zögern, und das Katapult des Sprungbretts ließ ihn mit solcher Kraft über den Kasten jagen, dass er auf der anderen Seite kopfüber auf der Matte landete wie ein Frosch, vollkommen überrascht, wie leicht das offenbar war.

Nach einer weiteren Runde schob Leutnant Johansson einen zusätzlicher Kasten quer vor den ersten und sortierte die Knaben aus, die die erste Runde nicht geschafft hatten. Danach wurde erneut ausgesondert, bis wieder nur Leuchtturm und Erik übrig blieben. Es war klar, dass hier ein Ausscheidungskampf stattfand.

Darum waren die Knaben überrascht, als sie plötzlich zum Fußballspielen auf den Schulhof geschickt wurden. Leutnant Johansson teilte die Klasse rasch in zwei Mannschaften auf und warf ihnen einen Ball zu. Während des Spiels, das nur eine Viertelstunde dauerte, wurden weiterhin diese geheimnisvollen Notizen gemacht, danach wurden die Knaben wieder in die Turnhalle beordert, wo sie sich in der Mitte in Reih und Glied aufstellen mussten.

»Nun, Knaben«, sagte der Käptn. »Dies hier ist das Emblem der Schule und darauf solltet ihr stolz sein.«

Er hob ein Stück Stoff in die Höhe, das das Wappen der Familie Vasa auf blauem Grund mit gelben Flügeln darstellte.

»Das bekommen nur die Jungs, die wirklich etwas leisten«, fuhr der Käptn fort. »Wir teilen die Klasse jetzt in vier Gruppen. Jede Gruppe bekommt einen Gruppenchef, und der Gruppenchef trägt das Schulzeichen am linken Oberschenkel seiner Turnhose, so wie hier. Jeder Gruppenchef bekommt einen Stellvertreter, einen Vizegruppenchef. Und der Vizegruppenchef trägt das Abzeichen auf der anderen Seite, so wie hier. Ich lese jetzt die Namen eurer vier Gruppenchefs vor.«

Danach mussten Erik und Leuchtturm vortreten und zusammen mit zwei weiteren Knaben, die durch Stärke, Schnelligkeit und Selbstsicherheit genügend Punkte gesammelt hatten, ihre Auszeichnung in Empfang nehmen. Es war wie eine Preisverleihung. Der Käptn brüllte »Bitte sehr!« und die frisch beförderten Knaben verbeugten sich.

Der Gruppenchef musste seine Truppe vor jeder Stunde Habt-Acht stehen lassen. Er überprüfte, dass die gemeinen Soldaten korrekt gekleidet waren, weißes Hemd, blaue Hose, weiße Schuhe, saubere Socken. Der Gruppenchef lieferte seine Truppe ab und trug die Verantwortung für die Disziplin und die Mannschaftsaufstellung bei jedem Ballsport, wo zwei Truppen gegeneinander antraten. Ein Gruppenchef konnte im Prinzip nicht abgesetzt werden, da der Käptn behauptete, seine Auswahlkriterien seien absolut gerecht.

Nur wenn die Klasse auf dem Schulhof Fußball spielen sollte, wurde nicht nach der Gruppeneinteilung gegangen. Stattdessen wurden die beiden Besten aufgestellt, Erik und Göran. Dann wurde gelost. Der Gewinner wählte einen Spieler aus, der andere durfte zum

Ausgleich zwei aussuchen. Wenn die beiden Mannschaften komplett waren und noch immer Knaben mit flackernden Blicken auf der Bank saßen, sagte entweder Erik oder Göran: »Den Müll kannst du haben.«

Der Müll bestand in der Regel aus drei oder vier Knaben. Sie waren die »Reserve«, das bedeutete, dass sie eigentlich nie mitspielten.

Physische Stärke, ein schöner Körper mit gut entwickelten Muskeln, dazu Mut und der Wille, niemals nachzugeben, waren die festen Bestandteile der Predigten des Käptns, die in der Regel die Turnstunden eröffneten oder beendeten. Wir Schweden seien ein starkes mutiges Volk. Wir seien gute Soldaten mit Ahnen unter den Wikingern und den Kriegern Karls XII.

Der Körperkult bildete damit die Grundlage für das soziale System der Knaben. Die mit den schönsten und stärksten Körpern, die beim Handball und Fußball die meisten Tore erzielten oder am höchsten über Bock und Kasten sprangen, die sich mit geraden Beinen aus hängender Ausgangsposition über die Barrenholme stemmen konnten, die es wagten, vom obersten Brett zu springen, oder unter Wasser am weitesten schwammen – sie gehörten zur Oberklasse der Gruppenchefs und Vizegruppenchefs. Der Rest war Müll.

Für den Müll gab es im Grunde nur eine Rettung. Man musste es machen wie der dicke Johan, sich ausgefallene Klamotten und eine hochtrabende Sprache zulegen, Dixieland hören, wie ein Blöder büffeln und den Intellektuellen spielen, der Grobiane ohne Intelligenz verachtete.

Es gab große und wichtige Unterschiede zu dem System, das in der pfefferkuchenartigen Volksschule in der reichen Vorstadt geherrscht hatte. Dort hatte sich nach ganz anderen Kriterien entschieden, zu welcher Gruppe jemand gehörte. Auch dort hatten die Lehrer ihr Wohlwollen oder ihren Widerwillen den Kindern gegenüber gezeigt, aber gezählt hatte dabei ausschließlich, wie jemand sprach oder wie sein Nachname lautete. Auch dort war es wichtig gewesen, wer der Stärkste in der Klasse war und wer beim Fußball in der großen Pause die meisten Tore schoss. Aber das alles war nicht ausschlaggebend gewesen. Es hatte unsichtbare Regeln gegeben, die entschieden, wohin man gehörte.

Wichtig war, dass jemand aus einer feinen Familie stammte. Ob jemand aus einer feinen Familie stammte, war weniger an den Kleidern abzulesen gewesen als an der Sprache. Wer sich stets mit klarer, sicherer Stimme vorstellte, wer auf komplizierte Weise um Entschuldigung bitten konnte und häufiger ausgefallene Wörter benutzte als andere, der kam aus einer feinen Familie und bekam die besten Noten.

Und hier in der Lehranstalt in der Stadt war nun alles anders. Unter den siebenhundert Knaben gab es alle mögliche halbfeine, weniger feine und gar nicht feine Familienhintergründe. Es war durchaus nicht schwer, sie auseinanderzuhalten. Bei manchen roch die Kleidung nach Petroleum. Manche hatten zu Hause Bilder an der Wand hängen, sie hatten Kristalllüster und große Wohnungen. Sie kamen aus feinen Familien. Keine Bilder und kleine Wohnung bedeutete keine feine Familie. Dazu die Unterscheidung in Grammatik, Wortwahl und Aussprache, die man hörte, noch bevor man das Petroleum roch oder an der Haustür von einem Dienstmädchen empfangen wurde.

Doch in der Schule hier wurde den Knaben vom Pult, vom Rednerpodium in der Aula und durch des Käptns Betrachtungen eingetrichtert, dass sie sich in einem Schmelztiegel für das neue Schweden befanden. Hier gab es nicht Herr und Knecht wie im alten Schweden. Hier schuf jeder Knabe seine Zukunft im freien Wettbewerb und unter denselben Bedingungen. Wer in seiner Schulzeit emsig lernte, würde aufsteigen. Wer das nicht tat, würde aus dem Wettbewerb ausgesondert werden und unter den Verlorenen in der Volksschule landen. Die Schweden seien ein freies Volk, eine schöne germanische Rasse mit stolzen Traditionen. Und die Knaben würden dereinst im neuen demokratischen Schweden an den Gipfel der Macht gelangen. Sie seien die Zukunft, darum seien eine harte Erziehung und ein gesunder Geist in einem gesunden Körper vonnöten.

Draußen in der Welt herrschte das undefinierbare Böse.

Das Ideal der Demokratie war, dass man immer in irgendetwas der Beste sein konnte und dass man einen Rückschlag hoch erhobenen Hauptes hinnahm. Draußen jedoch, in der bösen Welt, in den von Russland eroberten Ländern, gab es diese Möglichkeiten nicht mehr. Dort waren die Menschen wie Maschinen und sie waren alle gleich.

So dröhnten die Predigten während des obligatorischen Morgengebets. Auf das Ritual dieses Morgengebets wurde großes Gewicht gelegt. Die Knaben stellten sich in einer vorher festgelegten Ordnung in schweigenden Doppelreihen auf. Der Aufsichtslehrer schritt die Reihen ab und überzeugte sich davon, dass jeder sein Gesangbuch in der linken Hand hielt (Gesangbuch vergessen bedeutete einen Eintrag, drei Einträge ließen die Kopfnote sinken).

Wenn der Rektor dann endlich sein großes Schlüsselbund klirren ließ, marschierten die Knaben in der festgelegten Reihenfolge in die Aula. Jetzt war Reden verboten. Wer doch redete, riskierte einen Eintrag.

Auf den Choral folgte die Predigt. Meistens ging es darin um komplizierte religiöse Moralfragen. Es kamen dazu nämlich angehende Geistliche in die Schule, die ihre Predigten an den Knaben ausprobierten, und da die angehenden Geistlichen einerseits nervös waren und andererseits versuchten, in ihren Predigten eine so scharfsinnige Theologie zu vertreten wie überhaupt nur möglich, war ihr Gerede für die Knaben absolut uninteressant. Die Knaben widmeten sich derweil diskretem Büffeln (Erik erledigte immer seine Hausaufgaben). Oder sie starrten ins Leere und dachten an nichts oder fassten sich gegenseitig an die Schwänze oder lasen die Inschriften der hohen Friese, die in vergoldeten lateinischen Versalien verkündeten:

DIE WAHRHEIT WIRD EUCH FREI MACHEN
   ES GILT AUF DER WANDERUNG DURCH DIE WELT EDLEN SAMEN AUSZUSÄEN
   BEWAHRE VOR ALLEM DEIN HERZ DENN VON DORT GEHT DAS LEBEN AUS

Ab und zu predigten auch der Rektor oder einer der rhetorisch besser beschlagenen Religionslehrer. Im Kampf gegen das Böse trug immer der Mut den Sieg davon (bisweilen aber auch etwas, das ein reines Herz genannt wurde, ein reines Herz tauchte in den Moralpredigten jedoch seltener auf als Mut). Besser zu sehen, dass die Sehne reißt, als überhaupt niemals einen Bogen zu spannen. Ausdauer macht sich bezahlt und Fleiß wird belohnt, wie der Fall Robinson Crusoe beweist. Vor Gott sind alle gleich, deshalb interessiert Gott sich auch für die Resultate in allen möglichen Wettbewerben. Die wichtigsten Wettbewerbe gab es im Sport, natürlich, und in den Lernfächern, im Einzelnen ging es um Stabhochsprung oder die Fähigkeit, die Satzteile des Satzes »Die Zeitungen nannten ihn einen Betrüger« benennen zu können (welcher Satzteil ist *Betrüger*?). Dann waren da noch Menschen mit womöglich tief verborgen liegenden Fähigkeiten oder einer inneren Berufung, Menschen, denen vielleicht bestimmt war, durch eine mutige Handlung ihre Heimat zu retten, wie der kleine niederländische Knabe, der einen Finger in das Loch im Deich steckte und damit sein ganzes Dorf vor dem Ertrinken rettete, obwohl er in den Augen seiner Mitmenschen nie viel hergemacht hatte.

Folglich gab es dauernd irgendwelche Wettbewerbe. Da Erik am schnellsten lief, die meisten Prügel aushalten konnte, am härtesten zuschlug und außerdem in einigen Schulfächern der Beste war, gehörte er zur obersten Elite, die aus fünf Knaben bestand. In dieser Gruppe war der Wettbewerb hart, es reichte nicht, in

Sport und Mathematik der Beste zu sein. Und da er nun mal aus der reichen Vorstadt kam, dieser verglichen mit Vasastan leicht ländlichen Idylle, hätten ihn seine Schwächen eigentlich für jede Führungsposition disqualifizieren müssen. Seine Schwächen waren, dass er nicht die für Kinder verbotenen Filme gesehen hatte, er konnte beim Rauchen keine Lungenzüge machen, hatte noch nie gefickt, verfügte nicht über einen akzeptablen Vorrat an Beschimpfungen und wusste nichts über die Eisdielen, in denen die Musikbox Elvis und Little Richard spielte, er hatte nicht einmal die angesagten Sonntagskonzerte der schwedischen Rockbands besucht, ging trutschig gekleidet, trug die ihm vom Vater aufgezwungene Schulmütze und redete kackvornehm.

Diese Handicaps hätten ihn eigentlich aus dem Wettbewerb ausschließen müssen. Doch er besaß Qualitäten, die sogar die grässliche Schülermütze neutralisierten. Er schlug schon beim ersten Schlag mit voller Kraft zu und konnte erstaunlich viel Prügel einstecken. Beides war von gleicher sozialer Bedeutung.

Prügel einstecken zu können hatte sich schon an einem der ersten Tage als wertvoll erwiesen, als der Zeichenlehrer seine übliche Einführungsrede gehalten hatte. Der Zeichenlehrer war ein Professor, der auch außerhalb der Schule Unterricht erteilte, und in seinen Augen sollten die Knaben gefälligst die Klappe halten und den ihnen jeweils vorgesetzten Gegenstand abzeichnen, während er die Zeitung las oder sich Professorenarbeit widmete. Sein System beruhte auf Julius.

»Das hier ist Julius«, sagte der Professor und schlug

ein paarmal mit dem Zeigestock durch die Luft, um mit dem heulenden Luftzug seine Botschaft zu unterstreichen.

»Julius ist mein bester Freund hier in der Schule. Wer Krach schlägt, hat die Wahl zwischen Julius und einem Eintrag. Verstanden? Der Delinquent wird vortreten, sich vorbeugen und dann …«

Er ließ den Zeigestock durch die Luft heulen.

»Verstanden? Oder wird eine genauere Vorführung benötigt? Gibt es womöglich einen Freiwilligen?«

Der Professor ließ seinen Blick durch die Klasse wandern und machte ein böses Gesicht.

Erik betrachtete sachkundig den Zeigestock und hielt ihn für ein verhältnismäßig bangloses Folterwerkzeug. Vor allem, wenn es nur um einige wenige Schläge ging. Die Idee kam ganz von selbst.

»Ja, Herr Studienrat!«, rief er und ging in Habt-Acht-Stellung.

»Freiwillig?«

Der Professor glotzte den arrogant lächelnden kleinen Knaben misstrauisch an.

»Ja, Herr Studienrat, gern! Das sieht ja nicht gefährlich aus.«

Die Klasse schnappte nach dieser Herausforderung nach Luft. Der Professor hatte keine Wahl. Er ließ Erik vor die schwarze Tafel treten und gab Anweisungen. Der Knabe musste sich vorbeugen, die Hände auf den unteren Rand der Tafel stützen und den Hintern herausstrecken. Dann … ließ er den Zeigestock durch die Luft heulen, hielt aber unmittelbar vor dem Auftreffen inne.

Erik bewegte sich nicht, sondern verharrte in der befohlenen Haltung. Worauf der Professor mit der Kraft der Verzweiflung zuschlug.

Erik, der schon den Atem angehalten hatte und sich auf das Bild des Gesichts seines Vaters konzentrierte, zuckte nicht einmal zusammen.

»Na, wie fühlt Julius sich an?«, schrie der Professor.

»Haben Sie schon geschlagen, Herr Studienrat?«, fragte Erik und holte noch einmal Atem, um sich auf die leicht vorhersagbare Folge des Gekichers der anderen zu konzentrieren.

Der Professor verlor denn auch die Beherrschung und schlug fünf- oder sechsmal mit voller Kraft zu, ehe er zur Besinnung kam. Dann hob er die Hand und hielt Julius wie ein Schwert. Die Haare hingen ihm ins Gesicht und er war puterrot, vor Anstrengung, aber auch weil Erik ihn psychologisch überrumpelt hatte.

Erik stützte weiterhin die Hände auf die untere Kante der Tafel und versuchte noch immer so zu tun, als habe er nichts gespürt.

»Jetzt setz dich! Unverschämter Lümmel!«, schrie der Professor. »Übrigens ...«

Er verstummte mitten im Satz, während Erik durch die Bankreihen ging und ihn auslachte.

Der Professor konnte nichts über Eriks Vater wissen. Die Klassenkameraden hatte auch keine Ahnung, für sie kam es auf die Moral der morgendlichen Predigten oder der Geschichtsstunden an: »In Sparta lebte ein Kriegervolk, das durch seine Fähigkeit, physische Qualen zu ertragen, lange Zeit in der griechischen Politik eine beherrschende Stellung einnahm.«

Das hatten sie nun wirklich und wahrhaftig gesehen, aber begriffen hatten sie nichts, weil sie nichts über Eriks Vater wussten.

Am Abend desselben Tages, nach dem billigen Sieg über den belanglosen Zeigestock des Professors, war der Vater in seiner gefährlichen Stimmung. Es galt, auf Zehenspitzen zu gehen, damit die Nachtischprügel nicht ausarteten. Erik deckte den Tisch, er räumte ab und beobachtete sorgfältig jede Bewegung am Esstisch. Den Gesichtszuckungen des Vaters war anzusehen, dass es einer von den Tagen war, an denen er sich beim Schlagen in den Wahnsinn hineinsteigern konnte. Das nächste Zeichen war, dass der Vater ohne Grund den Nasenschlag anbrachte (genauer gesagt, nachdem er sich irgendeinen Grund aus den Fingern gesogen hatte).

Erik sah das Zucken unter dem Auge, sah den Schlag kommen und riss sich zusammen, um sich nicht zu wehren, sondern den Vater die Nase und nicht den Wangenknochen treffen zu lassen. Der Vater wirkte ein wenig zufriedener, als er mit einem von schräg unten hochgezogenen Schlag mitten unter den Nasenlöchern traf. Dabei kam ein ganz besonderes Geräusch zu Stande. Vermutlich war es ein schöneres Gefühl, dort zu treffen als am Wangenknochen.

Der Vater wurde ein wenig lockerer und beschloss nach dem Hauptgericht, dass zwanzig Schläge mit der Bürste angesagt seien. Da er so tief angefangen hatte, hatte er sicher vor, die Anzahl innerhalb der nächsten zehn Minuten zu verdoppeln. Sonst hätte er gleich von fünfundzwanzig oder dreißig Schlägen gesprochen. Fünfundzwanzig oder dreißig wären zu viel, um sie ohne besonderen Grund zu verdoppeln. Er fing vorsichtig an, wenn er die Anzahl hochtreiben wollte.

Zum Nachtisch servierte die Mutter Schokoladenpudding. Er war aus einem neuen Pulver aus Amerika gemacht. Man verrührte es einfach in Milch und ließ es steif werden, dann hatte man einen Schokoladenpudding, der fast schmeckte wie Schokoladenpudding.

Erik erkannte die Gefahr.

Sein kleiner Bruder war sechs Jahre alt und wurde nie verprügelt.

Als sie anfingen, den Schokoladenpudding zu essen, versuchte der kleine Bruder natürlich, blitzschnell einen Löffel von Eriks Teller zu mopsen. Erik handelte instinktiv und erkannte seinen Irrtum zu spät. Als er die Hand seines Bruders festhielt, rutschte ein wenig Schokoladenpudding vom Löffel und auf die weiße Tischdecke.

Der Vater verdoppelte auf vierzig.

Vierzig Schläge mit der Kleiderbürste lagen knapp über der Grenze des Erträglichen. Er würde am Ende weinen müssen. Vielleicht war es so ein Tag, an dem sein Weinen den Vater so erregte, dass er zu zählen vergaß. Man durfte auch nicht zu sehr zappeln. Zu viel Gezappel konnte zu zusätzlichen Schlägen und damit zu verzweifeltem, hemmungslosem Weinen führen, das den Vater so in Rage brachte, dass er die für die Schläge festgesetzte Grenze überschritt und Erik, der die Schläge zählte, aus purer Verzweiflung – oder aus einem Selbsterhaltungtrieb heraus – so sehr zappelte, dass der Vater vor Freude wild wurde und so oft zuschlug, dass jedes Zählen sinnlos wurde, dann wurde Erik geschlagen, bis seine Haut platzte und von der flachen Seite der Kleiderbürste Blut durchs Zimmer spritzte und erst das Weinen der Mutter vor der Schlafzimmertür den Vater allmählich wieder zur Besinnung brachte.

Der Schokoladenpudding blieb ihm im Hals stecken. Er hatte noch nie vierzig Schläge durchgehalten.

Nun sah er zwei Möglichkeiten. Die eine Methode war, seinen Körper nicht anzuspannen. Er hatte irgendwo gelesen, dass sich das lohne, aber seine Erfahrung zeigte, dass es nur schwer zu bewerkstelligen war. Die andere Methode lief darauf hinaus, die Muskeln im Rücken und im Hintern so weit wie möglich anzuspannen, damit die Schläge von so wenig Körperfläche wie möglich absorbiert würden. Diese Methode ließ sich zudem mit dem noch wichtigeren inneren Widerstandskampf kombinieren. Das Wichtigste war nämlich, die Augen zu schließen und *hinter* den Augenlidern zu sehen. Man musste sich weit weg denken, sich auf das Bild eines kleinen glühenden Feuers weit hinter den geschlossenen Augen konzentrieren; wenn man den Vater richtig hasste, konnte man das Bild des blauen Feuers in einen Funken sprühenden kleinen Stein verwandeln. Aber dafür musste man sich schon im Voraus konzentrieren. Um vierzig Schläge durchzuhalten, musste man sehr lange an den Hass auf den Vater denken.

Er wirkte zerstreut, als abgeräumt wurde. Hätte fast einen Teller auf den Boden fallen lassen, was zu einer Katastrophe geführt hätte. In der halben Sekunde, die er brauchte, um den entglittenen Teller knapp einen Dezimeter über dem Boden aufzufangen, lief es ihm eiskalt den Rücken hinunter. Danach musste er sich sofort wieder konzentrieren.

Auf dem Weg ins Schlafzimmer atmete er tief durch. Er kniff schon hinter seinen offenen Augen die Augen zusammen. Er hörte kaum den Befehl des Vaters, seine Hose fallen zu lassen und sich vorzubeugen. Dann schloss er die Welt aus und holte tief Luft. Danach gab es nur tief in der Finsternis das blaue Feuer aus Hass.

Als er feststellte, dass er auf dem Weg ins Licht war, nach einem tiefen Tauchgang auf dem Weg an die Oberfläche, war er schon dabei, das Schlafzimmer zu verlassen. Offenbar hatte er dem Vater die Hand gegeben und sich mit ihm versöhnt, ohne es zu wissen. Dann stellten sich Freude und Triumph ein. Er hatte vierzig Schläge durchgehalten. Er fror ein wenig.

Abends lag er im Kinderzimmer unter der Decke und las ein verbotenes Buch. Es waren die Märchen der Gebrüder Grimm. Sie galten als unpassend und beängstigend für Kinder und vor ein paar Jahren war er mit diesem Buch auf frischer Tat ertappt worden (etwa dreißig Schläge). Man hatte ihm erklärt, wie die Furcht sich tief in einem Kind festsetzen und dann das ganze Leben dort bleiben könne.

Dieses neue Exemplar hatte er zusammen mit Grimbergs schwedischer Geschichte aus der Schulbücherei ausgeliehen, nun las er es unter der Decke, das eine Ohr wie ein Periskop auf die Außenwelt gerichtet, rasche Schritte und blitzschnelles Löschen der Taschenlampe, weg mit dem Buch unter die Matratze (nicht unter das Kissen!).

Aber dort in der Dunkelheit lag der kleine Bruder und war noch wach.

»Gib mir deine Taschenlampe«, sagte der kleine Bruder.

Erik gab keine Antwort.

»Wenn du mir nicht deine Taschenlampe gibst, schrei ich und sag Vater, dass du mich geschlagen hast«, sagte der kleine Bruder.

Eilig überdachte Erik seine Lage.

Wenn er nachgab, würde er die Taschenlampe verlieren und weiteren Erpressungsversuchen ausgesetzt sein.

Wenn er nicht nachgab, würde der kleine Bruder seine Drohung zweifellos in die Tat umsetzen, dann würde der Vater kommen und die Tür aufreißen und es gäbe keine Erklärungen und keine Hilfe. Danach aber konnte der kleine Bruder drohen, das Manöver gleich noch einmal zu wiederholen, und der Vater wäre außer sich vor Wut, wenn der kleine Bruder schluchzend erklärte, Erik habe ihn schon wieder geschlagen.

»Ich zähle bis drei«, sagte der kleine Bruder.

Der kleine Bruder würde ihm alles wegnehmen können, wenn er nachgäbe.

»Eins«, sagte der kleine Bruder.

An diesem Tag war der Vater in einer Stimmung, dass bei den bevorstehenden Prügeln Schreckliches passieren konnte.

»Zwei«, sagte der kleine Bruder.

Der Versuch, den kleinen Bruder mit ein oder zwei Kronen zu bestechen, würde nichts helfen. Dann würde er nur immer wieder ausgeraubt werden.

»Drei. Jetzt schrei ich«, sagte der kleine Bruder.

»Warte«, sagte Erik. »Schrei nicht. Wenn du das machst, was glaubst du, was ich dann mache?«

»Du traust dich nicht, weil Vater dich sonst schlägt«, sagte der kleine Bruder.

»Das ist mir doch egal. Und ich versprech's dir, wenn du schreist und was sagst, dann schlag ich dich windelweich, wenn Vater mit mir fertig ist. Kapierst du? Ich schlag dich zusammen. Und morgen schlag ich dich auch, wenn ich aus der Schule nach Hause komme, denn dann ist Vater in der Arbeit. Das versprech ich, kapierst du?«

»Jetzt schrei ich«, sagte der kleine Bruder.

»Ich geb dir mein Ehrenwort, danach schlag ich dich windelweich«, fauchte Erik.

Der kleine Bruder schrie. Der Vater kam mit der Kleiderbürste in der Hand angestürzt und machte Licht.

»Erik hat mich geschlagen«, jammerte der kleine Bruder.

Als der Vater mit ihm fertig war und ihm klar gemacht hatte, wie feige es sei, einen zu schlagen, der kleiner ist, bohrte er eine Weile das Gesicht ins Kissen und weinte. Dann machte er Licht, ging zum Bett seines kleinen Bruders und riss ihm die Decke weg.

»Ich hab dir mein Ehrenwort gegeben«, sagte er.

»Dann wird Vater dich wieder schlagen.«

»Das weiß ich, aber ich hab versprochen, dich windelweich zu schlagen, du kleiner Dreckskerl.«

Er sah ein, dass er nicht sehr weit kommen würde. Er musste erst über die Prügel sprechen, gerade so lange, dass der kleine Bruder fast nach dem Vater schrie. Dann würde er nur einige wenige Schläge anbringen können, ehe der Vater angestürzt käme. Aber worauf sollte er zielen? Er könnte ihm ein paar Zähne ausschlagen, dazu würde die Zeit reichen. Aber es ging ja nicht darum, den kleinen Bruder so schlimm wie möglich zu verletzen, es ging darum, weitere Erpressungsversuche zu verhindern. Der Vater würde auf jeden Fall wütend werden und ausrasten. Trotzdem wäre es dumm, wenn der kleine Bruder schon blutete, wenn der Vater hereinkam.

Rasch verpasste er ihm zwei Ohrfeigen und einen Fausthieb in den Bauch, und der kleine Bruder schnappte gerade so lange nach Luft, dass Erik das Licht löschen und sich in seinem Bett verkriechen konnte, ehe das Geschrei einsetzte. Es war ein doppelter Vorteil, unter der Decke zu liegen, wenn der Vater angerannt kam. Es sah einerseits so aus, als habe gar keine richtige Prügelei stattgefunden, und anderseits würde der Vater ohne zu zielen auf die Decke einschlagen. Manchmal, wenn der Vater abends betrunken war, achtete er nicht so sehr darauf, wo seine Schläge trafen.

Aber Eriks Hoffnungen wurden betrogen. Das hörte er schon an den Schritten. Der Vater kam nicht gerannt, er kam langsam gegangen und setzte die Hacken geräuschvoll auf den Boden, damit seine Schritte sich gewichtig anhörten. Erik erstarrte vor Angst. Er ahnte, was passieren konnte.

Als der Vater in die Tür trat und auf den Lichtschalter drückte, war sein Gesicht starr und er kniff die Lippen auf seine besondere Weise zusammen. Aus seiner rechten Hand hing die Hundepeitsche.

Die Hundepeitsche war aus Leder geflochten, am Griff dick und am anderen Ende dünn. Dort hing ein Metallhaken, der an einem Hundehalsband befestigt werden konnte. Und dieser Metallhaken zerfetzte die Haut.

Der Vater trug den kleinen Bruder zärtlich und behutsam aus dem Zimmer. Dann schloss er die Tür, drehte den Schlüssel um, zog ihn heraus und steckte ihn in seine Brusttasche.

»Nein, bitte, ich wollte doch nicht ... es ist nicht so, wie du glaubst ...«, schluchzte Erik, als der Vater sich demonstrativ langsam dem Bett näherte. Er wusste, dass Bitten nichts ausrichten würden. Verzweifelt fing er an, in seinem wirren Bewusstsein nach dem blauen Feuer zu suchen, aber es war zu spät. Wenigstens nicht das Gesicht, dachte er, als der Vater langsam die Decke wegzog. Wenigstens nicht das Gesicht, das brauchte Wochen, um zu heilen, nicht das Gesicht, in der Schule ...

»Bitte, nicht das Gesicht«, weinte er, drehte sich um, presste die Hände auf die Wangen und bohrte das Gesicht ins Kissen.

Der erste Schlag traf ihn mitten im Kreuz. Er konnte noch denken, dass der Vater genau gezielt hatte und also schrecklich nüchtern war. Der zweite Schlag traf fast dieselbe Stelle, und als ihm aufging, dass die Peitsche Zentimeter um Zentimeter aufwärts wandern würde, verschwanden die züngelnden blauen Flammen und er schrie.

Er dachte nicht länger, er schrie bei jedem Schlag. Jeder Schlag schien einen elektrischen Stoß von Schläfe zu Schläfe durch seinen Kopf zu jagen. Als er mit dem Kreuz fertig war, wandte der Vater sich der linken Hinterbacke zu. Erik wand sich jetzt unter den Schlägen, die nicht mehr mit gezielter Präzision trafen. Er versuchte sich mit den Händen zu beschützen, aber nun zielte der Vater auf sein Gesicht, und als er die Hände davorschlug, zielte der Vater auf seinen Körper.

Das Weinen war rot und erniedrigend. Es war das genaue Gegenteil des blauen Feuers. Das Weinen war flammend wild, es beherrschte das Bewusstsein und machte den Schmerz so viel schlimmer, dass das Bewusstsein irgendwann aufgab; es war der unkontrollierte Versuch des Unterbewusstseins zur Linderung. Aber er weinte auch, weil er weinte; weil er diesem alten Scheißkerl mit seiner blutigen, zischenden Hundepeitsche nicht widerstehen konnte.

Irgendwie hörte es dann auf. Mitten im Schmerz schien es, als wolle der Schmerz kein Ende nehmen, als könne es niemals irgendeine Linderung geben, es war so, wie man sich die Hölle vorstellt. Aber auf irgendeine Weise nahm es dann doch ein Ende.

Zuerst nahm er die Stille wahr. Denn als seine Lunge ein letztes Mal schluchzend zuckte und er plötzlich wieder ruhig durchatmen konnte, war es still. Im Kreuz, in den Hinterbacken und an der Rückseite der Oberschenkel glühte alles. Er wusste, dass er absolut zerschunden war. Die Peitsche traf hart genug, um bei jedem Schlag einen roten Striemen zu hinterlassen. Die Haut schwoll über einem roten Blutstreifen an. Wenn sie nicht platzte, dann verschwand das Blut wieder im Körper und hinterließ einen blaugrünen Rand, der noch wochenlang zu sehen sein würde.

In der Stille betastete seine Hand Rücken und Hinterteil. Die Hand wurde feucht und klebrig. Das kam vom Blut an den Stellen, wo der Metallhaken die Haut aufgerissen hatte. Dabei entstanden Wunden mit länglichen, dauerhaften Krusten, Krusten, die groß und rau waren, die pochten und die immer wieder aufplatzten, wenn man sich zu heftig bewegte.

Nachher glaubte er sich zu erinnern, aber sicher war er sich da nicht, dass seine Mutter mit einer Schüssel lauwarmem Wasser und einem Leinenlappen hereingekommen war. Sie sagte nichts, vielleicht konnte er sich aber auch nicht daran erinnern. Möglicherweise hatte sie geweint, möglicherweise hatte er das Salz ihrer Tränen in einer seiner offenen Wunden gespürt. Aber das konnte auch ein Traum sein, der dem einsetzenden Fieber entsprang. Er glaubte, aus der Ferne schöne Klaviermusik zu hören.

Er war vierzehn Jahre alt und prügelte sich nur noch selten. Das hatte zwei Gründe. Zum einen war er der Chef der Clique und durfte sich folglich nicht wegen irgendwelcher Lappalien prügeln. Wenn jemand in der Parallelklasse seine Schulden bei der Clique nicht bezahlen wollte, brauchte er nur eine leichte Tracht Prügel, keine schlimme. Da empfahl es sich, Göran oder Leuchtturm oder einen anderen aus der Clique zu schicken. Wenn er selbst eingriff, musste schon ein wichtiger Grund vorliegen. Dass jemand auch nach der zweiten Mahnung noch nicht bezahlt hatte, zum Beispiel. Dann musste er über den Schulhof gehen, die Clique einige Schritte hinter sich, bis der säumige Schuldner zu spät begriff, was sich da zusammenbraute, und die Flucht ergreifen wollte, was sich jedoch als unmöglich erwies. Die Clique wartete nämlich nur auf den passenden Moment, um mit einer diagonalen Linie über den Schulhof den Weg zu beiden Ausgängen abzuschneiden. Danach folgte ein Katz-und-Maus-Spiel, bis der Schuldige in die Ecke zwischen zwei hohen Mauern gedrängt worden war, aus der er nicht mehr entkommen konnte.

Er empfand in solchen Situationen keine Freude und keinen Triumph mehr. Eigentlich taten ihm die Opfer, die verprügelt werden mussten, eher leid. Das war der andere Grund, weshalb er sich immer weniger prügelte und den er der Clique verschwieg.

Aber, und das war ja nun nicht schwer zu begreifen, wenn erst einer seine Schulden nicht bezahlen musste, dann würden auch andere ihr Glück versuchen, und wenn das viele gleichzeitig probierten, würde das ganze System einstürzen wie ein Kartenhaus, dann würde die Clique keinen Butterkuchen mehr essen oder in den Pausen in den Imbiss gehen statt in die Schulmensa. Sie brauchten das Geld, wenn sie ihren Zusammenhalt wahren wollten.

Folglich schlug er in solchen Situationen nicht, um jemanden zu verletzen. Lieber eine Ohrfeige als Nasenbluten, möglicherweise ein blaues Auge. Ein blaues Auge war ziemlich effektiv. Es war leicht, einen Haken auf die Stelle zu schlagen, wo die Augenbraue endet, oder auf die Knochenkante, wo die Augenhöhle beginnt. Ein solches Brandmal verlangte nur einen Schlag und das blaue Auge würde den anderen Angst einjagen.

Wer sich verweigerte, musste eben auch das Fürchten lernen. Wozu jedoch nicht sonderlich viel Gewalt gehörte. Ohrfeigen reichten eigentlich immer, weil es erniedrigend war, wenn man sich ohrfeigen lassen musste und sich nicht traute zurückzuschlagen, während man die ganze Zeit befürchten musste, es könnte am Ende doch noch ernsthafte Prügel setzen. Wirklich jeder, der auf den Knien liegt und weint und Ohrfeigen kassiert und verspricht zu bezahlen, trägt die Furcht wie ein großes Loch in seinem Inneren. Es gibt keinen Schmerz ohne Angst.

Immer war die Angst das Entscheidende, das wusste Erik nur zu gut. Aus irgendeinem merkwürdigen Grund wirkten die meisten Menschen gerade in diesem Punkt absolut hilflos. Sie mochten groß und stark sein und alle Möglichkeiten zur Verteidigung besitzen, aber die Furcht lähmte sie.

Ein Typ zwei Klassen höher trainierte seit zwei Jahren im Boxverein Adler. Er galt als verheißungsvolles Talent und in der Schule wurde er allgemein »der Boxer« genannt. Er hatte es offenbar sogar bis ins Finale der Stockholmer Juniorenmeisterschaft gebracht.

Da der Boxer ihnen mehr Geld schuldete, als er bezahlen konnte oder wollte, waren die Folgen unvermeidlich. Und seine Klassenkameraden hatten ihn natürlich mit der Frage aufgehetzt, ob er wohl mit Leuchtturm oder Erik fertig werden könne. Das Ganze verlief ungefähr so wie die ewigen Diskussionen über die Frage, wer wohl gewinnen würde, wenn der beste Boxer und der beste Ringer der Welt aufeinanderträfen. Dann kam das Gerücht in Umlauf, der Boxer wolle durchaus nicht blechen. Weshalb er Prügel beziehen musste.

Die Clique saß im Imbiss und sprach die verschiedenen Möglichkeiten durch. Das Einfachste wäre es, den Typen zu mehreren fertigzumachen.

Aber Erik lehnte diesen Vorschlag ab. Das würde nur zu noch mehr Gerede auf dem Schulhof führen. Alle würden immer wieder auf der Frage herumreiten, ob es feige gewesen sei, zu mehreren gegen einen anzutreten, und der Boxer würde eben doch als der eigentliche Sieger gelten, denn er hatte gegen mehrere Gegner zugleich kämpfen müssen.

Wie faltet man einen Boxer zusammen? Eins steht jedenfalls fest: die Stärke eines Boxers ist seine Schlagtechnik. Er kann sich schützen und zurückschlagen, und er kann guten Treffern blitzschnell Schlagserien folgen lassen. Aber seine Technik ist auch seine Schwäche, denn er ist darauf trainiert, nur die Hände zu benutzen. Man kann ihn zu Boden treten. Oder man kann ihm auf den Leib rücken und ihn zu Boden drücken.

»Okay«, sagte Erik und spritzte ein dünnes Karomuster aus Ketchup über seine fettigen Pommes frites, »du nimmst ihn dir vor, Leuchtturm. Der ist genau das Richtige für dich, du rückst ihm auf die Pelle und reißt ihn zu Boden und dann kommt deine übliche alte Nummer. Gar kein Problem.«

»Na jaaaa, aber warum gerade ich?«, sagte Leuchtturm zögernd. »Ich halte es für besser, wenn wir ihn uns zu mehreren vorknöpfen und ein bisschen härter vorgehen als sonst. Danach ist das Gequatsche ein für alle Mal vorbei.«

Erik seufzte und kaute eine Weile auf seiner Grillwurst herum, während die anderen schweigend abwarteten. Leuchtturm hatte Angst, diese seltsame Angst gab es sogar bei Leuchtturm, und das bei einem Gegner, den er mit Leichtigkeit schlagen konnte. Wenn Leuchtturm sich aber fürchtete, dann war der Fall entschieden, ob die anderen nun begriffen, dass er Angst hatte oder nicht. Man konnte ihn natürlich zwingen, aber wer Angst hat, verliert, und wenn Leuchtturm verprügelt würde, würde alles schwieriger werden.

»Okay«, sagte Erik. »Dann übernehm ich den Kerl selber. Aber ihr müsst alle zusehen.«

»Und wenn es nicht so gut für dich läuft, sollen wir ...«

»Es wird gut für mich laufen. Ich gewinne immer, und jetzt holen wir ihn uns, bevor die Pause vorbei ist.«

Auf dem Rückweg zum Schulhof ging er in Gedanken seinen Plan durch. Alles lief darauf hinaus, die Angst herauszukitzeln, die sich irgendwo auch in dem Boxer befinden musste. Wenn nicht auch der Boxer diese Angst in sich gehabt hätte, wäre er schon längst über den Schulhof gekommen, so viel, wie in seiner Klasse darüber geredet wurde.

Aber er konnte den Boxer nicht mit irgendwelchen miesen Tricks ausmanövrieren. Er musste ihn mit der Faust und auf eine Weise schlagen, die zumindest eine vage Ähnlichkeit mit Boxen hatte. Alles andere würde nur zu Gerede führen. Und es musste schnell gehen.

Der Boxer war größer als Erik, besaß eine längere Reichweite und war außerdem Boxer, deshalb durfte er sich auf eine längere Schlägerei im Faustkämpferstil nicht einlassen. Dabei würde sein Gesicht nach einer Weile einfach zu übel aussehen, und selbst wenn der Boxer es nicht schaffte, ihn zu Boden zu schlagen, würde ihm das als Niederlage ausgelegt. Die Gewichtsüberlegenheit des Boxers ließ es zudem zweifelhaft erscheinen, ob er ihm wirklich auf die Pelle rücken sollte, um ihn zu Boden zu drücken (das hätte nur Leuchtturm mit Leichtigkeit geschafft).

Also musste er dem Boxer zuerst Angst machen und ihn dann ins Gesicht schlagen. Es reichte nicht, ihn aufs Auge zu treffen, einen solchen Schlag würde er schnell wegstecken. Hier war Nasenbluten angesagt. Und um einem Typen, der es gewöhnt war, sein Gesicht zu decken, das Nasenbein einzuschlagen, brauchte es so viel Angst, dass ihm der antrainierte Reflex, das Gesicht zu schützen, verloren ging. Man konnte mit einem Boxer nicht boxen, aber man konnte ihm solche Angst einjagen, dass er sich fast sicher in die Hose schiss, und dann konnte man ihm auch das Nasenbein brechen.

Die Clique ging in der Ecke des Schulhofs in Stellung. Erik befahl Gösta, dem Kleinsten aus der Clique, den Boxer zu holen. Und damit lief wie ein Lauffeuer das Gerücht über den Schulhof, jetzt sei die Stunde gekommen. Das Ganze konnte schon dadurch entschieden werden, dass der Boxer sich weigerte, zur Clique zu gehen, aus Angst, dass alle auf einmal über ihn herfielen. Aber wenn er sich als Feigling erwies, hatte er schon verloren, und es schien nicht sehr wahrscheinlich, dass er sich so rasch geschlagen geben würde. Es war keine Schande, von mehreren auf einmal verprügelt zu werden, aber es war eine Schande, sich als Feigling zu erweisen.

Eine Clique aus der Klasse des Boxers schloss sich ihm an, nicht um ihm zu helfen, sondern um zuzusehen. Das passte den anderen nur zu gut. Der Boxer kam, die Hände halb erhoben, und die Clique wich zur Seite und bildete einen Halbkreis, in dessen Mitte Erik stand. Das war die Schlachtordnung, die sie auf dem Weg vom Kiosk festgelegt hatten.

Der Boxer blieb ein wenig zögerlich in dem Halbkreis stehen. Er schaute sich wachsam um, und Erik behielt ihn genau im Auge. Eine Zeit lang sagte niemand etwas. Der Zuschauerkreis wuchs (das Gejohle hatte noch nicht eingesetzt).

»Hallo«, sagte Erik betont langsam, »du schuldest uns Geld, und ich dachte, du solltest die Gelegenheit haben zu bezahlen. Damit wäre die Sache aus der Welt, ohne dass wir dir wehtun müssen.«

»Nö«, sagte der Boxer verbissen und hob die Hände um weitere Zentimeter.

»Was?«, sagte Erik mit gespielter Überraschung, die er in eine drohende Haltung übergehen ließ. »Aber wenn du nicht blechst, dann müssen wir dich verprügeln, das weißt du doch.«

Das war der Köder, hier musste der Boxer anbeißen, dann würde der Rest sich so ziemlich von selbst ergeben.

»Feiglinge, so viele gegen einen, was? Feige wie Mädels, was? Einer nach dem anderen, das traut ihr euch nicht, dann würde ich euch nämlich allesamt zusammenfalten.«

»Keine Sorge«, sagte Erik und legte eine Kunstpause ein. »Es ist noch viel schlimmer. Ich nehm dich mir nämlich allein vor.«

Der Boxer schaute sich misstrauisch um, und Erik redete rasch weiter, ehe sein Gegner irgendeine Initiative ergreifen konnte.

»Wenn es nur um eine kleine Tracht Prügel ginge,

hätte ich Leuchtturm gebeten, das zu erledigen. Aber nun ist es einmal so, dass du entweder bezahlst, und dazu hast du jetzt die letzte Chance, oder ich schlag dich persönlich so zusammen, dass du es dein Lebtag nicht vergisst.«

Die Zuschauermenge stöhnte auf. Sie begriffen nicht, wie man dem Boxer drohen konnte, ausgerechnet dem Boxer. Sie hatten nämlich keine Ahnung. Langsam ging jetzt das Gejohle los. Und nun musste auch der Boxer etwas sagen.

»Öh«, sagte er, und Erik bemerkte zu seiner Befriedigung, dass in der Stimme des anderen bereits Unsicherheit lag, »äh, dich kann ich doch mit einem Schlag umnieten, komm her!«

Und nun hob der Boxer die Hände vors Gesicht und machte ein paar tänzelnde Schritte. Jetzt musste der entscheidende Stoß gegen sein Selbstvertrauen geführt werden. Erik stand mit den Händen in der Tasche da, ohne sich darum zu kümmern, dass der bewegliche Schutz des Boxers jetzt Eriks Gesicht in Reichweite hatte. Er wusste, dass der Boxer nicht zuschlagen würde, solange er die Hände in den Taschen hatte.

»Ich kann dich zu Brei schlagen, wenn ich will«, sagte Erik. »Aber ich find's nicht lustig, Leute platt zu machen, die keine Chance haben, deshalb wollte ich dir gern eine geben. Aber zuerst noch eine allerletzte Mahnung: Willst du endlich bezahlen?«

»Nein, Scheiße«, sagte der Boxer hinter seiner Deckung und schnüffelte an seinen Fäusten, als ob er Boxhandschuhe trüge. »Reden kannst du ja, aber versuch doch mal, mich zu treffen, wenn du kannst.«

Dann fing er wieder an, vor Erik hin und her zu tänzeln. Der musterte ihn mit einem Lächeln und schüttelte den Kopf. Er hatte noch immer die Hände in den Taschen und dehnte das Schweigen aus, um den Boxer so lange wie möglich auf der Grenze zwischen Lächerlichkeit und Entscheidung zum Angriff zu halten. Der Boxer sprang vor und zurück und schnüffelte wie besessen an seinen imaginären Handschuhen.

»Du hast zwei Schläge frei«, sagte Erik.

Der Boxer hielt mitten in einem Sprung zur Seite inne und ließ überrascht die Hände sinken. Rasch nutzte Erik den Überraschungseffekt.

»Ja«, sagte er. »Du hast zwei Schläge frei. Du kannst zweimal zuschlagen, dann hast du wenigstens eine kleine Chance. Aber sag nicht, ich hätte dich nicht gewarnt. Und wenn du deine Chance genutzt und deine Freischläge hinter dich gebracht hast, vergiss nicht, dass dein Sack ganz schön empfindlich ist, ja?«

Der Boxer stand jetzt ganz still vor ihm und starrte ihn mit offenem Mund an. Erik sah, dass die Angst nahe genug herangekommen war.

Langsam zog Erik die Hände aus den Hosentaschen und ballte die Fäuste. Er presste seine Fäuste in Brusthöhe aneinander, dann schob er blitzschnell den linken Fuß vor und zog den rechten ein wenig zurück, dass es schien, als setze er zu einem Tritt an. Jetzt rückte die Entscheidung näher. Er wusste, dass er nur an seinen Vater zu denken brauchte. Da er die Hände in Brusthöhe gegeneinanderdrückte, sah es so aus, als wolle er sich nicht schützen. Aber er hinderte damit den Boxer an zwei von drei Schlägen, die sich als verheerend erweisen könnten: er konnte weder einen direkten Schlag in den Solarplexus anbringen noch einen Uppercut gegen das Kinn, und eine rechte Gerade auf die Nase würde er bei einem Freischlag nicht wagen. Damit saß er so gut wie fest.

»O Scheiße, jetzt mach schon«, sagte der Boxer zögernd.

»Nö. Wie gesagt: du hast zwei Schläge frei. Du hast doch sicher keine Angst vor den Prügeln, die du danach kassieren wirst?«

Die Zuschauer hinter dem Boxer johlten los und verlangten, dass er seinen Gegner endlich umnietete, wo er schon die Möglichkeit dazu hatte. Aber der Boxer zögerte. Erik begann sich zu konzentrieren und sah schon deutlich das Bild seines Vaters in Blau. Dann hörte er sich die Sache mit den zwei Freischlägen, der Feigheit usw. wiederholen und der Boxer wurde immer weiter aufs Glatteis gelockt. Er musste schlagen. Aber zugleich hatte er Angst. Er versuchte zu schlagen und zögerte.

Erik klinkte sich wieder ein: »Jetzt nutz endlich deine Chance, noch eine kriegst du nicht. Zeig wenigstens, dass du kein Feigling bist.«

Als der Boxer jetzt den Schlag anbrachte, den Erik ihm anbot, einen Schwinger gegen die Wange, lag in seinen Bewegungen noch immer so viel Unsicherheit, dass Erik ihn einstecken konnte, ohne auch nur eine Miene zu verziehen. Der Boxer starrte ihn verdutzt an.

»Das war der erste Freischlag«, sagte Erik. »Jetzt bleibt dir nur noch einer, danach knallt's, und vergiss nicht, was ich über deinen mickrigen Sack gesagt habe.«

Der Boxer zögerte und sah sich um. Seine Stirn war

schweißnass, und hinter ihm verlangten die blutdürstigen Knaben mehr Schläge, egal für wen, Hauptsache Schläge. Sie wollten den nächsten Freischlag sehen, und sie wollten wissen, wie es dem Boxer ergehen würde.

Es lag schon Verzweiflung im Blick des Boxers, als er Atem holte und Erik einen Schwinger auf die andere Wange pflanzte. In Eriks Kopf dröhnte es und das blaue Bild wurde für eine Sekunde unscharf. Jetzt musste alles so schnell gehen, dass der Boxer gar nicht erst mit dem Boxen anfangen konnte.

Der Boxer hielt die Fäuste vor der Brust, er konnte nicht glauben und fürchtete doch, dass sein Schlag nicht die geringste Wirkung zeigte.

Erik lächelte ihn durch den sich auflösenden Nebel vor seinen Augen an und änderte vorsichtig seine Haltung. Er bewegte plötzlich das rechte Bein und schien einen so wütenden Tritt in den Unterleib des Boxers führen zu wollen, dass der Boxer das einzig Vernünftige tat, als er instinktiv beide Hände senkte und sich vorbeugte, um den Tritt mit den Unterarmen aufzufangen. Mitten in dieser Bewegung traf ihn Eriks Faust sauber und perfekt auf die Nasenwurzel.

Erik spürte, wie unter den Knöcheln seines Mittel- und seines Ringfingers das Nasenbein zerbrach. Es war ein wunderbarer Treffer und das Blut sprudelte auf vollkommene Weise über das Gesicht des Boxers, der, wie er es gelernt hatte, den Kopf hochnahm (wer niemals Boxen trainiert hat, beugt sich in dieser Situation unwillkürlich vor), und während der Schock ihm noch immer im Auge saß, hob er die Hände, um sein Gesicht vor weiteren Schlägen zu schützen.

Worauf Erik in einem weiten Bogen von der Seite her trat und problemlos das Knie des Boxers traf, und zwar das des Beines, auf das der sich bei seiner Bewegung nach oben stützte. Der Boxer fiel hilflos zu Boden. Der Fall war erledigt.

Erik beugte sich über ihn und sagte das, was er sich in der letzten Viertelstunde auf dem Weg vom Imbiss genau zurechtgelegt hatte: »Mehr Prügel bleiben dir erspart, weil du mir leid tust. Sieh nur zu, dass du morgen bezahlst, dann brauchst du keine Angst mehr zu haben.«

Und dann gingen sie – ehe der Boxer mit dem Boxen anfangen konnte.

»Wie hast du die beiden Treffer wegstecken können?«, fragte Leuchtturm.

»Hartes Training«, antwortete Erik, und die Clique lachte, weil sie nicht wussten, dass das mindestens die halbe Wahrheit war.

Als er an diesem Tag nach Hause kam, sah er, dass der Vater sich ein neues Instrument zugelegt hatte. Es hing überaus deutlich in der Diele, man konnte es einfach nicht übersehen, was vermutlich auch der Sinn der Sache war. Er stellte vorsichtig seine Schultasche ab, nahm das Instrument und wiegte es sachkundig in der Hand. Es war ein Schuhlöffel, ein langer Schuhlöffel aus Chrom mit gewickeltem Lederhandgriff. Der untere Teil war ziemlich schmal, es handelte sich nämlich um ein Damenmodell. Es war leicht geschwungen und ungefähr einen halben Meter lang. Er machte versuchsweise einige zischende Schläge durch die Luft und stellte fest, dass der Schwerpunkt ziemlich weit unten lag. Wenn ihm der Vater beim Schlagen zu nahe käme, würde ein Großteil der Kraft verloren gehen. Aber das wusste der Vater natürlich auch, er hatte das Gerät schließlich ausgesucht und in der Hand gehalten und bestimmt unauffällig ein paar Probeschläge durch die Luft gemacht. Auf jeden Fall war der Schuhlöffel schlimmer als die Kleiderbürste, denn die hatte eine kleinere Treffoberfläche. Andererseits war er besser als Birkenruten, von der Hundepeitsche ganz zu schweigen.

Er hängte den Schuhlöffel wieder zurück, ging auf sein Zimmer und las ein Comicheft, das er in einem Band von Brehms Tierleben versteckt hatte. Das Ausgangsgebot würde vermutlich bei fünfundzwanzig Einweihungsschlägen liegen, aber dann?

Später, beim Essen, schlug der Vater tatsächlich fünfundzwanzig Nachtischschläge vor, Erik habe zu lange Haare (und wenn er am nächsten Tag zum Friseur ginge, würden wahrscheinlich weitere fünfundzwanzig folgen, weil er »nicht genug« abgeschnitten hätte). Dennoch war es ein recht einfaches Essen ohne sonderlich komplizierte Erörterungen über Tischmanieren, und der kleine Bruder war auch nicht in Nervstimmung; so konnte Erik sich problemlos durch alles hindurchlavieren. Der Vater schlug ihm einmal auf die Nase, weil er angeblich aufsässig aussah, das war alles. Er nahm den Schlag auf die Nase hin, und das Gesicht des Vaters hellte sich auf, weil er in Bezug auf die Schnelligkeit Fortschritte gemacht hatte, was, wie er behauptete, daran lag, dass er in jungen Jahren ein großes Fechttalent gewesen sei.

Unten auf der Straße schepperte eine Straßenbahn vorüber. Anfangs war es ihnen schwergefallen, sich an die Geräusche der Straßenbahnen zu gewöhnen. Draußen auf dem Land in der reichen Vorstadt war es abends immer still gewesen, wenn Erik und der kleine Bruder zu Bett gegangen waren. Sie waren nur dann aufgewacht, wenn der Vater mit dem Taxi nach Hause gekommen und so betrunken und wütend gewesen war, dass er Romulus und Remus schlug, bis sie heulten.

Jetzt waren beide tot. Romulus und Remus waren zwei fast kohlschwarze und ungewöhnlich kräftige Dobermänner gewesen. Der Vater hatte sie so schlimm misshandelt, dass sie am Ende verrückt geworden waren. Hatte jedenfalls der Tierarzt gesagt, als sie in die Stadt gezogen waren und es sich als unmöglich herausstellte, die heulenden Hunde in der Wohnung zu halten. Romulus und Remus hatten eingeschläfert werden müssen. Wenn Erik sich richtig erinnerte, hatte er damals das einzige Mal geweint, ohne verprügelt worden zu sein. Er hatte die Hunde geliebt.

Draußen in der reichen Vorstadt waren sie meistens mit ihren Leinen in einen zwischen zwei Eichen gespannten Stahldraht eingeklinkt gewesen. Eriks Klassenkameraden erkundigten sich immer genau danach, ehe sie sich auf das riesige, ummauerte Grundstück wagten. Alle Welt wusste, dass die beiden schwarzen Hunde lebensgefährlich waren. Einmal waren sie frei herumgelaufen, als die Müllmänner aufs Grundstück kamen; bis Erik dazwischengehen konnte, waren die beiden Männer so übel zugerichtet, dass sie Klage einreichten. Doch bei den beiden gebissenen Männern handelte es sich eben nur um Müllmänner, und der Vater heuerte zwei Anwälte aus Stockholm an, die dem Gericht erklärten, dass schließlich alles auf Privatgelände passiert sei und Müllmänner nun mal nicht in die geheiligte Privatsphäre eindringen dürften, dass man sein Eigentum doch wohl schützen dürfe in Zeiten, in denen immer häufiger eingebrochen werde. Alles endete mit einem Vergleich, einer Art Kompromiss, der darauf hinauslief, dass die Hunde eigentlich beißen durften, nur in dem Fall ein wenig zu viel gebissen hatten, weshalb der Vater die zerfetzten Kleidungsstücke und den Arzt bezahlen musste, danach aber war die Sache aus der Welt. Erik hatte ungefähr ein Jahr später einen der Müllmänner gesehen. Er hatte noch immer gehinkt.

Der Vater hatte zu der geflochtenen Lederpeitsche mit dem Metallhaken gegriffen, wenn er die Hunde schlagen wollte. Es war unbegreiflich, wieso sie nur heulten und sich alles gefallen ließen, wenn der Vater die Peitsche nahm und zu ihnen ging. Sie waren doch nur Hunde, warum krümmten sie sich also zusammen und heulten und winselten wie ein Mensch, wenn er sie schlug? Hatte der Vater denn nie Angst, sie könnten irgendwann genug haben und sich in plötzlicher Wut auf ihn stürzen und ihn zerfleischen? Der Vater konnte Romulus und Remus fünf Minuten am Stück peitschen, in einem sorgfältig inszenierten Ritual, bei dem die Schläge immer abwechselnd erst den einen und dann den anderen Hund trafen. Wenn Erik es sah, musste er daran denken, wie es gewesen wäre, wenn er einen Zwillingsbruder gehabt hätte, bestimmt hätte es der Vater mit ihnen auch so gemacht.

Einmal verirrte sich ein verspielter Collie auf das Grundstück. Er blieb erst einmal auf Distanz und bellte

Romulus und Remus an, die geifernd und kläffend an ihren Würgehalsbändern zerrten. Erik saß auf einem Baum und sah, was dann passierte.

Der Vater tauchte auf und schaute sich um. Dann lief er zu Romulus und Remus und ließ sie von der Kette. Was danach geschah, fand er nur noch zum Lachen. Lachend feuerte er Romulus und Remus an: »Gut so, brave Hündchen!«

Die Jagd war kurz, Romulus und Remus hatten den Eindringling schnell in eine Ecke getrieben. Dann rissen sie den verzweifelt schreienden Collie in Fetzen. Das Ganze war in wenigen Sekunden vorbei. Erik blieb in Erinnerung, wie der Bauch des Collies aufgerissen wurde und dass die Schnauzen der anderen Hunde danach blutverschmiert waren.

Beim Essen einige Stunden später – die Überreste des fremden Hundes waren inzwischen dessen Besitzer überreicht worden und der Vater hatte in einer Art Gentlemen's Agreement die Hälfte des Anschaffungspreises bezahlt – wurde Erik die Schuld an dem Unglück zugeschoben. Es musste schließlich eine Erklärung dafür geben, dass Romulus und Remus frei auf dem Grundstück herumgelaufen waren, und der Köter, den sie fertiggemacht hatten, war auch noch ein teurer Ausstellungsköter gewesen.

Ihm war nur zu klar, dass es zu einer Katastrophe führen würde, wenn er sagte, er habe gesehen, wie der Vater zu Romulus und Remus gegangen war, sich umgesehen und sie dann losgelassen hatte, aus purer Freude daran, ihnen beim Töten zusehen zu können. Wenn er das erzählte, würden sich die Schläge mit der Begründung, er habe gelogen, verdoppeln. Danach würde er zugeben müssen, dass er gelogen habe, und das erzwungene Geständnis würde weitere Schläge nach sich ziehen. Am Ende würde er dafür um Entschuldigung bitten müssen, dass er gelogen hatte, und versprechen, es nie wieder zu tun. Also konnte er auch gleich alles zugeben. Er habe die Hunde gestreichelt, das tat er jeden Tag, und danach habe er eben vergessen, sie wieder anzubinden; wenn er das alles zugab und seinem Vater dabei offen in die Augen blickte, dann stand er wie ein Mann für seine Taten ein und bat in der richtigen Weise um Vergebung. Freilich hatte die Geschichte Geld gekostet, also mussten Prügel sein, und zwar unter ein wenig feierlicheren Bedingungen als die routinemäßigen Nachtischprügel. Es kam zum Birkenrutenritual.

Das Birkenrutenritual konnte sich ziemlich lange hinziehen. Es lief darauf hinaus, dass Erik selbst hinausgehen und die passende Rute zurechtschneiden musste. Aber die, mit der er dann zurückkehrte, hatte immer irgendeinen Mangel. Entweder war sie zu groß und damit unbrauchbar wegen des zu großen Luftwiderstands und der zu großen Treffoberfläche. Oder sie war zu klein, wog zu wenig in der Hand und taugte dadurch nicht für ordentliche Treffer. Es war auch möglich, dass der Schaft zu kurz war, was dem Schlag nicht den nötigen Schwung verschaffte. Oder sie war zu lang und damit lag der Schwerpunkt falsch. Selbst als er mit der Zeit gelernt hatte, ein wirklich perfektes Schlaginstrument zu finden, wurde das Ritual doch immer genauso oft wiederholt, wie der Vater es vorher beschlossen hatte. Das Erstgebot lag bei zwanzig Schlägen. Schon dadurch war die Voraussetzung für etliche Erhöhungen gegeben, denn zwanzig Schläge waren natürlich zu wenig nach einem derart schwerwiegenden Vergehen, das zum Tod eines fremden Ausstellungshundes geführt hatte. Er tippte darauf, dass er dreimal neue Ruten würde holen müssen und am Ende vierzig Schläge dabei herausschauten.

Doch dieses eine Mal, als der Vater Romulus und Remus auf den armen Collie gehetzt hatte, der aussah wie Lassie und in drei oder vier Teile gerissen wurde, endete das Birkenrutenritual erst bei fünfundsiebzig Schlägen.

Erik wusste, dass die Haut das nicht aushalten konnte, ohne zu platzen. Es würde blutig enden. Der Vater begriff vielleicht nicht einmal selbst, wie blutig es enden würde.

Um sich gegen Schläge zu wappnen, die irgendwann nach dem fünfzigsten unweigerlich blutig wurden, musste man es irgendwie schaffen, schon vorher ungeheuer viel blauen Hass in sich zu schüren. Das wusste Erik.

Sie gingen ins Kinderzimmer. Der Vater nahm den kleinen Bruder an der Hand, führte ihn hinaus und schloss dann vorsichtig die Tür. Dann trat er vor, setzte sich auf die Bettkante und schlug mit der Rute durch die Luft, wie um sie zu testen. Als hätte er das nicht schon bis zum Gehtnichtmehr getan.

»Hosen runter«, sagte der Vater tonlos.

»Ich hab gesehen, dass du das warst, Vater. Ich hab oben in der Eiche bei den Schaukeln gesessen und genau gesehen, wie du zu Romulus und Remus gegangen bist. Du hast dich umgeschaut. Dann hast du erst Romulus und dann Remus losgelassen, und du hast gelacht, als du sie auf den Collie gehetzt hast.«

Der Vater starrte ihn aus weit aufgerissenen Augen an. Erik stand da und schaute in diese weit aufgerissenen Augen und beschloss, nicht mit der Wimper zu zucken und nicht einmal nach einer Ohrfeige den Blick zu senken. Er konzentrierte sich auf den notwendigen blauen Hass.

Es dauerte eine Ewigkeit.

Dann erhob der Vater sich langsam und ging zur Tür. Er öffnete sie und nahm den Schlüssel, der auf der anderen Seite im Schloss gesteckt hatte. Dann schloss er die Tür zweimal ab. Und kam, noch immer ganz langsam, zurück zum Bett.

»Hose runter«, sagte der Vater mit zusammengebissenen Zähnen.

An die darauf folgenden Prügel konnte er sich fast nicht erinnern. Nur dass er zu träumen schien, dass die Mutter am Ende, auf halbem Weg in den blauen Traum, draußen stand und gegen die Tür schlug und weinte. Aber sicher wusste er das nicht.

In der folgenden Woche durfte er nicht in die Schule gehen. »Grippe«, schrieb der Vater als Entschuldigung an den Klassenlehrer. Und noch lange später, im Frühling, wenn scharfes Licht ins Zimmer fiel, sah Erik auf den weißen Tapeten mit den Segelbooten und den Pferden und den spielenden Hunden braune Spritzer, bis hinauf zur Decke.

Am 6. November war das Wetter perfekt wie im Film. Dichter Nebel lag über dem Schulhof, als die Knaben hinter der Flaggenburg marschierten. Die Schulkapelle spielte einen Marsch mit dominierenden Trommeln. Der Käptn brüllte den verschiedenen Formationen Befehle zu, und jede Klasse trat, geleitet von ihrem Gruppenchef, in vier Abteilungen an. Dann sangen die Knaben »Ein' feste Burg ist unser Gott« und marschierten zu Trommelschall in die Schule und in die Aula, um der Rede des Rektors über das Böse in der Welt zu lauschen.

Russland war in Ungarn eingefallen und der Kommunismus bedrohte die Freiheit. Der Rektor erzählte von dem großen Weltkrieg, in dem er als Kriegsberichterstatter gearbeitet hatte. Es wurde nicht richtig klar, was so ein Kriegsberichterstatter eigentlich machte, aber den Schilderungen des Rektors zufolge war dessen Einsatz für den Ausgang des Zweiten Weltkrieges von großer Bedeutung gewesen. Nun drohte der Mahlstrom des Bösen abermals, unser Land und unser Volk in einen Krieg zu ziehen. Doch wir besaßen stolze Traditionen, an die uns unter anderem dieser Tag gemahnen sollte. Gustav Adolf II. hatte, obwohl er als unterlegen gegolten hatte, die Russen besiegt und die Ostsee zu seinem großen schwedischen Binnenmeer gemacht. Entscheidend waren dabei unsere Disziplin, unser schlichter Lebensstil und die guten Eigenschaften unserer Rasse gewesen. Wir Knaben waren Schwedens Zukunft, denn wir sollten Schweden verteidigen. Auch wenn es nicht zu einem Krieg mit offener militärischer Konfrontation käme, so würde uns doch ein anderer Krieg durch unser Leben begleiten, und in diesem Krieg würde unser Einsatz auf dem Weg zu persönlichem Erfolg das Land stärker und widerstandsfähiger machen. Das sei der eigentliche Kern der Demokratie, den es zu verteidigen gelte. Unser gegenwärtiges Schlachtfeld sei das der grundlegenden Ausbildung. Darauf folge eine nationale Kraftanstrengung, die uns zu Verwaltungschefs, Technikern, Erfindern, Offizieren, Firmenleitern und anderen nützlichen Gliedern der Gesellschaft machen würde, nur so vermöge unser Land dem barbarischen Angreifer technisch und moralisch überlegen zu bleiben. Bald würde auch Schweden über Kernwaffen verfügen und damit im Angriffsfall Leningrad zerstören können. Denkt daran, und jetzt zurück marsch, marsch ins Klassenzimmer, um den Verteidigungskampf gegen das Böse fortzusetzen.

In der nächsten Stunde freilich hatte Eriks Klasse Musik und der Musiklehrer gehörte zur schlechten Sorte von Lehrern. Erik teilte die Lehrer nach einem sehr einfachen Schema in gute und schlechte ein. Die, die schlugen und herumschrien, waren schlecht, die, die nicht schlugen, waren gut. Gegen die Schlechten wehrte man sich. Den Guten gehorchte man. Und die Klasse gehorchte Erik.

Der Musiklehrer hatte einen schütteren Ziegenbart und lange Haare, die ihm oft in die Stirn fielen, wenn er, den Zeigestock oder das Lineal hoch erhoben, durch die Bankreihen rannte, um auf jemanden einzuschlagen.

Noch im Banne der erregten Stimmung dieses Morgens hielt er einen Miniaturvortrag über den Russen als solchen und verlangte noch einmal »Ein' feste Burg ist unser Gott«.

»Sie meinen, wenn die Russen kommen, sollen wir sie in Grund und Boden singen, Herr Studienrat?«, spottete Erik, was in der Klasse natürlich große Heiterkeit auslöste.

Die Heiterkeit wollte sich nicht legen. Die Knaben verlängerten sie, um eine Abrechnung zu erzwingen, und der Musiklehrer ließ sich provozieren, packte den Zeigestock und stürzte auf Erik los.

Erik sprang auf und fing den Blick des Mannes ein. Der Mann hob den Zeigestock, zögerte dann aber, weil Erik regungslos stehen blieb und offenbar nicht vorhatte, sich gegen den bevorstehenden Schlag zu schützen. Erik wartete einige Sekunden, während der Mann sich dem Höhepunkt des Zögerns näherte, dem Moment, in dem er eigentlich hätte schlagen müssen.

»Wenn du mich schlägst, dann wirst du das für den Rest des Schuljahrs in jeder Stunde bereuen«, sagte Erik. Der Mann ließ überrascht den Zeigestock um einige Zentimeter sinken. Erik hob vorsichtig die linke Hand, damit er den Schlag abfangen konnte, ehe der Stock sein Gesicht erreichte.

»Willst du mir drohen?«, keuchte der Mann mit dem Ziegenbart.

»Du schlägst gern und das wirst du büßen«, sagte Erik und hob rasch die linke Hand, gerade weit genug, um den Zeigestock zehn Zentimeter vor seinem Gesicht abzufangen. Er packte den Stock und hielt ihn fest, während er abermals den Blick des Mannes einfing.

»Du glaubst, du könntest deinen Willen durchsetzen, wenn du mit Zeigestöcken und Linealen schlägst«, sagte Erik – noch immer duzte er den Mann –, »aber du wirst schon sehen, wie unmöglich es manchmal ist zu schlagen. Du siehst eigentlich aus wie eine Ziege. Du wirst Schraube genannt, aber von jetzt an heißt du Ziege.«

Er ließ den Zeigestock los und setzte sich. Dann begann er rhythmisch in die Hände zu klatschen und im selben Takt »Scheißziege, Scheißziege« zu skandieren; er nickte Leuchtturm und Göran zu, die darauf ebenfalls loslegten. Der Mann stand hilflos da, während der Chor immer lauter wurde. Am Ende schrie die ganze Klasse im Takt von Eriks Händeklatschen. Ziege, wie er von nun an hieß, stürzte aus dem Raum.

Die Folgen waren unvermeidlich. Nach der Frühstückspause wurde Erik zum Rektor beordert. Ein Verhör beim Rektor war gefürchtet, was nicht nur am Ernst der Sache mit allen möglichen unangenehmen Konsequenzen lag, sondern auch daran, dass unter dem Schreibtisch des Rektors ein knurrender alter Schäferhund kauerte.

Erik bereitete sich auf das Verhör vor, indem er seine spitzen blauen Wildlederschuhe gegen runde Dixieschuhe mit Rohgummisohlen austauschte, die dem dicken Johan gehörten. Er kämmte seine Schmalztolle zu einer eher knabenhaften Frisur mit Mittelscheitel und ließ seine rote Seidenjacke auf dem Gang hängen. Das war der physische Teil der Vorbereitungen auf die Konfrontation mit der Obrigkeit. Die nächste Vorbereitung bestand darin, dass er seine Sprache änderte. Erik konnte problemlos die gebildete Mittelklassesprache der Erwachsenen nachahmen. Das machte immer Eindruck. Die Erwachsenen glaubten, entweder sich selbst oder die Obrigkeit in dieser Sprache wiederzufinden. Sie hielten sie für ein sicheres Zeichen für Unschuld, gute Erziehung und Heimatrecht in der höheren Schulbildung; diese Sprache konnte deshalb auch als Schutz vor dem Schulverweis dienen. Es gab nichts Furchterregenderes als einen Schulverweis. Denn dann war man von Bildung ausgeschlossen und musste sich eine normale Arbeit suchen, statt in Zukunft einmal etwas Feines zu werden.

Der Rektor saß hinter seinem Schreibtisch, unter dem Schreibtisch knurrte der Schäferhund und hinter dem Rücken des Rektors stand Ziege. Erik begrüßte den Rektor mit lauter Stimme und Ziege mit einer knappen Verbeugung, dann trat er breitbeinig und mit hinter dem Rücken verschränkten Armen vor den Schreibtisch des Rektors. Eine solche Körperhaltung, fand Erik, war ein psychisches Problem für einen zum Schlagen bereiten Erwachsenen. Es ist zum Beispiel schwer, jemandem, der mit den Händen auf dem Rücken dasteht und sich nicht wehrt, eine Ohrfeige zu verpassen.

»Du weißt, welche Konsequenzen dein Verhalten für dein Zeugnis haben wird?«, fragte der Rektor als Erstes.

»Ja, Herr Rektor«, antwortete Erik, »ich bin mir absolut darüber im Klaren, dass meine Kopfnoten wegen des heutigen Zwischenfalls gesenkt werden sollten.«

»Ach, und welchen Schluss wirst du daraus ziehen?«

»Wenn man sich einem Lehrer gegenüber schlecht benimmt, was ich zweifellos getan habe, dann wird man unweigerlich allerlei Repressalien ausgesetzt, zum Beispiel einer schlechteren Note in Betragen oder Ordnung. Andererseits kann es gelegentlich zu Situationen kommen, in denen man in eine Konfrontation hineingerät, ohne dass man recht eigentlich eine andere Wahl hat.«

»Wie alt bist du, Erik?«

»Ich bin vierzehn. Vierzehneinhalb.«

Der Rektor schwieg, schaute auf die Schreibtischplatte und rieb sich mit einer Hand über seine Geheimratsecken. Erik konnte nicht erraten, was er empfand oder dachte.

»So, so«, sagte der Rektor nach einer Weile. »Nun denn, als Erstes wirst du nun Studienrat Torsson um Verzeihung bitten. Denn ich nehme doch an, dass du einen Lehrer respektierst?«

»Nein, Herr Rektor, das tue ich nicht.«

Der Rektor schaute auf. Seine Gesichtsfarbe änderte sich und die Adern an seinen Schläfen schienen anzuschwellen. Aber seine Stimme klang noch immer beherrscht, als er sagte: »Entweder nimmst du zurück, was du eben gesagt hast, oder du erklärst dich ausführlich, und Gott gnade dir, wenn du keine gute Erklärung hast.«

»Ich möchte mich lieber erklären. Zu sagen, dass man ›einen Lehrer‹ respektiert, hat meines Erachtens keinen Sinn, denn ›Lehrer‹ ist nur ein Titel. Die Frage ist, ob man den Menschen hinter dem Titel respektieren kann, und in diesem Fall kann ich das nicht. Studienrat Torsson glaubt, uns Schülern Kenntnisse über Musik vermitteln zu können, indem er uns mit Zeigestöcken und Linealen schlägt. Wenn er mich um Entschuldigung bittet, bitte ich ihn auch um Entschuldigung, sonst nicht.«

Der Wutausbruch des Rektors war prachtvoll wie eine Naturkastastrophe. Erik verstand nicht viel vom Inhalt des Gebrülls, außer dass er als vierzehnjähriger Schulknabe nicht einmal fähig sei, das Geld für eine Tüte Bonbons zu verdienen, weshalb er auch nicht das Recht habe, über Respekt oder Nicht-Respekt zu reden, der Rest kam ihm wie ein einziger brausender Sturm vor.

Mitten in diesem Sturm drehte der Rektor sich zu Ziege um und sagte etwas, und Ziege schlich verlegen zur Hintertür hinaus, während der Sturm weitertobte. Eriks Konzentration reichte nicht aus, um den tatsächlichen Inhalt dieser Schmähreden zu erfassen, da es ihn alle Mühe kostete, still zu stehen, ohne zu schwanken, die Augen offen und den Blick des Rektors festzuhalten und bei alldem nicht in nervöses Gekicher auszubrechen. Endlich ebbte der Sturm ab und der Rektor setzte sich wieder (während des Crescendos war er im Zimmer hin und her gelaufen).

»Also«, sagte der Rektor und rieb sich die Stirn. »Das wird in der Tat die Kopfnoten senken. Und ich möchte dich ausdrücklich warnen, mir ja nicht noch einmal mit einem solchen Zwischenfall zu kommen, ist das klar?«

»Ja, Herr Rektor, das ist klar.«

»Dann kannst du jetzt gehen, du Lümmel.«

»Danke und auf Wiedersehen, Herr Rektor.«

Als Erik die Hand nach der Klinke ausstreckte, überlegte der Rektor sich die Sache noch einmal anders.

»Ach, noch etwas, Erik, jetzt, wo wir diese Sache hinter uns gebracht haben. Du hast auch gute Eigenschaften. Du hast die Gabe der Sprache und du hast Mut. Nutze diese guten Eigenschaften und stell nichts mehr an. So, jetzt kannst du gehen.«

Der Rektor hatte mit tödlicher Sicherheit alles missverstanden. »Die Gabe der Sprache« war keine Gabe, sondern einfach eine Möglichkeit, sich zu verteidigen, eine von vielen. Und Mut gehörte möglicherweise dazu, fünfundzwanzig Meter hoch über das Schuldach zu balancieren. Mutig wäre in den Augen des Rektors auch eine weiße Tanzmaus, die von einer Katze in der Zimmerecke gestellt wurde. Wer mit Eriks Vater lebte, musste lernen, denselben Mut aufzubringen wie so eine Tanzmaus.

Die Frage, wie es sich mit dem Respekt vor Lehrern verhielt, war da schon leichter zu klären. Ziege schlug und erlebte in seinen Stunden die Hölle. Der Mathematik- und Physiklehrer Barsch schlug, und Erik verwandelte seine Stunden in Chaos, bis Barsch auf die radikale Lösung verfiel, zu Beginn jeder Stunde zu sagen: »Guten Tag, Knaben, setzt euch, und Erik, geh auf den Gang!« Mit Torte war alles anders. Geschichtslehrer Torte war ein temperamentvoller pensionierter Universitätsdozent, der seine Stunden in Schlachten und Abenteuer verwandelte. Er konnte mit dem Zeigestock als Schwert (als »römisches Kurzschwert«, nachdem er ihn kurz entschlossen über den Knien zerbrochen hatte) und dem Lineal als Schild aufs Pult springen, um vorzuführen, wie die makedonische Phalanx zum Angriff übergegangen war, als Alexander der Große die Welt eroberte. Torte wäre nie auf den Gedanken gekommen, einen Knaben zu bestrafen oder gar zu schlagen. Und der Knabe, der auf die bizarre Idee verfiel, bei Torte eine Stunde zu stören, konnte sich in der nächsten Pause auf Klassenkeile gefasst machen.

Oder die Englischlehrerin Anna, die von ihrem Aussehen her bei fünfunddreißig Knaben eigentlich chancenlos gewesen wäre. Eine kleine ältere Dame mit Handtasche und Mundschutz an den Tagen, an denen sie sich für eine Bazillenträgerin hielt, kleiner als die meisten Knaben, aber mit einem beängstigenden Blick, falls einem von ihnen auch nur das leiseste störende Flüstern herausrutschte. Dann schimpfte sie lange und verbreitete sich energisch über die Achtung vor Wissen und Arbeit, und ihr Ernst war so tief und ohne jeden Zweifel so echt, dass man ihr nur mit Respekt begegnen konnte.

Oder der Biologie- und Geografielehrer Ringer-Ivar (der in seiner Jugend wirklich gerungen hatte), der niemals seine Hand gegen einen Knaben erhob. Also verliefen seine Stunden ganz anders als die der Schwedischlehrerin, die sie »Hintern« nannten und die losstürzte und den Delinquenten an den Haaren zog oder ins Ohr kniff, wenn jemand auf ihre einfältigen Fragen nach der Kommasetzung eine falsche Antwort gab.

War es so einfach? Lag es an den Lehrern, dass die, die schlugen, Ärger bekamen, und die, die nicht schlugen, vor lammfrommen Knaben standen? Oder lag es möglicherweise an Erik, daran, dass die, die schlugen, das Bild seines Vaters heraufbeschworen und Eriks Widerstandskräfte mobilisierten, weshalb die, die zu seiner Clique gehörten oder Angst vor der Clique hatten, sich an den Schikanen beteiligten, sobald Erik loslegte?

Erik kam zu keinem Ergebnis. Aber die Lehrer auch nicht, und wenn sie im Kollegium noch so wütende Diskussionen abhielten, bei denen die Hälfte Erik als sanft und fügsam beschrieb, als fleißig und ungeheuer begabt und ehrgeizig, während die andere Hälfte in ihm einen bösartigen kleinen Verbrecher sah, der in der Mittelschule nichts zu suchen hatte, sondern lieber in eine Erziehungsanstalt oder eine Mechanikerlehre gesteckt werden sollte. Erik begegnete diesen beiden Bildern von sich in ihren hasserfüllten Schmähreden oder ihrem Lob nach den Stunden. Er neigte zu der Ansicht, dass eigentlich beide Seiten Recht hatten.

Gut war das nicht. Aber zum einen musste man sich gegen die Schläger wehren. Zum anderen war er der Anführer der Clique und trug die Verantwortung für die Organisation des Widerstandes. Wenn er Ziege nicht fertiggemacht hätte, dann hätte es niemand getan.

Also konnte er sich nicht anders verhalten, es sei denn, er hätte die Clique aufgegeben und sich selbst überlassen, was immer dabei herausgekommen wäre. Sie waren aber seine einzigen Freunde auf der Welt. Falls es so war – vielleicht hatten sie auch nur Angst vor ihm, vielleicht war nur einer nötig, der bestimmte und alles organisierte, und konnte man mit dem, der über einen bestimmte und alles für einen organisierte, gar nicht befreundet sein.

Der organisatorische Aufwand in der Clique war im letzten Jahr gewachsen. Das lag einerseits daran, dass Erik die Zinsen gesenkt und damit das Wuchergeschäft ausgeweitet hatte. Es gab mehr Schuldner und beim Eintreiben waren nicht mehr so viel Prügel nötig; nötig waren jetzt Buchführung, Ordnung und Überblick. Der dicke Johan hatte sich für diese Aufgabe angeboten und war in die Clique aufgenommen worden. Der dicke Johan hatte jede einzelne Schuld im Kopf und verwaltete die Darlehenskasse gegen ein kleines Salär. Durch seine Mitgliedschaft in der Clique hatte sich der dicke Johan von allen Plagen befreit, die ihm sein Äußeres bisher eingetragen hatte, denn als Angehöriger der Clique musste er von den anderen verteidigt werden.

Der dicke Johan war auch für die Plattendiebstähle zuständig, als sie ihre Geschäftstätigkeit um dieses Feld erweiterten.

Es hatte recht einfach begonnen. Göran und Kicke und Leuchtturm waren in ein nahe gelegenes Schallplattengeschäft gegangen, und als der Verkäufer gerade nicht hinschaute, hatten sie sich einen Stapel Platten von Elvis und Pat Boone unter ihre Lederjacken gesteckt und waren gegangen. Erik konfiszierte die Scheiben und verkaufte sie mithilfe des dicken Johan auf dem Schulhof, um dann das Geld in die gemeinsame Kasse zu geben. Damit war die Idee geboren.

Einige Monate später hatte das Ganze beängstigend große Ausmaße angenommen. Die halbe Schule wollte bei der Clique die neuesten Schallplatten bestellen. Der Preis auf dem Schulhof war um fünfzig Prozent reduziert.

Die zehn nächstgelegenen Schallplattenläden wurden systematisch nach einem von Erik aufgestellten Plan besucht. Sie wurden gewissermaßen gegen den Uhrzeigersinn bestohlen. Man konnte schließlich nicht dauernd mit demselben Trick im selben Laden arbeiten.

Der Trick war einfach. Knabe Nr. 1 ging in den Laden und fragte nach irgendeiner klassischen Aufnahme, die er sich anhören wollte. In der Mittagspause gab es in den Läden nur wenige Verkäufer, und während einer nun murrend in den Regalen suchte, gingen Knabe Nr. 2 und 3 zu den Regalen mit den attraktivsten Scheiben, schauten auf ihre Merkzettel und fischten so viele »Rock 'n' Roll III« oder »Tutti Frutti« von Little Richard oder was auch immer heraus wie möglich. Dann gingen sie wieder. Knabe Nr. 1 blieb und hörte sich seine klassische Aufnahme an. Danach kaufte er sie und ging (und warf die Platte in den nächsten Papierkorb).

Das war das System und die Geschäfte liefen großartig. Der Gewinn wurde gerecht verteilt und diente dem kollektiven Einkauf von Seidenjacken mit Drachenmustern und anderen notwendigen Dingen. Natürlich war es nur eine Frage der Zeit, bis alles auffliegen würde.

Und sie waren doch seine einzigen Freunde. Und man muss zu seinen Freunden halten. Man kann nicht aussteigen, wenn die Freunde einen brauchen, und die Clique würde ohne Organisation nicht überleben, jedenfalls wäre sie dann nicht mehr dieselbe, glaubte er. Man muss zueinanderhalten, und er hielt zu ihnen und hatte zum Beweis dafür erst kürzlich mit fünf Stichen eine Wunde über der linken Augenbraue genäht bekommen.

Er und Göran waren allein auf dem Heimweg vom Jugendzentrum mit den Pingpongtischen gewesen. Dabei war ihnen in einer engen Gasse die komplette Bande der Volksschulgauner begegnet. Vor den Volksschulgaunern brauchte man sich normalerweise nicht zu fürchten, denn sie kämpften nur mittelmäßig, waren ziemlich feige, dachten langsam und traten mit zu viel Aggressivität und zu wenig Planung auf. Wenn man nur einem von ihnen begegnete, konnte man sie einfach nur verachten.

Aber jetzt war die ganze Bande da und sie waren bewaffnet mit ihren lächerlichen Fahrradketten und Baseballschlägern. Sie waren sieben oder acht. Es gab also keinen Grund, sich die Sache lange zu überlegen, das Beste war, einfach wegzulaufen.

Das Problem war nur, dass Göran ziemlich langsam lief. Als Erik hinter sich keine Schritte mehr hörte, drehte er sich um und sah, dass Göran umzingelt war. Die anderen umstanden ihn, die fünf oder sechs ersten Volksschulgauner. Sie hatten ihn gegen eine Hausmauer gedrängt und würden bald loslegen. Göran würde wahrscheinlich jede Menge Prügel kassieren.

Erik überlegte einen Moment, während er um Atem rang und sein Herz hämmerte, weil er einen Entschluss fassen musste.

Es würde zu lange dauern, Verstärkung zu holen.

Er würde die Volksschulgauner nicht in zwei Gruppen aufteilen können, genauer gesagt, es würde nichts nutzen, da Göran auch mit dreien nicht fertig werden würde.

Es würde auch nichts nutzen, aus der Entfernung mit brutaler Rache zu drohen, sie würden Göran trotzdem zu Brei schlagen.

Aber er konnte weder einfach weggehen, noch konnte er tatenlos stehen bleiben, denn Göran war sein Freund. Man muss zu seinen Freunden halten.

Als er seine Entscheidung getroffen hatte, lief er in großem Bogen um die Gruppe, die Göran an die Mauer presste, um einem der kleinsten Volksschulgauner, der bei der Jagd ins Hintertreffen geraten war, den Weg abzuschneiden. Der Kleine hob ungeschickt seinen Baseballschläger, als Erik sich näherte. Die gesamte Zwerchfellgegend des Jungen war ungeschützt. Mit dem Baseballschläger des Kleinen in der Hand rannte Erik dann auf die Bande zu, die Göran gegen die Mauer presste; er sah, dass sie noch nicht mit Schlagen angefangen hatten, vermutlich, um ihren Triumph auszukosten. Er konnte zwei oder drei präzise Treffer anbringen, die die Formation um Göran auflösten, und er konnte Göran zurufen, er solle losrennen. Dann sah er noch aus dem Augenwinkel, wie Göran aus dem Kreis schlüpfte und verschwand.

Dann war plötzlich alles so gut wie vorbei. Die anderen umringten ihn und es gab keine Möglichkeit zur Flucht.

Drei von ihnen bluteten aus allerlei Wunden. Zwei Verletzte saßen auf dem Boden, aber Erik dachte, so schlimm könne es nun auch wieder nicht um sie stehen. Er hatte nicht zugeschlagen, um sie zu verletzen, sondern um sie zu verwirren und den Ring um Göran aufzulösen. Die Volksschulgauner fürchteten sich noch immer ein wenig vor ihm, aber das würde sich bald legen und den Versuch, sich aus der Sache herauszureden, konnte er sich schenken.

Die Sonne schien und auf der Straße fuhr ein Lastwagen vorüber, als sei alles ganz normal. Erik musterte die Volksschulgauner. Sie trugen kurze Hosen und klobige

Schuhe und stanken vermutlich schon aus der Entfernung nach Petroleum. Sie hassten alle Mittelschüler, auch wenn in ihren Augen jetzt nicht nur Hass, sich verflüchtigende Angst und der Triumph darüber geschrieben standen, was sie gleich mit ihm anstellen könnten – es gab da auch etwas Hündisches, als begriffen sie trotz allem nicht, dass sie hier in der Übermacht waren. Sie waren wie Romulus und Remus, die den Vater ebenso hätten zerreißen können wie den Collie, statt sich heulend zu unterwerfen und sich mit der Peitsche schlagen zu lassen.

Zwei Volksschulgauner waren verrotzt und husteten vor Erschöpfung und Erregung. Während Erik sie musterte, spürte er, wie ihre Aggressivität verflog. Es gab doch überhaupt keinen Grund für diesen törichten Krieg zwischen Mittelschule und Volksschulgaunern. Zumindest nicht für diejenigen, die die Mittelschule besuchten und die später, in der Welt der Erwachsenen, die Obrigkeit und die Bosse für die Volksschulgauner darstellen würden.

Erik hielt seinen Baseballschläger mit der dicken Seite nach vorn, um die ersten Schläge abzufangen. Das hatte natürlich keinen Sinn, sie würden ihn doch bald treffen. Irgendwer könnte sich hinter ihn schleichen und ihn im Nacken treffen, während er mit den Angreifern von vorn beschäftigt war. Er spürte, wie sein Griff um den Schläger erschlaffte. Dann ließ er ihn vorsichtig vor sich auf den Boden fallen. Es war ganz still, als das Holz auf dem Pflaster auftraf.

»Ich ergebe mich«, sagte er. »Ich hab keine Chance gegen euch, ihr seid schließlich zu acht.«

Ihm fiel ein, dass Raubtiere sich so verhielten. Wenn Wölfe miteinander kämpfen, hält der Unterlegene dem anderen seine Kehle hin und sofort verfliegt die Aggression des Siegers.

Anfangs schien es auch hier fast zu klappen. Die Volksschulgauner staunten und schreckten davor zurück, einen ins Gesicht zu schlagen, der sich nicht einmal mit erhobenen Armen verteidigte. Aber vermutlich war ihr Hass zu stark.

Erik hielt den ersten fünf Schlägen im Stehen stand, ohne sich zu wehren und ohne auszuweichen. Danach wurde er methodisch und gelassen zu Boden geschlagen. Vermutlich verlor er das Bewusstsein, ehe er den Boden erreichte und ihn die ersten Tritte trafen.

Nach drei Wochen konnte er wieder am Sportunterricht teilnehmen und seinen ersten Einsatz als Halbrechter der Schulmannschaft absolvieren. Die Wunden an seiner Stirn und seinen Oberarmen hatten genäht werden müssen und er hatte zwei relativ harmlose Rippenbrüche davongetragen. Immerhin waren ihm keine Zähne ausgeschlagen worden.

Anfangs hatte die Clique verschiedene Rachepläne ausgeheckt. Sie hatten überlegt, sich auf dieselbe Weise zu bewaffnen wie die Volksschulgauner. Kicke hatte sich ein Stilett besorgt.

Aber Erik verbot die Mobilmachung. Vor allem aus dem Grund, dass sie ihnen Zeit für ihre Geschäfte rauben würde; außerdem würde es schlicht unmöglich aussehen, wenn sie anfingen, mit Baseballschlägern in der Stadt herumzulungern. Der Krieg würde überdies nie ein Ende nehmen. Immer, wenn die Volksschulgauner

Prügel kassiert hätten, würden sie zurückkommen und versuchen, sich jeden aus der Clique einzeln vorzunehmen. Am Ende würden sie all ihre Zeit für einen Krieg brauchen, von dem niemand einen Nutzen hätte.

Es musste einen guten Grund geben, um jemanden zu schlagen. Es war blödsinnig, es um des Schlagens willen zu tun.

Es gab noch andere Gründe für seine Haltung, über die Erik nicht diskutieren wollte oder konnte. Vor allem spielten, wie er glaubte, die Hundeblicke der Volksschulgauner eine Rolle. Wenn sie zwei von diesen Typen einfingen, würde es ihm unmöglich sein, sie zu verprügeln. Ebenso unmöglich, wie Romulus und Remus zu peitschen. Die Volksschulgauner hassten die Mittelschule und das war möglicherweise zu verstehen. Aber es war unmöglich, sie zurückzuhassen. Sie konnten einen Typen ja nicht einmal dann richtig fertigmachen, wenn sie acht gegen einen waren.

Am Ende ging es mit den Geschäften ungefähr so in den Teich, wie Erik es schon lange befürchtet hatte. Die Polizei hatte Leuchtturm, Kicke und Göran eine Falle gestellt, sie auf frischer Tat ertappt und das war's.

Sie waren so aufgeflogen, wie es zu erwarten gewesen war, sie waren allerdings auch drei Tage hintereinander in denselben Plattenladen gegangen. Hätten sie die Läden nach dem vorgesehenen fächerförmigen Muster aufgesucht, hätten bis zu vierzehn Tage zwischen den Besuchen gelegen. Erik selbst hatte die Läden ausgesucht und mithilfe des dicken Johan den Einsatzplan für die Clique aufgestellt. Und nun hatten drei von ihnen es für unnötig anstrengend befunden, sich an diesen Plan zu halten; sie waren drei Tage hintereinander in denselben Laden gegangen und am dritten Tag hatte die Polizei sie erwartet und beim Verlassen des Geschäftes auf frischer Tat ertappt. Es folgte eine endlose Reihe von Verhören bei Polizei und Jugendamt und Rektor. Es hieß, eine Liga von jugendlichen Verbrechern sei gesprengt worden.

Die Verhöre bedeuteten für Erik ein moralisches Dilemma. Seiner Erfahrung nach galt bei einem Verhör immer der Grundsatz, dass der Verhörte schuldig war. Man brauchte gar nicht schuldig zu sein, als schuldig galt man sowieso. Also wurde alles nur schlimmer, wenn man die Schuld abstritt, das machte die Strafe nur schlimmer. Folglich empfahl es sich, alles, was man angeblich angestellt hatte, zuzugeben und dann um Entschuldigung zu bitten.

Auf diese Weise hätte er sich leicht aus der Sache herauswinden können, glaubte er. Er hätte nur in die akademische Erwachsenensprache überwechseln müssen, ein wenig jammern, weil seine Eltern in Scheidung lagen und seine Mutter schwache Nerven hatte, dann einige kleinere Vergehen gestehen und am Ende um Verzeihung bitten. Da die anderen natürlich leugnen würden, denn die Freunde hatten einander geschworen, sich gegenseitig niemals zu verraten, würde er als unschuldiges Opfer der Größeren und Verworfeneren aussortiert werden und ohne Schulverweis davonkommen, während die anderen langsam, aber sicher und teilweise aufgrund seiner Geständnisse in die Enge getrieben würden. Weil sie leugneten, würden sie in eine sehr viel üblere Lage geraten als er.

Folglich stritt er alles ab und wies darauf hin, dass keinerlei Beweise gegen ihn vorlägen. Kein Verkäufer hatte ihn mit Sicherheit identifizieren können, teils deshalb, weil er sich zu den Verhören anders gekleidet und anders gekämmt hatte, teils auch, weil er die Hauptverantwortung für die Verteilung des Diebesgutes getragen hatte und deswegen bei den Raubzügen nicht oft dabei gewesen war.

Er stritt alles ab, und nach den Verhören erklärten auch die anderen, dass sie natürlich alles abgestritten hätten.

Die Leute vom Jugendamt führten seltsame Untersuchungen durch und stellten tiefsinnige Fragen, zum Beispiel, ob man seine Eltern hasste (»natürlich nicht, ich liebe meine Mutter und meinen Vater«), sie machten Tests, bei denen man Formulare mit kindischen Fragen ausfüllte oder im Dunkeln Steine betasten musste, und wenn das Licht wieder anging, sollte man sagen, welcher Stein an welcher Stelle in der Reihe gelegen hatte. Solange die Untersuchungen dauerten, waren die Knaben vom Schulunterricht freigestellt.

Dann kam die Entscheidung. Alle wurden zum Rektor befohlen. Sie saßen im Wartezimmer mit den zwei Palmen und dem Ölgemälde von Jesus am Kreuz und wurden einer nach dem anderen hereingerufen. Wer fertig war, verschwand durch die Hintertür. Erik ahnte schon, dass er als Letzter hineingerufen werden und seine Freunde wohl niemals wiedersehen würde. Warum, wusste er nicht, aber er war fast sicher, dass er sie niemals wiedersehen würde.

Und so kam es dann auch.

Leuchtturm war der Vorletzte gewesen, danach dauerte es nur wenige Minuten, dann stand die Sekretärin des Rektors in der Tür und bat ihn herein wie zu einem Zahnarzttermin.

Als er das Zimmer betrat, saßen die Lehrer ganz still. Er trat mitten in den Raum, verschränkte die Arme hinter dem Rücken und versuchte, ein vollkommen ausdrucksloses Gesicht zu machen. Der Schäferhund knurrte und die große Standuhr tickte langsam, als zögerte auch die Zeit. Das Gesicht des Rektors verriet nichts. Die Adern an seinen Schläfen waren nicht geschwollen, seine Gesichtsfarbe war ganz normal und sogar seine Augen wirkten beunruhigend ruhig. Einige Leute vom Sozialamt saßen auch da, mit einer Miene, die nur als schlecht verhohlener Abscheu gedeutet werden konnte. Zwei seiner guten Lehrer waren ebenfalls anwesend und die kleine Studienrätin Anna hatte geweint und hielt ein Taschentuch in der Hand. Erik durchschaute die Lage sofort. Aber es wurde noch viel schlimmer, als er es sich jemals hätte vorstellen können. Als der Rektor den Mund öffnete, war er zunächst noch beherrscht.

Der Rektor türmte demonstrativ einen Stapel Papiere aufeinander und erklärte, dass Schule und Behörden in diesem Fall der Sache bis auf den Grund gegangen seien. Erik habe demnach während mehrerer Jahre in der Schule eine Schreckensherrschaft errichtet, bei der Misshandlung von Kameraden, Diebstahl, Wucher und Hehlerei auf der Tagesordnung gestanden hätten. Erik habe sämtliche Diebesaktivitäten organisiert, nein, leugnen sei hier zwecklos. Alle anderen Knaben seien vernünftig genug gewesen, ein vollständiges Geständnis abzulegen. Für sie, jedenfalls für einige von ihnen, gebe es noch Hoffnung. Aber Erik habe sie zum Stehlen gezwungen und sie hätten sich nur aus Angst vor Repressalien nicht zu wehren gewagt. Der arme Göran habe fast geweint, als er erzählte, wie sehr er sich die ganze Zeit gefürchtet habe. Der arme Göran habe berichtet, wie er nachts vor Angst geweint habe und wie sehr er alles bereue, und wie Erik ihn immer wieder gezwungen habe, weiterzumachen.

Wer aber seine Kameraden quäle und in Angst versetze, der sei es nicht wert, weiter am Unterricht teilzunehmen. Das allein sei im Grunde für einen Verweis schon ausreichend.

Man könne sich natürlich fragen, warum gerade Erik so geworden sei. Wahrscheinlich habe es ihm im Leben an einer gelegentlichen ordentlichen Tracht Prügel gefehlt.

Was nun die Sache mit dem Unterricht anginge, so sei von Seiten eines Teils des Lehrkörpers als mildernder Umstand angeführt worden, dass Erik als selten begabter Schüler gelten müsse. Zumindest für das Protokoll wolle man diesen Umstand erwähnen.

Aber wenn der Rektor richtig verstanden habe, dann sei das durchaus kein mildernder Umstand, eher sei das Gegenteil der Fall. Denn so gewiss man für Knaben, die weniger reichlich mit anderen Gaben ausgestattet waren, ein gewisses Verständnis aufbringen könne, für

Karlsson (Leuchtturm) zum Beispiel, der sich habe verführen lassen, so gewiss müsse das Urteil für den, der offenen Auges seine Kameraden verführe, umso härter ausfallen. Auch hätten die psychologischen Experten des Jugendamtes eine überaus sorgfältige Studie aller beteiligten Knaben erstellt, und was Erik angehe, so sei das Ergebnis geradezu beängstigend ausgefallen. Nicht weil man eine hohe Intelligenz festgestellt habe, etwas anderes habe niemand erwartet, sondern weil die Tests auf eine Persönlichkeit von fast unüberwindlich kriminellem und rücksichtslosem Charakter hindeuteten. Somit ergebe sich eine Schlussfolgerung vergleichsweise einfach (hier steigerte der Rektor sich endlich in rote, schwellende Schläfen und in die Stirn hängende Haare hinein):

»*Du bist das personifizierte Böse und als solches musst du vernichtet werden!*«, brüllte er.

Diese Worte jagten wie gefangene Vögel in Eriks Kopf hin und her. Er hörte nicht mehr deutlich, was der Rektor weiter brüllte. Es lief darauf hinaus, dass er die Schule noch am selben Tag mit einer bodenlos schlechten Betragensnote verlassen musste und der Rektor persönlich seine Kollegen in der Stadt warnen wollte, damit nicht noch eine Schule der moralischen Zersetzung ausgeliefert würde.

Ungefähr zu diesem Zeitpunkt machte Erik auf dem Absatz kehrt und ging, um sich nicht noch mehr anhören zu müssen. Als er die Tür hinter sich schloss, registrierte er, dass es drinnen still geworden war.

Als er den Schulhof erreichte, blieb er stehen und schaute sich auf der weiten Asphaltfläche um. Unten am westlichen Ausgang wurde Völkerball gespielt. An der Querwand der Turnhalle wurde Prellball gespielt. Hinten bei den Kastanien wurde Weitsprung geübt. Drei kleine Jungs aus der 1 kamen mit Butterkuchen in weißen Tüten aus der Bäckerei. Unter den großen Kastanienbäumen lagen schon braune Kastanien auf dem Boden. Die Sonne schien, keine Wolke stand am Himmel, und niemand sah ihn.

»Du bist das personifizierte Böse und als solches musst du vernichtet werden!«, das dröhnte immer wieder in seinem Kopf. Göran hatte alles zugegeben und ihm die Schuld zugeschoben. Alle hatten bei den Verhören gelogen. Sie waren seine Freunde gewesen.

Wer die Mittelschule nicht abschließen konnte, konnte auch nicht aufs Gymnasium und Abitur machen, und wer kein Abitur machte, hatte sein Leben schon ruiniert.

Was ihm fehle, sei eine gehörige Tracht Prügel? Kapierten die denn gar nichts, hatten die denn gar keine Ahnung von Prügeln?

Er ging auf den Ausgang zu. Dann aber überlegte er sich die Sache anders und ging hinauf ins Klassenzimmer. Sie hatten gerade Religion, und es wurde still, als er hereinkam. Wortlos ging er zu seiner Bank, stopfte die Schulbücher in seine Tasche und streifte die Seidenjacke mit dem Drachenmuster auf dem Rücken ab. Er hängte die Jacke über seinen Stuhl. Im Raum herrschte noch immer tiefe Stille. Dann ging er hinaus, ohne sich umzudrehen und ohne seine Jacke mitzunehmen. *»Du bist das personifizierte Böse und als solches musst du vernichtet werden!«*, hallte es in seinem

Kopf wider, als er über den Flur mit den hohen weißen Fenstern und dem abgenutzten grauen Marmorboden ging.

Er saß auf einer Bank im Vasapark und ging alles durch, was sich als unmöglich erweisen würde. Es würde unmöglich sein, sich unter einem anderen Namen an einer anderen Schule zu bewerben. Es wäre unmöglich, in eine andere Stadt umzuziehen, da Fünfzehnjährige nicht in andere Städte umziehen durften. Es wäre ganz bestimmt unmöglich, einfach zur See zu gehen. Überhaupt war alles unmöglich, jetzt, wo ihm alle Wege zu einer Ausbildung versperrt waren.

Also konnte er auch gleich nach Hause gehen und die Prügel hinter sich bringen, er konnte sowieso nicht klar denken, solange die Worte des Rektors in seinem Kopf widerhallten, wonach er ein unverbesserlicher Verbrecher war, weil er zu wenig Prügel bezogen hatte – ach, diese einfältige Rektorenlogik, dieser verdammte kindische Glaube daran, dass die albernen Tests die Wahrheit sagten, als ob er nicht mehr über Prügel wüsste, als der Rektor in seinem ganzen Leben gelernt hatte, als ob nicht, als ob nicht.

Das alles brachte nichts, erst nach Hause und die Prügel hinter sich bringen, dann klar denken. Und was würden das für phänomenale Prügel werden, jetzt, wo es einen so großartigen Grund gab – er lachte auf, als er sich vorstellte, wie sein Vater das alles sehen würde.

Er hielt mitten in einem Schritt inne.

Gab es denn überhaupt noch einen Grund, sich schlagen zu lassen? Wenn sie ihm doch die ganze Zukunft genommen hatten, wenn er jetzt arbeiten und sein eigenes Geld verdienen und vielleicht von zu Hause ausziehen müsste, selbst wenn er nicht von zu Hause ausziehen müsste – auf jeden Fall war er kein Schulknabe mehr. Nie wieder.

Er ging weiter.

Aber wie sollte sein Vater das begreifen, konnte er das begreifen, wenn er sich nicht endlich Widerstand gegenübersah, nicht endlich selber Prügel bezog? Vermutlich nicht. Der Vater sah ihn als einen Hund, der ihn nicht beißen würde, der das ganz einfach nicht konnte. Und es war schlicht nicht zu sagen, wie der Vater reagieren würde, wenn er zum ersten Mal gebissen wurde. Zum ersten und letzten Mal, es würde nur dieses einzige Mal nötig sein.

Aber das Ganze musste auf einer Art Schockerlebnis aufbauen. Der Vater hatte, verglichen mit Erik selbst, eine ungeheure Reichweite und sein Selbstvertrauen war ungebrochen. Man musste dieses Selbstvertrauen also rasch zerschlagen, ihn zu der Erkenntnis zwingen, dass der vermeintliche Hund sich als Wolf entpuppte. Es gab zwei mögliche Herangehensweisen an diese Taktik. Vor allem musste er seinen Hass kontrollieren, musste kühl bleiben und den Vorteil nutzen, den der erste Schlag immer gibt. Wie würde der Vater auf sein eigenes Blut reagieren, würde er verstummen oder würde er in verzweifelte Wut geraten? Im Schlafzimmer gab es nur eine gefährliche Waffe, das war der Schürhaken am Kachelofen, der stellte ein Risiko dar. Er könnte den Schürhaken auch selbst benutzen, oder nein, das wäre nicht gut, es könnte den Vater auf die Idee bringen, sich bei erster Gelegenheit zu rächen, wenn dem Hund der Schürhaken fehlte. Er könnte zu Beginn des Rituals rasch den Schürhaken vor die Tür stellen und die Tür dann abschließen, aber das hätte den Nachteil, dass der Vater sich in Gedanken auf das Kommende vorbereiten konnte, das würde der Sache die Schockwirkung nehmen und konnte zu einer längeren Schlägerei führen, von der man nicht wusste, wie sie ausgehen würde. Wenn er dagegen …

Als er eine halbe Stunde später nach Hause kam, hatte er zwei Runden durch den Krankenhauspark gedreht, um an den Details zu feilen. Er war sicher, dass er es schaffen würde, denn er musste sicher sein, dass er es schaffen würde. Seine Hand zitterte, als er den Schlüssel ins Schloss schob, aber er redete sich ein, dass er vor Spannung kochte, nicht vor Angst. Wer Angst hat, kann seinen Vater niemals so zusammenschlagen, wie er das jetzt vorhatte.

Aber der Vater war nicht zu Hause.

Das hörte er schon am Klang. Sie spielte einen Walzer von Chopin, und in ihrem Spiel lag eine Art Zögern, wenn der Vater nicht zu Hause war; es war eine zwischen Melancholie und Trauer und einer Art Freude schwankende Unsicherheit, ein Gefühl, das in der Sekunde, in der der Vater den Raum betrat, wie weggeblasen sein konnte.

Erik ließ in der Diele lautlos seine Schultasche auf den Boden gleiten und schlich durch den langen Flur zum Salon, wo die weißen Tüllgardinen vorgezogen waren und die Mutter am schwarzen Flügel saß. Er betrachtete sie in dem gedämpften Gegenlicht. Sie hatte die Haare im Nacken zu einem Knoten hochgesteckt und trug ein hellblaues Kleid, das ihm das Gefühl gab, sie wolle ausgehen, auch wenn sie nur noch selten das Haus verließ. Er stand hinter ihr und lauschte; sie konnte ihn unmöglich entdeckt haben, sie spielte fehlerfrei, ohne eine einzige Wiederholung, das ganze Stück. Dann blieb sie ganz still sitzen und legte die Hände in den Schoß.

»Setz dich, wir haben etwas Wichtiges zu besprechen, du und ich«, sagte sie plötzlich, ohne sich umzudrehen, und so leise, dass er sich für einen Moment einbildete, überhaupt nichts gehört zu haben. Dann fing sie mit einem neuen Stück an, noch immer Melancholie und Chopin, und er ging leise durch den Salon und setzte sich in einen Ledersessel. Er schloss die Augen und lauschte.

Wie schön sie spielte! Als könne sie unmöglich seine Mutter sein, wenn der Vater sein Vater war, als lägen alle Gefühle, von denen er glaubte, dass seine Klassenkameraden sie zu Hause empfanden, in ihren Tönen, als hätte es auch hier bei ihnen so sein können, als hätte es auch bei ihnen so sein müssen, Gefühle, die tief unter die Haut gingen, statt der ewigen Nachtischprügel, der ewigen Peitschenhiebe, der ewigen Schläge, des ewigen Verrats durch Freunde, die gar keine Freunde waren, der ewigen Angst, jemand könne plötzlich hervorspringen und mit voller Kraft mit einem Hammer auf die Tasten schlagen.

Die Musik war verstummt. Die Mutter setzte sich

ihm gegenüber in den anderen Ledersessel, und er hätte gern etwas anderes gesagt als das, was er gleich sagen musste. Sie sah ihn aus ihren braunen Augen an, und ihm kam eine leise Ahnung, dass sie geweint hatte.

»Ich weiß«, sagte sie leise. »Ich weiß schon alles.«

Dann nahm sie zu seiner Überraschung eine Zigarette aus dem silbernen Etui und gab sich mit zitternder, ungeübter Hand Feuer. Sie schob die Zigarette zu weit zwischen ihre Lippen, als sie den ersten Zug machte, sodass Tabakflocken an ihrer Unterlippe kleben blieben. Dann schob sie ihm das Etui zu.

»Ich nehme an, du rauchst«, sagte sie.

Er nahm eine Zigarette und sie schwiegen eine Weile. Dann sammelte sie sich und erzählte, dass sie bereits zwei Tage zuvor seine Klassenlehrerin getroffen habe.

»Sie ist ein wunderbarer Mensch, das kann ich dir sagen, ja, ich nehme an, du weißt es bereits. Sie glaubt an dich und ... ich habe ihr von deinen Problemen mit Vater erzählt und ...«

Die Mutter zitterte und schien keine Luft mehr zu bekommen, und Erik dachte, wenn sie jetzt zu weinen anfängt, dann halte ich das nicht aus, sie darf jetzt bitte nicht weinen. Aber sie riss sich zusammen und zog zweimal wütend an ihrer Zigarette, dann sprach sie weiter.

»Ich hätte so viel für dich tun müssen, Erik, und ich weiß nicht, ob du mir verzeihen kannst. Aber diese beiden Jahre, die dir bis zum Gymnasium noch fehlen, die werden wir auf jeden Fall schaffen. Ich wollte dir nichts sagen, bis alles geklärt ist, aber ... das ist es jetzt. Du wirst in zwei Stunden mit dem Zug losfahren und in einer neuen Schule anfangen. Alles wird in Ordnung kommen, du wirst sehen. Alles wird in Ordnung kommen.«

Er sah ihr in die Augen. Dann schwiegen sie beide.

Zwei Stunden später saß er in einem Zug nach Süden und sah das Glitzern des Lichts im Riddarfjärd.

In seinem Zimmer hatte die neue Kleidung auf ihn gewartet, blauer Blazer, weißes Hemd, blauer Schlips und schwarze Schuhe. Das war die Schuluniform, die der auf Matrizen abgezogenen Schulordnung zufolge übers Wochenende getragen werden musste, dazu zu bestimmten, ebenfalls angegebenen Gelegenheiten. In der Brusttasche des Blazers steckte das Stoffabzeichen der Schule, das Sternbild Orion, das auf der Brusttasche angenäht werden sollte. Seine Mutter hatte, bis auf seine Spikes und seine Fußballschuhe, schon alles in eine Reisetasche gepackt.

Er hatte das Abzeichen mit dem Orion eine Zeit lang in der Hand gehalten, dann hatte er um Geld für den Friseur gebeten, und als er sich nun mit der Hand über den Nacken fuhr, kam er sich vor wie ein Igel. Statt einer Schmalztolle hatte er nun einen kurzen Schopf, der zur Seite gekämmt wurde. Niemand würde etwas über ihn wissen und er würde niemals einen Klassenkameraden schlagen. Da niemand etwas über ihn wusste, würde er sich nie mehr schlagen müssen, nie wieder würde es einen Grund dafür geben.

Er sah seine Hände an. Wenn man die Hände aus der Nähe betrachtete, konnte man hier und dort kleine weiße Narben entdecken, vor allem von Zähnen hinterlassene. Aber die neuen Klassenkameraden würden nichts wissen.

Jedes Mal, wenn die Zugräder über eine Weiche fuhren, war er wieder ein Stück weiter entfernt vom Vater der Hundepeitsche dem Schuhlöffel der Kleiderbürste dem Essensritual den Nachtischprügeln vom Gefühl wenn die Faust das Gesicht eines anderen traf von Gewalt von Hass von Freunden die keine Freunde waren von Seidenjacken mit Drachenmustern und von Volksschulgaunern die Krieg wollten.

Er ging hinaus auf die Toilette, um sich im Spiegel zu betrachten. Sein Schlipsknoten saß ein wenig schief und seine Haare sahen verboten aus. Er hielt sich den Orion vor die Brusttasche und sprach, die ein oder andere vornehme Geste versuchend, höflich mit sich selbst. Das klappte. Es sah nicht nach ihm aus, aber es ging. Das heißt, wenn man sich die Sache genauer überlegte, war es durchaus derselbe Erik, wenn auch ein anderer, denn die, die seine neuen Klassenkameraden sein würden, hatten ja nie ein anderes Bild von ihm gekannt. Er lächelte sich mit seinen vielen nicht ausgeschlagenen Zähnen an, ging zurück an seinen Platz, legte ein Bein über das andere und steckte sich eine Zigarette an, die er ganz oben zwischen Zeigefinger und Mittelfinger hielt, nicht auf die normale Weise. Langsam ging ihm auf, dass er glücklich sein müsste.

Sie stieg in Södertälje zu, trug ein rotes Kleid und hatte blonde, über den Ohren zu Schnecken hochgesteckte Haare. Als ihm auffiel, dass ihm beim Blick in die Fensterscheibe schon zum zweiten Mal ihre Augen begegneten, sagte er etwas, damit das Schweigen nicht noch peinlicher wurde, und wenig später erzählte sie eifrig, sie sei unterwegs nach Kalmar, zu einem Kongress der Jugendorganisation der Schwedischen Sozialisten, um über die Atomwaffenfrage zu diskutieren, sie sei nämlich absolut gegen Atomwaffen und überzeugte Pazifistin. Erik hätte gern gesagt, dass er auch Pazifist sei, aber das war schlecht möglich, nachdem er damit begonnen hatte, dass er finde, Schweden brauche dringend eigene Kernwaffen, um Leningrad zu zerstören, falls …

Sie brauchte zwanzig Minuten, um aus der Diskussion als Siegerin hervorzugehen, und zwar vor allem mit dem Argument, dass eine weitere Ausbreitung von Atomwaffen gefährlich werden konnte (denn wenn Schweden als kleines neutrales Land, das hohes internationales Ansehen genoss, sich Atomwaffen zulegte, dann würden andere kleine Nationen in aller Welt das auch tun, und wenn erst Indien und Pakistan und Ägypten …).

»Du hast recht«, sagte er. »Vielleicht bin ich sogar auch Pazifist. Zumindest im tiefsten Herzen. Ich verabscheue alle Formen von Gewalt.«

Er lauschte überrascht auf seine Worte, die knisternd vor Heuchelei in der Luft hängen zu bleiben schienen. Aber sie schien sich nicht weiter zu wundern, sondern versuchte sofort, ihn für ihre Partei anzuwerben.

Draußen glitt die Landschaft von Sörmland vorbei wie in einem Film über zwei Menschen, die sich in einem Zug begegnen.

Er hätte fast seinen Bahnhof verpasst, und als er ihr Gesicht zusammen mit dem Zug verschwinden sah, ging ihm auf, dass er nicht einmal nach ihrem Namen gefragt hatte. Er hatte wie durch Zufall ihre Hand berührt und sie hatte sie nicht zurückgezogen; trotzdem hatte er nicht gewagt, sie nach ihrem Namen zu fragen, oder danach, wie er sie denn jemals wieder finden könne.

»Solhov« stand auf dem weißen Bahnhofsschild. 103 km von Stockholm, 46 m ü. d. M. Ein Taxi wartete. Dem Fahrer fiel es nicht schwer, zwischen den drei Ausgestiegenen den Richtigen zu entdecken.

»Du bist der Neue in Stjärnsberg, ja?«, fragte der Fahrer in leicht feindseligem Tonfall. Beim Zeitungskiosk stand eine kleine Clique mit Mopeds und rief ihm blöde Sprüche hinterher, und er erstickte schnell den Impuls, zu ihnen hinüberzulaufen und sie zu ... das zu tun, was der alte Erik getan hätte.

»Ja, ja«, sagte der Fahrer höhnisch, »und womit verdient dein Papa so sein Geld?«

Erik gab keine Antwort. Der Wagen setzte sich in Bewegung.

Was der Fahrer meinte, war nicht schwer zu verstehen. Es war wie bei den Volksschulgaunern und deren Hass auf die Clique von der Mittelschule. Der Besuch des Internats Stjärnsberg kostete pro Jahr den halben Jahreslohn eines Arbeiters, also mussten alle, die es besuchten, aus reichen Elternhäusern stammen. Es würde hier wahrscheinlich werden wie damals, als er die Volksschule in der gepflegten reichen Vorstadt besuchte.

Seine Mutter hatte den Courbet verkauft und das Geld in eine Art Fonds eingezahlt, der von einem Anwalt namens Ekengren verwaltet wurde. So konnte der Vater nichts daran ändern. Schulgeld und Taschengeld würden, nach Überprüfung der Rechnungen durch

Ekengren, direkt an die Schule ausgezahlt werden. Ein kleines Loch an der Wand zu Hause, das das Bild von Courbet hinterlassen hatte, und schon wurden ihm die zwei Jahre gewährt, die er bis zum Gymnasium noch brauchte, wenn er sich nur gut benahm und die Punkte schaffte, die von den staatlichen Gymnasien gefordert wurden. Bilder, mit denen man den ganzen Weg zum Abitur in Stjärnsberg hätte kaufen können, gab es zu Hause nicht.

»Da vorn liegt es«, knurrte der Fahrer.

Stjärnsberg wuchs aus seiner grünen Umgebung an einem See heraus. Die meisten Häuser waren weiß und hatten rote Ziegeldächer, in der Mitte gab es einen großen Eichenhain, es gab Kieswege, Rasenflächen, Rosenbeete. Sie passierten einen großen Fußballplatz und eine Schwimmhalle. Der Wagen hielt vor einem kleineren braunen Haus unter zwei hohen Ulmen, die noch immer grüne Blätter hatten. Der Fahrer zeigte mit dem Daumen über die Schulter zurück zur Rezeption und erklärte, dass dort die Neuen in Empfang genommen würden.

Er blieb mit der Tasche in der Hand vor der Tür stehen. Er rückte den ungewohnten Schlipsknoten gerade. Und dann kam Bernhard von Schantz heraus.

Bernhard schien um die zwanzig zu sein. Er hatte einen schlanken Körper und eine starre, gespannte Haltung, »geradrückig« nannte man so jemanden, er grüßte mit dem Handschlag der Offiziere und Turnlehrer: mit gerade ausgestrecktem Arm und unnötig hartem Zugriff. Er trug ein Jackett mit Fischgrätmuster und Lederflicken auf den Ellbogen, Reithosen und schwarze

Reitstiefel. Er sprach in einer unnatürlichen Mischung aus normaler Sprache und Erwachsenensprache. Er sah Eriks Blick an, dass die Stiefel einer Erklärung bedurften, und verbreitete sich über die Probleme, in der Gegend Reitpferde zu halten – die Schule selbst besaß keinen Stall. Aber sonst seien die Sportanlagen toll, um nicht zu sagen, außerordentlich.

Bernhard war Präfekt, das heißt der Vorsitzende von Schülerrat und Schülergericht, und es gehöre unter anderem zu seinen Dienstpflichten, erklärte er, neuen Schülern die Schule zu zeigen.

Sie gingen zuerst ins Wohnhaus Kassiopeia, dem tristesten Gebäude, länglich, grau, barackenhaft, mit zwei Stockwerken. Dort wohnten nur Mittelschüler. Je weiter man in den Klassen nach oben kam, desto besser wurden die Häuser, so war das Prinzip. Am Ende, wenn man sich durch Polarstern, den Großen und den Kleinen Bären, Löwen und Fische hindurchgewohnt hatte, dann landete man im Olymp. Im Olymp hausten die Leute aus der Abiturklasse.

Erik würde also in Kassiopeia wohnen, sein Zimmergenosse war leider gerade nicht anwesend, als Erik und Bernhard kamen. Im Zimmer gab es zwei Betten, einen Schreibtisch, einen Stuhl, zwei Bücherregale, zwei Kommoden, einen Kleiderschrank und einen Waschtisch. Die Wände waren weiß, alle Möbel waren grau. Das Fenster schaute auf einen Tennisplatz. Erik stellte seine Tasche auf das unbenutzte Bett, dann setzten sie ihre Einführungsrunde fort.

Und der Sportplatz war wirklich großartig. Die roten Aschenbahnen schienen perfekt gepflegt zu sein, der

Fußballplatz war so gerade, als sei er mit der Wasserwaage angelegt worden, und der Rasen war saftig, hatte genau die richtige Länge und wies keine kahlen Stellen auf.

Die Kugelstoß- und Diskusringe, die Weitsprung- und Stabhochsprunganlage, alles war in perfektem Zustand, eine Sportanlage für Meisterschaften. Alle Geräte sahen nagelneu aus.

Im Foyer der Schwimmhalle standen große Glasschränke mit den Silberpokalen und anderen Preisen, die die Schule bei diversen Schulmeisterschaften errungen hatte. Ab und zu begegnete ihnen eine Finnisch sprechende Putzfrau.

In der Schwimmhalle gab es eine Fünfundzwanzigmeterbahn. Es gab Wasserballtore und große Stoppuhren an den Querwänden, wie bei einem Schwimmverein. Aber niemand schwamm hier. Die grüne Wasseroberfläche lag vollkommen still, das einzige Geräusch, das zu hören war, war das Gurgeln der Reinigungsanlage.

Erik schaute auf den blanken Wasserspiegel. In den letzten Jahren war er fast jeden Abend zum Schwimmtraining gegangen, das gehörte zu den Dingen, die er verloren geglaubt hatte. Und nun das. Wenn ihm etwas an der Schule nicht gefiel, brauchte er nur loszuschwimmen und konnte alles vergessen, genau wie in der Stadt.

Alles schien fast zu schön, um wahr zu sein, sicher gab es hier niemanden, der begriff, was es bedeutete, so viele kleine weiße Narben an den Fingerknöcheln zu haben, und es gab wohl auch niemanden, der ihn aus der Zeit kannte, in der er eine Seidenjacke mit Drachenmuster getragen und lange Haare mit Schmalztolle gehabt hatte. Er fuhr sich mit der Hand über die ungewohnten Igelstacheln im kurz geschorenen Nacken.

Der Präfekt Bernhard erklärte, die Führung sei beendet, Zeit für den Rückweg nach Kassiopeia, doch Bernhard, aber auch der Vizepräsident, ständen jederzeit mit Rat und Tat den Neuen zur Verfügung. Hier in Stjärnsberg trügen nämlich die Schüler die Verantwortung für die gegenseitige Erziehung, Kameradenerziehung werde das genannt. Auf diese Weise würden die Lehrer nicht in Streitigkeiten über Betragensnoten und Ähnliches hineingezogen.

Das alles schien fast zu schön, um wahr zu sein.

Eriks Zimmergenosse Pierre lag auf seinem Bett und las, als Erik das Zimmer betrat. Sie begrüßten einander ein wenig feierlich, und während Erik auspackte, versuchten sie irgendwelche gemeinsamen Bekannten zu finden, da auch Pierre aus Stockholm kam, obwohl er eigentlich in Genf wohnte. Es schien keine zu geben.

Pierre registrierte Eriks Spikes, Badehose und Fußballschuhe.

»Aha, ein Sportnarr«, sagte Pierre, das Wort Sportnarr ein wenig pikiert, wenn auch ohne besonderen Spott in der Stimme aussprechend.

»Ja, und ihr habt hier wirklich tolle Anlagen. Und du?«

Die Frage war eigentlich überflüssig. Pierre war nicht nur dick und trug eine Brille, er hatte auch diese besondere Art, Bücher anzufassen und sich zu kleiden, die sofort zeigte, dass er schlecht im Sport war, einer, der beim Fußball als Letzter gewählt wurde, einer, der in den Lernfächern dagegen vermutlich gut war.

Und sehr richtig erklärte ihm Pierre, genau wie es der dicke Johan getan hätte, dass er ungern schwitze, dass er es blödsinnig finde, hinter einem kleinen Ball herzujagen usw., und was für ein verdammter Nervkram es sei, wenn im Herbst, zu Beginn des neuen Schuljahrs, die großen Sportfeste mit Teilnahmezwang angesagt seien. Schon am darauf folgenden Tag fand der Leichtathletikwettbewerb statt, das Wettschwimmen dann in der folgenden Woche.

»Mm«, sagte Erik. »Du bist also fett und findest das traurig und willst nicht mitmachen, weil du ausgelacht wirst und immer an letzter Stelle landest, was? Versteh mich nicht falsch, das sag ich nicht, um gemein zu sein, einige von meinen besten Freunden auf der alten Penne waren genauso. Die haben einfach gern gebüffelt, weißt du. Du musst nicht glauben, dass ich irgendwen verachte, weil er nicht gut im Sport ist, ich sag das nur, damit wir wissen, was wir voneinander zu halten haben.«

Pierre antwortete rasch, vielleicht ausweichend rasch, das ginge schon in Ordnung, er seinerseits habe auch nichts gegen Sportnarren, dann wechselte er schnell das Thema.

»Und warum bist du in diesen Drecksladen gekommen? Haben sie dich von der anderen Penne geschmissen, warst du zu blöd, um mitzukommen, oder zu reich und zu fein für eine normale Schule, wie manche hier von sich behaupten, oder arbeiten deine Eltern im Ausland?«

Erik zögerte. Er war gefeuert worden und das war ein so guter Grund wie jeder andere. Aber wenn er das erzählte, würde er auch erklären müssen, warum, und das würde zu allerlei ärgerlichen Lügen führen, denn mit seiner albernen neuen Frisur war er ein neuer Erik geworden. Also sagte er, bei ihm zu Hause habe es Ärger gegeben, und wechselte nun seinerseits das Thema und fragte, ob die Lehrer hier gemein seien und oft schlügen. Zu seiner Überraschung erfuhr er, dass die Lehrer überhaupt nicht schlugen, nie.

Pierre schien schon die Frage idiotisch zu finden, und Erik hätte sich fast in die Erklärung verwickelt, er fürchte sich nicht vor schlagenden Lehrern, das sei nicht der Grund, weshalb er gefragt habe. Aber er riss sich zusammen. Es war der alte Erik, der sich nicht vor Lehrern gefürchtet hatte. Er fragte, ob Pierre ihm Nachhilfeunterricht in Mathe organisieren könne, da liege er nämlich weit zurück (da Barsch ihn ja in den Mathestunden immer auf den Gang geschickt hatte). Pierre meinte, er könne Erik zum halben Preis und sogar mit einer gewissen Garantie Stunden geben. Geld zurück, wenn es nicht half. Pierres Vater war ein reicher Geschäftsmann und das mit dem Geld zurück war einer seiner Lieblingstricks, wie Pierre erklärte.

Als sie zusammen lachten, fühlte Erik sich vollkommen glücklich. Zugleich konnte er nicht verstehen, warum er fast losgeweint hätte.

Pierre ging mit ihm in den Speisesaal und zeigte ihm einen Platz ganz hinten an einem der zwanzig langen Tische. An jedem Tisch saßen zwanzig Schüler in einer bestimmten Rangordnung. Ganz oben saß der Tischmajor, dann kam der Vize-Tischmajor, wie er erfuhr. Danach die Gymnasiasten in einer Reihenfolge, die etwas damit zu tun hatte, wie sie bei privaten Essen platziert worden wären, zuerst der Hochadel oder die sehr Reichen, dann der niedere Adel und die weniger Reichen. Ganz unten am Tisch wurden die Mittelschüler nach ungefähr demselben Schema eingeteilt. Neue saßen immer ganz unten. Das Essen wurde nach der Rangordnung von finnischen Dienstmädchen aus großen Edelstahlschüsseln serviert. Jede Mahlzeit wurde mit einem Tischgebet begonnen und beendet.

Nach dem Essen gab es zwei Stunden für Sport und Studien, dann mussten die Mittelschüler ihre Zimmer aufsuchen. Pierre war nicht auf dem Zimmer, als Erik dorthin kam, weshalb Erik sich aufs Bett legte und eine Weile lang ganz einfach frei war.

Am nächsten Tag kamen wichtige Wettkämpfe. Er musste lange genug schlafen, damit er richtig ausgeruht war, denn er wollte in so vielen Sparten wie möglich gewinnen. Es wäre von großer Bedeutung für ihn, wenn er auf diese Weise bekannt werden könnte, es würde perfekt in sein neues Leben passen. Aber so wie sein Puls vor Freude und Erregung schlug, würde er wohl nur mit Mühe schlafen können. Da ging er besser in die Schwimmhalle und brachte zwanzig oder dreißig Bahnen in lockerem Tempo hinter sich. Danach wäre er müde genug, würde gut schlafen und wäre am nächsten Tag ausgeruht.

Als er mit dem Frotteehandtuch über den Schultern die Schwimmhalle betrat, war es dort fast leer. Die Wasseroberfläche lag grün und still. Beim Sprungturm beugte sich eine Gruppe von Jungen über einen Trainingsplan.

»Hallo«, sagte Erik, »man kann hier doch ein paar Bahnen schwimmen, oder?«

Die anderen lachten ihn aus.

»Ein paar Bahnen schwimmen«, äffte der Größte ihn nach. »Du bist neu hier, was?«

»Ja, heute gekommen.«

»Trotzdem hast du dich an die Regeln zu halten. Abends ist die Schwimmhalle für Abiturienten, Ratsmitglieder und die Schulmannschaft reserviert, also verzieh dich!«

»Ich dachte nur ...«

»Leute, die neu und frech sind, denken besser nicht, verzieh dich!«

Die anderen kehrten ihm den Rücken zu, und er spürte, wie Zorn in ihm aufstieg, genau so, wie er es um jeden Preis hatte verhindern wollen. Er zögerte und blieb stehen, bis er ein weiteres Mal entdeckt wurde.

»Haben wir nicht gesagt, dass du dich verziehen sollst?«

»Doch«, sagte er. »Aber das hab ich nicht vor.«

Alle schwiegen. Oh verdammt, jetzt hatte er den ersten Stein geworfen. Jetzt konnte er sich wirklich nicht mehr verziehen.

»In welcher Zeit muss man fünfzig Meter Freistil schwimmen, um in die Schulmannschaft aufgenommen zu werden?«, fragte er (die andere Alternative, um sich aus dieser Klemme zu helfen, hätte genau zu dem geführt, was nicht passieren durfte).

»Ach«, sagte ein etwas kleinerer Abiturient. »Du schwimmst?«

»Ja, vier Jahre beim SKK in Stockholm. Also, welche Zeit auf fünfzig Freistil?«

»Schaffst du's unter einunddreißig Sekunden?«

»Wenn du eine Stoppuhr hast, mach ich's unter neunundzwanzig.«

Er hatte sich zwar nicht aufgewärmt, aber es müsste gehen, das hier war eine Fünfundzwanzigmeterbahn und man machte bei der Wende mindestens eine Sekunde gut. Die anderen wirkten nicht mehr feindselig.

»Okay«, sagte der Größte. »Ich hab eine Uhr. Der Schulrekord steht auf 29,6.«

Erik kreiste die Arme in weiten Bogenbewegungen über dem Kopf, um seine Lunge mit Sauerstoff zu füllen. Das hier musste klappen. Dann stieg er auf den Startblock. Und jetzt Scheiße, Vater, dachte er, als er loslegte, jetzt Scheiße, Vater.

Er schaffte es in 29,1.

Die anderen zogen ihn aus dem Becken und klopften ihm auf die Schulter. Er bat um Verzeihung, weil er gesagt hatte, dass er es unter neunundzwanzig schaffen werde, aber er sei eben nicht aufgewärmt gewesen und … Die anderen winkten ab und sagten, ab sofort gehöre er zur Schulmannschaft und könne trainieren, wann immer er wolle. Er stellte sich allen der Reihe nach vor. Alle schüttelten ihm die Hand und lächelten.

Danach schwamm er seine Bahnen im Freudenrausch. Das hellgrüne Wasser schäumte wie immer um seine Augen, aber das hier war nicht wie immer, es war nicht wie die vielen Abende des letzten Jahres im Stockholmer Sportpalast, wo er geschwommen war, um nicht zu denken, um irgendwo zu sein, ohne irgendwo zu sein. Beim Schwimmen im Sportpalast hatte er nicht mit der Clique zusammen sein müssen – mit ihnen abends zusammen zu sein war durchaus nicht dasselbe wie tagsüber –, wenn er schwamm, war er nicht in der Nähe seines Vaters, und wenn er abends nach Hause kam und rote Augen hatte wie ein Kaninchen von all dem Chlor, das sein Gesicht gestreift hatte, wenn er die Welt in einem Schimmer mit Lichthöfen um jede Lampe sah, dann hatte er doch nur Sport getrieben, und wer Sport getrieben hatte, hatte nichts getan, was Prügel verdiente, von achttausend Metern Bein- und Armarbeit und Freistil schlief man traumlos ohne hämmerndes Herz, ohne Hass, so als sei die Welt ein einziger Strom aus hellgrünem, vorüberschäumendem Wasser, und alles, was man im Kopf behalten musste, waren die Wenden und der schwarze Kachelrand am Boden des Beckens.

Nun aber, da er seine ersten Kilometer auf dieser Fünfundzwanzigmeterbahn schwamm, wo man besonders viel gutmachte, wenn man die neue Schleuderwende aus den USA machte, die der Vereinstrainer, kurz bevor Erik verschwunden war, eingeführt hatte – nun war das wie Musik, wie einer der Walzer der Mutter auf dem schwarzen Flügel, wie Chopin oder eine Sonate von Beethoven, als leiste das Wasser keinerlei Widerstand, als schwimme er ohne Anstrengung und sehe die ganze Zeit die großen Eichen inmitten des neuen Schulgeländes vorübergleiten, er sah Pierres Gesicht mit der Brille und das der Pazifistin mit der Schneckenfrisur vorübergleiten, als spiele er selbst, als hätte er seit seiner Kindheit weitergespielt, als der Vater ihm die Tonleitern hatte einprügeln wollen, als könne er spielen wie die Mutter; und sein Körper gehorchte dem leisesten Wink und hätte gehorsam bis weit über die eigentliche Müdigkeit hinaus weitergemacht, nachdem er sich die Müdigkeit erschwommen hatte, die er brauchte, um so schlafen zu können, dass er am nächsten Tag gewinnen würde. Er war Erik, Mitglied der Schulschwimmmannschaft. Nur das, keine Clique, keine Gewalt, nicht einmal Lehrer, die schlugen. Er war Erik der Schwimmer und nur das, und am nächsten Tag würde er Erik der Läufer werden und danach nur Läufer und Schwimmer sein und niemand würde etwas anderes wissen und niemand würde die Narben entdecken, die weißen Narben auf seinen Fingerknöcheln.

Der Sporttag war organisiert wie ein kleineres Militärmanöver. Alle Schüler sollten am Vormittag in allen Sparten antreten, nachmittags folgten dann die Endkämpfe. Die sechs Besten jeder Sparte nahmen am Finale teil. Zu Eriks Überraschung traten Mittelschule und Gymnasium nicht getrennt an, da die älteren Schüler die jüngeren besiegen sollten. Erik erhielt eine schwer verständliche Erklärung, die darauf hinauslief, dass das alles mit dem Geist von Stjärnsberg zusammenhinge: zu den Prinzipien der Kameradenerziehung gehörte es, dass die Jüngeren wussten, wo ihr Platz war.

Das Qualifikationssystem diente offenbar auch nur den Besten, also den Gymnasiasten. Denn wer nach nur einem Versuch beim Weitsprung bereits ins Finale kam, war natürlich im Vorteil gegenüber einem jüngeren Konkurrenten, der alle seine sechs Versuche machen musste, um einen Platz im Finale zu ergattern.

Das Ganze erforderte sorgfältige Berechnung. Man

musste sich durch die Sparten hindurchschlängeln, in denen man keine Chance hatte. Also wartete Erik beim Hochsprung, bis er sich nach nur drei Versuchen aus dem Wettbewerb verabschieden konnte, und beim Stabhochsprung machte er es genauso. Beim Speerwerfen beging er drei absichtliche Patzer und lieferte drei lahme Würfe, um seinen Arm für Diskus und Kugel zu schonen. Beim Weitsprung machte er es ebenso, beim Dreisprung folgten dann wieder ein Patzer und ein leichter Sprint in die Sandgrube.

Fünftausend Meter wurden nur im Finale gelaufen, aber es durften nur die antreten, die in einer anderen Sparte in den Endkampf gekommen waren. Das Kniffligste waren die Sprintdisziplinen, denn dort konnte man nur mit voller oder fast voller Kraft laufen. Danach folgten die ersten Vorläufe über die Mittelstrecken, eingeteilt in Mittelschule und Gymnasium, weshalb er dort Kraft sparen und trotzdem die Zwischenläufe erreichen konnte.

Um insgesamt einen erfolgreichen Wettkampf zu absolvieren, musste man genau auswählen. Für Erik bedeutete das die Entscheidung zwischen hundert und zweihundert Metern. Er beschloss, das Finale über hundert Meter zu erreichen, und erschlenderte sich beim Vorlauf über zweihundert Meter das sichere Ausscheiden. Dasselbe wiederholte er bei den achthundert und vierhundert Metern. Er lief, ohne sich zu verausgaben, den Vorlauf über achthundert Meter und setzte auf das Finale über vierhundert. Ein Achthundertmeterfinale würde er vor oder nach einem Fünftausendmeterlauf nicht schaffen.

Die Endkämpfe waren erst gegen sieben Uhr abends entschieden. Erik war von seinen Ergebnissen zuerst enttäuscht. Er hatte in keinem Finale gewonnen. Er war Zweiter im Weitsprung, Zweiter im Kugelstoßen, Dritter im Diskuswerfen, Dritter über vierhundert Meter, Zweiter über hundert und Zweiter über fünftausend Meter. Vom Hundertmeterfinale abgesehen hätte er es nicht viel besser machen können. Da war er beim Start zu langsam gewesen, weil er gezögert hatte, als der Typ neben ihm ganz offensichtlich zu früh gestartet war. Den Vorsprung des anderen hatte er dann nicht mehr aufholen können, und ihm fehlte fast ein halber Meter bis zum Sieg, dabei hatte er im Semifinale den Sieger mit Leichtigkeit geschlagen. Aber in den anderen Finalen hatten die Sieger Resultate erzielt, die besser waren als Eriks persönlicher Rekord, da halfen also keine Ausflüchte. Er war zwar der einzige Mittelschüler, der überhaupt ein Finale erreicht hatte. Aber was half das? Er hatte trotzdem nichts gewonnen.

Als er nach den fünftausend Metern, dem letzten Finale des Tages, seine Schuhe aufschnürte, kam der Sportlehrer und Trainer zu ihm und schlug ihm auf den Rücken. Der Sportlehrer hieß Berg und hatte einen Clark-Gable-Schnurrbart und schwarze, kurz geschorene Haare, er schüttelte ihm die Hand und zeigte mit der ganzen Handfläche auf ihn, wie es alle Turnlehrer und Offiziere taten.

»Äh«, murmelte Erik. »Ich hab mich ein bisschen verschätzt. Hätte die Vierhundert überspringen und das Finale über Zweihundert anpeilen sollen. Den Start über Hundert hab ich auch verpatzt und …«

Berg schaute ihn zehn Sekunden lang lächelnd an.

»Du verlierst wohl nicht gern, was?«, fragte er.

»Doch, wenn sich nichts dran ändern lässt … Ich meine, wie beim Weitsprung, da bin ich fünfunddreißig Zentimeter kürzer gesprungen als der Sieger, da kann man nicht viel sagen.«

»Bist du gut im Fußball?«

»Ich bin kein Techniker, aber ich bin noch nie ohne Tor vom Platz gegangen.«

»Das ist gut, Erik. Du passt gut hier nach Stjärnsberg, da bin ich mir sicher, und nach drei, vier Jahren gewinnst du alles, wozu du antrittst. Ist dir das überhaupt bewusst?«

»Ja, aber davon hab ich doch heute nichts.«

Berg lachte und schlug ihm noch einmal, und diesmal ein wenig zu hart, auf den Rücken.

»Du bist ein Siegertyp und das brauchen wir, das ist gut für den Geist von Stjärnsberg.«

Pierre lag auf seinem Bett und las einen dicken Roman auf Englisch, als Erik ins Zimmer kam, um sich zum Abendessen umzuziehen.

»Wie ist es gelaufen?«, fragte Pierre, ohne von seinem Buch aufzuschauen.

»Ging so. Hätte das Finale über hundert Meter gewinnen müssen, hab's aber verpatzt. War ein paarmal Zweiter und Dritter, aber es ist ein total ungerechtes System.«

»Wieso das?«

(Pierre starrte noch immer in sein Buch.)

»Weil wir von der Mittelschule gegen die Gymnasiasten antreten müssen. Es ist nicht so leicht, gegen einen zu gewinnen, der drei, vier Jahre länger Zeit zum Wachsen gehabt hat. Nur gegen Mittelschüler hätte ich fünf- oder sechsmal gewonnen, aber so ... äh!«

Pierre nahm sein Lesezeichen vom Nachttisch, legte es ins Buch, klappte das Buch zu und setzte sich auf.

»Und warum, glaubst du, müssen die Mittelschüler gegen die Gymnasiasten antreten?«, fragte er in einem ironisch klingenden Tonfall.

»Weiß der Teufel. Aber ist doch komisch.«

»Es ist so, weil wir Mittelschüler Prügel beziehen müssen. Hast du das noch nicht kapiert?«

»Nein, aber wen wundert's, dass ein Typ mit neunzehn schneller läuft als einer mit vierzehn? Was soll übrigens Kameradenerziehung heißen?«

»Das heißt ganz einfach, dass wir Prügel von denen kassieren. Ich meine, nicht nur Prügel beim Sport, sondern Prügel ganz allgemein.«

»Die schlagen viel, meinst du?«

»Genau. Mehr als du dir vorstellen kannst, das ist Kameradenerziehung. Im Grunde ist es nichts anderes als Feudalismus.«

Als Pierre das Wort »Feudalismus« sagte, rückte er seine Brille gerade, um die Kunstpause vor diesem Erwachsenenwort zu betonen. Erik dachte lange darüber nach, was genau der denkbare oder mögliche Inhalt von Pierres Einschätzung der Verhältnisse sein mochte.

»Du kriegst öfter Prügel von denen vom Gymnasium, meinst du?«

»Ja, und in jedem Fall hält man sich lieber bedeckt«, sagte Pierre leise.

»Und was machst du, um dich in jedem Fall bedeckt zu halten?«

»Ich bin dick und gut in der Schule und gelte als Büffeltier. Vermutlich gelte ich auch als feige. Und die finden es nicht witzig, einen Typen zu schlagen, der intellektuell und feige ist. Für dich kann das schlimmer werden. Das kapierst du ja leider nicht: was es bedeutet, wenn ein Typ von der Mittelschule sie im Sport fast besiegt. Du musst in der nächsten Zeit mit dem einen oder anderen Peppis rechnen, da gibt es kein Vertun.«

»Was ist ein Peppis?«

»Man schlägt mit dem Schaft eines Tischmessers auf die Schädelspitze. Oder mit der Faust und dem Ringfingerknöchel – so, siehst du – auf die Schläfe oder die Nase.«

Erik stand mit einem Laufschuh in der Hand da und versuchte zu begreifen, dass es ein großer Fehler gewesen sein sollte, überhaupt einen Wettkampf gewinnen zu wollen. Er war also »neu und frech«. Gymnasiasten von der Sorte, die bei Tisch als Chef dasaßen, würden ihm befehlen können, den Kopf zu senken und Schläge hinzunehmen, ohne sich dagegen zu wehren.

»Verdammte Scheiße!«, schrie er und warf den Schuh gegen die Wand. »Scheiße, jetzt geht das doch wieder los. Ich will mich nicht prügeln, ich will nicht, ich hab das satt!«

»Hattet ihr auf deiner alten Penne auch Ratis?«, fragte Pierre vorsichtig.

»Nein ... ach, das kann ich jetzt nicht erklären. Ein andermal, komm, wir gehen futtern.«

Auf dem Weg zum Speisesaal erklärte ihm Pierre, das

Schlimmste lege sich nach den ersten Wochen, man müsse die Schläge nur ohne zu jammern und ohne frech zu werden einstecken. Vor allem die Neuen würden im Geist von Stjärnsberg gedrillt. Alle Neuen hätten es deshalb zu Anfang schwer, aber die, die sich wehrten, kassierten nur noch mehr Prügel und würden länger als die anderen, die keinen Widerstand leisteten, als neu und frech bezeichnet. Erik überlegte, dass es dann ja möglich sein müsse, sich so weit zusammenzureißen, dass man die Schläge eben hinnahm, ungefähr so, wie er es bei seinem Vater immer gemacht hatte. Aber wenn er keine Miene verzog, würden sie es vielleicht als Herausforderung auffassen und weiterschlagen, bis er doch eine verzog, und was, wenn er sich dann nicht beherrschen konnte?

»Was passiert, wenn man einen aus der Abiturklasse zusammenschlägt?«, fragte er Pierre.

Pierre blieb mitten auf dem Kiesweg stehen und rückte seine Brille gerade.

»Das ist noch nie vorgekommen. Ich hab jedenfalls nie davon gehört. Vermutlich ist es nicht verboten … nein, es ist nicht verboten, aber es geht trotzdem nicht.«

»Wieso nicht?«

»Nun ja, selbst wenn man einen aus der Abiklasse zusammenfalten könnte, würde das als Frechheit den höheren Klassen gegenüber gelten, und das bringt einen Samstagsonntag. Außerdem geht der Typ aus der Abiklasse zu einem Rati, und bei einem Rati darf man nicht zurückschlagen, sonst fliegt man.«

Beim Abendessen zog sich ein Mittelschüler, der Erik gegenübersaß, einen Peppis zu, weil er über den Teller eines anderen hinweg nach dem Salzstreuer gegriffen hatte. Das sah der Tischmajor und brüllte ein schroffes Kommando. Der Übeltäter stand auf, trat in Habt-Acht-Stellung vor den Tischmajor, senkte den Kopf und verschränkte die Hände hinter dem Rücken. Der Tischmajor wischte sich den Mund mit der Serviette ab und drehte sich langsam zu dem Delinquenten um. Dann nahm er ein sauberes Messer und wiegte es einige Male in der Hand hin und her, ehe er mit dem Schaft auf den Kopf des Delinquenten schlug, der aufheulte und unter dem Gelächter der anderen am Tisch an seinen Platz zurückkehren durfte. Dem Jungen standen Tränen in den Augen.

Ein Peppis war also nicht besonders schwer zu ertragen, wenn man nur an den Schlag an sich dachte. Man musste den Kopf senken und warten. Und dann kam das Gelächter. Man musste sozusagen Kompromisse eingehen. Das Einfachste schien es zu sein, den Schlag hinzunehmen und mit keiner Regung zu verraten, dass es wehtat. So könnte man das Gelächter neutralisieren. Jede andere Verhaltensweise würde entweder zu einer Schlägerei führen oder man würde ausgelacht und verspottet werden. Der neue, unbekannte Erik mit der blöden Frisur musste einen Kompromiss eingehen. Das musste er einfach.

Kaum hatte er sich das alles überlegt, da hallte der Speisesaal von Gelächter und Buhrufen wider. Ein Mittelschüler, der vier oder fünf Tische weiter saß, war an die Längswand mit den Fresken beordert worden, wo er mit dem Gesicht in Habt-Acht-Stellung zur Wand stehen und sich schämen musste. Der Mittelschüler neben

Erik erklärte das System: wer drei Peppis hinter sich hatte, wurde sozusagen in die Ecke gestellt, wem das zum zweiten Mal passierte, der wurde nach der Prozedur vor der Wand aus dem Speisesaal verwiesen, und wer aus dem Speisesaal verwiesen wurde, handelte sich automatisch einen Samstagsonntag ein.

»Und wenn man sich weigert, den Peppis hinzunehmen?«

»Muss man stattdessen aufstehen und sich schämen, aber das gilt als drei Peppis.«

»Und wenn man sich weigert, aufzustehen und sich zu schämen?«

»Dann gibt es automatisch einen Samstagsonntag.«

»Kann man denn den Samstagsonntag verweigern?«

»Nein, sonst fliegt man.«

»Kann man einen Peppis verweigern, auch wenn der Tischmajor ein Rati ist?«

»Ja, den Regeln nach wohl. Aber dann kann der Rati einen nach dem Futtern vor dem Speisesaal stellen und wieder einen Peppis anordnen. Allerdings ist der Tischmajor hier bei uns kein Rati, sondern nur in der Abiklasse.«

Das alles eröffnete neue Möglichkeiten, aber dafür war sorgfältiges Nachdenken angesagt. Strafarbeit oder Arrest am Wochenende bedeutete, dass er nicht nach Hause fahren müsste. Das hätte den Vorteil, dass er den väterlichen Prügeln entgehen würde, andererseits würde er sich wenigstens so weit an die Regeln halten müssen, dass er nicht von der Schule flog. Wahrscheinlich hatte diese Methode auch ihre Nachteile. Er würde darüber mit Pierre reden müssen, der offenbar große

Erfahrung in der Kunst besaß, sich ohne allzu großen Ärger durchzulavieren. Wenn man den Peppis mit den Nasenschlägen verglich, die der Vater am Esstisch austeilte, gab es immerhin einen wichtigen Unterschied: einen Peppis bekam derjenige, der auf irgendeine Weise gegen die guten Tischmanieren verstieß, also nicht ohne Grund oder nur, weil der Tischmajor gerade Lust hatte. Es müsste eigentlich recht einfach sein, sich an die Tischsitten zu halten, die waren ihm ja nun wirklich bekannt. Andererseits war er nun einmal neu und frech, wahrscheinlich würde es trotzdem schwer, sich keinen Ärger einzuhandeln.

Die erste Entscheidung stand nach dem Essen an. Auf dem Weg in sein Zimmer in Kassiopeia rannte ein Mittelschüler hinter ihm her und schlug ihm in den Rücken. Es war ein kleiner Bursche, der eine oder zwei Klassen unter ihm war; er sah verängstigt und unsicher aus. Er holte hektisch Luft, bevor er seinen Spruch aufsagte.

»Du sollst in den Olymp kommen und Graf von Schenkens Schuhe putzen, das ist ein Befehl.«

Erik war eher überrascht als wütend.

»Ach was, ist der denn Rati?«

»Nein, aber in der Abiklasse und ... ja, also im Olymp.«

»Bestell ihm einen schönen Gruß von mir, er soll in mein Zimmer in Kassiopeia kommen, wenn er mich um einen Gefallen bitten will, dann werden wir weitersehen«, sagte Erik und wandte sich zum Gehen.

»Nein, du kannst nicht ...«

»Wieso nicht?«

»Also, wenn ich zu Schenken zurückgehe und sage, der Neue und Freche will nicht ... sage, dass du dich geweigert hast, dann krieg ich auch einen Samstagsonntag.«

Erik überdachte die Situation. Er konnte sich schlecht so verhalten, dass sich ein Unschuldiger einen Samstagsonntag einfing. Die Sache mit dem Schuheputzen war sicher eine Methode, um sich über ihn lustig zu machen, aber wenn er die Schuhe putzte, wäre die Sache aus der Welt. Wenn er sich dagegen weigerte, konnte das zu allen möglichen Repressalien führen, noch bevor er sich einen Plan überlegt hatte, wie er es schaffte, so wenig Ärger wie möglich zu bekommen.

»Okay«, sagte er. »Ich komme mit.«

Schenken entpuppte sich als der Gewinner des Hundertmeterfinales. Er hatte zehn Paar Schuhe aufgereiht, darunter ein Paar lehmverkrustete Fußballschuhe, ein Paar noch schlimmer lehmverkrustete Militärstiefel sowie Wild- und Glattlederschuhe in drei verschiedenen Farben.

Als Erik die Schuhsammlung sah, wusste er, dass sein fester Entschluss, sich nicht zu weigern, beim Teufel war. Und Schenken hatte noch einige Kumpels zu dieser Vorstellung gebeten. Die Schuhe standen mitten im großen Aufenthaltsraum des Olymps aufgereiht und die Typen aus der Abiklasse saßen vor den Wänden auf Sofas und Stühlen.

»Ach, da haben wir ja unser kleines Karnickel von der Mittelschule, ein ungewöhnlich neues und freches Karnickel, findet ihr nicht, Jungs?«, begann Schenken.

»Ich bin kein Karnickel«, sagte Erik verbissen und verschränkte die Hände hinter dem Rücken.

Ich darf nicht zuschlagen, ich darf nicht zuschlagen, dachte er, konnte es aber nicht verhindern, dass er gleichzeitig Gewicht, Reichweite, Arm- und Bauchmuskulatur seiner Gegner bewertete. Es würde ein Kinderspiel werden, aber mit einer Katastrophe enden.

»Aber sicher bist du ein kleines Karnickel, du flitzt jedenfalls wie eins. Oder vielleicht auch wie ein Hase«, sagte Schenken und ließ sich das selbstverständliche Kumpelgelächter servieren.

»Im nächsten Finale werde ich dich so problemlos schlagen wie heute im Vorlauf«, konterte Erik.

Das brachte ihn auf dasselbe Niveau wie Schenken, denn es war die unleugbare Wahrheit und das wusste Schenken genau. Ein Sprinter aus der Abiklasse kann eigentlich einen noch schnelleren Sprinter von der Mittelschule nicht wirklich verspotten.

Eriks Erwiderung tat auch einigermaßen ihre Wirkung. Das Gelächter verstummte, und Schenken beschloss, sachlich zu reden, anstatt zu spotten.

»Du putzt die Schuhe, dass sie jeder Inspektion standhalten. Vor allem die Fußballschuhe haben zu glänzen wie kleine Kinderärsche, ist das klar?«

Jetzt musste er sich entscheiden. Die schlechteste Lösung wäre, Schenken sofort zusammenzuschlagen. Durch einen Überraschungsangriff hätte er ihn grün und blau geschlagen, bevor die anderen aus der Abiklasse sich einschalten konnten. Aber das konnte natürlich zu überaus unangenehmen Konsequenzen führen, außerdem wollte er eine solche Situation ja um jeden Preis vermeiden. Andererseits, wenn er vor der Bande in die Knie ging und unter Hohn und blöden Sprüchen

Schenkens Schuhe wienerte, geriet er womöglich noch mehr in Wut und die Sache endete doch in einer Schlägerei. Also blieb nur eine Möglichkeit: ein Kompromiss. Die anderen warteten offenbar mit einer gewissen Spannung darauf, wie er sich verhielt, und ihnen war anzusehen, dass sie sich ihrer Sache nicht ganz sicher waren.

»Nie im Leben«, sagte er, machte auf dem Absatz kehrt und lief aus dem Raum, bevor es Ärger geben konnte.

Es war zwar ein Kompromiss, aber Ärger würde es trotzdem geben. So etwas musste eigentlich eine härtere Strafe nach sich ziehen als nur einen Samstagsonntag. Aber hätte er es über sich gebracht, vor den Abitypen auf den Knien zu hocken und eine Stunde lang unter Hohn und Spott Schuhe zu putzen? Hätte er die garantiert folgenden Scheininspektionen ertragen, die ihn unweigerlich erinnert hätten, wie er für den Vater Birkenruten holen musste? Hätte er es nicht trotzdem schaffen müssen? Wenn man die Willenskraft hatte, Schläge zu ertragen, musste man dann nicht ebenso leicht Hohn und Spott hinnehmen können? Wo war da der Unterschied? Der Unterschied kam Erik riesig groß vor.

Die anderen wussten über ihn nur, dass er ein guter Sportler war und mit Leichtigkeit den Schulrekord über fünfzig Meter Freistil brach. Hätten sie ihn da nicht leichter als Neuen akzeptieren müssen als einen wie Pierre?

»Nein«, sagte Pierre, »man darf sich so wenig bemerkbar machen wie möglich, wenn man hier durchkommen will. Je mehr du dich bemerkbar machst, umso witziger finden sie es, dich zum Kiosk und zum Schuheputzen und so zu verdonnern. Man darf weder gut noch schlecht sein, weder Brillenschlange wie ich noch Sportskanone wie du. Das Beste ist, stinknormal zu sein und nicht aufzufallen.«

»Hättest du die Schuhe geputzt, Pierre?«

Pierre lag eine Weile stumm in der Dunkelheit und überlegte.

»Ja«, sagte er endlich. »Ich glaube schon.«

Wieder schwiegen sie eine Weile.

»Hättest du es getan, weil du dich vor Schlägen fürchtest?«

»Ja, vielleicht. Zumindest, wenn es Schenken gewesen wäre, er ist einer von denen, die dir gern den Ein-Stich-Schlag verpassen. Stimmt, du kannst nicht wissen, was der Ein-Stich-Schlag ist, ich hab's vergessen zu erzählen, als du dich nach den Peppis erkundigt hast. Peppis schlagen sie meistens mit dem Fingerknöchel, wie ich dir erklärt habe. Manchmal nehmen sie auch einen Messergriff. Aber Typen wie Schenken schlagen auch mit dem Stöpsel der Essigkaraffe, du weißt, mitten auf jedem Tisch steht so eine kleine Essigkaraffe aus Metall. Die ist spitz geschliffen und die nehmen den Griff in die Hand und schlagen mit der Spitze auf den Kopf. Das gibt dann eine blutende Wunde und du musst zur Schulschwester und sie dir nähen lassen. Typen wie von Schenken spinnen. Außerdem ist er mein Tischmajor, und wenn ich das mit den Schuhen verweigert hätte, dann hätte das nicht nur einen Samstagsonntag gebracht, sondern bei nächster Gelegenheit noch einen Ein-Stich-Schlag.«

Erik stellte keine weiteren Fragen und hörte nach einer Weile, dass Pierre eingeschlafen war. Wenn Schenken Pierre einen solchen Schlag verpasste, was sollte Erik dann tun? Das einzig Richtige wäre gewesen, den Stöpsel von der eigenen Karaffe zu nehmen, von hinten an Schenken heranzutreten und ihm selber ein sauberes Loch zu verpassen, und zwar möglichst noch ehe er Pierre schlagen konnte. Nein, es war unmöglich zu sagen, wozu das nun wieder führen würde, vielleicht würde Schenken sich dann moralisch gezwungen sehen, Pierre um jeden Preis fertigzumachen. Um zu zeigen, dass er sich von einem Neuen und Frechen nicht so leicht ins Bockshorn jagen ließ. Wenn man Schenken beiseite nehmen könnte, wenn niemand es hörte, wenn man ihm klarmachen könnte, dass er Prügel kassieren würde, die er sich nicht mal vorstellen konnte, wenn er Pierre auch nur ein Haar krümmte – würde das helfen? Nein, auch nicht; eine solche Drohung war nur wirksam, wenn der Bedrohte wirklich begriff, dass sie auch in die Tat umgesetzt werden konnte. Auf der Lehranstalt war das kein Problem gewesen, aber hier kannten sie ihn nicht und sie sollten ihn auch nicht kennen. Das Beste wäre es, Gewalt zu vermeiden. Wenn er einen von diesen Typen fertig machte, würde das nur eine endlose Kette von Prügeleien nach sich ziehen, bis die anderen am Ende doch auf irgendeine Weise gewonnen hätten.

Wie viele Samstagsonntage gab es in einem Schulhalbjahr? Ungefähr fünfzehn. Wenn man also fünfzehnmal einen solchen Befehl verweigerte, hatte man dann Ruhe? Denn das Schuhputzen heute hätte todsicher zu neuen Befehlen derselben Art geführt, bis entweder er oder die anderen aufgegeben hätten.

Dem Rat musste er allerdings gehorchen, denn wer dem Rat nicht gehorchte oder Ratsmitglieder schlug, flog von der Schule. Und von Stjärnsberg zu fliegen, würde das Ende aller Ausbildung für alle Zukunft bedeuten. Er musste zwei Jahre durchhalten, damit er in Stockholm ein Gymnasium besuchen konnte, also musste er dem Rat zwei Jahre lang gehorchen. Sollte er da nicht lieber gleich aufgeben und die Sache aus der Welt schaffen? Wo er nicht einmal Pierre würde verteidigen können?

Es dämmerte schon, als er in dem schweißnassen Bett einschlief; das Bettzeug hatte sich fast zu Stricken zusammengerollt. Und am nächsten Tag sollte er Pierre gegenüber schamrot werden.

In der ersten Stunde des Morgens hatte er Geschichte, und der Geschichtslehrer, der älteste Lehrer der Schule, redete über die Völkerwanderungszeit, ein nicht enden wollender Sermon. Die germanischen Stämme seien kreuz und quer durch Europa gewandert, gewisse slawische Stämme seien von Osten gekommen, und der Unterschied zwischen diesen verschiedenen Völkerschaften bestehe darin, dass die Germanen stärker und besser gewesen seien, was bis in die moderne Zeit hinein Spuren hinterlassen habe, man könne diese Spuren durchaus noch heutzutage bei den diversen europäischen Rassentypen beobachten. Sogar in diesem Klassenzimmer ließe sich das mit Leichtigkeit illustrieren.

»Erik, komm doch mal her und stell dich so hin, dass alle dich deutlich sehen können«, sagte der Alte. Dann griff er zu seinem Zeigestock und ließ ihn über Eriks Körper wandern, als handele es sich um das Schaubild eines Menschenaffen oder einen Längsschnitt durch die inneren Organe.

»Wenn ihr bitte hersehen wollt. Wir können mit blauen Augen und einem festen Blick beginnen.« (Zeigestock) »Dann eine gerade Nase, dreh der Klasse mal dein Profil zu, so, ja. Kräftige Kinnpartie und breite Wangenknochen, eine gleichmäßige Harmonie des Gesichts, nicht hohe Jochbeine wie zum Beispiel bei den Finnen, Lappen und bestimmten Slawen. Kräftige Schulterpartie und gerade Schultern. Seht euch die gut entwickelte Armmuskulatur an.« (Zeigestock) »Kräftiger Brustkorb und gut entwickelte Bauchmuskulatur, die Hüften deutlich schmaler als der Brustkorb. Dann die Oberschenkelmuskeln, ihr seht, wie sie sich hier sozusagen ausdehnen und breiter werden, wenn wir sie mit der Taille vergleichen. Das sehen wir bei manchen Reitervölkern, so dürften viele von den Kriegern Karls XII. ausgesehen haben. Die Waden müssen richtig geschwungen sein ...« (Zeigestock) »... statt eine Art verschmälerte Verlängerung des Beines darzustellen. Danke, du kannst dich wieder setzen.«

Erik setzte sich und fühlte sich dabei wie betäubt. Die anderen in der Klasse hatten nicht einmal gelacht, sie schienen diese Vorstellung ganz ernst genommen zu haben. Jetzt aber wurde es noch schlimmer.

»So, und wenn wir uns dann einen entgegengesetzten Typus ansehen wollen ... Tanguy, komm doch mal nach vorn.«

Nun musste also Pierre an die Stelle treten, an der

eben noch Erik gestanden hatte, und der Zeigestock begann seine Wanderung über Pierres Körper.

»Hier hätten wir für den Anfang einige charakteristische Züge des südländischen Typus. Braune, tief liegende Augen und eine schlechte Sehfähigkeit, deshalb die Brille. Die Nase ist nicht gerade, sondern kann auf unterschiedliche Weise gekrümmt sein, von der jüdischen Hakennase bis zur eher normalen südländischen Variante. Die Wangen ein wenig aufgequollen und dazu ein fliehendes Kinn.« (Zeigestock) »Dann die hängende Schulterpartie vom Flaschentypus. Für den Körper ergibt sich dadurch eine Art Kegelform, die nicht zur selben Harmonie führt, die den germanischen Typus auszeichnet. Ihr seht, wie der Bauch sich wölbt und sozusagen die Basis des Kegels bildet. Das liegt zum einen an den ungesünderen südländischen Ernährungsgewohnheiten, ist im Laufe der Zeit aber wohl auch eine erbliche Eigenschaft geworden. Folgen die Beine, die aussehen wie Streichhölzer, die man in einen Tannenzapfen gesteckt hat, so, wie wir als Kinder Spielzeugkühe gebastelt haben, hähä.« (Pierre rückte seine Brille gerade, verzog sonst jedoch keine Miene.) »Ja, und dann hätten wir noch die Füße, die Zehen sind nach innen gedreht, wir beobachten die Tendenz zum Plattfuß. Ja, vielen Dank, Tanguy, du kannst dich wieder setzen. Wir sehen also noch heute deutliche Unterschiede zwischen dem germanischen und dem südländischen Typus.«

In der Pause ging Erik verlegen zu Pierre.

»Du«, sagte er. »Du glaubst doch wohl nicht ... ich meine, dieser Quatsch ist mir doch so was von egal.«

»Ach«, sagte Pierre, »erstens ist der alte Trottel Nazi, und zweitens hat er keine Ahnung, wovon er da redet. Südländischer Rassentypus, leck mich doch kreuzweise.«

»Gibt es noch mehr Lehrer von dieser Art?«

»Nein, der ist der Einzige, der noch übrig ist. Früher war es hier wohl viel schlimmer. Denk doch nur an die Fresken im Speisesaal.«

»Wie meinst du das?«

»Ja, Scheiße … große Blondinen mit dicken Titten und hochgesteckten Zöpfen, die Brotkörbe wuchten, was? Und Kerle mit weißen Haaren und Pottschnitt, die ihre Axt über der Schulter tragen, aus blauen germanischen Augen glotzen und über akkurate Schädel reden, was? Krieger mit Speeren und weißen Schnurrbärten und ›grimmigem Blick‹, da bepisst man sich doch beim Hinschauen.«

»Aber die glauben das nicht mehr, die anderen Lehrer, meine ich?«

»Nein, nein, das hat sich wohl gelegt. Jetzt werden hier ja sogar Juden zugelassen, die schlimmsten Zeiten müssen vor zwanzig Jahren oder so gewesen sein. Kalle aus unserer Klasse ist übrigens Jude, aber er ist so blond wie die Typen an der Wand und hat eine mindestens so ›gerade Nase‹ wie du. Da hat der Alte wohl nicht dran gedacht. Scheißgefasel.«

Sonst waren die Stunden, verglichen mit denen an der Lehranstalt in der Stadt, angenehm entspannt. Man durfte sitzen bleiben, wenn man antwortete. Die Lehrer drohten nicht ständig mit Strafen, Einträge ins Klassenbuch schien es nicht zu geben, die Stimmung war meistens gut und fast kameradschaftlich. Alles schien ziemlich glatt und reibungslos zu laufen, niemand schlug in den Stunden Krach, und es schien auch keinen besonderen Grund dafür zu geben. Die Lehrer wirkten eigentlich sympathisch. Kein einziger schien Gewalt anwenden zu wollen.

Auf dem Weg zum Essen fiel Erik auf, dass in seiner Umgebung eine seltsame Stimmung herrschte; er schien sich in einer Luftblase und auf Distanz zu allen anderen zu bewegen. Er schnappte ein paarmal die Stichwörter »neu und frech« auf und merkte, dass hinter seinem Rücken getuschelt wurde.

Als die Serviererinnen nach dem Hauptgericht die Teller einsammelten, erhob sich der Ratsvorsitzende Bernhard, trat vor die Längswand und brüllte: »Aufhöööören!«

Das erwartungsvolle Gemurmel verstummte rasch.

»Der Rat tritt heute Abend unmittelbar nach dem Essen in Klassenzimmer 6 zusammen. Folgende Schüler haben sich dort einzufinden ...«

Bei jedem Namen, der nun genannt wurde, wurde abwechselnd gelacht und buh geschrien. Erik kam es so vor, als werde bei seinem Namen ein wenig lauter gebuht als bei den anderen. Er sollte sich also dafür verantworten, dass er sich geweigert hatte, Schenkens Schuhe zu putzen.

Zimmer 6 lag im Hauptgebäude der Schule. Vor der Tür, auf dem dunklen, blank gebohnerten Eichenboden, saßen die Delinquenten, die abwechselnd jammerten und Witze rissen. Die meisten waren zum ersten, zweiten oder dritten Mal beim Rauchen ertappt worden, wenn Erik ihr Gerede richtig deutete. Einige andere hatten sich, so wie er, einem Rati oder einem aus der Abiklasse gegenüber frech verhalten. Frechheit einem Abiturienten gegenüber wurde mit einem Samstagsonntag geahndet.

Einer nach dem anderen wurde hineingerufen, kam nach ein paar Minuten wieder heraus und verkündete sein Urteil. Einige waren glimpflicher davongekommen als erwartet, andere nicht. Nur einer zeigte Anzeichen von Verzweiflung. Es ging irgendwie darum, dass er nun zu seinem Geburtstag nicht würde nach Hause fahren können. Der Ratssekretär rief in der Tür den Namen des Angeklagten, dann ging der Angeklagte hinein und schloss hinter sich die Tür.

Als Erik das Klassenzimmer betrat, begriff er, dass er sich alles ganz anders vorgestellt hatte. Er hatte damit gerechnet, dass sie in einer Zimmerecke sitzen, Hallo sagen, ein paar Witze reißen, ihm kurz ins Gewissen reden und dann seine Strafe festlegen würden.

Aber sie hatten die Bänke umgestellt. Der Vorsitzende Bernhard saß hinter dem Lehrerpult und die elf anderen hatten ihre Tische im rechten Winkel daneben angeordnet. Dort, wo die Reihen der Richter endeten, stand ein Tisch, ohne Stuhl. Das also war die Anklagebank. Die Ratsmitglieder trugen die Schulblazer, mit einer goldenen Kordel um das Schulabzeichen, die ihren Rang und ihre Würde zeigte. Sie trugen Schlips und weißes Hemd, hatten sich die Haare mit Wasser gekämmt und zeigten tiefen Ernst. Sie saßen natürlich nach Rang geordnet. Der Anklagebank am nächsten saßen die beiden Ratsmitglieder aus der ersten Gymnasialklasse, einen Schritt weiter zum Vorsitzenden hin die aus der zweiten Klasse und so weiter.

Erik trat mit hinter dem Rücken verschränkten Händen und ausdruckslosem Gesicht neben die Anklagebank.

Der Ratssekretär musste die Anklage aus dem Protokoll verlesen. Erik habe also am Soundsovielten um soundsoviel Uhr sich geweigert, einen Befehl des Abiturienten von Schenken auszuführen. Ob das zutreffe?

»Ja«, sagte Erik. »An sich trifft diese Darstellung zu.«

»Steh ordentlich!«, brüllte Bernhard.

»Ich stehe so, wie ich es bequem finde, für die Wahrheitsfindung kann das ja wohl kaum von Bedeutung sein«, erwiderte Erik.

»Dem Rat gegenüber keine Unverschämtheiten, ist das klar? Der Rat verurteilt dich zu einem Samstagsonntag Strafarbeit wegen Unverschämtheit vor dem Rat. Der Sekretär möge dieses Urteil notieren.«

Der Sekretär notierte. Die Ratsmitglieder verzogen keine Miene und machten ernste Gesichter. Erik korrigierte seine Haltung ein wenig.

»Gut«, sagte Bernhard. »Das wäre das. Aber was hast du zu deiner Verteidigung in der Sache zu sagen, was sollte diese Befehlsverweigerung? Weißt du nicht, dass Mittelschüler gehorchen müssen?«

»Doch, das war mir schon erklärt worden, das wusste ich. Aber ich wollte die Schuhe nicht putzen, weil Schenken sich das nur ausgedacht hatte, um sich über mich lustig zu machen. Du würdest meine Schuhe auch nicht putzen, wenn ich dir einen Haufen verdreckte Fußballlatschen hinlegte und dir mit Prügeln drohte, falls sie nachher nicht blank aussehen wie ein Kinderarsch.«

»Rede nicht so vulgär vor dem Schülerrat.«

»Ich habe nur zitiert. Der mir erteilte Befehl war also auch noch in Gossensprache formuliert. Er sagte, ich solle vor allem die Fußballschuhe putzen, bis sie glänzen wie ›Kinderärsche‹.«

»Aha«, sagte Bernhard. »Braucht der Rat Bedenkzeit oder können wir gleich zum Entschluss kommen?«

Die Ratsmitglieder schüttelten die Köpfe, denn die Schuldfrage brauchte in diesem Fall ja wohl nicht weiter diskutiert zu werden.

»Nun gut«, sagte Bernhard. »Du hast dich also einer einfachen Befehlsverweigerung schuldig gemacht und dich außerdem dem Rat gegenüber unverschämt verhalten. Der Rat verurteilt dich deshalb zu insgesamt zwei Samstagsonntagen und ermahnt dich, dich am Riemen zu reißen, damit wir dich hier nicht noch mal zu sehen brauchen. Von nun an wirst du Befehlen doch sicher gehorchen?«

»Nein, nicht wenn sie von Leuten aus der Abiklasse kommen. Ratis muss man gehorchen, sonst fliegt man. Aber ihr könnt einen darauf fahren lassen, dass ich niemals Schenkens Schuhe putzen werde.«

Kurzes Schweigen.

»Es ist schon das zweite Mal, dass du dich vor dem Rat derart vulgär ausdrückst. Der Rat verurteilt dich deshalb zu einem weiteren Samstagsonntag wegen unverschämten Benehmens vor dem Rat. Wir verlangen außerdem, dass du um Entschuldigung bittest.«

»Nein.«

»Du weigerst dich, um Entschuldigung zu bitten?«

»Ja. Ihr habt mich doch schon verurteilt, ich soll doch das Verbrechen, dass ich mich vor dem Rat vulgär ausgedrückt habe, schon büßen, da gibt es ja wohl keinen Grund, auch noch um Entschuldigung zu bitten.«

»Braucht der Rat noch Bedenkzeit?«, fragte Bernhard. Einige nickten, und Bernhard erklärte, die Verhandlung werde zwecks Beratung unterbrochen und Erik solle draußen warten.

Als Erik auf den Gang trat und den wartenden Angeklagten erzählte, dass er drei Samstagsonntage aufgebrummt bekommen habe, der Rat aber noch weiter berate, prasselten die guten Ratschläge nur so auf ihn ein. Wenn sich jemand vor dem Rat unpassend ausgedrückt hatte, gab der Rat erfahrungsgemäß erst Ruhe, wenn man um Entschuldigung gebeten hatte. Was er also tun sollte, wenn er wieder hineinging, war, um Entschuldigung zu bitten, sonst würde es noch einen Samstagsonntag geben und der Rat würde seine Forderung wiederholen. Nach wenigen Minuten wurde er wieder hineingerufen und trat neben die Anklagebank.

»Also, Erik, hast du über deine Lage nachgedacht?«

»Ja, durchaus.«

»Hast du vor, um Entschuldigung zu bitten, damit die Sache aus der Welt ist?«

»Nein.«

»Der Rat verurteilt dich zu vier Samstagsonntagen, davon zwei im Arrest. Hast du jetzt vor, um Entschuldigung zu bitten?«

»Nein, und warte einen Moment, ehe du das Ganze noch mal herunterleierst. Ihr habt mich schon verurteilt, weil ich ein unflätiges Wort benutzt und nicht um Entschuldigung dafür gebeten habe, dass ich ein unflätiges Wort benutzt habe. Ich habe nicht vor, um Entschuldigung zu bitten, egal, was ihr sagt, und ich kann euch garantieren, dass mein Entschluss feststeht. Wir können mit diesem Blödsinn die ganze Nacht weitermachen, ich bitte wieder nicht um Entschuldigung und kriege noch einen Samstagsonntag und immer so weiter.«

Wieder musste beraten werden. Fünf Minuten später stand er abermals vor dem Richter.

»Der Rat hat seinen Beschluss gefasst. Wir verurteilen dich zu zwei Samstagsonntagen Strafarbeit und acht Samstagsonntagen Arrest wegen Frechheit und wiederholten unverschämten Auftretens gegenüber dem Rat. Dieser Teil der Verhandlung ist damit beendet. Zu erwähnen ist noch, dass der Vizevorsitzende gegen den sonst einstimmigen Beschluss Einspruch eingelegt hat. Du kannst gehen.«

Als Erik das Zimmer verlassen wollte, trat ihm einer der Ratis aus der dritten Gymnasialklasse in den Weg und befahl ihm, die Hände auszustrecken. Erik zögerte, gehorchte dann aber. Der Rati durchsuchte seine Taschen und fand in der Brusttasche eine Packung Zigaretten, die er vor dem Gericht in die Höhe hielt.

»Ach, sieh an«, sagte der Vorsitzende. »Komm doch noch einmal zurück. Das Strafmaß für heimliches Rauchen beträgt einen Samstagsonntag für das erste Mal und dann einen doppelten für jedes weitere. Nach dem fünfzehnten Mal folgt der Verweis von der Schule. Um zu rauchen, muss man mindestens siebzehn sein und die schriftliche Erlaubnis des Erziehungsberechtigten vorlegen.«

»Ich habe nicht heimlich geraucht. Ich habe nicht geraucht, seit ich hier bin.«

»Und wie erklärst du dann, dass du Zigaretten hast?«

»Ich hab sie aus der Stadt mitgebracht, zuletzt habe ich im Zug hierher geraucht. Danach hab ich die Packung vergessen. Ihr haltet mich doch wohl nicht für so saublöd, dass ich absichtlich eine Packung Zigaretten mit vor den Rat nehme?«

»Der Besitz von Zigaretten wird genauso bewertet wie heimliches Rauchen. Die Zigaretten sind hiermit beschlagnahmt, und du kannst entscheiden, ob du sie dem beschlagnahmenden Ratsmitglied überlassen oder sie vor den Augen der Ratsmitglieder vernichten willst. Wie lautet deine Entscheidung?«

»Dann möchte ich darum bitten, die Zigaretten vernichten zu dürfen. Ihr tut so, als wärt ihr ein Gericht, und trotzdem verurteilt ihr mich wegen Rauchens, obwohl ihr genau wisst, dass ich unschuldig bin oder es zumindest sein könnte. Ihr verurteilt ohne Beweis, und dann erwartet ihr, dass ihr respektiert werdet, das ist eine beschissene Gemeinheit und sonst nichts.«

»Neben deinen bereits aufgelaufenen zehn Samstagssonntagen wirst du zu einem weiteren Samstagssonntag für das erste verbotene Rauchen und zu einem weiteren wegen Fluchens vor dem Rat verurteilt. Hast du das kapiert?«

»Nein, ihr habt was übersehen, ich glaube, das Urteil ist noch zu mild.«

»Wie das?«

»Na ja, ich soll doch bestimmt auch für das Fluchen um Entschuldigung bitten, und da ich das nicht tun werde, wird der Zirkus mindestens noch eine Runde weitergehen. Da könnt ihr doch gleich noch mal richtig hinlangen, zumal ich immer noch nicht vorhabe, irgendwem die Schuhe zu putzen oder überhaupt irgendwelche von den Befehlen zu befolgen, die sich Schenken und andere bestimmt bald ausdenken.«

Das Gericht legte abermals eine Beratungspause ein. Sie dauerte diesmal zwanzig Minuten, dann wurde er wieder hineingerufen und erfuhr, dass das Urteil bis auf weiteres zwölf Samstagsonntage laute, die Sache seines unverschämten Auftretens dem Rat gegenüber jedoch noch nicht abschließend geklärt sei, was jederzeit zu einer neuen Verhandlung führen könne, wenn der Rat das für sinnvoll halte.

Erik war erleichtert, als er zu seinem Zimmer ging, aber er war sich nicht sicher, ob er sich richtig verhalten hatte. Einerseits bedeutete dieses Urteil, dass er gelassen alle Befehle verweigern und sich den Peppis im Speisesaal entziehen konnte. Andererseits hatte er einen Skandal verursacht, das hatte sich mit aller denkbaren Deutlichkeit an der Reaktion der anderen Delinquenten gezeigt, als er wieder draußen auf dem Gang stand. Keiner war jemals schon beim ersten Mal vor dem Rat zu einer so harten Strafe verurteilt worden. Keiner hatte überhaupt jemals eine so harte Strafe auferlegt bekommen.

Es lag natürlich auf der Hand, dass er damit die Autorität des Gerichts auf die Probe gestellt hatte. Die Ratis mussten jetzt eine Möglichkeit finden, um ihn zum Gehorchen zu zwingen. Und gegen Ratis durfte man sich nicht wehren. Die Leute aus der Abiklasse wären kein Problem mehr. Aber zwölf Ratsmitglieder, denen man auf jeden Fall gehorchen musste? Da kamen verdammt viel Schuhe zusammen. War nicht doch alles nur noch schlimmer geworden?

»Ich hab's mir fast gedacht, dass es so kommt«, sagte Pierre. »Mit zwölf Samstagsonntagen hätte ich vielleicht nicht gleich gerechnet, aber mit irgendwas in der Richtung schon. Du hast allerdings was missverstanden: man muss ihnen nicht immer gehorchen, man kann sich auch für eine Bestrafung entscheiden, es kommt darauf an.«

Es stellte sich heraus, dass die Regeln ein wenig unklar waren. Im Prinzip durfte man niemals gegen ein Ratsmitglied die Hand heben, denn das führte zum sofortigen und unvermeidlichen Schulverweis. Aber wenn ein Ratsmitglied einen aufforderte, Schuhe zu putzen oder zum Kiosk zu gehen, dann wurde die Befehlsverweigerung geahndet wie jede andere Befehlsverweigerung einem aus der Abiklasse gegenüber. Erik hatte sich also in eine Lage manövriert, in der er allerlei Dienste würde verweigern können, zum Ausgleich aber würde er jede Menge Prügel kassieren.

Sie lagen in der Dunkelheit und drehten und wendeten dieses Problem noch, als das Licht auf dem Gang längst gelöscht war.

Das ist ein verdammter Mist, Pierre, so sieht's aus. Ich hab mir geschworen, als ich hergekommen bin, dass ich jedem Ärger aus dem Weg gehe. Du weißt das nicht, und ich weiß nicht, ob ich Lust hab, es dir zu erzählen, aber ich hatte auf meiner alten Penne einfach viel zu viel Ärger. Ich bin nicht wie du, zwischen uns besteht ein Unterschied, den ich dir erklären kann, aber du musst versprechen, es niemand anderem zu sagen: Ich kann mich prügeln. Und damit meine ich nicht, ich kann's ein bisschen – ich kann mich dermaßen prügeln, das kannst du dir nicht mal vorstellen. Nein, glaub nicht, das sei Angeberei, ich bin nicht so stolz darauf, wie du vielleicht glaubst. Aber ich hab mich mein Leben lang geschlagen geschlagen geschlagen, so lange ich mich erinnern kann jedenfalls. Und wenn man das getan hat, dann weiß man besser als alle anderen, dass das nie ein Ende nimmt. Es fängt damit an, dass man der Stärkste in der Klasse ist, das hast du vielleicht schon begriffen. Aber wenn man dann der Stärkste in der Klasse ist, dann wird man von den anderen herausgefordert, die es auch gern wären. Dann kommen Leute aus anderen Klassen und wollen wissen, wer von allen vierten Klassen der Stärkste ist, und danach kann man testen, wer der Stärkste in der ganzen Mittelschule ist, es gibt nie und nie ein Ende. Ich dachte, es wäre jetzt vorbei. Ich fürchte mich nicht vor Schlägen so wie du, ich kann viel aushalten, viel mehr als andere. Aber ich fürchte mich davor, in eine Situation gedrängt zu werden, in der ich die ganze Zeit zurückschlagen muss. Ich bin im Grunde so wie du, ich glaube, dass das, was man mit dem Kopf macht, wichtiger ist, und dass Schläge nur schaden. Man schadet sich damit selbst, glaube ich. Dass man anderen schadet, ist ja klar, obwohl eine geplatzte Lippe und ein blaues Auge wieder heilen. Aber man selbst bekommt dadurch keine Freunde. Alle fürchten einen und keiner ist ehrlich.

Mann, Erik, du hast gut reden, du kannst zurückschlagen, du bist fast so groß wie die in der zweiten Gymnasialklasse. Aber überleg mal, wenn du so wärst wie ich und nie zurückschlagen könntest. Klar sind Schule und Studium später wichtiger, ich meine, natürlich ist das intellektuelle Leben wertvoller. Aber was glaubst du, wie oft ich mir gewünscht habe, so zu sein wie du, Mann, wenn ich zurückschlagen könnte, wenn ich mich weigern könnte, wenn sie mit ihren blöden Befehlen kommen, dass ich ihr Bett machen und ihnen Zigaretten kaufen soll und so. Aber wenn man nun mal nicht zuschlagen kann, was tut man dann? Man kann es machen wie Arne aus unserer Klasse und den Affen spielen und eine Zirkusnummer abziehen, wenn man einen Peppis kriegt, dann lacht wenigstens der ganze Speisesaal. Er macht das ja, um sich zu verteidigen, das kapieren alle. Man muss sich irgendwie verteidigen, aber mir ist das immer schon schwergefallen. Und wenn man sich nicht verteidigen kann, dann wird man so einer, den alle auslachen, und dann zieht man noch mehr Gewalt an, man wird geradezu zum Magneten für Gewalt. Wenn du sagst, dass man sich mit Gewalt keine Freunde macht, dann klingt das irgendwie verrückt. Wer, glaubst du denn, will mit einem befreundet sein, der fett und lächerlich ist und beim ersten Schlag losheult wie ein Rotzbengel? Wie oft, glaubst du, wünscht sich einer wie ich, er könnte mit dir tauschen, auf irgendeine Weise du werden, aber natürlich immer noch er selber sein?

»Was meinst du, Pierre, es kann doch nur richtig sein, sich gegen sie zu wehren?«

»Ja, natürlich ist es richtig. Ihr System ist grausam und sie sind gemein, und wenn wir erwachsen sind, werden du und ich wahrscheinlich gegen solche wie sie kämpfen, nur mit anderen Mitteln. Natürlich ist es richtig.«
»Glaubst du, man kann sich auch ohne Gewalt gegen sie wehren?«
»Das glaube ich. Jedenfalls will ich es glauben.«
»Ich will es auch glauben. Sagen wir gute Nacht?«
»Ja, gute Nacht.«

»Schläfst du, Pierre?«
»Ja, fast.«
»Ich wollte nur sagen, dass du mein Kumpel bist.«
»Du bist auch mein Kumpel, Erik. Du bist der einzige Kumpel, den ich auf dieser Penne je gehabt habe.«

Das Gerücht über das harte Urteil brauchte keinen Tag, um sich in der ganzen Schule zu verbreiten. Das zeigte sich auf erwartete und auf unerwartete Weise. Dass der ein oder andere Typ aus der Abiklasse ihm irgendeinen halbherzigen Befehl zurief und gleich darauf mit einer Anklage wegen Befehlsverweigerung drohen würde, lag auf der Hand. Erik wunderte sich nur darüber, dass er auch von anderen Mittelschülern als »neu und frech« angepöbelt wurde. Unter normalen Umständen sollten doch diejenigen, die selbst mit Peppis oder höhnischen Befehlen gequält wurden, Befehlsverweigerer zu schätzen wissen. Doch in Stjärnsberg war vieles anders. Stjärnsberg war eine Welt außerhalb der Welt, in der man nie genau wusste, was eigentlich vor sich ging. Stjärnsberg hatte seine eigenen Gesetze, seine eigenen Regeln und seine eigene Moral.

Moral war jedenfalls ein Wort, das der alte Pastor und der Rektor in ihren Morgenpredigten oft verwendeten. Ein Stjärnsbergknabe wurde dazu erzogen durchzuhalten, härter und disziplinierter zu sein als andere. Man musste gehorchen und befehlen können. Das war nötig für die Zukunft, wenn die Stjärnsbergknaben einst die Industrie und die Streitkräfte des Landes dirigieren würden.

Erik ging mitten in der Menschenmenge die breite Treppe zum Speisesaal hoch. Bei dem Absatz, wo die Treppe ein wenig die Richtung änderte, drängten sich zwei Gymnasiasten an ihm vorbei und stießen ihn gleichzeitig mit den Ellbogen an. Er unterdrückte den Reflex zurückzuschlagen, und blieb stehen, damit die beiden weitergehen konnten, ohne dass es Ärger gab. Doch als sie sich umdrehten, sah er, dass sie Ärger wollten.

»Schlägst du jetzt auch schon um dich, du frecher kleiner Arsch«, sagte der eine.

»Nein«, sagte Erik. »Ihr habt mich gestoßen.«

»Du hast uns um Entschuldigung zu bitten«, sagte der andere.

Alle, die gerade die Treppe hoch wollten, blieben jetzt stehen und verstummten erwartungsvoll. Erik musterte die beiden. Keiner war Ratsmitglied, also brauchte er ihre Befehle nicht zu befolgen und konnte auch nicht zu Strafarbeit verurteilt werden, wenn er sich weigerte, um Entschuldigung zu bitten. Aber sie wollten auch gar nicht, dass er um Entschuldigung bat.

»Ihr habt mich gestoßen, also solltet ihr um Entschuldigung bitten, falls überhaupt jemand«, sagte er und tat so, als wolle er sich an ihnen vorbeidrängen und zum Speisesaal weitergehen. Da packte einer der beiden seinen Arm, schlug aber seltsamerweise nicht zu. Aus dem gespannten Schweigen um sie herum wurde deutlich, dass sich hier irgendetwas zusammenbraute.

»Du kannst dich als gefordert betrachten. Wir sehen uns um acht im Karo, genau eine Stunde nach dem Essen«, sagte der größere der beiden.

Die Zuhörer jubelten und lachten.

»Hast du das kapiert, kleine Ratte, um acht Uhr treffen wir drei uns im Karo«, sagte der andere beinahe feierlich.

»Sicher«, sagte Erik, drängte sich weiter die Treppe zum Speisesaal hinauf und nahm seinen Platz ganz unten am dritten Tisch ein.

Beim Essen herrschte eine seltsame Stimmung. Am Tisch ganz hinten wurde ein Lied gesungen, von dem er nur die Wörter Ratte, acht Uhr, im Karo und k.o. verstand.

Er saß zusammen mit vier anderen Mittelschülern, aber keiner war aus seiner Klasse. Sie tuschelten aufgeregt und schielten zu ihm hin, dann fragte einer, ob er derjenige sei, der ins Karo müsse.

»Mm«, sagte er. »Zwei Typen aus der Dritten haben mich auf der Treppe angestoßen und dann für acht Uhr ins Karo bestellt. Könnt ihr mir erklären, was es mit diesem Karo auf sich hat? Ich bin neu hier, ich habe keine Ahnung.«

Sie erklärten es ihm eifrig und wild durcheinander.

Das Karo war eine Stelle hinter der Küche, wo abgerechnet wurde. Wenn zwei Typen sich unbedingt prügeln wollten, dann konnten sie dorthin gehen, denn das Karo war der einzige Ort, wo auch andere als Ratsmitglieder und Abiturienten sich schlagen durften. Aber die aus der Dritten, die keine Ratis waren, pflegten den Brauch, Neue und Freche im Karo fertigzumachen. Das lief so, dass der Neue und Freche gefordert wurde, dann wurde ein Zeitpunkt genannt, normalerweise acht Uhr nach dem Essen. Dann wurde er geschlagen, bis er auf den Knien aus dem Karo kroch und um Gnade bettelte. Im Karo war alles erlaubt, und immer traten zwei Gymnasiasten gegen einen Mittelschüler an. Da einer aus der Mittelschule keine Chance gegen zwei aus der Dritten hatte, endete es immer auf dieselbe Weise. Die Frage war nur, wie lange der Neue und Freche drinnen durchhielt, bis er hinauskroch. Manche krochen gleich, aber dann wurde man noch monatelang ausgebuht und angemacht. Vor einigen Jahren hatte ein Typ, der jetzt in der zweiten Gymnasialklasse war, durchgehalten, bis er nichts mehr sehen konnte, so dick waren seine Augen geschwollen. Das wurde respektiert, so einer konnte was wegstecken.

»Was passiert, wenn man nicht antritt?«, fragte Erik.

Die vier verzogen spöttisch das Gesicht. Man musste antreten. Egal, wie viel Prügel das bedeuten mochte, antreten musste man. Sonst wurde man für den Rest der Schulzeit Ratte genannt. Alle nannten einen dann Ratte, am Ende machten das sogar die Lehrer. Ein Typ aus der Abiklasse hieß noch immer Ratte, obwohl er damals, als er sich geweigert hatte, noch Mittelschüler gewesen war. Aber er war die einzige Ratte auf der ganzen Penne.

»Na gut, aber man darf zurückschlagen?«

Ja, sicher durfte man. Im Karo war alles erlaubt, da gab es keine Regeln. Und so lange die Leute im Karo blieben, durfte niemand aus dem Publikum – fast die ganze Schule kam zuschauen, wenn ein Neuer und Frecher fertiggemacht wurde –, es durfte also sonst keiner eingreifen. Niemand durfte auch nur einen Fuß ins Karo setzen, solange der Kampf andauerte, egal, was passierte.

»Aber dann können die Typen sich doch gegenseitig ernsthaft verletzen?«

Sicher, das war klar, hihi. Er würde danach im Gesicht nicht gerade bildschön aussehen. Die Schulschwester wurde immer schon vorher informiert, deshalb saß sie im Krankenzimmer, für den Fall, dass Wunden genäht werden mussten.

»Die Lehrer greifen also auch nicht ein?«

Aber nicht doch. Wenn sich im Speisesaal die Nachricht verbreitete, dass ein Neuer und Frecher im Karo zusammengefaltet werden sollte, dann gingen alle Lehrer eilig nach Hause, schlossen die Türen und drehten das Radio laut. Die durften sich nun wirklich nicht einmischen, das wäre ein glatter Verstoß gegen die Schultradition der Kameradenerziehung.

»Hat schon jemals ein Mittelschüler so einen Kampf gewonnen?«

Nein, natürlich nicht. Die aus der dritten Gymnasialklasse waren doch viel stärker und außerdem zwei gegen einen. Es ging nicht darum zu gewinnen, es ging darum, genug Prügel einzustecken, dass man für die restliche Schulzeit nicht Ratte genannt wurde.

»Und wenn jemand so schwer verletzt wird, dass die Schwester ihn nicht zusammenflicken kann?«

Ja, das war schon vorgekommen, dass jemand mit dem Taxi in eins der Krankenhäuser in der Umgebung gebracht werden musste. Und manchmal waren hinterher noch Zähne und so was zu reparieren. Aber die Schwester war sehr geschickt, wenn es ums Nähen ging, sie erledigte das meiste selber.

»Was passiert, wenn man nicht rauskriecht? Ich meine, wenn die schlagen, bis man das Bewusstsein verliert, oder wenn man sich weigert, rauszukriechen?«

Auf diese Frage gab es keine klare Antwort. Auch das war noch nie vorgekommen. Eriks Herausforderer hatten mit dem Spaß schon in der zweiten Gymnasialklasse angefangen und bisher an die sieben oder acht Leute fertiggemacht. Sie schlugen abwechselnd zu, bis alles vorüber war.

»Abwechselnd? Sie greifen nicht gleichzeitig an?«

Nein, sie wechselten sich ab. Sie fingen locker an und steigerten nach und nach die Wucht ihrer Schläge. Das fanden sie cool und das Publikum sollte ja auch was von der Sache haben. Erst gegen Ende machten sie dann wirklich Ernst.

Erik aß schweigend weiter und überdachte die Lage. Nicht anzutreten, würde ihm für zwei Jahre allgemeine Verachtung eintragen und dazu diesen widerlichen Spitznamen, der an ihm kleben bliebe, egal, wodurch er sich davon zu befreien versuchte. Er musste also antreten.

Nach Tischgebet und Abmarsch aus dem Speisesaal suchte er sich Pierre.

»Komm, du musst mir das Karo zeigen.«

»Verdammt, Erik, ich hab mir schon gedacht, dass von dir die Rede war. Du hättest mal hören sollen, wie die an meinem Tisch geredet haben. Das ist zu übel, also, dieses System …«

»Ja, ja, aber ich brauche in der nächsten halben Stunde deine Hilfe, ich brauch sie wirklich, Pierre, also komm jetzt mit.«

Sie gingen hinter die Küche. Auf dem Hof fanden sie die eingegrabenen Öltanks, die mit einer Zementdecke von fünf mal sechs Metern bedeckt waren. Das war das Karo.

Auf der einen Seite des Karos führte ein Kiesplatz zum Speisesaal-Gebäude. Das war das Parkett, dort würden der Rat und die Abiklasse stehen. Darüber befand sich eine Reihe von Fenstern. Dort wohnten die finnischen Dienstmädchen, die immer im Fenster hingen und den Unterlegenen anfeuerten. Auf der anderen Seite des Karos befand sich ein etwa zwanzig Meter langer, mit Gras bewachsener Hang. Dort versammelte sich die Mittelschule. Die Gymnasiasten standen auf gleicher Höhe mit dem Karo, auf der Seite des einzigen Zugangs. Man musste auf dem Weg zum Karo also an den Gymnasiasten vorbei.

Erik stieg auf das Karo und drehte dort einige Runden. Der Boden war stabil und eben, aber in einer Ecke gab es einen runden Zementdeckel mit zwei aufragenden Stahlgriffen, offenbar wurde dieser Deckel beim Tankfüllen gehoben. Es war eine gefährliche Ecke, man konnte leicht über den Deckel und die Griffe stolpern. Erik leckte sich über die Hand, bückte sich und strich über die Unterlage. Die war hart und rau, aber etliche lose Zementkörner blieben an seiner Handfläche hängen. Es war eine überaus unangenehme Unterlage, Schürfwunden an Ellbogen und Wangen würden sich heftig entzünden und wochenlang Ärger machen.

»Okay, Pierre. Das weiß ich jetzt. Jetzt gehen wir zurück aufs Zimmer und du erzählst mir, wie das hier normalerweise abläuft.«

Pierre weinte fast, als sie zusammen zu ihrem Zimmer in Kassiopeia zurückgingen.

»Verdammt, Erik, du hast ja keine Ahnung, was die vorhaben.«

»Doch, eine Ahnung schon, aber ich *weiß* es nicht. Du musst mir erzählen, wie diese beiden Ärsche sich prügeln, du musst sie doch schon mal gesehen haben.«

Pierre erzählte zögernd und ohne viele Details. Anfangs war alles wie ein Spiel. Die ganze Schule sang Spottlieder und lachte. Aber dann ging es immer härter zu, und der, der hinauskroch, blutete immer, fast immer.

»Genauer, Pierre, das hier ist ernst, du musst mir helfen! Wie kämpfen die, treten sie, schlagen sie mit Fäusten oder Handkanten, greifen sie gleichzeitig an oder wechseln sie sich irgendwie ab, zielen sie aufs Gesicht oder auf den Körper, treten die in die Eier? Erzähl endlich, das ist wichtig, Pierre!«

Sie saßen auf ihrem Zimmer und Erik wühlte in seinen Kleidern, während er versuchte, ein Detail nach dem anderen aus Pierre herauszuholen. Aber Pierre erzählte nichts Konkretes, er schilderte immer nur seine

Empfindungen dabei. Er wusste wohl zu wenig über Gewalt, um den Verlauf einer Prügelei analysieren zu können.

Erik wiegte seine Fußballschuhe in der Hand. Er könnte sich eine Zange suchen und die Stollen abknipsen. Das würde zu einem harten Tritt führen und die Füße davor schützen, über den Asphalt zu schrammen, wenn er unten zu liegen käme. Aber die glatte Sohle aus hartem Kunststoff würde keinen richtigen Halt geben. Die losen Sandkörner auf dem Zementboden würden wie kleine Räder wirken, so dass die Füße hin und her rutschten, wenn man sich rasch bewegte, und wenn man ausrutschte und unter zwei schweren Typen landete, würde es verdammt schwierig, sich wieder freizukämpfen. Wenn man es doch schaffte, hätte man Schürfwunden im ganzen Gesicht, und wenn man zu stark aus den Augenbrauen blutete, konnte man katastrophal wenig sehen. Die Fußballschuhe konnte er nicht nehmen. Also Turnschuhe.

Und Jeans. Seine Jeans waren weich und oft getragen, deshalb boten sie große Bewegungsfreiheit. Sie waren nicht so weit wie eine Trainingshose, aber der weiche, schlaffe Stoff der Trainingshosen war nicht gut, weil man ihn zu leicht zu fassen bekam. Darum zog er auch den Gürtel aus seinen Jeans. Wenn man gegen zwei auf einmal kämpft, ist es wichtig, dass einen nicht der eine packen kann und damit dem anderen Gelegenheit zum ungehinderten Treten oder Schlagen geben. Jeans und Turnschuhe, die Schnürsenkel mussten fest gebunden werden. Keine losen Enden.

Das größte Problem war, was er am Oberkörper tragen sollte. Das Beste wäre ein Pullover mit langen Ärmeln und so eng, dass man ihn nicht fassen konnte, aber weit genug, damit er nicht in seiner Bewegungsfreiheit eingeschränkt war. Eine schlaffe Trainingsjacke würde die Ellbogen schützen, wenn er auf den Zement fiele oder unter den anderen zu liegen käme, aber sie war zu leicht zu fassen. Pierres Größe kam nicht infrage und er selbst hatte nichts Passendes. Also musste er ein eng sitzendes weißes Polohemd nehmen. Ein rotes wäre besser gewesen, weil Blut auf Weiß so gut zu sehen ist, aber er hatte nur ein weißes. Die Ellbogen waren jetzt ein Risiko, aber seine Arme hatten genügend Bewegungsfreiheit und kein loser Stoff bot eine Zugriffsmöglichkeit. Damit war er richtig angezogen.

Er trat vor den Spiegel und schaute sich in die Augen. Hob die Lippen und musterte seine Zähne. Pierre saß stumm und mit hochgezogenen Beinen auf seinem Bett.

»Treten sie dem, der unten liegt, ins Gesicht?«, fragte Erik, ohne sein Spiegelbild aus den Augen zu lassen.

»Ich weiß nicht, ich glaube nicht. Aber ein Typ musste voriges Jahr zum Zahnarzt und sich einen Stiftzahn einsetzen lassen.«

Einen Stiftzahn. Oder zwei?

Er ging zum Bett und saß stumm und mit gesenktem Kopf und betrachtete seine Hände mit den weiterhin sichtbaren weißen Narben. War das jetzt seine Strafe? Würde er jetzt und in den kommenden Jahren dafür büßen müssen, was er anderen angetan hatte? Er sah auf die Uhr. Noch eine halbe Stunde. Pierre sagte kein Wort und sein Gesicht war starr, so, als müsse er sich gewaltig beherrschen.

»Pierre, mein kleiner südländischer Freund mit nichtgermanischer Nase, vielleicht sieht meine Nase in einer Stunde ja auch so aus wie deine. Aber weißt du, falls du das noch nicht kapiert hast: es steht nicht fest, dass ich verliere. Ich kann auch gewinnen.«

»Und wie groß ist deine Chance?«

»Ich weiß nicht. Ehrlich gesagt, ich habe keine Ahnung. Ich hab ja nicht gesehen, wie die Typen kämpfen, und du hast ihre Technik nicht unbedingt präzise beschrieben. Wenn ich ihnen schon mal bei einem Kampf zugesehen hätte, würde ich's jetzt wissen. So weiß ich nur, dass sie zu zweit sind, dass der eine aussieht, als ob er etwas weniger wiegt als ich, und dass der andere dafür mehr wiegt. Mehr weiß ich nicht.«

»Wenn du gewinnst, werden dich andere aus der dritten Gymnasialklasse so lange herausfordern, bis sie gewonnen haben. Und je mehr von ihnen du vorher schlägst, desto schlimmer wird es, wenn du verlierst.«

»Du bist gar nicht so dumm, Pierre. Obwohl du so wenig über das Kämpfen weißt, kapierst du alles, weil du intelligent bist.«

»Du bist auch intelligent und trotzdem verhältst du dich so wie jetzt.«

»Was soll ich denn machen? Was würdest du selbst machen?«

»Ich würde hingehen und verlieren und ausgelacht werden und danach hoffentlich meine Ruhe haben. Zweimal hintereinander machen die nicht denselben fertig.«

»Nein, aber es gibt etwas, das du nicht weißt, etwas, das du nicht wissen kannst. Wenn ich verliere, sehe ich scheußlich aus, und mehr gibt es dazu nicht zu sagen. Sicher weiß ich nur, dass ich nicht aus dem Karo kriechen werde, das ist das Einzige, was ich weiß. Aber wenn ich gewinne, dann kann ich das so machen, dass sie mich nie wieder ins Karo holen werden.«

»Das glaub ich nicht. Die werden versuchen, sich zu rächen, bis sie es geschafft haben.«

»Das kommt drauf an. Ich könnte ihnen so wehtun, dass es dem Publikum hochkommt. Wenn ich gewinne, meine ich, dann kann ich das machen. Wenn ich verliere, werden sie mich schlagen müssen, bis ich mich nicht mehr bewegen kann. Beim Schmerz sind zwei Dinge wichtig, einerseits, dass es wehtut, und das andere ist die Furcht. Und darüber weiß ich mehr als diese Typen. Das ist fast das Einzige, was ich mit Sicherheit über die beiden sagen kann.«

»Du spinnst doch, Erik, wie bist du eigentlich so geworden?«

»Im Karo, Pierre, in diesem verdammten Karo, von dem du sagst, dass selbst du hingehen müsstest, weil da nämlich nichts anderes gilt als Gewalt. Da kann man sich nicht rausreden, da reicht es nicht, in drei oder vier Fächern ›sehr gut‹ zu haben, oder was immer du hast.«

»Aber scheußlich ist es trotzdem. Ich hoffe, du schaffst es.«

»Ich will, dass du hingehst und zuschaust, Pierre.«

»Das will ich nicht.«

»Weil du Angst hast, dass ich verliere.«

»Ehrlich gesagt, ja.«

»Ich werde vielleicht verlieren, Pierre, aber ich will trotzdem, dass du kommst, denn ich will wissen, dass wenigstens einer von den verdammten Trotteln da draußen zu mir hält. Verstehst du?«

»Nein. Ich halte zu dir, aber ich will nicht zusehen.«

»Du bist hier mein einziger Freund, du bist vielleicht der Einzige auf der ganzen Penne, der will, dass ich gewinne. Versprich mir, dass du kommst, versprich es!«

»Ich versprech's.«

»Ehrenwort?«

»Ehrenwort.«

»Dann sehen wir uns in einer Viertelstunde. Ich drehe eine Runde, um mich ein bisschen zu konzentrieren. Also bis nachher.«

»Bis nachher, Erik. Und viel Glück.«

Er lief über den Kiesweg, der von Stjärnsberg in einige Dörfer und dann weiter nach Stockholm führte. Ab und zu blieb er stehen, hob die Arme über den Kopf und ließ sie dann baumeln. Machte ein paar Sprünge zur Seite und zog ein paarmal die Knie an die Brust. Ihm blieben noch sieben Minuten.

War das alles von Anfang an unvermeidlich gewesen? War es sein eigener Fehler, hätte es sich verhindern lassen, hätte er so sein können wie Pierre, der ins Karo ging, um so schnell wie möglich zu verlieren, einer, der sich zum Laufburschen der Abiturklasse machte und Ärger lieber aus dem Weg ging? Jedenfalls war alles schiefgegangen, waren alle seine Pläne für die Katz gewesen, er würde kämpfen müssen, und nicht nur ein bisschen, nicht nur mit einer Ohrfeige, um die Sache rasch aus der Welt zu schaffen. Er würde alles einsetzen müssen bei diesem Kampf und dabei war er nicht einmal wütend. Es war absolut kein Albtraum; er spürte sein Herz schlagen und seinen Puls rascher gehen, und er füllte die Lunge mit Luft und ballte die Fäuste und hielt sie sich vor die Augen und schüttelte sie und alles war durch und durch wirklich. Es führte kein Weg am Karo vorbei und in vier Minuten musste er dort antreten. Eine Flucht aus Stjärnsberg war unmöglich, denn das war die einzige Schule, die es für ihn gab, es kam ihm vor, als sei Krieg und er müsse sein Land verteidigen und deshalb gegen die Besatzer kämpfen. Das musste er. Nicht nur, weil er es musste, sondern sicher auch, weil es richtig war? War es nicht richtig, diesen eingebildeten Idioten ein einziges Mal Widerstand entgegenzusetzen? Würden sie nicht mit ihren Schikanen aufhören, wenn sie Prügel bekämen, denn es war durchaus möglich, dass er gewann, und wäre das nicht im Interesse der Mittelschüler? Er würde nicht nur ins Karo gehen, um zu zeigen, dass er ungeheuer viel Prügel einstecken konnte. Er würde hingehen, um zu gewinnen.

Er lief zum Speisesaal-Gebäude und ging die letzten hundert Meter in langsamem Tempo. Er hörte aus der Senke hinter dem Speisesaal, wo das Karo lag, Gesang und Geschrei, es schienen sich viele Zuschauer eingefunden zu haben.

Als er dort ankam, sah alles so aus, wie Pierre es beschrieben hatte. Die Dienstmädchen hingen aus den Fenstern. Die Leute aus der Abiklasse und die Ratis standen auf den besten Plätzen, der mit Gras bewachsene Hang auf der anderen Seite war mit der kompletten Mittelschule gefüllt. Er hielt Ausschau nach Pierres Gesicht und entdeckte es weit hinten. Aus einem plötzlichen Impuls heraus bahnte er sich einen Weg durch das buhrufende und höhnisch lachende Mittelschulpublikum, bis er vor Pierre stand.

»Hier«, sagte er und nahm seine Armbanduhr ab. »Bitte, pass solange darauf auf.«

Dann machte er kehrt und ging den Hang hinunter zum Karo. Als er fast dort eingetroffen war, kam ein Ratsmitglied auf ihn zu, das einen mit Silber beschlagenen Stab in der Hand hielt.

»Hallo«, sagte das Ratsmitglied. »Du kommst immerhin pünktlich. Ich bin der Clubmeister und soll das Zeichen zum Kampfbeginn geben, stell dich hier hin und warte.«

Dann schob er Erik an den Rand der Betonplatte, sodass Erik den Mittelschülern den Rücken zukehrte. Seine beiden Gegner standen ihm schräg gegenüber, mit dem Rücken zu den Gymnasiasten.

Der Clubmeister trat auf die Platte und gebot Stille, indem er den Stab hob. Fast schlagartig verstummte das Gejohle und wich erwartungsvollem Gemurmel.

»Also«, schrie der Clubmeister. »Wir haben hier einen Ehrenkampf und ich werde die Regeln erklären. Kein Zuschauer darf das Karo betreten, unter gar keinen Umständen. Komm jetzt her, Erik.«

Erik stieg auf die Platte, und nun buhte das ganze Publikum und brüllte Spottverse.

»Erik, ich ernenne dich hiermit zur Ratte von Stjärnsberg«, sagte der Clubmeister und schlug zweimal mit seinem Silberstab auf Eriks Schultern.

Alles jubelte los und eine halbe Minute lang wurde ein Rattenvers gebrüllt. In dieser Zeit betrachtete Erik schadenfroh und überrascht seine Gegner. Sie trugen Ringe und Uhren, einer sogar ein Jackett. Wollte er das wirklich anbehalten? Sie trugen Halbschuhe, der eine, der mit dem Jackett, noch dazu welche mit Ledersohlen. Gürtel, langärmliges Hemd – das war der Typ ohne Jackett –, Pfeife in der Brusttasche des Jacketts, nahmen die die Sache denn überhaupt nicht ernst?

»Und hier unsere beiden Strafpräfekten«, brüllte der Clubmeister, und die Gegner betraten die Zementplatte, hoben wie Boxer die Arme zu einer Siegergeste und spendierten dem Publikum ein paar flotte Sprüche, während der Jubel immer lauter wurde und ein Vers von einer Ratte, die es auf die Platte zu schmieren galt, einige Male wiederholt wurde.

»Ich ernenne euch hiermit offiziell zu Strafpräfekten«, fuhr der Clubmeister fort und schlug den beiden mit dem Silberstab auf die Schultern, »und ich ermahne euch, eine gute Erziehungsleistung im wahren Geiste Stjärnbergs zu vollbringen. Wenn ich das Karo verlassen habe, darf es niemand mehr betreten, und der Kampf dauert an, bis eine Seite auf den Knien hinauskriecht. Der Kampf möge beginnen!«

Wieder brach der Jubel los, und der Clubmeister stieg von der Platte und stellte sich in die erste Reihe der Abiturienten und Ratsmitglieder. Eriks Gegner hoben die Hände vors Gesicht und kamen auf ihn zu. Erik behielt die Hände in den Taschen und betrachtete seine Widersacher. Der größere und schmalere, ohne Jackett, hatte eine lange Nase, deren Bein direkt unter der Haut zu liegen schien. Der Typ im Jackett war um die Taille ein wenig zu dick, um sich rasch bewegen zu können. Aber sie hielten die Hände wie auf Boxerfotos aus den Dreißigerjahren, die rechte Faust vor den Mund, die linke in Mundhöhe gerade ausgestreckt. Es sah bescheuert aus. Und kämpfen konnten sie einwandfrei nicht. Also musste es möglich sein, ihnen Angst zu machen und zu gewinnen. Ihre Angst lag garantiert dicht unter der Oberfläche, man musste nur ein wenig daran herumkratzen. Natürlich machte es sie ein wenig unsicher, dass Erik sich nicht bewegte, sondern einfach mit den Händen in den Hosentaschen dastand. Sie kamen noch ein wenig näher, waren aber noch nicht nahe genug für einen Schlagabtausch. Erik wartete, bis sie fast in Reichweite waren, dann begann er, seinen Plan in die Tat umzusetzen.

»Moment mal«, sagte er. »Ich hab doch bestimmt das Recht, mir vom Clubmeister erst die Regeln erklären zu lassen, okay?«

Das hatte er natürlich, und der Clubmeister trat ein paar Schritte vor, um mit seinen Erklärungen zu beginnen. Erik wartete, bis das Stimmengemurmel sich ein wenig gelegt hatte.

»Also erstens, muss ich beide Typen schlagen, bis sie rauskriechen, oder reicht auch einer?«, fragte er. Es wurde fast still, als der Clubmeister mit der Antwort zögerte.

»Also ... entweder wird gekämpft, bis du rauskriechst, oder bis beide Strafpräfekten rausgekrochen sind.«

»Gut, dann hab ich nur noch eine Frage«, sagte Erik und wurde dabei immer leiser, damit das Publikum absolut still werden musste.

»Darf ich sie verletzen, so viel ich will? Darf ich ihnen zum Beispiel einen Arm oder das Nasenbein brechen?«

Von nun an ließ Erik die Strafpräfekten nicht mehr aus den Augen. Als der Clubmeister wie erwartet die Regel wiederholt hatte, dass alles erlaubt sei und außer den Kämpfenden niemand das Karo betreten dürfe, ergriff Erik blitzschnell die Initiative. Er wurde noch leiser und sprach mit zusammengebissenen Zähnen, aber deutlichen Lippenbewegungen, die seine Zähne zeigen sollten.

»Du da mit der Nase. Ich werde dir die Nase ungefähr in der Mitte brechen. Geh davon aus, dass dein Hemd und deine Hose dabei versaut werden, außerdem wirst du mit dem Taxi zum Krankenhaus fahren müssen. – Und du, Dicker, bist du Rechts- oder Linkshänder?«

»Rechtshänder«, antwortete der Strafpräfekt mit genau der Unsicherheit in der Stimme, die jetzt wichtig war.

»Gut. Dann breche ich dir den linken Arm gleich beim Ellbogen. Habt ihr verstanden, was ich gesagt habe?«

Die beiden grinsten leicht nervös und bewegten ihre zu der albernen Schutzgeste erhobenen Fäuste, während sie gleichzeitig einen zögernden Schritt vortraten und damit in Reichweite kamen. Erik überlegte, ob er noch einen Schritt weitergehen und den Strafpräfekten vielleicht anbieten sollte, lieber gleich auf die Knie zu fallen und aus dem Karo zu kriechen. Aber das wäre ein zu absurder Vorschlag gewesen, und wenn das immer noch stumme Publikum zu laut lachte, konnte die

Stimmung leicht umschlagen, und das konnte er nicht wollen.

Der rechtshändige Fettsack stand links, ein wenig hinter dem Langen mit der Nase. Es wäre leicht gewesen, den Langen nach zwei raschen Schritten vorwärts mit einem linken Haken zu treffen, aber er würde kaum einen sauberen Treffer auf der Nase landen können, also wäre so ein Manöver nicht wirklich hilfreich. Erik durchbohrte den Typ mit der Nase mit Blicken und zog langsam die Hände aus den Taschen, so langsam, dass die Gegner von der Bewegung gebannt sein mussten, statt zum Angriff überzugehen. Jetzt hatte er sie. Es würde klappen.

Mitten in der langsamen Bewegung machte er plötzlich zwei schnelle Schritte vorwärts und traf den Fettsack mit einem langen Tritt im Unterleib. Er spürte, dass der Tritt so gut wie perfekt saß, und drehte sich aus derselben Bewegung heraus wie ein Diskuswerfer, um Kraft für den Moment zu sammeln, in dem er den rechten Ellbogen mitten ins Gesicht des Langen stieß (er legte die linke Hand um die rechte Faust, um maximale Kraft in den Treffer zu legen). Die Wucht des Stoßes durchbrach natürlich die alberne Verteidigung, und während er dem Langen schräg den Rücken zudrehte, spürte er, wie beim Abschluss der Drehbewegung etwas unter seinem Ellbogen zerbrach.

Danach trat er zurück in seine Ausgangsstellung, um sich sein weiteres Vorgehen zu überlegen. Der Dicke beugte sich jammernd vornüber und der Lange war rückwärts geschleudert worden. Aber Eriks Ellbogen hatte zu tief getroffen, über dem Mund statt genau auf die Nase. Sein Ellbogen wurde heiß, und er begriff, dass er dort eine Art Bisswunde haben musste. Das Einzige, was vom Publikum zu hören war, war ein wenig Jubel und Applaus von den finnischen Dienstmädchen.

Es hatte also nur halb geklappt. Er musste rasch weitermachen. Der Lange würde nicht so rasch wieder auf die Beine kommen, er war bei Bewusstsein, aber sichtlich geschockt, und er betastete mit der Hand seinen Mund. Der Dicke dagegen schien sich wieder aufzurappeln. Also musste er sich ihn zuerst vorknöpfen.

Erik sprang vor und schlug dem Dicken ein paarmal von unten ins Gesicht, um seinen Gegner zu reizen und die Trefferfläche zu vergrößern. Darauf sollten einige Schläge in den Magen folgen, damit der Dicke sich krümmte und in sich zusammensank und Erik Zeit fände, dem Langen, der sich jetzt gerade aufsetzte, die Nase einzuschlagen. Es würde schneller und leichter gehen, die Nase mit einem Tritt zu erledigen, aber psychologisch wäre es nicht richtig, wenn das hier wirklich sein letzter Kampf gegen Strafpräfekten sein sollte. Es musste auf eine Weise geschehen, die noch schmerzhafter war.

Er trat vor den Langen hin, packte dessen Haare und riss ihn so hart nach hinten, dass er mit dem Hinterkopf auf den Zementboden aufknallte. Dann kniete er sich über den linken Arm des Langen und schaute für einen Moment in dessen verängstigte Augen. Die Oberlippe war fast bis zu den Nasenlöchern geplatzt. Blut quoll heraus.

»Wir hatten die Nase gesagt, war's nicht so?«, sagte er laut genug, um noch vom letzten Mittelschüler gehört zu werden. Dann hieb er dem Liegenden mit voller Kraft die Handkante auf die Nasenwurzel. Es war, als dringe die Handkante durch den zersplitternden Knorpel bis zum Wangenknochen durch. Dann schoss ein Blutstrom über das Gesicht des Langen.

Erik kehrte zur Mitte der Platte zurück und wartete, bis der Lange sich in die Stellung hochgerappelt hatte, in die er sich hochrappeln musste: auf die Knie.

»Gut, dass du schon auf den Knien liegst. Und jetzt kriech doch bitte weg von hier, bevor noch Schlimmeres passiert.«

Erik spürte, wie Blut über seinen linken Unterarm lief. Die Schneidezähne dieses Typen hatten offenbar eine tiefe Wunde hinterlassen. Schmerz und Starre würden sich aber nicht so rasch einstellen, deshalb konnte er sich bis auf weiteres als unversehrt betrachten.

»Kriechen! Hast du nicht gehört, du sollst kriechen!«

Erik trat langsam, bewusst langsam, auf den knienden, nuschelnden und geschockten Strafpräfekten zu (was zum Teufel sollte er machen, wenn der Typ nicht gescheit genug wäre, um wegzukriechen?). Er machte noch einen Schritt und sah zugleich aus dem Augenwinkel, dass der andere wieder auf die Füße kam. Er musste sich beeilen.

»Kriechen! Zum letzten Mal, kriech weg, bevor ich dir auch noch einen Arm breche!«

Da kroch der Typ aus dem Karo und ließ sich draußen auf den Boden fallen. Er weinte, wahrscheinlich weil der Schock nachließ, aber auch wegen der Demütigung und vielleicht auch deshalb, weil ihm allmählich aufging, dass er soeben etliche Zähne und sein Nasenbein eingebüßt hatte. Einige Klassenkameraden halfen ihm auf die Beine und schleppten ihn weg.

Erik drehte sich langsam zu dem Dicken um, bohrte die Hände in die Taschen und betrachtete sich zugleich, was seine Treffer bisher ausgerichtet hatten. Ein blaues Auge war dem Dicken sicher. Aber jetzt war die Frage, ob er dem Typ wirklich noch den Arm brechen musste. Das Ellbogengelenk ist zäh und hart, und der Schmerz würde so unerträglich sein, dass der Typ vermutlich brüllend das Bewusstsein verlieren würde. War es möglich, dass die anderen auch dann noch nicht eingriffen? Er konnte natürlich auch nur so tun, als breche er ihm den Arm, und ihn dann so lange heulen und brüllen lassen, bis die anderen es nicht mehr aushielten und kamen, um der Sache ein Ende zu machen. Der Typ zitterte schon fast vor Angst, vielleicht würde sich alles doch noch erledigen lassen, ohne bis zum Äußersten zu gehen.

»Ja, ja«, sagte Erik mit gespielter Lässigkeit. »Und jetzt zu dir. Dir wollten wir beim linken Ellbogengelenk den Arm brechen, stimmt's?«

Erik wartete einen Moment, dann redete er weiter. Sie standen ungefähr drei Meter auseinander, eine gute Entfernung für das, was er vorhatte.

»Jetzt sag schon, hatten wir das abgemacht oder nicht? Den linken Arm – du bist doch Rechtshänder?«

Keine Antwort. Dem Strafpräfekten stieg die Angst in die Augen und sein Blick irrte hinüber zu den Ratsmitgliedern und der Abiturklasse. Erik wollte ihn nicht aus den Augen lassen, aber soweit er aus dem Augenwinkel sehen konnte, standen alle bewegungslos. Waren sie wirklich so grausam, dass sie das hier erleben wollten?

»Jetzt sag schon, bist du Rechtshänder? Und steh gefälligst gerade. Also!«

»Jaa«, antwortete der Typ mit schwacher Stimme.

Das war hervorragend.

»Es wird wehtun, so weh, dass du dir das nicht mal vorstellen kannst. Du wirst schreien wie ein Schwein, die ganze Schule wird es hören und glauben, dass wir hier Schweine schlachten. Oder kapierst du etwa nicht, wie weh das tun wird?«

Erik trat einen Schritt auf den anderen zu, noch immer mit den Händen in der Tasche. Noch immer schien das absolut schweigsame, beängstigend schweigsame Publikum nicht eingreifen zu wollen.

»Wenn du ins Krankenhaus gefahren wirst, wirst du das Bewusstsein verlieren, und bevor du operiert wirst, bekommst du sowieso eine Narkose.«

Erik machte langsam einen weiteren kleinen Schritt. Sie standen jetzt zwei Meter auseinander. Bald würde er in Reichweite sein. Mit den Händen in der Tasche lud er zu einem Angriff geradezu ein. Den würde er mit einem Tritt stoppen, dann würden sie von vorne anfangen. Aber es kam kein Angriff, der Typ war offenbar vollkommen handlungsunfähig.

»Du wirst deinen Arm vielleicht nie wieder richtig bewegen können, ich weiß ja nicht, was die Chirurgie in Katrineholm taugt. Weißt du es? Jetzt sag schon, du Arsch, haben sie in Katrineholm gute oder schlechte Chirurgen?«

Entsetzen zeigte sich in den Augen des anderen.

Nichts, nicht das geringste Zucken zeigte an, dass er angreifen würde. Zeit also, zum Ende zu kommen, der andere würde nicht noch mehr hinnehmen können, ohne loszuschlagen, und dann würden die Folgen unvermeidlich sein.

»Aber du bekommst eine Chance, eine letzte Chance. Willst du?«

Jetzt musste der Arsch doch antworten.

»Willst du eine letzte Chance, hast du mich überhaupt verstanden?«

Die Antwort konnte nur Ja lauten.

»Jaa ...«

»Okay, dann sind wir uns einig.«

Erik trat noch einen Schritt vor. Jetzt befand er sich in Angriffsweite. Und musste zu dem Dicken aufschauen.

»Geh auf die Knie und kriech vom Platz.«

Gemurmel im Publikum, das stumm und blutrünstig darauf wartete, dass das Unerhörte nun auch wirklich passierte.

»Geh auf die Knie und kriech raus, ich zähle bis ...«

Erik dachte nach. Drei wäre zu wenig.

»... bis zehn. Bei zehn bist du draußen und das hier ist deine absolut letzte Chance. Hast du verstanden, was ich gesagt habe?«

»Jaa ... du Arsch ...«

Der andere kämpfte mit den Tränen. Das war nicht gut, es bedeutete, dass die Temperatur der Angst womöglich sank, und das wiederum konnte zu einem Verzweiflungsangriff führen. Was sollte er dann machen? Langsame methodische Misshandlung, bis der Strafpräfekt sich nicht mehr verteidigen konnte und dann noch einmal eine »letzte Chance«. Falls nicht ...

»Ich fange an. *Eins* ...«

Aber nun fingen sie wieder mit diesen verdammten Spottversen an. Das Publikum forderte den Strafpräfekten auf, nicht feige zu sein, sich nicht wie eine Ratte zu verhalten, es verspottete ihn und drohte, ihn Ratte zu nennen. Vermutlich, weil alle gern sehen wollten, wie ihm der Arm gebrochen wurde.

»*Zwei* ...«

Die Erregung steigerte sich. Aber es glaubte doch wohl niemand, dass der Fettsack noch gewinnen konnte? Wie sollte er sich allein für das rächen, was hier passiert war, wie sollte er allein einen langen, harten Kampf gegen jemanden gewinnen können, der kleiner, aber stärker und schneller war und außerdem alles konnte, was der Dicke eben nicht konnte?

»*Drei* ...«

Der Fettsack zögerte und schaute sich um. Erik streckte betont langsam die Hände aus, verschränkte die Finger ineinander und zog scheinbar schläfrig daran, bis die Fingergelenke knackten.

»*Vier* ...«

Die Gymnasiasten wurden lauter, die Mittelschüler waren verstummt. Die Abiturklasse und die Ratsmitglieder hielten den Mund.

»*Fünf* ...«

Sollte er dem Typ noch weiter drohen? Der Idiot fing ja nicht einmal an, auf die Knie zu fallen. Aber es wies auch nichts darauf hin, dass er einen Angriff plante.

»*Sechs* ...«

Was zum Teufel sollte er machen, wenn er bei zehn angekommen war? Dem Typ rechts und links ins Gesicht schlagen, dass er aus dem Karo taumelte? Was passierte, wenn er hinausfiel? Das zählte wahrscheinlich nicht.

»Sieben ...«

Warum hatte er eine so heftige Drohung ausgestoßen? Weil es nötig war, um dem anderen Angst zu machen. Und genauso nötig war es, diese Drohung wahr zu machen, wenn er das Karo als Letzter verlassen wollte. Oder stimmte das schon nicht mehr, hatten sie schon so große Angst, dass sie es nie wieder versuchen würden?

»Acht ...«

Er schaute in die Augen des Dicken. Der kämpfte mit den Tränen und suchte mit Blicken nach der Hilfe, die offenbar nicht kommen würde. Die Rechnung würde vielleicht doch aufgehen.

»Neun ...«

Eine kleine Bewegung, eine Art Zucken im Hüftgelenk des Strafpräfekten. Entweder würde es bei zehn klappen oder Erik würde ihn wirklich ausgiebig misshandeln müssen. Lieber ihn ausgiebig misshandeln als ihm wirklich den Arm brechen. Und wie sollte er den Arm überhaupt brechen? Erst den Typ zu Boden schlagen, ihm dann ein Knie in den Nacken pressen, damit seine Wange auf den harten Zement zu liegen kam und jede Bewegung die Haut aufscheuerte, dann das andere Knie als Hebel benutzen, wenn er den linken Arm im rechten Winkel zum Knie umbog? Dann hart drücken, bis die anderen das Geschrei und Gejammer nicht mehr ertragen konnten – aber was, wenn sie es doch ertrugen?

»*Zehn!*«

Langsam hob er die Hände. Jetzt musste der Arsch durch Blicke und Angst in die Knie gezwungen werden. Er bohrte seinen Blick tief in die verängstigten Augen und setzte die langsame Handbewegung fort.

»Nein ... nein ... nein ...«, schniefte der Strafpräfekt. »Ich will nicht ... du kannst doch nicht im Ernst ...«

»Auf die Knie!«

Der Typ sank auf die Knie und heulte endlich los. Bald wäre das Spiel gewonnen, es würde klappen.

»Und jetzt kriechst du raus. Kriech!«

Der Strafpräfekt lag wie gelähmt auf allen vieren da und weinte hemmungslos. So konnte es nicht weitergehen. Ein Tritt in den Hintern, nicht zu hart, konnte vielleicht helfen. Erik versetzte dem Strafpräfekten einen sanften Tritt in den Hintern.

»Kriechen, hab ich gesagt!«

Die Gymnasiasten johlten jetzt wieder, aber sie schrien so wild durcheinander, dass alle Ermahnungen, aufzustehen und zu kämpfen, darin untergingen. Endlich, endlich, endlich kroch der Typ aus dem Karo. Er blieb vor der Zementplatte auf den Knien liegen und ließ seinen Tränen freien Lauf.

Außer seinem Schluchzen war nichts mehr zu hören. Erik spielte kurz mit dem Gedanken, sich durch die Gymnasiasten hindurchzudrängen, die es bei ihm nie wieder mit dem Karo versuchen würden. Dann kam ihm eine Idee. Sie war ein wenig riskant, aber das Risiko war es wert.

Er drehte sich langsam zur Abiturklasse und den Ratsmitgliedern um, dann trat er an die Kante der Zementplatte und betrachtete sie eine Weile schweigend. Das Publikum verhielt sich mucksmäuschenstill. Ob es klappen würde? Vermutlich.

»Ihr aus der Abiturklasse und ihr Ratsmitglieder findet es doch so großartig, uns Mittelschüler zu verprügeln.«

Er legte die nötige Kunstpause ein.

»Habt ihr denn noch neue Strafpräfekten? Zwei frische Ratsmitglieder, bitte.«

Erik starrte die Abiturklasse und die Ratsmitglieder mit gespieltem Hass an. Das hier würde nicht sehr lange gut gehen, das war ihm klar. Wenn er zu lange stehen bliebe, würde er zwei neue Gegner geradezu herbeizwingen. Aber wenn er genau lange genug wartete und dann ginge, würde es perfekt funktionieren – und wer würde später etwas auf das Gerede geben, man hätte »eigentlich« ins Karo steigen und dem Arsch die verdienten Prügel verabreichen müssen?

Er zählte in Gedanken bis zehn und konzentrierte sich darauf, seine Maske des intensiven Hasses zu bewahren.

Dann drehte er sich mit einem verächtlichen Schnauben um und ging. Hinter sich hörte er, wie das Schweigen immer lauter werdendem Gemurmel wich.

Noch immer floss Blut über seinen rechten Arm und die Wunde am Ellbogen pochte jetzt. Es war offenbar eine ziemlich tiefe Wunde; der Typ musste den Mund halb offen gehabt haben, vielleicht hatte er noch gegrinst, als Zähne und Oberlippe ihren Geist aufgegeben hatten.

Erik lief nach Hause und holte sich seine Badehose

und ein Handtuch. Als er in die Schwimmhalle kam, war sie leer. Natürlich. Alle schwimmberechtigten Ratsmitglieder, Gymnasiasten und Mitglieder der Schulmannschaft hatten zusehen wollen, wie er von zwei Leuten misshandelt wurde, die noch nie gegen einen Gegner gekämpft hatten, der sich wehrte.

Die grüne Wasseroberfläche lag vollkommen still. Erik stand auf dem Startblock in der Mitte. Vom kleinen Finger seiner rechten Hand fiel ein Blutstropfen ins klare Wasser, löste sich auf und verschwand. Nachdenklich betastete er die Wunde mit der linken Hand. Sie war ziemlich tief, musste vielleicht genäht werden. Und es war Dreck hineingeraten. Mit Zeigefinger und Daumen zog er einen kleinen Gegenstand heraus und musterte ihn überrascht. Kein Zweifel, es war ein fast kompletter Vorderzahn. Er hielt ihn einige Augenblicke in der Handfläche. Dann ließ er ihn ins Becken fallen und sah zu, wie er im stillen klaren Wasser zu Boden sank. Er startete mit einem Schrei und legte die ersten hundert Meter in einem Wahnsinnstempo zurück.

Es war, wie wieder im Sportpalast zu schwimmen, um irgendwo zu sein und nicht anderswo sein zu müssen. Das Schwimmen machte keine Freude, es war wie Training und er wurde bald müde.

Als er aus dem Becken kletterte und sich abtrocknete, blutete sein Ellbogen noch immer. Er hatte gehört, dass die Schulschwester nach einem Kampf im Karo immer im Dienst war, er konnte also hingehen und versuchen, die Sache hinter sich zu bringen. Eine Wunde muss so schnell wie möglich genäht werden, sonst gibt es keine glatte Narbe.

Die Schwester hatte ihr Sprechzimmer im selben Gebäude und bei ihr brannte Licht. Offenbar hatte sie die anderen noch nicht ins Krankenhaus geschafft. Man sollte vielleicht zu ihnen gehen und ... ja, erklären. Nicht gerade um Verzeihung bitten, aber vielleicht erklären.

Er verfluchte die Idee im selben Augenblick, als er die Tür zur Krankenstation öffnete. Die Strafpräfekten waren nicht allein bei der Schwester, sie hatten drei oder vier Kameraden bei sich, und es wurde totenstill, als Erik eintrat. Einer der Strafpräfekten, der Dicke mit dem Jackett, saß auf einem Stuhl und hatte offenbar eine Wunde über der Augenbraue genäht bekommen. Er saß zurückgelehnt und drückte sich einen Eisbeutel auf die Wange (hatte sie wohl immer Eisbeutel bereitliegen, wenn ein Kampf angekündigt wurde?). Der Typ mit der eingeschlagenen Nase lag mit einem blutigen Lappen über dem Gesicht auf einer grünen Bahre. Er schien zu weinen. Sicher ließ der Schock bald nach.

Es war noch immer sehr viel Blut auf dem Boden zu sehen, auch wenn einer der Leute aus der dritten Gymnasialklasse es gerade aufwischte.

»Ach«, sagte die Schwester laut, aber ohne Feindseligkeit, »und hier hätten wir ja den, der findet, meine Jungen gehörten ins Lazarett in Flen.«

Erik starrte zu Boden und schwieg. Es gab keinen Grund zu einer frechen Antwort und es gab keinen Grund zu einer ausweichenden Antwort. Die anderen Jungen starrten ihn an, er konnte sich denken, worüber sie gesprochen hatten, ehe er gekommen war.

»Naaa«, sagte jetzt die Schwester, noch immer mit

diesem seltsamen Mangel an Zorn. »Was führt dich zu mir?«

»Das hier«, sagte Erik und hob seinen Ellbogen. »Das braucht sicher ein oder zwei Stiche.«

»Mal sehen«, sagte die Schwester und hob mit einer Pinzette eine in Jod getunkte Kompresse auf.

Dann rückte sie ihre Brille gerade und machte sich daran, die Wunde zu säubern.

»Jahaaa, das müssen wir wirklich nähen. Aber dazu braucht man kein Chirurg zu sein, wenn der Herr die Bemerkung gestattet.«

»Sicher, da reichen zwei Stiche und ein Pflaster.«

»Ich habe allerdings mehr Betäubungsmittel benutzen müssen, als ich erwartet hatte«, sagte die Schwester in fast munterem Tonfall.

»Nähen Sie den Arsch ohne Betäubung«, fauchte einer der Jungen aus der dritten Klasse.

»Sicher«, sagte Erik und starrte den Jungen an. »Nähen Sie gern ohne Betäubung.«

»Dann wollen wir mal«, sagte die Schwester und zog einen Faden in ihre Zange. »Her mit dem Ärmchen.«

Erik bohrte die Blicke in die Augen des anderen Jungen und zeigte ein diszipliniertes Lächeln, als die Zange das Fleisch an seinem Ellbogen für den ersten Stich durchschnitt.

»Du bist ja wirklich ein tapferer Bengel«, sagte die Schwester. »Und noch ein Stich, sind wir so weit?«

Beim zweiten Stich wandte der andere seinen Blick ab, und Erik konnte feststellen, dass die Wirkung bei den Zuschauern genau die erwartete war, wozu immer das gut sein mochte.

»So, das wär's, war nett, dich kennenzulernen. Wir sehen uns sicher wieder, das hab ich im Gefühl«, sagte die alte Dame und klebte ein breites Pflaster auf die Wunde.

»Komm in ein paar Tagen wieder, dann entscheiden wir, wann die Fäden gezogen werden können.«

»Wie geht's ihm denn?«, fragte Erik und nickte zu dem Typ auf der grünen Bahre hinüber.

»Ich dachte, das wüsstest du«, sagte die Schwester und zum ersten Mal lag eine gewisse Schärfe in ihrer Stimme. »Drei Zähne, eine Lippe, die ich erst mal nur betäuben konnte, und eine Nase, die noch viel Arbeit machen wird. Bist du damit zufrieden?«

»Nein, bin ich nicht. Das mit der Lippe und den Zähnen wollte ich nicht, mein erster Schlag ist danebengegangen. Dafür hat der andere noch einen heilen Arm und damit bin ich jedenfalls nicht unzufrieden. Vielen Dank für die Hilfe und auf Wiedersehen, Schwester.«

Das war idiotisch gesagt und er bereute es schon in der Tür. Wenn die drei aus der dritten Klasse nicht dabei gewesen wären, hätte er sagen können, dass er das alles gar nicht gut fand, dass es eben der Preis dafür war, nicht wieder ins Karo bestellt zu werden, was am Ende weniger Flickarbeit und weniger Taxifahrten zum Krankenhaus bedeutete, das immerhin. Aber die anderen waren nun mal da, und deshalb hatte er seine Rolle weitergespielt, auch wenn das, was er gesagt hatte, irgendwie auch nicht falsch war.

Als er das Gebäude verließ und auf Kassiopeia zuging, wurde es schon dunkel. Ein Taxi kam ihm entgegen, das vermutlich zum Krankenhaus in Flen fahren würde.

Pierre lag schon im Bett, als er das Zimmer betrat; er hatte Eriks Armbanduhr mitten auf den Schreibtisch gelegt. Aber natürlich war Pierre wach, hellwach, wie sich herausstellte, als Erik die kleine Lampe über dem Waschbecken einschaltete und seine Badehose aufhängte.

»Hättest du's wirklich getan?«, fragte Pierre leise.

»Du meinst, ob ich ihm den Arm gebrochen hätte?«

»Mm.«

»Ich weiß nicht. Ich weiß es wirklich nicht. Was haben die gedacht, mit denen du nachher gesprochen hast?«

»Die waren ganz sicher, dass du es getan hättest, alle, die ich gehört habe, haben darüber gesprochen.«

»Das ist gut, denn dann gibt es für mich keine Auftritte im Karo mehr, oder was meinst du?«

»Nein, vielleicht nicht. Aber ...?«

»Hm.«

»Hättest du's wirklich gemacht?«

»Das weiß ich nicht. Hab ich doch gesagt.«

»Aber ich kann nicht verstehen, wie man andere Menschen auf diese Weise schlagen kann. Das hat alles so kalkuliert gewirkt, fast intelligent. Wie kann man ...?«

Weiter kam Pierre mit seinen Überlegungen nicht. Auf dem Gang waren trampelnde Schritte zu hören, Türen wurden aufgerissen und Befehle gebrüllt.

»Es gibt mal wieder eine Razzia«, sagte Pierre.

Im selben Moment wurde die Tür aufgerissen und die Deckenlampe eingeschaltet. Vor ihnen stand der Vizepräfekt.

»Razzia! Alle in den Aufenthaltsraum!«, brüllte er.

Sie liefen zusammen mit allen anderen vom selben Gang in den Aufenthaltsraum. Dann ging der Rat von Zimmer zu Zimmer. Sie rissen Schubladen heraus, kippten den Inhalt auf den Boden, drehten die Matratzen um, durchsuchten Kleiderschränke und andere mögliche Verstecke. Weiter hinten auf dem Gang hatten sie offenbar bei einem Pfeifentabak gefunden, bei einem anderen eine Zigarettendrehmaschine und in der Tasche eines Dritten Tabakkrümel. Die Schuldigen wurden auf die Seite geführt und ins Protokoll eingetragen. In Pierres und Eriks Zimmer hatten sie nichts gefunden. Aber alle Kleider lagen auf dem Boden und auf den Kleiderhaufen hatten sie die Bücher aus dem Bücherregal geworfen. Darüber wiederum hatten sie die Schreibtischschubladen ausgekippt und ganz zum Schluss nahm ein Ratsmitglied die Zahnpastatube und drückte die Zahnpasta wie Zuckerguss kreuz und quer über Büchern und Bettwäsche aus.

Dann wurden alle zum Zimmeraufräumen abkommandiert und die Razzia zog weiter.

»Warum haben die das mit der Zahnpasta gemacht?«, fragte Erik, als sie mit dem Aufräumen begannen.

»Aus purer Gemeinheit natürlich. Die machen in jedem Zimmer irgendeinen anderen Scheiß, je nachdem, wer da wohnt. Wir können hier bei uns noch mit der einen oder anderen Razzia rechnen.«

Sie wischten so gut es ging die Zahnpasta von den Büchern, räumten die Bücherregale und den Kleiderschrank notdürftig wieder ein und gingen ins Bett.

Nach einer Weile wurde wieder die Tür aufgerissen. Diesmal zur Inspektion der Aufräumarbeiten. Die waren natürlich nicht gut genug und sie wurden aus dem Bett befohlen. Wieder landete alles auf dem Boden. So ging es noch einige Male. Dann zog die Razzia endlich weiter. Aus dem benachbarten Haus hörten sie vereinzelte Schreie.

Du siehst, was passiert, Erik. Die Ratis können das jeden Abend mit unserem Zimmer machen, wenn sie Lust haben. Sie brauchen ja keine Angst vor dir zu haben, du kannst ihnen ja nichts tun, sonst fliegst du. Man kann sich gegen Ratis höchstens im Karo wehren, aber du weißt ja, dass dich kein Rati mehr ins Karo schleifen wird, so blöd sind die nicht. Die Frage ist nur, wie du dich gegen Gewalt verteidigen willst, wenn du keine Gewalt anwenden darfst? Du musst dich an die Regeln halten und es sind ihre Regeln. Ihre Regeln gelten von hier bis Gnesta, so weit reicht das Gesetz der Schule, und gegen dieses Gesetz kannst du nichts machen, da nutzt es gar nichts, dass du ihnen drohen kannst, sie auf diese bestialistische Weise zu misshandeln, bestialisch, meine ich, das bedeutet tierisch. Du kannst nämlich nie mehr Gewalt anwenden als der Rat, denn sie haben das Gesetz und die Macht auf ihrer Seite, und es hilft gar nichts zu sagen, dass dieses Gesetz eine Schande ist. Wir von der Mittelschule können es sowieso nicht ändern. Übrigens muss ich mir für meine Zigaretten jetzt ein besseres Versteck suchen. Ja, ich rauche, aber nicht viel, eigentlich rauche ich nur, weil es verboten ist. Aus Protest, könnte man sagen. Jedenfalls habe ich die Zigaretten mit Klebeband unter dem Tisch befestigt, aber wenn das mit den Razzien so weitergeht, dann werden sie die

Packung bald finden. Ich muss es machen wie die, die schon drei- oder viermal beim Rauchen erwischt worden sind und meine Zigaretten zusammen mit Streichhölzern und Vademecum in einer Plastiktüte im Wald verstecken. Das Vademecum benutzt man nach dem Rauchen, damit man nicht nach Zigaretten riecht, wenn man aus dem Wald kommt. Was ich sagen will, es muss doch eine bessere Art von Widerstand geben als einfach nur Gewalt. Es muss eine intellektuelle Methode geben, statt andere Menschen zu misshandeln, hast du dir das noch nie überlegt?

Hör zu, Pierre, du scheinst mich für eine Art Sadist zu halten. Aber das darfst du nicht glauben, ich finde es überhaupt nicht lustig, andere Typen so zu verprügeln, dass sie für den Rest ihres Lebens Spuren davon im Gesicht haben. Als ich auf diese Penne gekommen bin, war ich dumm genug zu glauben, ich hätte mich zum letzten Mal in meinem Leben geschlagen, nein, vielleicht nicht zum letzten Mal, aber egal. Ja, und dann ist es eben gekommen, wie es gekommen ist. Was hätte ich denn tun sollen? Was hätte ich im Karo tun sollen? Hätte ich mich zum Schein besiegen lassen und genug Prügel kassieren sollen, um unter dem Spott und Gelächter der Menge rauszukriechen und darauf zu warten, dass mich irgendwelche Idioten aus der Dritten gleich wieder fertig machen wollen? Und was hätte ich dann beim nächsten Mal machen sollen? Kapierst du nicht, dass mir so wenigstens Peppis und Karo und Prügel von Leuten aus der Abiklasse erspart bleiben? Du sagst, dass dann immer noch die Ratis übrig sind, und da hast du vielleicht recht.

Aber wenn ich die Wahl habe zwischen den Ratis und Tischmajoren und der Abiklasse einerseits und nur den Ratis andererseits, dann sind doch die Ratis allein immer noch besser, oder? Und dann ist da noch was, was du vielleicht nicht richtig verstehst, weil du so wenig von Gewalt verstehst. Auch für die Ratis ist die Sache jetzt nicht mehr so einfach. Was sie im Karo gesehen haben, vergessen sie nicht so schnell. Das ist so, als wenn du einen angebundenen Hund verprügeln willst. Das kannst du natürlich, solange er angebunden ist, aber was, wenn er sich losreißt? Verstehst du, was ich meine, die Gewalt sitzt im Kopf der Leute und nicht so sehr in den Fäusten, wie du glaubst. Und wenn du wissen willst, was ich glaube, dann glaube ich nicht, dass ich noch einen Typen schlagen werde, solange ich hier bin. Was ich zu erklären versuche, ist also, dass man Gewalt auch anwenden kann, um Gewalt zu vermeiden. Und manchmal ist das vielleicht sogar die einfachste Methode.

Das klingt alles gut und richtig, Erik, und ich glaube es doch nicht ganz. Du versuchst, dich außerhalb des ganzen Systems von Stjärnsberg zu stellen, du glaubst, du könntest alle Gesetze aufheben, die mit Peppis und Diensten für die Leute aus der Abiklasse zu tun haben. Aber das kann nur dazu führen, dass die Ratis sich alle Mühe geben werden, um dich in eine Falle zu locken. Denn stell dir vor, das greift auf der Mittelschule um sich, stell dir vor, wenn sich plötzlich auch noch andere weigern, die Großen zu bedienen und sich bestrafen zu lassen. Dann wäre am Wochenende der Arrest dermaßen überfüllt, dass auch alle Ratis hierbleiben müssten, um die Strafarbeiten zu überwachen, und das fänden sie überhaupt nicht lustig. Wenn wirklich so viele so viele Samstagsonntage im Protokoll hätten, dass sie danach straflos frech sein oder den Gehorsam verweigern könnten, dann würde das ganze System zusammenbrechen. Auf diese Weise ist Indien befreit worden. Gandhi, du weißt. Okay, du hast nichts über Gandhi gelesen, aber ich kann dir ein Buch leihen, dann verstehst du, was ich meine. Also, wenn mehrere auf einmal protestieren, dann kann es klappen, aber ein einsamer Prinz Eisenherz fängt sich nur jede Menge Prügel von den Ratis ein, die vielleicht zu gar nichts führen, weder für dich noch für die. Du könntest vielleicht mit dem Fach darüber reden, das sind unsere Vertrauensleute hier von der Mittelschule. Aber richtig gewählt sind die nicht, die werden einfach vom Rat ernannt. Jedenfalls soll das Fach die Interessen der Mittelschule dem Rat gegenüber vertreten. Das hat vor einigen Jahren angefangen, als ein paar Mittelschüler anonyme Beschwerdebriefe in ein kleines Fach auf der Hutablage neben dem Zimmer der Sechsten gelegt haben, wo der Rat immer zusammentritt. Das wurde dann zum System, und inzwischen sollen fünf oder sechs Typen von der Mittelschule unsere Klagen über ungerechte Urteile und so überbringen. Wenn das Fach mitmachen und ein Ende der Peppis fordern könnte, dann würde es vielleicht gehen. Du verstehst doch, was ich meine? Man muss andere Methoden anwenden als Gewalt, wenn man gegen die Gemeinheit kämpfen will, und man muss viele kleine Leute auf einmal sein, wenn es klappen soll. United we stand, divided we fall, wie es im Wappen der USA steht.

Alles, was du da sagst, Pierre, klingt auf seltsame Weise so wie die richtigen Antworten in Geschichte und Gesellschaftskunde; man weiß, was man antwortet, gilt als richtig, obwohl etwas daran nicht stimmen kann. Es gibt auch Fußballtrainer die sich gern ausgiebig über Spielsysteme und die richtige Mannschaftsaufstellung verbreiten, und alles klingt richtig, obwohl man weiß, dass es eben in Wirklichkeit nicht so läuft; in Wirklichkeit geht es nur darum, sich durchzutanken und den Ball ins Tor zu hämmern, höchstens Glück braucht man noch, damit man oft genug zum Schuss kommt. Stimmt ja, das ist ein schlechter Vergleich, du spielst ja nicht Fußball. Aber was du sagst, ist eben nur Theorie, Pierre. Es klingt toll und es klingt richtig, aber es kann nur klappen, wenn diese Leute mitmachen, und dann dürfen sie nicht feige sein. Oder nicht glauben, dass sie mehr zu gewinnen haben, wenn sie nicht mitmachen. Ich glaube, das ist das Problem. In meiner alten Clique habe ich geglaubt, dass wir alle Kumpels sind und zusammenhalten, eben weil wir Kumpels waren. Aber als es dann drauf ankam, haben alle versagt und sich gegenseitig die Schuld zugeschoben und nur versucht, die eigene Haut zu retten. Zum Kämpfen gehört Mut, Pierre, und ich meine nicht den Mut, ins Karo zu gehen, man muss auch ganz sicher sein, dass man recht hat. Ach, das klingt alles so komisch, ich weiß gar nicht, ob ich erklären kann, was ich meine. Jedenfalls sind die meisten Typen ziemlich feige, wenn sie wählen müssen, mit wem sie es halten. Da entscheiden sie sich gern für den Stärkeren, kriechen ihm in den Arsch, bevor sie sich welche einfangen, und schleimen herum von wegen wir sind doch alle Kumpels.

Der nächste Schultag begann mit einer Doppelstunde Sport. In der ersten übten sie Sprintstarts und Staffelwechsel, alles methodisch und diszipliniert. Alle mussten genau gleich viel üben und Berg gestattete keinerlei Witze über Pierre und die anderen schlechten Sportler. Alle mussten immer wieder antreten, ein großer Unterschied zu Eriks alter Schule, wo bei jeder Übung erst einmal die Besten und die Schlechtesten aussortiert wurden. Erik wurde genauso oft korrigiert wie andere.

In der zweiten Stunde durfte die Klasse zum Fußballspielen auf den Rasen. Großer Jubel war die Folge, denn die Mittelschüler durften nur selten auf den Rasen. Tosse Berg stellte die Mannschaften auf (hier wählten offenbar nicht die zwei Besten aus) und trat selbst für dieselbe Mannschaft an wie Erik. Es war ein wunderbar großer Platz mit weichem, gepflegtem Rasen, der Eriks Athletik und Schnelligkeit perfekt entgegenkam. Irgendwann merkte er, dass Berg sich durch den Riegel der gegnerischen Verteidigung hindurchmogeln und den Ball so aufgelegt bekommen wollte, dass er möglichst spektakulär abschließen konnte. Doch Erik war zu weit nach rechts außen abgekommen, und als er den linken Verteidiger umspielt hatte, verpatzte er die Hereingabe an Berg total. Statt einer Flanke wurde es ein strammer Schuss aufs Tor, der Ball traf den langen Pfosten und zappelte im Netz. Die verdutzten Reaktionen der anderen zeigten, dass sie nicht begriffen, wie aus einer missglückten Flanke ein perfektes Tor werden konnte. Erik kehrte rasch und ohne eine Miene zu verziehen zur Spielfeldmitte zurück. Danach ging alles seinen normalen Gang. Er schoss noch drei oder vier Tore aus kurzer Entfernung.

Als er danach auf der Tribüne saß und seine Fußballschuhe auszog, kam Tosse Berg und plauderte ein wenig mit ihm, bis die anderen gegangen waren. Dann fragte er nach dem Tor. Ob Erik oft solche Tore schoss.

»Ach«, sagte Erik, »das war mehr ein Patzer. Ich wollte mit dem Innenrist zu Ihnen rüberflanken, weil Sie ganz frei standen. Sah dann nicht schlecht aus, aber ein Patzer war's trotzdem.«

»Hab ich mir schon gedacht«, sagte Berg. »Aber Tore schießen kannst du, das merkt man.«

»Ich hab keine so gute Technik wie manche, aber meistens komm ich irgendwie durch die Verteidigung durch, und wenn man mal nah genug am Tor ist, kann man einfach draufhalten, da ist Technik nicht mehr so wichtig. Hauptsache, das Ding ist im Netz. So mach ich meistens Tore.«

»Die Schulmannschaft trainiert am Sonntagnachmittag. Du kannst dir ja denken, dass du dort willkommen bist. Ein Torjäger ist genau das, was wir brauchen.«

»Geht leider nicht. Ich meine … sonntagnachmittags kann ich nicht kommen. Jedenfalls nicht in diesem Halbjahr.«

»Strafarbeit und Arrest?«

»Mm.«

»Verdammt blöd. Ich meine … verdammt, dass Spieler wie du, nein, das ganze System ist blöd. Aber daran lässt sich nicht viel ändern. Ansonsten ... am Mittwochabend ist Boxtraining, falls du Lust hast.«

»Nie im Leben.«

»Witzig, ich meine, dem Gerede nach schlägst du zu, wie ein Pferd ausschlägt, da dachte ich, du wolltest vielleicht ...«

»Nein, ich würde nie in einen Boxring steigen. Das hat für mich nichts mit Sport zu tun. Ich könnte das ganz einfach nicht.«

»Aber nach dem, was ich gehört habe ...«

»Ich kann mir denken, was Sie gehört haben, aber das hat nichts mit Sport zu tun. Wenn Sie es gesehen hätten, würden Sie es besser verstehen.«

»Nein ... na ja, jeder sieht das eben anders. Und worauf willst du nun in Zukunft setzen, Fußball, Leichtathletik oder Schwimmen?«

»Tja, Schwimmen wäre das Beste, aber ich wohne ja nicht mehr in Stockholm, und es ist schon ein Unterschied, glaub ich, ob man in einem Schwimmverein trainieren kann oder nicht. Man trainiert schließlich, um der Beste zu werden, und auf ein oder zwei Kurzstrecken hätt ich's vielleicht werden können, wenn ich noch ein paar Jahre im Verein geblieben wäre. So weiß ich nicht recht, ich wachse ja wahrscheinlich noch eine Weile, schwer zu sagen.«

»Mm. Übernächste Woche sind die Schulmeisterschaften im Schwimmen. Hast du vor, über die Kurzstrecken anzutreten?«

»Ich weiß nicht. Es ist nicht so toll, ohne richtige Gegner zu gewinnen. Mir wär's irgendwie peinlich.«

Tosse Berg seufzte und setzte sich neben Erik. Er

schaute aus zusammengekniffenen Augen in die Sonne und schien nachzudenken, ehe er wieder etwas sagte. Sie waren jetzt allein auf dem Sportplatz.

»Weißt du, Erik, ich trainiere hier seit vier oder fünf Jahren die Leichtathleten und Fußballer, und wir finden alle, dass wir gute Arbeit leisten oder es zumindest versuchen. Aber es lässt sich auch nicht leugnen, dass man sich manchmal wünscht, eines schönen Tages würde das große Talent auftauchen. Tja, und nun kommst also du, mit einer Begabung, deren Größe du selbst wahrscheinlich nicht einmal erfassen kannst. Und dazu hast du offenbar dieses seltsame explosive Temperament derjenigen, die ein Rennen noch auf dem letzten Meter gewinnen können. Gut, wir sollten ein andermal weiterreden, aber eins musst du wissen: du kannst immer zu mir kommen, wenn etwas anliegt. Wenn du reden willst oder so. Hier hast du meine Hand darauf, und wenn wir unter uns sind, heiße ich Tosse, sonst bleibe ich ganz normal Herr Berg. Okay?«

Sie schüttelten einander die Hände. Zwei Heringsmöwen flogen über den Fußballplatz.

»Nur noch eins: Komm zum Schwimmen. Und gewinne! Das können diese Gecken brauchen, weißt du. Versprichst du mir das?«

»Na gut, versprochen. Zwei Strecken bestimmt, vielleicht drei.«

»Nicht vielleicht drei, tritt auf drei Strecken an, dann heimst du auch den Gesamtsieg ein. Versprochen?«

»Versprochen.«

Die Strafarbeiter und Arrestanten fanden sich am Samstagmorgen um 6.00 Uhr im Paffloch vor den beiden Dienst habenden Ratsmitgliedern ein. Das Paffloch war die Raucherzone der Schule, es war in zwei Ebenen unterteilt. In der Mitte lag die dreißig Zentimeter hohe Plattform. Die war für die Leute aus der Abiklasse und die Ratsmitglieder bestimmt, die restlichen Rauchberechtigten rauchten eine Ebene tiefer.

Einer der Wachhabenden kümmerte sich um die fünf oder sechs Arrestanten und ließ sie zum Schulgebäude marschieren, wo sie, nachdem sie durchsucht und ihrer unschicklichen Literatur beraubt worden waren, auf verschiedene Räume verteilt wurden. Auch die Klassenzimmer wurden auf eventuell versteckte Genussmittel hin untersucht. Als akzeptable Literatur galten neben der Bibel Schulbücher und Werke, die in einem nachweislichen Zusammenhang mit dem Unterricht standen. Es war verboten, im Arrest zu schlafen. Ab und zu wurden Stichproben gemacht und ertappte Schläfer zu einem weiteren Samstagsonntag verdonnert.

Die im Paffloch verbliebenen Strafarbeiter verlegten sich aufs Schleimen. Es galt, sich eine erträgliche Aufgabe zuschanzen zu lassen. Erträgliche Aufgaben waren zum Beispiel das Harken von Wegen oder das Rasenmähen. Sie waren nicht anstrengend und außerdem ließ sich damit Zeit schinden. Unangenehme Arbeiten waren zum Beispiel das Anlegen von Entwässerungsgräben um den Fußballplatz oder von Schützengräben für die Heimwehr und das Errichten neuer Schießscheiben auf dem Schießplatz – das alles war harte Arbeit und ließ sich außerdem exakt nach Metern berechnen. Man konnte zwar eine Art Akkord vereinbaren, aber das hing vom wachhabenden Rati ab, der darauf eingehen musste, der aber auch Aufgaben erteilen konnte, die an einem Wochenende nicht zu bewältigen waren. Entscheidend für das alles war, in welcher Situation man sich sonst befand. Wer schleimte und für die Ratis den Clown spielte, bekam die leichten Arbeiten, wer als frech galt, die schweren oder hoffnungslosen.

Das System zeigte sich, sobald die ersten Aufgaben verteilt waren. Erik machte sich keinerlei Illusionen, und wie erwartet durften die anderen sich bereits an ihre Arbeiten machen, als der Vizepräfekt sich zu ihm umdrehte und ihm befahl mitzukommen. Sie gingen zu der sandigen Fläche hinter dem Schießgelände.

Der Rati zeichnete ein Quadrat auf den Boden und erklärte, die Grube solle exakt zwei mal zwei Meter groß und exakt zwei Meter tief werden. Am Nachmittag erfolge eine Inspektion. Maßband und Spaten lägen im Schuppen. Exakt zwei mal zwei mal zwei Meter, nicht eins Komma fünfundachtzig mal zwei mal zweinullfünf. Verstanden?

Die Erde war ziemlich porös, aber Erik brauchte dennoch fünf Stunden mit nur wenigen kurzen Pausen, in denen er sich sagte, man könne das Ganze auch als Kraft- und Konditionstraining betrachten. Dann musste er allerdings von Zeit zu Zeit von rechts- auf linkshändig wechseln, sonst fing er sich noch Zerrungen, aber mindestens einen ordentlichen Muskelkater ein. Die

Schwimmwettkämpfe standen bevor, es galt, vorsichtig zu sein. Er musste sich eine Axt holen, damit er die eine oder andere Tannenwurzel kappen konnte, und ein Stemmeisen für die großen Steine. Um Steine, die er nicht heben konnte, aus der Grube zu schaffen, musste er auf der einen Seite eine schräge Ebene nach oben anlegen, über die er die Steine mithilfe des Stemmeisens nach oben rollen konnte. Danach musste er die Ebene wieder abtragen und messen und regulieren, bis die Maße stimmten.

Beim Mittagessen wurde er erst abgewiesen, weil er zu verschwitzt und dreckig war, aber er schaffte es, sich zu waschen, bevor es zum zweiten Mal klingelte und die Türen zum Speisesaal verschlossen wurden.

Nach dem Mittagessen nahm er das Buch über Gandhi mit zur Grube, um zu lesen, während er auf die Inspektion wartete. Er war erst wenige Seiten weit gekommen, als der Vizepräfekt in Begleitung des Präfekten Bernhard, des Ratssekretärs und zweier weiterer Ratsmitglieder auftauchte. Erik erhob sich, sammelte sein Werkzeug ein und lehnte es gegen einen Baum. Er hielt nur den Spaten in der Hand, als die Inspektion ihren Anfang nahm.

»Jaja«, sagte der Vizepräfekt, als er aus der Grube gesprungen war. »Scheint alles zu stimmen, Erik. Gute Arbeit.«

Der Vizepräfekt kam auf ihn zu, klopfte ihm auf die Schulter und lächelte freundlich. Aber die Freundlichkeit war nicht echt, denn die anderen feixten hinter dem Rücken ihres Kameraden.

»Und weißt du, welche Arbeit du jetzt bekommst?«

»Nein, das weiß ich natürlich nicht«, antwortete Erik atemlos.

»Nun, jetzt wirst du ›natürlich‹ die Grube wieder zuschaufeln. Die Steine wieder mit rein, damit sie nicht hier herumliegen und die Landschaft verschandeln. Inspektion in zwei Stunden.«

Erik sah wie im Film, wie er den Spaten hob und ihn schräg über das Ohr und in den Nacken des Vizepräfekten knallte. Es war das gleiche Geräusch und das gleiche Gefühl, wie wenn man mit dem Spaten gegen eine Tanne mit dicker Rinde schlägt. Im Film kippte der Vizepräfekt rückwärts um und dann zur Seite. Seine zerbrochene Brille wirbelte durch die Luft. In der klaffenden Wunde in seinem Kopf schimmerten weißliches Subkutanfett und Schädelknochen, und das Blut sprudelte heraus; die ersten beiden Blutspritzer erreichten den Boden ungefähr gleichzeitig mit dem Vizepräfekten.

Erik umklammerte den Spaten und starrte vor sich hin. In Wirklichkeit hatte er sich nicht bewegt, nicht einen Finger gerührt. Er stand stocksteif da, während die grinsenden Ratis darauf warteten, dass er etwas sagte. Er sagte nichts, er konnte keinen Laut herausbringen. Schließlich gingen sie.

Erik setzte sich und hielt sich die Hände mit gespreizten Fingern vor die Augen. Das leichte Zittern war deutlich zu sehen. War ihm da irgendeine Art Kurzschluss unterlaufen? Er hätte es tun können, er war kurz davor gewesen, aus purer Blödheit einen Menschen zu töten, was waren das wohl für innere Sperren, die dafür sorgten, dass der Körper nicht gehorchte, wenn das Gehirn den Spaten hob und mit aller Kraft zuschlug?

Zwei Stunden später war die Grube zugeschüttet und die nächste Inspektion folgte. Diesmal war das Spiel vorhersagbar, und Erik hatte schon beschlossen, kein Wort zu sagen und mit keiner Miene zu verraten, was er von dem fast selbstverständlichen Befehl hielt, der nun folgte:

»Wir brauchen hier eine Grube, und warum nicht an derselben Stelle? Zwei mal zwei Meter groß und zwei Meter tief ...«

Bis zum Abend hatte er die Grube noch einmal gegraben und ein weiteres Mal zugeschüttet. Danach konnte er nicht mehr schwimmen gehen. Er duschte und schlief ein, ohne mit Pierre auch nur ein Wort über Gandhi zu wechseln.

§ 5
Rauchberechtigt ist jeder Schüler, der 17 Jahre alt ist und die von seinem Vormund unterschriebene Erlaubnis vorlegt. Diese Erlaubnis muss vom Vizepräfekten des Schülerrats registriert und zu Beginn jeden Halbjahres erneuert werden. Schüler, die ohne gültige Erlaubnis ihres Vormunds beim Rauchen ertappt werden, werden für verbotenes Rauchen bestraft, auch wenn sie schon über 17 Jahre alt sind.

§ 7
Geraucht werden darf nur in den dafür ausgewiesenen Zonen vor dem Speisesaal der Schule. Die obere Ebene des Rauchbereichs ist für Schüler der Abiturklasse und die Mitglieder des Rates reserviert.

Rauchen im Haus führt zu sofortigem Schulverweis.

Rauchberechtigte dürfen außerdem in einer Entfernung von dreihundert Metern zum Schulgelände rauchen. Dabei ist das Feuerverbot in der freien Natur zu beachten.

§ 8

Verbotenes Rauchen wird geahndet bei jedem nicht rauchberechtigten Schüler, der von einem Ratsmitglied auf frischer Tat ertappt wird, ferner bei jedem, bei dem bei einer Durchsuchung Tabakwaren oder Instrumente gefunden werden, die offenkundig zum Rauchen dienen (Pfeife, Zigarettenpapier, Drehmaschine usw.) oder der unmittelbar vor einer Durchsuchung oder Kontrolle durch den Rat offenkundig geraucht hat.

Der Rat verhängt folgende Strafen für verbotenes Rauchen: Beim ersten Mal einen Samstagsonntag Strafarbeit. Das zweite Mal wird bestraft mit einem Samstagsonntag Strafarbeit und einem Samstagsonntag Arrest. Das dritte Mal wird geahndet mit vier Samstagsonntagen Arrest. Das vierte Mal mit sieben Samstagsonntagen Arrest.

Beim fünften Mal wird der Fall dem Rektor übergeben. Wenn keine besonderen Umstände vorliegen, wird der Rektor dann den unmittelbaren Schulverweis beschließen.

§ 9

Der Rat verhängt die Strafe für verbotenes Rauchen wie in allen anderen Disziplinarfällen. Der Rat wird bei der

Beweisführung unparteiisch auftreten und jeden vor dem Rat seinen Fall ausführlich vortragen lassen.

In Ausnahmefällen wird der Rektor das Urteil des Rates überprüfen. Nach einer solchen Überprüfung kann der Rektor ohne Anhörung des Rates das von diesem gefällte Urteil bestätigen, aufheben oder verändern. Der Rektor kann den Fall auch an den Rat zurückverweisen.

§ 10
In Übereinstimmung mit den von der Schule verfolgten Prinzipien der Kameradenerziehung haben jüngere Schüler sich älteren Schülern gegenüber eines höflichen und zuvorkommenden Auftretens zu befleißigen. Von Ratsmitgliedern oder Schülern der Abiturklasse erteilte Befehle müssen von jüngeren Schülern unverzüglich befolgt werden.

Der Rat hat, nach Prüfung des Sachverhaltes, Strafen für Befehlsverweigerung zu verhängen.

§ 11
Den Schülern ist es untersagt, mit dem Servierpersonal zu fraternisieren. Es ist den Schülern streng verboten, die Wohnbereiche des Servierpersonals zu besuchen. Findet ein solcher Besuch nachts oder nach Löschen des Lichtes statt, wird der Fall zur Entscheidung an den Rektor verwiesen.

In solchen Fällen kann der Rektor den unverzüglichen Schulverweis verfügen.

§ 12

Ratsmitglieder werden in allgemeiner, geheimer Wahl ernannt. Präfekt, Vizepräfekt und Sekretär werden gesondert gewählt.

Der Rektor teilt mit, welche Schüler für diese Ämter wählbar sind.

Wahlen finden in jedem Schuljahr im Oktober statt. Die Mitglieder des Rates können auch neu gewählt werden.

»Das Gesetz hat ganz schön viele Lücken«, sagte Erik.

Er und Pierre hatten sich einige Stunden mit mathematischen Gleichungen beschäftigt, da eine Mathearbeit näher rückte. Die Sache sah für Erik nicht hoffnungslos aus, vielleicht würde er seine erste Mathearbeit seit anderthalb Jahren heil überstehen.

Jetzt lagen sie in ihren Betten und lasen die Regeln für die Tätigkeit des Rats.

»Tja, aber die fällen sowieso nur Urteile, die ihnen in den Kram passen, sie berufen sich gern auf die ›Praxis‹, die eben was anderes sei als der Buchstabe des Gesetzes.«

»Aber schau her, wenn wir uns zum Beispiel vorstellen, dass ein Rati kommt und sagt, ich will dich durchsuchen. Wenn man sich dann weigert, hat man verstoßen gegen, mal sehen, gegen § 10, wo es heißt, dass man den Ratis gehorchen muss. Aber dann kann man doch nur wegen Befehlsverweigerung vergattert werden und nicht wegen Rauchens.«

»Nein, so läuft das eben nicht. Denn wenn du unter § 8 nachsiehst, dann steht da was davon, dass jemand

›offenkundig geraucht‹ hat, und wenn man die Durchsuchung verweigert, dann gilt das als ›offenkundig geraucht‹ und man ist doch geliefert.«

»Mm. Aber sieh mal hier, in § 10 werden Leute aus der Abiklasse und Ratis gleichgestellt. Wenn man sich also weigert, einem Rati zu gehorchen, dann ist das nicht schlimmer, als wenn man einem aus der Abiklasse nicht gehorcht.«

»Nein, nicht, solange du unter siebzehn bist, denn dann können sie immer sagen, sie wollten bei dir eine Rauchkontrolle durchführen, und vor Rauchkontrollen kannst du dich nicht drücken, denn dann fliegst du, wenn du es mehrmals machst.«

»Scheiße, das klingt logisch. Und § 13 ist knüppelhart: ›Ein Schüler, der ein Mitglied des Rates misshandelt oder einem Mitglied des Rates gegenüber zu Gewalt greift, wird unverzüglich von der Schule verwiesen.‹ Aber was zum Teufel heißt ›oder zu Gewalt greift‹? Was es heißt, einen Rati zu misshandeln, kann ich mir denken, aber ›zu Gewalt greift‹ – heißt das, dass ich ihm eine Ohrfeige verpasse oder eins auf die Nase gebe oder was?«

»Ich glaube, du solltest nicht versuchen, das herauszukriegen.«

»Und die, die diese Gesetze verfasst haben, entscheiden auch darüber, wie sie ausgelegt werden. Nimm deine Plastiktüte, dann gehen wir in den Wald und verstecken deinen Rauchkram und üben verbotenes Rauchen, ja?«

Aber am nächsten Tag tappten sie in die Falle.

Der schwerste Augenblick beim verbotenen Rauchen

kam dann, wenn Zigaretten oder Pfeife und Tabak ins Versteck gebracht werden mussten. Wer da in eine Kontrolle geriet, hatte keine Chance.

Man musste sich also davon überzeugen, dass man von keinem Rati belauert wurde. Ab und zu kam das aber vor, sie brachen plötzlich aus dem Gebüsch und ertappten den Rauchsünder auf frischer Tat.

Dann durfte man nicht nach Rauch riechen, wenn man aus dem Wald kam, und man durfte keine Tabakkrümel in der Tasche haben. Den Rauchgeruch konnte man mit Vademecum neutralisieren. Aber es war schon vorgekommen, dass ein Rati die Finger eines Rauchsünders beschnuppert und diesen dann unter Hinweis auf §8 (›oder offenkundig geraucht hat‹) verurteilt hatte. Man musste einen dünnen Zweig mitnehmen und in der Mitte so durchbrechen, dass die Rinde noch zusammenhing, dann konnte man die Zigarette hineinklemmen und sich auf diese Weise vor Fingergeruch schützen.

Das alles hatten sie beachtet, als sie aus dem Wald kamen und auf zwei Ratis stießen. Da sie nach Vademecum rochen, hielten die Ratis den Fall für gelaufen. Warum sollte man am helllichten Tag nach Vademecum riechen, wenn nicht, um Rauchgeruch loszuwerden? Also sollten Erik und Pierre bei der nächsten Ratssitzung verurteilt werden.

Sie experimentierten danach eine Weile, wie man den Vademecumgeruch tilgen konnte, und stellten fest, man musste Tannennadeln kauen, ganz junge, so jung wie überhaupt möglich, dann verschwand jede Spur des Vademecums und man hatte nur noch einen undefinierbaren Mundgeruch. Vorher hatte das Vademecum jede Spur von Tabakgeruch ausgelöscht. Es hatte sie leider eine Verurteilung wegen Rauchens gekostet, bis sie auf den Trick gekommen waren, denn sie würden zweifellos für schuldig befunden werden.

Erik wurde jeden Tag drei- oder viermal durchsucht. Nicht so sehr, weil die Ratis damit rechneten, dass er Zigaretten bei sich hatte, sondern, um ihn zum Gehorsam zu zwingen. Vermutlich nahmen sie an, er werde irgendwann die Geduld verlieren und die Durchsuchung verweigern. Das glaubte zumindest Pierre. Danach konnten sie ihn noch einmal wegen Rauchens verknacken, und damit würde die Lage für Erik schon nach weniger als einem halben Schuljahr kritisch aussehen.

Das Leichteste wäre es natürlich gewesen, überhaupt nicht zu rauchen. Man schaffte ja doch nur zwei Zigaretten pro Tag, weil es so umständlich war, sich zum Versteck der Plastiktüte zu schleichen. Aber über dieses Thema sprachen sie nicht weiter. Sie wollten ihre beiden Zigaretten pro Tag rauchen, mehr aus Prinzip als aus einem dringenden Bedürfnis heraus. Außerdem trainierte Erik hart für die Schulmeisterschaften im Schwimmen, die rasch näher rückten.

Oder genauer gesagt, er trainierte jeden Abend in der Schwimmhalle, um jeden Abend zwei Stunden weit weg von den anderen zu sein. Im Wasser gab es keine Gewalt, keine Ratis, kein Risiko, in einen Streit hineingezogen zu werden. Aber dort gab es auch keine Möglichkeit, sich vor den Leuten aus der eigenen Klasse oder der Mittelschule zu verstecken. Er versuchte, sich bedeckt zu halten.

Sich bedeckt zu halten bedeutete, niemals auch nur mit einem Wort seine Überlegenheit im Sport oder im Kämpfen anklingen zu lassen, nicht zu prahlen, nicht zu sagen, natürlich werde er über diese oder jene Strecke bei den Schwimmwettkämpfen gewinnen, obwohl das so selbstverständlich war, dass es schon wieder peinlich werden würde. Wenn seine Klassenkameraden ihn fragten, antwortete er, man werde sehen, es werde hart werden, er werde sich alle Mühe geben, und das alles war eigentlich gelogen.

Es fiel ihm schwer, seine neue Klasse zu durchschauen. Hier galten andere soziale Regeln als in der Lehranstalt, und es dauerte seine Zeit, die neuen Muster zu verstehen. Pierre war in so gut wie allen Fächern der Klassenbeste, danach kam niemand und wieder niemand und dann möglicherweise Erik. Einige waren geradezu dumm und hätten einiges durchmachen müssen, wenn sie auf Eriks alte Schule gegangen wären. Aber es schien ihnen nichts auszumachen, dass sie fast nie eine Frage beantworten konnten. Wenn ein Lehrer sie ansprach und sie die Antwort nicht wussten, lächelten sie und rissen einen Witz, dann wurde die Frage freundlich an den Nächsten weitergereicht. Es schien ihnen schnurzegal zu sein, dass sie von nichts eine Ahnung hatten. Jedenfalls war das bei fünf oder sechs von ihnen der Fall. Sie waren außerdem die Ältesten in der Klasse und einige von ihnen würden bald rauchen dürfen, offenbar machten sie jede Klasse mehrmals durch.

Höken, der Habicht, gehörte zu ihnen: Sebastian Lilliehöök, der aus absolut unerfindlichen Gründen damit prahlte, dass seine Familie mit einer der niedrigsten

Nummern im schwedischen Adelskalender und im Haus der Ritterschaft verzeichnet stand. Sein Vater hatte zwar nicht sehr viel Geld und war weder Graf noch Baron, aber er fand es einfach besser, einer Familie anzugehören, die schon in grauer Vorzeit das Adelsprädikat erhalten hatte und nicht erst gegen Ende des siebzehnten Jahrhunderts, als eigentlich nur noch neureiche Räuber aus den Kriegen jener Zeit nachgerückt waren.

Von Rosenschnaabel, Gustaf, war Graf und Erbe eines Fideikomisses. Erik hatte dieses seltsame Wort noch nie gehört, lernte aber bald, dass es bedeutete, dass Gurra einige Schlösser in Schonen gehörten, die er nach dem Tod seines Vaters erben würde. Gurras Geschwister würden dagegen rein gar nichts abbekommen, da alles an Gurra, den Ältesten, fallen musste. Sein Vater war schon in den Fünfzigern, also würde Gurra die Schlösser einsacken, wenn er noch einigermaßen jung wäre. Er musste nur noch Abitur machen und eine kluge Ehe eingehen, das war alles.

Erich Lewenheusen (Erich wurde Erik ausgesprochen) war ungefähr in der gleichen Lage wie Gurra. Erich war Baron. Höken pöbelte ihn oft an, weil Lewenheusens nicht im Haus der Ritterschaft aufgeführt waren, genau genommen könne man sie gar nicht als adelig bezeichnen, schon gar nicht als Barone. Trotzdem würde Erich Schlösser und eine Kunststofffabrik erben.

Höken, Gurra und Erich hielten zusammen, sie bildeten eine Clique für sich. Sie waren in so gut wie allen Fächern die Schlechtesten in der Klasse. Höken war nicht schlecht im Fußball, im Übrigen widmete dieser Dreibund sich seltsamen Sportarten wie Schießen,

Fechten und Reiten. Sie hatten alle drei auf benachbarten Schlössern Pferde untergestellt. Erich trug oft Reitstiefel und hatte dann eine Reitgerte unter dem Arm klemmen, mit der er sich während ihrer Konversation gegen den Stiefelschaft schlug, wenn er irgendeine seiner Aussagen bekräftigen wollte. Denn diese drei Edelmänner redeten nicht, sie pflegten Konversation.

Die andere feste Clique der Klasse konnte keinen Adligen aufweisen. Dafür waren ihre Mitglieder mindestens so reich wie die Aristokraten, wenn nicht noch reicher. Einer besaß Maschinenfabriken, ein anderer Schwedens größte Textilfabrik, ein dritter hatte einen Vater, der Geschäftsführer bei Atlas Copco war, und ein vierter besaß fünfundzwanzig Prozent von Mercedes-Benz Schweden.

Die Reichen waren einwandfrei weniger blöd als die Adligen. Zwischen den beiden Cliquen bestand eine Art freundliche Rivalität, die sich darin zeigte, dass die Adligen die Reichen als neureiche Spießer bezeichneten, während die Reichen die Adligen degeneriert nannten. In beiden Behauptungen lag möglicherweise ein wahrer Kern.

Sie waren die Oberklasse in der Klasse. Die Väter der Übrigen waren Ärzte und Architekten und Richter und Kaufleute, die mehr oder weniger unklaren Geschäften nachgingen. In der Unterklasse gab es keine besonderen festen Bindungen, da hatte man einfach nur wenig miteinander zu tun.

Die Klasse war ziemlich klein, wenn man sie mit einer Klasse in Stockholm verglich, und die Lehrer hatten für den Einzelnen mehr Zeit. Große Teile der Stunden verbrachten sie über den Adel gebeugt, bei dem Versuch, mit einer Mischung aus Resignation und Verzweiflung zum soundsovielten Mal zu erklären, dass Pi 3,14 ist und ein Radius nicht dasselbe wie ein Kreisumfang, dass Luft kein Element ist, Zeus und Jupiter aber fast dasselbe, dass Istanbul keinesfalls die Hauptstadt von Ägypten ist und das Parlament nicht dasselbe wie die Regierung (auch dass es keine politische Partei namens »Rotgardisten« gab und deshalb die »Rotgardisten« auch nicht die Regierungsmacht im Königreich Schweden innehaben konnten) und dass es, bitte, seit geraumer Zeit schon nicht mehr korrekt war, Juden als schlechte Soldaten zu bezeichnen.

Aber auch, wenn die Stunden ungeheuer langsam vorübergingen, waren sie doch angenehm, weil es nie zu Gewalt oder auch nur zu Drohungen kam. Niemand wurde auf den Gang geschickt und niemand störte den Unterricht. Das langsame Tempo und die ewig wiederholten Erklärungen für den Adel kamen Erik gerade in den Fächern wie gerufen, in denen er anderthalb Jahre lang Barsch gehabt hatte. Anderthalb Jahre lang hatte er an keiner Stunde Mathematik, Physik und Chemie teilgenommen und deshalb allerlei aufzuholen. Stjärnsberg schien aus zwei strikt getrennten Welten zu bestehen. Das Klassenzimmer mit den Lehrern, die nie die Beherrschung verloren, die schwierige Dinge immer aufs Neue erklärten, die sich niemals über die lustig machten, die nichts wussten, und die niemals straften, nicht einmal mit zusätzlicher Hausarbeit – das war die eine Welt. Doch sobald man den Schulhof betrat, betrat man die andere Welt, in der der Rat herrschte.

war schwer, Kontakt zu den Klassenkameraden zu
nmen. Der Adel war eine Gruppe für sich, die
ch zeigte, dass sie eben auch eine Gruppe für sich
sein wollte. Sie mischten sich nicht ohne Not unter den
Pöbel. Die Reichen taten es auch nicht, auch wenn sie
sich nicht ganz so klar abgrenzten. In der übrigen Klasse
herrschte eine Stimmung des vorsichtigen Abwartens,
aus der Erik nicht klug wurde.

Fast schienen sie zu vornehm zu sein, um sich auch
nur zu zerstreiten. Es dauerte lange, bis Erik einem
Klassenkameraden gegenüber die Stimme hob. Es geschah, als er nach dem Sportunterricht in den Umkleideraum kam und Arne, der Witzbold und bis zu Eriks
Ankunft Stärkste in der Klasse, Pierre an seinen Fettwülsten um die Taille zupfte und ihn als Riesenbaby bezeichnete. Erik trat von hinten an Arne heran und unterdrückte unterwegs drei oder vier schlechte Ideen.

»Hör sofort damit auf«, sagte er, ohne das Drohende
in seiner Stimme zu übertreiben.

»Und was, wenn nicht?«, fragte der offenbar nicht
sehr urteilsfähige Arne.

Die selbstverständliche Antwort wäre gewesen:
»Dann schlag ich dir innerhalb von fünf Sekunden die
linke Seite deiner blöden Fresse ein.«

Aber Erik riss sich zusammen und sagte eher obenhin,
dass Arne, wenn er unbedingt an Speckringen zupfen
wolle, es doch vielleicht bei ihm versuchen könne, und
damit war die Sache aus der Welt. Erik war froh darüber.
Er wollte in seiner Klasse keine Gewalt anwenden.

Aber seine Klassenkameraden waren komisch. Sie erklärten ihm oft, wenn auch verblümt und vorsichtig, um ihn nicht zu provozieren, dass man nicht so frech sein dürfe. Regeln müssten schließlich eingehalten werden. Man müsse lernen, Befehle zu befolgen. Wie sollte man sonst selbst Befehle erteilen können, wenn man dann Abiturient, Reserveoffizier oder Firmenchef wurde?

»Das Land steht aufs Gesetz gebaut«, zitierten sie aus der Nationalhymne, es war eins der sehr wenigen Zitate, die sie überhaupt kannten.

Kein Wunder, dass sie nicht mit ihm über die Ereignisse im Karo sprechen wollten. Nein, irgendwie war es kein Wunder. Natürlich fragten sie sich, wie jemand von der Mittelschule zum ersten Mal das Karo betreten und den Kampf gewinnen konnte, aber dann war das Ganze so scheußlich gewesen, dass es vielleicht auch scheußlich war, danach zu fragen? Erik hatte eine leise Ahnung, dass sie die Geschichte eher peinlich fanden, wie einen Verstoß gegen die Traditionen oder einen lauten Rülpser am Esstisch. Wenn es so war, fand er es krank oder jedenfalls feige oder zumindest albern, dann war es ungefähr wie bei den Leuten, die immer für genau die Mannschaft waren, die bei der schwedischen Meisterschaft vorn lag, statt zu ihrer eigenen zu halten oder wenigstens zu der, die ein Spiel zu verlieren drohte. Aber das taten solche Leute nicht. Sie hielten zu den Überlegenen, auch wenn sie selbst Unterlegene waren.

»Darin zeigt sich nur ihre fehlende Moral«, erklärte Pierre ein wenig wichtigtuerisch und rückte seine Brille gerade.

Erik war sich nicht sicher, ob er verstanden hatte, wie Pierre das meinte. Und wenn er es verstanden hatte, war er nicht sicher, ob Pierre recht hatte. Vielleicht rechneten die Adligen in der Klasse einfach damit, eines schönen Tages selbst im Rat zu sitzen (die Mehrheit der Ratis war adlig). Oder zeigte sich eben darin diese »fehlende Moral«?

Erik schaffte die erste Mathearbeit mit Mühe und Not. Er war trotzdem zufrieden, denn er hatte schon lange keine Mathearbeit mehr abliefern können, doch Pierre setzte sich eine halbe Stunde zu ihm und bewies mit ein paar raschen Strichen seines Füllfederhalters und in seiner schönen Handschrift, dass Erik nur zwei Flüchtigkeitsfehler gemacht hatte und eine dritte Aufgabe durchaus zu schaffen gewesen wäre, denn genau diese Art von schlichten Dreisatzaufgaben habe er ihm noch am Tag vor der Arbeit regelrecht eingebimst. Erik erwiderte, er sei froh, in den drei Fächern, in denen er hinterherhinkte, überhaupt wieder Anschluss zu haben. Später im Frühling würde er dann vielleicht versuchen, auf bessere Noten zu kommen.

Nun rückte erst mal die Schwimmmeisterschaft näher und Erik graute davor. Die Sache war ihm unangenehm. Er hatte vier Jahre mit dem Schwimmverein an Wettbewerben teilgenommen, und es war nicht richtig, dass er hier an der Schule ohne richtige Gegner antrat. Seine alten Trainingskumpels würden lachen, wenn sie es wüssten, und sein Trainer ironisch bittere Kommentare über die Größe seiner Ambitionen beisteuern.

Es war kein ehrlicher Wettkampf.

Außerdem lag es auf der Hand, dass er sich durch Siege im Schwimmen nur noch unbeliebter machen würde. Auf jeder anderen Schule in der normalen Welt, in der normale Regeln für einen Wettkampf galten, würden die Mittelschüler es toll finden, wenn einer von ihnen die Gymnasiasten schlug. Aber hier war fast das Gegenteil der Fall. Das war unangenehm und würde ihm garantiert neuen Ärger einbringen.

Unten in der Schwimmhalle hing eine Schiefertafel, auf der die Schulrekorde über die verschiedenen Distanzen verzeichnet waren. Er war mehr als eine Sekunde besser über fünfzig Meter, mehr als sechs Sekunden über hundert, und die verzeichnete Dreihundertmeterzeit würde er um eine knappe halbe Minute unterbieten, da musste er es nicht mal schaffen, auch nach hundert Metern noch ein gutes Tempo zu halten. Das war ein bisschen seine Schwäche, er war eben vor allem ein Sprinter.

Er hatte Tosse Berg versprochen, drei Strecken zu gewinnen, und Versprechen musste man halten, also würde er drei Strecken gewinnen, und zwar im Freistil. Nicht mehr. Keine lächerlichen Auftritte über Brust- oder Delfinstrecken, was er kaum beherrschte, wenn er sich mit seinen alten Trainingskumpels verglich.

Dann, am Abend vor der Meisterschaft, lud Tosse Berg Erik zum Essen in seine Lehrerwohnung im obersten Stock des Großen Bären ein. Nach dem Essen setzten sie sich ins Arbeitszimmer, wo Frau Berg ihnen Kaffee servierte, dann zog sie sich zurück und schloss die Türen. Berg wollte also etwas von ihm. Sie plauderten ein wenig über Bergs Pokalsammlung und über die Frage, ob Erik in Zukunft auf das Schwimmen setzen sollte. Erik sagte, wenn er es in seiner Zeit hier in Stjärnsberg mache, könne er danach vielleicht zu seinem alten Verein zurückgehen, später, wenn er ein Stockholmer

Gymnasium besuchte. Allein zu trainieren wäre allerdings schwierig. Was die Leichtathletik betreffe, so glaube Erik nicht, jemals die Elite erreichen zu können, er sei in den meisten Disziplinen nur guter Durchschnitt und in keiner wirklich Spitze, das spreche dafür, sich lieber nicht darauf zu verlegen. Bei seinem schweren Körper sei es fraglich, ob er jemals unter elf Sekunden über hundert Meter kommen würde. Und nach dem Gymnasium müsse man sich auf eine Ausbildung konzentrieren, da wäre das Spiel sowieso zu Ende.

Berg brachte allerlei Einwände vor. Da er Schwimmen und Laufen als Grundlage habe, könne er vielleicht mit Pistolenschießen, Fechten und Reiten anfangen? Um es zum Fünfkämpfer zu bringen. Fechten und Schießen könne er in Stjärnsberg trainieren, später würde er sich vielleicht einer der Reitermannschaften anschließen können, die hier auf den Schlössern von Sörmland ihre Pferde stehen hatten. Das heißt, nein, wahrscheinlich wäre das doch nicht möglich. Das war es ja gerade – und hier wurde deutlich, dass Berg allmählich zur Sache kam –, diese Bande von Snobs hatte offenbar eine Abneigung gegen Erik. Woran mochte das liegen, an dem ganzen Unsinn mit dem Rat? Ja, und natürlich an der Sache damals im Karo. Ach, die Lehrer wussten von der Sache im Karo? Natürlich redeten die Lehrer mit den Schülern nicht über diese Dinge, aber im Lehrerzimmer war es ein wichtiges Gesprächsthema gewesen. Die Schwester hatte ihnen plastisch beschrieben, wie Lelle und sein Kumpel danach ausgesehen hatten. Lelle war nach seiner Entlassung aus dem Krankenhaus ja noch immer nicht wieder in die Schule zurückgekehrt.

Darüber, was im Karo wirklich passiert war, kursierten unter den Lehrern allerdings mehrere Versionen.

Verdammt, dachte Erik, will Berg einen nachträglichen Kampfbericht haben? Wollte er nur darüber reden?

Nein, so war es nicht. Denn als Berg merkte, dass Erik über das Karo nicht sprechen wollte, wechselte er das Thema und kam zu seinem eigentlichen Anliegen. Erik sollte in einer weiteren Schwimmdisziplin antreten. Er hatte gehört, wie die Jungs aus dem Schwimmclub Gesamtpunktzahlen ausgerechnet hatten und zu dem Ergebnis gekommen waren, dass einer von ihnen Erik übertreffen würde.

Für jeden Sieg in einer Disziplin gab es dreißig Punkte. Für den zweiten Platz gab es zwanzig, für einen dritten zehn. Berg griff zu Papier und Bleistift.

Wenn Erik über die drei Freistilstrecken antrat, konnte er drei Siege und neunzig Punkte einheimsen. Der Prognose des Schwimmclubs zufolge würde Lewenheusen aus der R III dann bei sechzig liegen.

Aber nun gab es noch drei Strecken: hundert Meter Brust, fünfzig Meter Rücken und fünfzig Meter Delfin.

Nach den Freistilstrecken würde Lewenheusen Erik gegenüber dreißig Punkte im Rückstand liegen. Wenn Erik noch eine Strecke gewann, hätte er hundertzwanzig Punkte, und Lewenheusen würde ihn nicht mehr einholen können, weil dann, wenn zwei Schwimmer dieselbe Anzahl Punkte holten, die meisten Siege den Ausschlag gaben. Egal, was der Schwimmclub plane, Lewenheusen könne nicht gewinnen, wenn Erik nur eine Strecke dazunahm.

Klar, das konnte sein. Aber Erik kam das Ganze albern vor. Wozu sollte es gut sein? Über die Freistilstrecken würde er Zeiten schwimmen, für die er sich nicht zu schämen brauchte. Aber die fünfzig Meter Delfin in fünfundvierzig oder fünfzig Sekunden gewinnen – das wäre doch nur lächerlich.

Berg antwortete mit einer seltsamen Erklärung. Ein Verwandter von Lewenheusen habe vor zwanzig Jahren den Wanderpokal für die Schwimmmeisterschaften gestiftet. Deshalb hielten die Jungs aus der Schwimmmannschaft es jetzt nur für recht und billig, wenn der Neue und Freche von Lewenheusen geschlagen wurde. Doch im Grunde sei es eine Art Betrug, undemokratisch in jedem Fall, und außerdem verstoße es gegen den guten Sportsgeist. May the best man win, nicht wahr?

»Wenn es so ist«, entgegnete Erik, »ist hier auf dieser Schule vieles undemokratisch. Oder meinen Sie, es ist ein Zufall, dass sie ausgerechnet einen Rati gewinnen lassen wollen? Wir Mittelschüler müssen doch auch in der Leichtathletik nur gegen das Gymnasium antreten, damit sie uns fertigmachen können. So ist das doch hier in Stjärnsberg.«

»Genau!«, sagte Berg und rieb sich die Hände vor Eifer, »genau so ist es, und das ist eben unsportlich. Und deshalb dachte ich, du könntest eine Bresche in das System schlagen, wenn du verstehst, was ich meine?«

»Ja, aber fair ist es trotzdem nicht. Ich habe jahrelang richtig trainiert und die anderen nicht. Was soll daran demokratisch sein, dass ein Schwimmer schneller schwimmt als Leute, die keine Schwimmer sind?«

»Dass du besser bist als sie, Erik, darauf kommt's an,

du kannst ihnen und allen anderen zeigen, dass im Sport nicht getrickst werden darf, man kann nicht einfach beschließen, dass der Sieger Lewenheusen heißen muss. Und überleg doch, wie toll es für die Mittelschüler wäre, einen Sieger zu haben ...«

»Glauben Sie, die sehen das selber auch so?«

»Ja, natürlich, Erik, natürlich. Sport ist demokratisch, Erik, vergiss das nicht.«

»In welcher Reihenfolge finden die Wettkämpfe statt?«

»Fünfzig Meter Freistil, fünfzig Meter Rücken, fünfzig Meter Delfin, hundert Meter Freistil, hundert Meter Brust und zuletzt dreihundert Meter nach freier Wahl, also wenn man gewinnen will, wieder Freistil.«

»Dann muss ich die fünfzig Meter Rücken nehmen. Hundert Meter Brust zwischen zwei Freistilstrecken, da säuft man über dreihundert Meter ab, und Delphin liegt zu dicht bei hundert Meter Freistil.«

»Gewinnst du die fünfzig Meter Rücken?«

»Ja, wenn ich antrete. Aber es wird unmöglich aussehen.«

»Denk einfach dran, dass wir den Tricksern ein für alle Mal das Handwerk legen.«

Danach gab Tosse Berg ihm auf seine Offiziersart die Hand, mit kurzem Handschlag und festem Blick. Er schlug Erik auf den Rücken und sagte, wie sehr er sich freue.

»Tu dein Bestes, Erik, zeig den Idioten, dass Sport und Beschiss nichts miteinander zu tun haben.«

Tosse Berg hatte recht gehabt und sich doch geirrt, wie sich herausstellte. Schon als der Rektor am Finaltag seine Eröffnungsrede hielt, lag unter den Schwimmern etwas Seltsames in der Luft. Unter den Zuschauern, die aufs Gymnasium gingen, wurde getuschelt und geflüstert. Der Lewenheusen'sche Silberpokal wurde in die Schwimmhalle getragen und stand neben dem Rektor auf der Tribüne (obwohl die Preisvergabe erst am Ende des Schuljahres stattfinden sollte).

Es gab da eine kleine Distanz zwischen Erik und den Mitgliedern der Schwimmmannschaft. Er hatte das schon am Vortag bei den Ausscheidungskämpfen gemerkt. Und es stellte sich gleich bei der ersten Freistilstrecke, den fünfzig Metern, heraus, dass Lewenheusen als Zweiter hinter Erik anschlug, obwohl mindestens ein anderer Schwimmer ihn hätte schlagen können. Dasselbe passierte über fünfzig Meter Rücken. Als Erik das Ziel erreichte, sah er deutlich, dass sich zwei andere Jungen auf den letzten Metern von Lewenheusen überholen ließen.

Zwischen den einzelnen Wettbewerben lagen nur jeweils zwanzig Minuten Ruhepause, und wenn Lewenheusen weiter an allen teilnehmen wollte, würde es nach einer Weile reichlich seltsam aussehen. Lewenheusen gewann über die Delfinstrecke in einem Stil, der aussah wie eine Mischung aus Ertrinken und schlechtem Brustschwimmen. Der Betrug wiederholte sich über hundert Meter Freistil, wo Lewenheusen wieder Zweiter wurde. Zwanzig Minuten darauf ließ ihn jemand die hundert Meter Brust gewinnen. Erik sah nur den Anfang, dann ging er in die Sauna, um über die dreihundert Meter nicht völlig verkrampft anzutreten.

Damit Lewenheusen Gesamtsieger wurde, mussten sie entweder Erik über die letzte Strecke disqualifizieren oder Lewenheusen musste ihn besiegen. Was sie wohl vorhatten? Wollten sie ihm einen Fehlstart anhängen? Besser, er startete demonstrativ zu spät. Und wenn sie ihm unerlaubte Wenden unterstellten? Unmöglich. Wie würde die Punktelage aussehen, wenn Wrede, der sich seit den fünfzig Freistil ausgeruht hatte, die dreihundert gewann und Erik Zweiter wurde und Lewenheusen Dritter? Wrede war zwar am Vortag der Zweitschnellste gewesen, aber niemand glaubte doch wohl, er könne Erik gegenüber mehr als zwanzig Sekunden aufholen? Und das wäre für Lewenheusen ja noch immer nicht genug. Oder hatten sie schon aufgegeben, wollten sie ihre Tricksereien doch nicht allzu offensichtlich werden lassen?

Der Start ging gut, das Feld wurde nicht zurückbeordert. Doch dann legte Wrede in einem überaus seltsamen Tempo los. Erik versuchte erst, Schritt zu halten, beschloss dann aber, langsamer zu werden und sein eigenes Tempo zu schwimmen. Nach hundertfünfzig Metern war Wrede fertig und fiel zurück. Hatten die sich das so vorgestellt, hatten sie Erik auf den ersten hundert Metern zu einem Wahnsinnstempo zwingen wollen, bei dem er sich verausgaben musste? Offenbar.

Als Erik aus dem Becken stieg, badeten sechs Jungen in ihren Bahnen und warteten darauf, dass der vollkommen erschöpfte Lewenheusen seinen zweiten Platz holte. Sie tricksten also erfolglos bis zum bitteren Ende weiter. Schweine.

»Also«, brüllte Berg in seinen Lautsprecher, »und

hier haben wir den Gesamtsieger und Inhaber von drei neuen Schulrekorden, Erik aus der Dreifünf.«

Es wurde still. Dann spärlicher Applaus aus den Mittelschulreihen.

»Darf ich um Beifall für den Sieger bitten!«, brüllte Berg.

Aber alles blieb still.

Nun trat Berg an den Beckenrand und begann demonstrativ zu klatschen. Er klatschte allein fünf endlose Sekunden lang. Dann schloss der Rektor sich ihm an.

Erik wollte schon aus der Halle gehen, als auch die Gymnasiasten applaudierten. Er schämte sich und bereute es, sich und Berg und die ganzen Wettkämpfe dem Betrug und der Trickserei ausgesetzt zu haben. May the best man win – zum Teufel. Hier in Stjärnsberg galten andere Gesetze und andere Regeln.

Gleich nach dem Essen trat der Rat in Klasse 6 zusammen.

Lewenheusen sah todmüde aus. Erik grinste ihn an, doch er wich seinem Blick aus und tat so, als vertiefe er sich in seine Notizen.

»Sieh an«, sagte der Vorsitzende Bernhard von Schrantz. »Da hätten wir dich also wieder, Erik. Ich nehme an, du weißt, was dir in diesem Fall zur Last gelegt wird.«

»Befehlsverweigerung in soundsoviel Fällen und darauf scheiße ich. Dann bin ich angeblich zum zweiten Mal beim Rauchen erwischt worden und dagegen will ich Einspruch erheben.«

»Nicht diese unflätige Sprache dem Rat gegenüber, das sage ich dir jetzt zum letzten Mal.«

»Ach, komm nicht wieder mit diesem verdammten Müll. Sag lieber die Anklagen auf.«

»Ehe wir anfangen, können wir also zwei Samstagsonntage Arrest wegen ungehörigen Auftretens dem Rat gegenüber festhalten. Wenn der Sekretär das bitte notieren würde.«

Der Sekretär notierte pflichtbewusst. Die mit Wasser gekämmten Ratsmitglieder saßen schweigend da, mit Mienen, die die Mitte zwischen Richtermasken und diskret gezeigter Feindseligkeit hielten. Erik fühlte sich überlegen. Die anderen mussten das Gerichtstheater spielen, das zwang sie zu einem gewissen Ritual, aus dem sie sich nicht befreien konnten.

»Das wäre das«, sagte der Vorsitzende. »Wenn wir dann gleich zur Befehlsverweigerung kommen könnten. Würde der Vizepräfekt die Sache bitte darlegen.«

Der Vizepräfekt erklärte »zur Einleitung«, dieser Fall sei ungewöhnlich »schwerwiegend«, denn es handele sich, falls man sich an die eingegangenen Klagen halten wolle, um zwölffache Gehorsamsverweigerung Leuten aus der Abiturklasse gegenüber. Es bestehe jedoch »Grund zu der Annahme«, dass die wirkliche Anzahl an Vergehen diese Zahl noch übertreffe, da mehrere Betroffene es offenbar für »wenig sinnvoll« gehalten hatten, ihre Klagen einzureichen. Was bei der »Festsetzung der Folgen« doch »besonders in Betracht gezogen werden« müsse.

Danach leierte er die schriftlich eingereichten Klagen herunter. Und dann hatte der Vorsitzende das Wort.

»Was hat der Angeklagte dazu zu sagen?«

»Nichts Besonderes. Wie ich schon sagte, scheiße ich

auf die Befehle der Leute aus der Abiturklasse und werde auch dann euren Befehlen nicht gehorchen, wenn sie von der Sorte sind, der ich gehorchen muss, um nicht wegen Rauchens mit Hinweis auf § 8 verknackt zu werden, die Sache mit dem ›offenkundig‹, ihr wisst schon. Eigentlich könnt ihr überhaupt nichts, was mir nicht ausdrücklich zur Last gelegt wird, ›besonders in Betracht‹ ziehen. Also äußere ich mich auch nur zu den vorliegenden Anklagen und verlange, dass der Rat diese Einstellung akzeptiert.«

»Braucht der Rat Bedenkzeit, was diesen Einwand angeht?«, fragte der Vorsitzende.

Der Rat genehmigte sich fünf Minuten Bedenkzeit. Als Erik wieder hineingerufen wurde, erfuhr er, dass der Rat seinen Einwand als vollkommen korrekt akzeptiert hatte. Sie könnten nur in den Fällen urteilen, die dem Rat vorlägen. Andere Sachverhalte besonders in Betracht zu ziehen, komme nicht in Frage.

»Aber das bedeutet nicht«, sagte darauf der Vorsitzende, »dass der Fall weniger schwerwiegend wäre. Wir haben zwölf Fälle zu beurteilen. Du hast gehört, worum es bei diesen Klagen geht. Kannst du sie insgesamt erklären oder willst du dir jeden für sich vornehmen?«

»Ich kann den Scheiß auch auf einem Haufen abhandeln.«

Der Vorsitzende gab vor, dieses unflätige Wort nicht gehört zu haben.

»Also«, sagte er, »dann erzähl uns, wie du diese zwölf Fälle von Befehlsverweigerung siehst.«

»Die Anklagen treffen zu. Ich habe bereits erklärt, dass ich keinem aus der Abiklasse gehorchen werde, und das bedeutet im Prinzip, dass jede Klage natürlich zutreffen könnte. Ich kenne nicht einmal die Namen derjenigen, die mich angeklagt haben, aber ich glaube, die Situationen zu kennen, von denen hier die Rede ist. Na gut, dann bin ich also schuldig. Ich bitte um das Urteil.«

»Ist der Rat bereit, in dieser Angelegenheit ein Urteil zu fällen?«, fragte der Vorsitzende und die anderen nickten schweigend.

»Der Rat verurteilt dich hiermit zu zwölf Samstagsonntagen Arrest wegen Befehlsverweigerung.«

Erik wiederholte in Gedanken den Paragrafen. »... von Ratsmitgliedern oder Schülern der Abiturklasse erteilte Befehle müssen von jüngeren Schülern unverzüglich befolgt werden.«

Demnach konnte das Ganze infrage gestellt werden. Die Befehle, von denen hier die Rede war, mussten sich eigentlich auf das höfliche Benehmen aus dem ersten Teil des Paragrafen beziehen, wo es um die Laufburschentätigkeit ging. Andererseits war dort ganz allgemein von den Schulprinzipien und der Kameradenerziehung die Rede, und das ließ sich beliebig auslegen. Außerdem ließ der Rest des Paragrafen keinen Raum für Zweifel: »Der Rat hat, nach Prüfung des Sachverhaltes, Strafen für Befehlsverweigerung zu verhängen.«

Wer nicht gehorchte, konnte also bestraft werden, wie es ihnen gerade passte. Und Arrest war besser als Strafarbeit, zumal seine Strafzeit nun weit ins Winterhalbjahr hineinreichte. Das war nur gut für das Lernen. Es gab keinen Grund, daran zu rütteln. Aus Gewohnheit fanden sie Arrest offenbar schlimmer als Strafarbeit, aber das lag wahrscheinlich an einem einfachen

Denkfehler. Sie mussten bei »Strafarbeit« an die harmlosen Tätigkeiten allgemeiner Art gedacht haben, die man sich erschleimen konnte. Aber wenn man jede Woche diese Grube ausheben müsste, würde die Sache unerträglich werden und irgendwann zu einer Situation führen, wie sie in § 13 beschrieben war: »Ein Schüler, der ein Mitglied des Rates misshandelt oder einem Mitglied des Rates gegenüber zu Gewalt greift, wird unverzüglich von der Schule verwiesen.«

Arrest war also eine hervorragende Lösung. Möglicherweise sollte er sich ein wenig darüber beklagen, damit sie auch in Zukunft dabei blieben. Nein, das wäre ein unnötiges Risiko.

»Hast du das Urteil verstanden?«, fragte der Vorsitzende.

»Ja, natürlich.«

»Erhebst du irgendeinen Einspruch?«

»Nein.«

»Gut. Dann können wir zum nächsten Punkt übergehen. Will die Anklage bitte den Fall des verbotenen Rauchens vortragen?«

Der Vizepräfekt blätterte ein wenig in seinen Unterlagen, damit es professioneller aussah, dann »fand« er die Notiz über Eriks und Pierres Mundwassergeruch. Erik und Pierre waren also aus dem Wald gekommen und hatten nach Vademecum gerochen, obwohl das Essen noch keine zwanzig Minuten her war. Daraus ergab sich zwingend, dass sie beide geraucht und danach die Mundhöhle mit Vademecum ausgespült hatten, um ihr Vergehen zu tarnen. Erik war bereits einmal wegen Rauchens verurteilt worden und musste deshalb als

Raucher gelten. Pierre Tanguy aus derselben Klasse war nicht vorbestraft, aber man durfte wohl annehmen, dass Erik Tanguy zu dem Vergehen angestiftet hatte.

Hatte Erik dazu irgendetwas zu sagen?

»Ja, so allerhand. Wir wurden von dem Rati untersucht, der die Klage eingereicht hat. Findet sich in diesem Protokoll irgendein Hinweis auf das Ergebnis der Durchsuchung?«

Der Vizepräfekt »suchte« eine Weile in seinen Unterlagen, dann stellte er fest, dass keinerlei Notizen über die Durchsuchung vorlagen.

»Nein, logisch«, sagte Erik. »Euch ist doch klar, dass dieser Rati, Jönsson oder so, nichts gefunden hat …«

»Jeanson«, fiel der Vorsitzende ihm ins Wort.

»Ja, Jönsson oder Jansson oder wie er nun heißt, er hat jedenfalls nichts gefunden, nicht einen Krümel Tabak. Keinen Rauchgeruch, kein Rauchwerkzeug, nichts. Das Einzige, was ihr habt, ist also, dass wir nach Vademecum gerochen haben.«

»Ja, ja«, unterbrach ihn der Vorsitzende. »Versuch, zur Sache zu kommen. Gibst du der Anklage recht?«

»Ob ich der Anklage recht gebe? Könnt ihr nicht versuchen, euch normal auszudrücken, diese Gerichtsnummer ist doch nur lächerlich. Ihr wisst genau, dass ihr kein richtiges Gericht seid, oder kann mir jemand sagen, wo mein Verteidiger steckt?«

»Gibst du nun zu, was dir zur Last gelegt wird, oder nicht?

»Nein, ich gebe es nicht zu. Wir sind unschuldig. Ihr könnt es nicht als Beweis für das Rauchen gelten lassen, dass man nach Vademecum riecht.«

»Kannst du beschwören, dass ihr nicht geraucht habt?«, fragte der Vizepräfekt.

»Meine Güte, sich freizuschwören wurde schon im Mittelalter abgeschafft. Ihr müsst beweisen, dass wir geraucht haben, und das Einzige, was ihr habt, ist, dass wir nach Vademecum gerochen haben. Das ist lächerlich. Ihr könnt euch mit Wasser kämmen, so viel ihr wollt, und ihr könnt das Anwaltsgerede nach Herzenslust nachäffen, lächerlich seid ihr trotzdem. Beweist, dass wir geraucht haben, her mit den Beweisen.«

»Glaubst du, wir wüssten nicht, warum Leute, die heimlich rauchen, nach Vademecum riechen?«, fragte der Vorsitzende. »Glaubst du, wir hätten da nicht unsere Erfahrung? Und wie willst du übrigens selbst erklären, dass ihr nach Vademecum gerochen habt?«

»Eine Erklärung könnte sein, dass Vademecum es unmöglich macht zu behaupten, dass jemand nach Rauch riecht.«

»Du gestehst also doch?«

»Überhaupt nicht. Denn wenn man erst mal weiß, dass eine Bande von Trotteln mit Goldring um das Schulabzeichen nichts lieber tut, als uns Mittelschüler zu schikanieren, sobald wir uns auf dem Schulhof auch nur sehen lassen … dann ist es doch das Sicherste, wenn man rund um die Uhr nach Vademecum riecht. Dann kann kein ahnungsloser oder vom eigenen Rauchen vergifteter Rati behaupten, man rieche nach Rauch. Übrigens soll es auch Leute geben, die sich nach dem Essen die Zähne putzen.«

»Du willst also behaupten«, fasste der Sekretär seine Notizen für das so genannte Protokoll zusammen, »dass du Vademecum einerseits im Zusammenhang mit dem Zähneputzen benutzt hast, andererseits aber auch als Vorsichtsmaßnahme vor einer möglichen Durchsuchung?«

»Ja, genau. Und ihr könnt doch nicht so bescheuert sein zu glauben, dass der Vademecumgeruch in so einem Fall auf das ›oder offenkundig‹ in § 8 hinausläuft. Außerdem möchte ich euch daran erinnern, dass ihr mich schon einmal wegen Rauchens verdonnert habt, und zwar, obwohl euch allen klar sein musste, dass ich das Päckchen nur in meiner Tasche vergessen hatte, da war ich nämlich noch ganz neu hier.«

»Das ist in diesem Zusammenhang ganz und gar irrelevant, das andere Urteil ist längst gefällt«, sagte der Vorsitzende.

»Für mich ist das durchaus nicht irrelevant, weil ich nämlich unschuldig bin. Rauchen ist nicht gut für die Kondition, das habt ihr doch sicher bei Lewenheusens Absaufübungen während den Schwimmmeisterschaften gesehen?«

Lewenheusen schien antworten zu wollen, aber der Vorsitzende brachte ihn durch eine Handbewegung zum Verstummen.

»Der Rat braucht Bedenkzeit, du kannst auf dem Gang warten.«

Die Beratung dauerte nur zwei Minuten. Als Erik wieder hereinkam, hielt der Vorsitzende eine kleine Mahnrede.

»Der Rat hat seinen Beschluss gefasst und ich werde ihn dir gleich mitteilen. Aber zuvor möchten wir dich ernsthaft ermahnen, dich endlich am Riemen zu reißen.

Du hast Strafen auf dich geladen, die bis weit ins nächste Halbjahr hineinreichen, dabei bist du erst seit sechs Wochen hier auf der Schule. Du übst einen schlechten Einfluss auf die anderen Mittelschüler aus, und dem müssen wir um jeden Preis ein Ende setzen. Du musst dein Verhalten ändern, deinetwillen und des guten Klimas an der Schule willen. Wenn nicht, können wir uns nicht vorstellen, dass du lange in Stjärnsberg bleibst. Wenn wir dich jetzt zum zweiten Mal wegen Rauchens verurteilen, dann haben wir uns für das durchaus ungewöhnliche Vorgehen entschieden, die gesamte Strafe in Arrest umzuwandeln, statt sie in Arrest und Strafarbeit aufzuteilen. Du bekommst also noch zwei Samstagsonntage im Arrest. Und vergiss nicht, wenn du noch dreimal erwischt wirst, ist dir der Schulverweis sicher.«

»Dann werdet ihr mich also noch dreimal wegen Rauchens verurteilen, weil ich entweder nach Vademecum rieche oder nicht nach Vademecum rieche, wollt ihr mir damit drohen? Da sitzt ihr nun und spielt Gericht, aber denkt doch auch mal kurz an §9: ›Der Rat wird bei der Beweisführung unparteiisch auftreten und jeden vor dem Rat seinen Fall ausführlich vortragen lassen‹ und so weiter. Wollt ihr euch nicht auch noch weiße Perücken anschaffen, damit das Gerichtstheater noch komischer wirkt?«

»Wenn du nicht heimlich rauchst, werden wir dich deshalb auch nicht bestrafen, darauf kannst du dich verlassen. Aber wenn du weiter rauchst, dann wirst du auch zum fünften Mal erwischt, darauf kannst du dich ebenfalls verlassen.«

»Sicher. Und schön für den von euch, der mich beim fünften Mal erwischt, weil's dann ja keine Rolle mehr spielt, was ich mit euch mache. Dann werden wir sehen, was eure Gerechtigkeit wert ist. Ich meine, umgerechnet in Vorderzähne oder so was in der Richtung.«

Der Vorsitzende Bernhard schlug mit der Faust auf den Tisch und starrte für einen Moment die Tischplatte an, ehe er sich wieder im Griff hatte.

»Wenn du den Rat mitten in einer Verhandlung bedrohst, kannst du nicht im Vollbesitz deiner geistigen Kräfte sein und ...«

»... dann könnt ihr mich auch nicht verurteilen. Man kann niemanden verurteilen, der nicht im Vollbesitz seiner geistigen Kräfte ist, das Irrenhaus habt ihr ja nicht in eurem Bußkatalog. Und habt ihr mir nicht gedroht, mich wegen Vergehen hochzunehmen, die ich gar nicht begangen habe, bis ich von der Schule fliege?«

»Nein, niemand hat dir gedroht, aber du ...«

»Dann hab ich auch nicht gedroht und damit ist der Fall erledigt.«

»Der Rat braucht Bedenkzeit.«

Draußen auf dem Gang schilderte Erik den anderen Mittelschülern den letzten Wortwechsel. Es gab jubelndes Gelächter, das sicher auch drinnen zu hören war. Erik war zufrieden, sie mussten lächerlich gemacht werden. Während der wilden Spekulationen darüber, welches Urteil der Rat nun wohl fällen werde, versprach Erik, den Vorsitzenden und seinen Stellvertreter hinterher ins Karo zu fordern. Dort würden sie sich noch lächerlicher machen, nur auf diese Weise konnte er sich verteidigen.

Erik wurde abermals hereingerufen und bekam fünf weitere Samstagsonntage.

»Dann hätte ich nur noch zwei Fragen«, sagte Erik.

»Fragen dürfen gestellt werden, das gehört zu deinen Rechten, aber bitte keine weiteren Unverschämtheiten.«

»Die erste Frage ist, ob das alles überhaupt einen Sinn hat. Ich will nur zwei Jahre hier bleiben, und wenn ihr mir gleich genug Samstagsonntage verpasst, können wir uns den Jux für die Zukunft sparen. Reicht es zum Beispiel, wenn ich ein paarmal Schwanz und Fotze sage, könnt ihr mich dann gleich für zwei Schuljahre verurteilen?«

»Gut, und wie lautet die andere Frage?«

»Darf ich den Vorsitzenden und den Ankläger bitte für morgen Abend um acht ins Karo fordern?«

Der Rat bebte vor Anstrengung, ruhig sitzen zu bleiben und weiter wie ein Gericht auszusehen. Der Vorsitzende winkte resigniert ab, ehe er sich äußerte.

»Die Antwort auf deine erste Frage ist folgende: Der Rat verurteilt nur aufgrund von tatsächlichen Vergehen und er urteilt in jedem einzelnen Fall. Wir können keine allgemeinen Urteile fällen, das wäre gegen das Gesetz. Und was die andere Frage angeht, so war die wohl eher als Scherz gemeint ...«

»Durchaus nicht, das war mein voller Ernst.«

»... und selbst, wenn es kein Scherz sein sollte, sondern nur eine deiner üblichen Unverschämtheiten: Für einen Mittelschüler ist es unmöglich, ein Ratsmitglied herauszufordern.«

»Klar, so was könnte sich herumsprechen ...«

»Genug, wir haben schon viel zu viel Zeit mit dir verbracht. Sag Tanguy, dass er an der Reihe ist.«

Erik ging hinaus und bestätigte fröhlich, dass er den Präfekten und seinen Stellvertreter herausgefordert habe, dass sie sich jedoch der Herausforderung nicht stellen wollten. Es war nicht schwer, sich auszurechnen, wie schnell die ganze Schule davon erfahren würde.

Dann ging Pierre hinein und wurde, obwohl er jegliche Schuld abstritt, unter Bezugnahme auf das »oder offenkundig« in § 8, zum ersten Mal wegen Rauchens verurteilt. Pierres Verhandlung war nach drei Minuten vorüber.

Nachdem Erik sich mit der Bürokratie vertraut gemacht hatte, war der Arrest recht angenehm. Als erlaubte Lektüre galten Bücher für Schulzwecke und die Bibel, das reichte schon aus, damit er sich nicht langweilte. Mit etwas Phantasie und der Hilfe einiger Lehrer ließ sich die Definition von Büchern, die im Zusammenhang mit den Schulfächern standen, sehr weit fassen. Churchills Geschichte des Zweiten Weltkrieges in zwölf Bänden passierte durch eine Bestätigung des Geschichtslehrers die Kontrolle. Als Literatur, die in Zusammenhang mit dem Schwedischunterricht stand, galten gebundene Bücher schwedischer Autoren; ausländische Autoren waren erlaubt, wenn es sich bei den Ausländern um Norweger wie Hamsun oder Ibsen oder um Finnen handelte, nur der Fall Väinö Linna schien unklar (die Frage war, ob Linna Kommunist war und deshalb als ebenso unpassende Lektüre anzusehen wie pornografische Texte).

Für Religion kam alles infrage, was überhaupt mit Religionen oder Religionsgeschichte zu tun hatte. Sogar der Zen-Buddhismus.

Für Englisch waren es Bücher anerkannter Autoren, die in dieser Sprache schrieben, jedoch nur nach Bestätigung durch den Lehrer. Graham Greene ging durch, ebenso der langatmige und schwer verständliche Shakespeare (schwer verständlich war er vor allem für den wachhabenden Rati), eigentlich alle bekannten englischen Autoren, sofern sie nicht als unpassend oder homosexuell galten.

Für Biologie durften es auch Reisebücher über Südamerika oder Neuguinea sein, solange sie nur von Schweden verfasst waren.

Kurz gesagt, das Dasein im Arrest war ein einziges langes Lesefest.

Erik machte sich einen Plan. In den ersten Stunden wollte er ausschlafen, so wie alle anderen. Also schlief er von sechs bis zehn. Ab und zu wurde er natürlich durch den wachhabenden Rati geweckt, der mit zunehmender Resignation zusätzliche Strafen für Schlafen im Arrest androhte.

In den folgenden Stunden bis zum Mittagessen widmete Erik sich der Mathematik und anderen Fächern, in denen er aufholen musste. Für den Rest des Tages las er aus Freude am Lesen, und vor dem Schlafengehen ging er dann eine Runde Schwimmen.

Die Stimmung in seiner Umgebung hatte sich verändert, das glaubte zumindest er selbst. Denn seit er den

Präfekten und den Vizepräfekten herausgefordert hatte, nutzte er jede Gelegenheit, die beiden Richter zu verspotten.

»Schönen guten Tag, die Herren Chefratis, wollen wir gelegentlich eine Runde durch das Karo drehen?«, schrie er, wenn sie über den Schulhof kamen, und zeigte lachend sein noch immer unversehrtes Gebiss. Die in seiner Nähe standen, stimmten zögernd in sein Lachen ein.

Die Lehrer scherzten erfreut über seinen Lerneifer und die Nützlichkeit des Arrests, vielleicht sollte man ja die ganze Klasse übers Wochenende einsperren, wenn das dabei herauskam. Und sie nutzten jede Gelegenheit, um Erik zu unterstützen, wenn es um Konflikte mit dem Rat in der Frage ging, was als Schullektüre galt und was als Vergnügen. Schließlich galten nur noch Pornozeitschriften und Bücher homosexueller englischer Autoren nicht als Bücher für Schulzwecke, und noch später machte der wachhabende Rati sich nicht einmal mehr die Mühe, Eriks voll gestopfte Tasche zu durchsuchen.

Das Ganze sah schon fast aus wie eine kleine Lücke im System.

Und Tatsache war, dass im Karo wesentlich weniger Misshandlungen stattfanden als zu irgendeiner Zeit, an die man sich erinnern konnte. Es schien nicht mehr als absolut und unwiderlegbar männlich zu gelten, im Karo Mittelschüler zu verprügeln.

Aber es kam natürlich noch immer vor. Bei den ersten beiden Malen nach seinem eigenen Kampf sah Erik gar nicht zu. Er ging davon aus, dass er alles nur widerlich finden würde.

Aber Ende Oktober schloss er sich dann doch wie magnetisch hingezogen dem Publikum an.

Lewenheusen und einer seiner Klassenkameraden wollten sich einen mageren Typen aus der Vierfünf vorknöpfen. Es war unklar, was der Delinquent verbrochen hatte, aber Gerüchte wollten wissen, er habe seinen Tischmajor, Ratsmitglied Lewenheusen, angemacht, wenn es so toll sei, sich zu schlagen, dann hätte er, Lewenheusen, doch die Gelegenheit beim Schopfe packen müssen, damals, als einer aus der Dreifünf den ganzen Rat herausgefordert hatte.

Es sah fast so aus, als sei Erik schuld am Los des Mageren.

Lewenheusen und sein Kumpel nahmen den Delinquenten erst in die Mitte und ohrfeigten ihn. Der Junge machte kaum den Versuch, sich zu verteidigen.

Wie ein Wolf, dachte Erik, er versucht sich zu retten, wie es die Wölfe tun, er zeigt ihnen seine ungeschützte Kehle, damit sie ihn in Ruhe lassen. Aber das wird nicht funktionieren. Er kann erst hinauskriechen, wenn er genügend Schläge eingesteckt hat, um nicht Ratte werden zu müssen, und sie müssen ihn lange genug verprügeln, damit er hinauskriecht.

Lewenheusen und sein Kumpel schlugen ungeschickt und dumm. Als sie mit den Fäusten anfingen, verpatzten sie fast jeden zweiten Schlag, obwohl ihr Opfer sich kaum wehrte. Am Ende packte den Mageren natürlich die Verzweiflung, er schlug einen wilden Schwinger in Lewenheusens Richtung und traf ihn am Mund, obwohl er den Schlag deutlich genug angekündigt hatte. Prompt geriet Lewenheusen in Rage und drosch seinerseits mit unkontrollierten Schwingern auf sein Opfer ein. Das zog instinktiv den Kopf ein, weshalb die Schläge vor allem seine Schultern und den Körper trafen und keinen weiteren Schaden anrichteten. Lewenheusen wurde davon müde und sein Kumpel musste bis auf weiteres die Sache übernehmen.

Der Magere stand mit gesenktem Kopf vornübergebeugt, unangenehm offen für Prügel jeder Art. Lewenheusens Kumpel trat vor und bohrte ihm ein Knie ins Gesicht, und als er sich aufrichtete, schlug er ihn in den Bauch. Der Delinquent sank auf die Knie und jammerte, weigerte sich aber, aus dem Karo zu kriechen. Nun trat Lewenheusen wieder vor und fing an, auf ihn einzutreten. Der Delinquent sank in sich zusammen, bis er fast am Boden lag, und Lewenheusen trat weiter und leierte die üblichen Sprüche herunter, von wegen feige und Ratte und lernen, die Klappe zu halten, das ganze Programm.

Es war ein mieser Stierkampf mit einem Stier, der vor erbärmlichen Picadores und Toreros zusammenbrach, Männern mittleren Alters, fett und unendlich weit von ihrem einstigen Traum entfernt, einmal die Fiesta in Sevilla zu eröffnen.

Am Ende kroch der Magere natürlich hinaus. Er blutete nicht zu sehr, soweit Erik das sehen konnte, vermutlich würden seine Wunden nicht einmal genäht werden müssen. Er weinte, aber wohl eher wegen der Demütigung als vor Schmerz. Dann lag er schluchzend neben der Betonplatte, während Lewenheusen in einer Pose, die wahrhaftig wie eine Siegerpose aussah, vor dem Mittelschulpublikum an den Rand trat.

»So wird es allen gehen, die den Schnabel zu weit aufreißen, damit ihr's wisst!«, schrie er triumphierend.

»Gibt's hier noch andere, die …«, fügte Lewenheusen hinzu und sah zugleich aus, als ob er sich am liebsten die Zunge abgebissen hätte. Blitzschnell schlug Erik zu.

»Ja, endlich, Lewenheusen, hier bin ich!«, schrie Erik von seinem Platz ganz oben am Mittelschulhang.

Nach kurzer Stille brach unter den Mittelschülern Gekicher aus. Lewenheusen stand wie versteinert.

»Jetzt!«, brüllte Erik.

Das Gekicher steigerte sich zum Lachen, zuerst zu vereinzeltem Lachen, dann zu einer Flut von Gelächter, das sich immer weiter steigerte, bis endlich die ganze Mittelschule vor Lachen dröhnte. Sogar der Junge, der Prügel bezogen hatte, rappelte sich auf und stimmte nuschelnd ein.

Erik überdachte seine Möglichkeiten. Er könnte sich einen Weg hinunter zu Lewenheusen bahnen und dann auf die Platte steigen. Dann würde Lewenheusen standhalten müssen und sein Kumpel ebenfalls. Oder der Kumpel würde abhauen und das Ganze würde mit einem allgemeinen Wortgefecht enden. Aber es bestand auch das Risiko, dass Erik gezwungen sein könnte, Lewenheusen und seinen Kumpel zu misshandeln. Dieser mögliche Ausgang war ihm unangenehm. Aus mehreren Gründen wäre es unmöglich, den ersten großen Kampf zu wiederholen. Es kam ihm jedenfalls nicht richtig vor.

Eine andere und, wie Erik fand, bessere Möglichkeit wäre es, Lewenheusen vor dem gesamten Publikum zum Kneifen zu zwingen.

»Jetzt!«, schrie Erik noch einmal. »Ich glaube, ich habe gerade eine Ratte gehört, hast du gehört, Lewenheusen, eine RATTE, die einen von der Mittelschule zu Prügeln herausfordern will. Hier hast du mich, fordere mich heraus, ich komm sofort. Beeil dich, Lewenheusen, kleiner Ratti, ich zittere schon vor Ungeduld.«

Das Lachen schlug über Lewenheusen zusammen. Sogar die Gymnasiasten waren herzlos genug, die Situation komisch zu finden und nicht an Lewenheusens Ehre zu denken, deshalb lachten auch sie.

»Verdammt, das machen wir ein andermal«, murmelte Lewenheusen halblaut und mit wenig Überzeugungskraft in der Stimme.

Dann schlich er davon, verfolgt von Spott und Gelächter und Rattenrufen. Erik war zufrieden. Das hier war viel besser als Gewalt. Der Rat musste mit Spott überhäuft werden, das war das Beste. Wenn er dem Rat genügend offenen Hohn entgegenbrachte, dann …

Ja, was würde dann eigentlich passieren? Die Idee war jedenfalls nicht schlecht, fand Erik. Daran musste er unbedingt weiterarbeiten.

Ich finde, du solltest auf sie scheißen, Erik. Warum soll man sich eigentlich um solche Idioten kümmern, warum soll man sich überhaupt um irgendwas kümmern, wenn man in deiner Position ist? Was du mit Lewenheusen gemacht hast, war wirklich schlau, das macht deine Lage noch sicherer, glaube ich. Ich meine, niemand wird dich je wieder ins Karo schleifen, egal wie lange du hier auf die Penne gehst. Keiner kommt dir im Speisesaal mit Peppis und so, und mit mehr Arrest können sie dir auch nicht drohen. Du hast doch eigentlich alles schon geschafft. Klar, du hast einen Preis dafür bezahlen müssen, den ganzen Arrest und so, aber du kannst diese Zeit zum Büffeln benutzen, wo du nachmittags sowieso nur deinen blöden Sport im Kopf hast. Ja, und dann willst du ja auch gar nicht nach Hause, ich meine, wegen deinem Vater und so.

Versuch nur einzusehen, dass es gut ist, so, wie es jetzt ist. Wenn du sie weiter provozierst, müssen sie was unternehmen, und ich weiß nicht, was dann passieren kann. Jedenfalls wäre es die Sache nicht wert. Du bist intelligent und wirst es nach dem Abi zu was bringen, genau wie ich. Und in ein paar Jahren sind wir erwachsen, und ich glaube nicht, dass wir dann überhaupt je an diese Ratis denken werden, ja, ab und zu vielleicht mal, aber ich glaube, das ist nur nützlich so, weil man einen besseren Blick für die Dummheit bekommt, wenn man diese Holzköpfe aus nächster Nähe gesehen hat. Dann kann man auch nicht so werden wie sie, du und ich können das jedenfalls nicht. Höken und die anderen werden vermutlich auch so, wenn sie aufs Gymnasium kommen, und sie werden auch als Erwachsene so sein. Aber nicht du und ich, wir werden Intellektuelle und die Ratis sind dann keine Ratis mehr, ich meine, wenn sie nicht prügeln können, haben sie gegen dich und mich sowieso keine Chance mehr, wenn sie zum Beispiel versuchen müssen, ein so gutes Zeugnis zu bekommen, dass sie an der Uni zugelassen werden, oder wenn wir ihnen irgendwann über den Weg laufen und es nur darum geht, wer das meiste im Kopf hat oder das beste Examen, oder die besten Voraussetzungen, um den Job zu kriegen.

Dann wird es viel wichtiger sein, sie fertigzumachen, als jetzt, Erik, da musst du mir doch zustimmen? Wenn wir erwachsen sind und diesen verdammten Kasten hinter uns gelassen haben, dann gibt es keine Karos mehr hinter dem Speisesaal. Und die Lehrer sind ja auf unserer Seite, wenn man sich's genauer überlegt. Was glaubst du, wer den Lehrern lieber ist, solche wie Höken und die anderen Halbidioten, oder solche wie du und ich? Dagegen, dass sie sich nicht einmischen, wenn der Rat etwas unternimmt, ist eigentlich nicht viel zu sagen. Die Lehrer halten das intellektuelle Leben für wichtiger, warum sollen sie sich also in die Gewaltfragen einmischen, an denen sie doch nichts ändern können, weil es hier in Stjärnsberg nun mal so ist? Ja, natürlich gilt das nicht für alle Lehrer, aber die meisten sind genau solche Menschen wie du und ich oder zumindest wie wir sein werden, wenn wir erwachsen sind (auch wenn ich nicht glaube, dass wir als Lehrer enden werden, so ist das nicht gemeint). Sie vertreten also die Ansicht, dass Wissen und Intellekt das Wichtige im Leben sind, darum sind sie auch sofort auf deiner Seite, wenn es Ärger wegen der Bücher gibt, die du im Arrest lesen darfst. Im Frühjahrshalbjahr können wir bestimmt vom Biolehrer die Erlaubnis bekommen, nachts draußen zu bleiben und die Fünfkilometergrenze so weit zu überschreiten, wie wir wollen. Um Zugvögel zu beobachten und so, meine ich, als Zusatzarbeit in Bio, um bessere Noten zu holen. Dann schlagen wir sozusagen zwei Fliegen mit einer Klappe. Bist du da nicht meiner Meinung?

Nein, einerseits ja und andererseits ... pst, was war das? Ich dachte, schon wieder eine Razzia, aber offenbar ist nur jemand aufs Klo gegangen. Wir hatten übrigens lange keine Razzia mehr. Doch, du hast wahrscheinlich in vieler Hinsicht recht. Ich finde natürlich auch das »intellektuelle Leben«, wie du es nennst, wichtiger als alles andere. Sonst wäre ich überhaupt nicht hier, ich muss die Mittelschuljahre hier hinter mich bringen, nach dieser Sache, du weißt schon, werde ich in Stockholm auf keiner Mittelschule mehr angenommen. Ich bin hier, weil Gymnasium und Uni eben das Wichtigste im Leben sind, so ist das nun mal. Und natürlich werden du und ich das Studium viel besser schaffen als Blödmänner wie Höken und gewisse Ratis. Aber was kommt danach? In zehn Jahren haben wir unsere ersten Uni-Examen hinter uns, was immer wir studieren, dann werden diese Typen noch nicht mal die Reserveoffiziersschule geschafft haben. Aber zum Teufel, das ist in zehn Jahren! Und bei dir hört es sich auch noch an, als ob wir uns dann auf irgendeine Weise rächen könnten, dabei steht noch nicht mal fest, dass sie uns in unseren künftigen Berufen überhaupt über den Weg laufen werden. Es geht hier um die beiden nächsten Jahre, verstehst du, wir können nicht einfach über die Zukunft reden, solange wir sind, wo wir nun mal sind. Jetzt gelten Peppis und Karo und Razzien und dieses dämliche Gerichtstheater, und darum muss man dieses System auch hier und jetzt bekämpfen. Ich finde es übrigens eine Schweinerei von den Lehrern, dass sie sich um das alles gar nicht kümmern, dass sie sich blind und taub stellen und nur unter sich darüber reden. Im Speisesaal zum Bei-

spiel, wo die Aufsichtslehrer am Tisch des Rektors nicht mal aufschauen, wenn ein Typ am Nebentisch einen Ein-Stich verpasst bekommt. Ich finde nicht, dass man sich nur auf das »Intellektuelle« konzentrieren und so tun darf, als würde dieses Feudalsystem gar nicht existieren. Das ist eigentlich nur feige. Sie haben Angst, Ärger zu kriegen, wenn sie den heiligen »Geist von Stjärnsberg« kritisieren, aber statt zu sagen, dass sie Angst haben, reden sie lieber über alles andere im Leben, was angeblich wichtiger ist. Übrigens waren wir beide der Meinung, dass diese Gemeinheit bekämpft werden muss, die Frage war nur, wie. Und wenn wir weitermachen, ich meine, wenn außer mir noch andere anfangen, die Ratis zu verspotten, sodass sie immer häufiger ausgelacht werden, dann kann das ein guter Anfang sein. Angenommen, danach weigern sich noch andere, sich Peppis verpassen zu lassen, dann dauert es nicht lange, und die Peppis sind abgeschafft. Und den Arrest können sie auch nicht unbegrenzt mit Frechen füllen, dann bricht nämlich das System zusammen. Für den Anfang brauchen wir nur sieben oder acht Typen, die sich weigern, hast du dir das schon mal überlegt? Man kann der Gewalt passiven Widerstand entgegensetzen, das ist schließlich deine Lieblingsvorstellung. Wie Mahatma Gandhi, ich hab das Buch jetzt übrigens gelesen.

Aber du bist nun mal kein Mahatma Gandhi. Der hatte eine gute Sache, für die er kämpfen konnte, nämlich, sein Land zu befreien, und deshalb haben ihn alle Leute in Indien unterstützt. Du sagst, es ist gut, gegen das System hier zu kämpfen, und das stimmt natürlich irgend-

wie, ich meine, natürlich stimmt das. Aber dass du seit der Sache mit Lelle kein einziges Mal mehr im Karo warst, liegt nur daran, dass du es dir leisten kannst, herumzulaufen und die Ratis zu verspotten und sogar dafür zu sorgen, dass sie ausgelacht werden. Alldem liegt nur deine Gewalt zu Grunde, und außerdem kann es jeden Moment von vorne losgehen, wenn du es zu weit treibst. Wenn man das hier mit Algerien vergleicht, worüber wir uns zu Hause übrigens dauernd streiten, dann finde ich genau wie du, dass Algerien seine Freiheit haben muss. Es ist ihr Land, das lässt sich nicht abstreiten, auch wenn sie Kommunisten sind oder so. Vielleicht sind sie das sogar nur, weil Frankreich ihnen ihre Freiheit vorenthält. Aber sie kämpfen mit Gewalt und Terror, sie töten jede Menge unschuldige Frauen und Kinder. Und was kommt dabei heraus: dass Frankreich mit noch mehr Gewalt reagiert, also kann die Sache nur ein einziges Ende nehmen. Sie werden niemals frei sein, wenn sie versuchen, Frankreich mit Gewalt zu besiegen. Sie hätten von Gandhi lernen müssen. Und da ist noch etwas, nämlich, dass du keinen hier zu deiner Strategie überreden können wirst, ich glaub's jedenfalls nicht. Vergiss nicht, dass wir von Halbidioten umgeben sind, die alle selber Ratis werden wollen. Also mach keinen Ärger mehr, sondern lass alles so, wie es ist, das Schlimmste hast du sowieso hinter dir, findest du nicht?

Halbidioten, das sind nicht alles Halbidioten. Ich meine, außer Höken und seinen stockdoofen Kumpels aus dem kleinen Adelskalender hinten in den letzten Bänken. Die meisten anderen hier sind weder dümmer noch klüger als der Durchschnitt der Menschen. Das ist das Problem. Das Problem ist, dass sie schon so hier sind. Dass sie wirklich glauben, wir werden hier zu einem härteren Menschentyp, der draußen im Leben besser zurechtkommt, weil er gelernt hat, Schläge einzustecken und Schläge auszuteilen, Befehle auszuführen und Befehle zu geben und all das. Die meisten glauben das, oder sie wollen es zumindest glauben, um nicht als feige zu gelten. Denen muss man nur zeigen, dass man seine Feigheit überwinden kann, dass nur noch ein paar mehr nötig sind, die sich wehren, dann kommt alles in Ordnung. Und wenn es so weit ist, kannst du über Gandhi und unsere »intellektuelle« Zukunft sagen, was du willst. Verdammt, jetzt ist offenbar doch Razzia. Ja, ja, Herr Gandhi, gleich können wir wieder ein bisschen passiven Widerstand üben, indem wir vertrocknete Zahnpasta von Bettwäsche und Büchern wischen ...

Es gab zwei Möglichkeiten, sich dem Arrest oder der Strafarbeit vorübergehend zu entziehen. Erstens war jeder berechtigt, am Sonntagvormittag die drei Kilometer zur Kirche zu gehen und den Gottesdienst zu besuchen. Vor allem im Frühling und bei besonders schönem Wetter kam es deshalb bei Arrestanten und Strafarbeitern zu heftigen Ausbrüchen von Frömmigkeit.

Der zweite Grund wurde offenkundig, als ein Arrestant ausblieb, weil er an einer Übung der Heimwehr teilnahm. Stjärnsberg besaß eine eigene Unterabteilung der Heimwehr von Södermanland, die ab und zu von einem Obersten inspiziert wurde.

Die Heimwehr bewahrte ihre Ausrüstung in zwei roten Baracken dicht beim Schießgelände auf. Dort gab es einen Satz Stahlhelme aus den Dreißigerjahren, in die vorn drei Kronen eingraviert waren, dazu einen Satz grauer Felduniformen Gr. 40, Mausergewehre, Bajonette, Handgranaten, Sprengstoff, Zündhütchen, Marschstiefel, automatische Gewehre, Maschinengewehre – deren ausgeleierte Mechanik oft versagte – sowie vier Maschinenpistolen und reichlich Munition. Es war für die damalige Zeit eine ungewöhnlich reichhaltige Heimwehrausrüstung, was vermutlich vom reichen Beziehungsgeflecht zwischen Schule und Militär herrührte.

Unter den Mittelschülern war die Haltung der Heimwehr gegenüber gespalten. Natürlich konnte es durchaus männlich wirken, mit einer Maschinenpistole und scharfer Munition zu schießen. Aber man sah lächerlich aus in den viel zu großen Uniformen und außerdem lagen die Heimwehrübungen in der Freizeit. In der Heimwehr fehlte es eindeutig an Mittelschülern, weshalb man mit allerlei Vorteilen lockte.

Einer dieser Vorteile war die Erlaubnis zu rauchen, auch wenn man keine Raucherlaubnis besaß. Das heißt, man durfte rauchen, solange man Uniform trug, und das Rauchwerkzeug, das bei den Heimwehrübungen verwendet wurde, musste unter der übrigen Heimwehrausrüstung verwahrt werden. Das und die Aussicht, während der Übungen Arresten oder Strafarbeiten zu entgehen, waren die wichtigsten Gründe, aus denen sich überhaupt ein kleines Kontingent von zwanzig Mittelschülern zusammengefunden hatte.

Die Mittelschüler waren wichtig, weil auch einfache Mannschaften benötigt wurden. Die Leute aus der Abiklasse, die Gymnasiasten aus dem Hochadel und die Ratsmitglieder, die der Heimwehr angehörten, mussten naturgemäß eine Art Offiziersstellung bekleiden, und Offiziere konnten sie nicht sein, wenn sie keine einfachen Soldaten herumkommandieren konnten.

Deshalb hatte Biber nach allerlei Verhandlungen zwischen Rektor und Rat die Vergünstigungen erwirkt.

Biber war Mathematiklehrer und unterrichtete unter anderem in der Klasse von Erik und Pierre. Seinen Spitznamen verdankte er seinen zwei sehr großen und sehr weit vorstehenden Schneidezähnen. Am Pult war er ein wenig unbeholfen und schüchtern, aber wenn er seine Uniform mit den Rangabzeichen als Chef des gesamten Korps trug, durchlebte er eine Persönlichkeitsveränderung, die an Dr. Jekyll und Mr. Hyde erinnerte.

Als Biber erfuhr, dass Erik und Pierre an den kommenden Wochenenden zu Strafarbeiten verdonnert waren, bat er sie nach der Stunde um ein Gespräch und überredete sie, sich zumindest versuchsweise zur Heimwehr zu melden, wenigstens solange sie Strafarbeiten hatten, genauer gesagt, zumindest solange Pierre Strafarbeiten hatte.

Die Aussicht war nicht sonderlich verlockend, aber es wäre schwer gewesen, Biber rasch und energisch abzusagen, deshalb fanden sie sich am folgenden Sonntag um neun beim Hauptquartier ein. Unter Hauptquartier waren die beiden roten Baracken zu verstehen.

Die Streitkräfte stellten sich auf, die Mittelschüler in fünf kleinen Gruppen ganz hinten, vor jeder Truppe stand der dazugehörige Befehlshaber und Biber stand ganz vorn. Biber begann mit einer »einführenden Orientierung«, so hieß das plötzlich, er erzählte nicht mehr nur, was sie zu tun hatten. Dabei sah er unglaublich bescheuert aus. Er trug einen Helm auf dem Kopf und ein Koppel um seine Uniform und schrie grundsätzlich, wenn er etwas sagen wollte. Er zeigte nur mit der ganzen Hand und nannte jeden »Alter« und fluchte und benutzte allerlei Bezeichnungen für das weibliche Geschlechtsorgan, wenn er irgendetwas besonders betonen wollte. Die Offiziere aus dem Rat und der Abiklasse ahmten ihn natürlich nach.

»Sag dieser miesen Fotze, sie soll gefälligst den Arsch aus der Karre heben!«

»Verdammt, ist dem MG schon wieder der Schwanz weich geworden!«

»Ihr lauft wie eine Bande Strohsäcke mit Tropfeiern, zum Teufel!«

Und so weiter.

Sie marschierten kreuz und quer über das Schulgelände, unter einem wahren Hagel ironischer Kommentare der Vorüberkommenden, die von Biber zurechtgewiesen wurden, der drohte, »ihre Namen zu notieren«, was vollkommen wirkungslos blieb. Erik und Pierre gingen weit hinten im Glied und kassierten ab und zu einen Anraunzer, weil sie den Takt nicht hielten oder ein Kichern nicht unterdrücken konnten.

»Verdammt, hier gibt's nichts zu lachen!«, brüllte Biber, und schon, dass er schrie, reichte aus, um Pierre vor ersticktem Kichern fast hysterisch werden zu lassen.

Die Schießübungen auf dem Schießgelände waren in jeder Hinsicht besser. Die Heimwehr benutzte natürlich nicht die üblichen mit Ringen bemalten Zielscheiben der Schule, sie verfügte über ein eigenes Lager von Pappkameraden in Frontal- und Seitenansicht, dazu jede Menge einzelne Köpfe. Zwischen zwei Übungen wurde eine Rauchpause angesetzt, dann durften Mittelschüler neben Ratis im Gras liegen und rauchen, denn nun waren sie alle Männer in Uniform.

Zu jeder Übung gab es eine Lektion, in der Biber den mutmaßlichen Kriegsverlauf im Falle eines russischen Angriffs mit ihnen durchging. Die Russen, die durch Norrland und Schonen einrücken würden, würden natürlich in der Überzahl sein. Aber da das russische Soldatenmaterial nicht von derselben Qualität war wie das schwedische … und so weiter. Es war ungefähr dasselbe wie bei den Morgenandachten in der Lehranstalt.

Und am Ende jeder Übung wurde Krieg gespielt. Dazu wurden zwei Mannschaften eingeteilt, die eine war der »F«, also die Russen, die anderen waren die Schweden. Die meisten Mittelschüler mussten Russen sein, während Biber die Gymnasialschweden anführte. Es gab zwei Standardübungen. Bei der einen hatten sich die Schweden auf einer Anhöhe verschanzt, die von dem zahlenmäßig überlegenen F gestürmt werden sollte, dabei wurde der F aufgerieben, ehe er die Anhöhe einnehmen konnte.

Der andere Kriegsfall lief darauf hinaus, dass der F (also die Mittelschüler) im Biwak lag und durch einen listigen Ausfall von Biber und seinen Mannen überrumpelt wurde, womit sie auch bei diesem Spiel einen strahlenden Sieg einfuhren. Vor allem, weil Biber entschied, wer tot oder in Gefangenschaft geraten war. Es war wie Cowboy und Indianer, nur gemogelt.

Was Erik und Pierre dazu brachte, ihren Abschied einzureichen, waren die Bajonettübungen. Alle anderen Übungen hatten sich selbst im schlimmsten Fall als erträglich erwiesen, Exerzieren oder Waffenwartung zum Beispiel, manches war sogar ziemlich witzig, wie das Schießen oder die Übungen mit Handgranaten und Sprengstoff. Aber die Bajonettübungen waren zu viel.

Eines Sonntagnachmittags hatten sie sich auf dem kleinen Fußballplatz versammelt. An drei Holzgestellen hingen Strohsäcke, die den F darstellen sollten. Die Truppe stand mit Mausergewehren und aufgepflanzten Bajonetten in drei Reihen Schlange vor dem jeweiligen F. Es regnete und der Himmel zeigte ein dunkles Bleigrau.

Sie sollten der Reihe nach, den Helm auf dem Kopf und das Gewehr mit dem Bajonett vor sich ausgestreckt, ein Höllengebrüll ausstoßen und gleichzeitig losstürzen, dann dem F das Bajonett in den Bauch rammen und es ordentlich darin herumdrehen. Das Gebrüll war von großer Wichtigkeit. Wer nicht laut genug gebrüllt hatte, musste den Angriff wiederholen. Das galt auch für den, der nach dem Stoß das Bajonett nicht richtig drehte.

Biber sah jetzt noch wahnsinniger aus als sonst, denn sein Gesicht war mit schwarzer Tarnfarbe verschmiert, und er hatte seine schwarze Strickmütze bis zu den weiß glühenden Augen heruntergezogen. Die Mütze sollte eine Mütze vorstellen, wie Kirk Douglas sie im letzten Samstagsfilm getragen hatte – samstags abends wurden nur Kriegsfilme gezeigt –, in dem die Helden englische Elitesoldaten gewesen waren, die allen Widrigkeiten zum Trotz absolut unmögliche Aufträge weit hinter den deutschen Linien ausführten.

Nun stand Biber also vor ihnen und brüllte.

»Nächste Gruppe! Senkt die Bajonette! ANGRIFF!!!«

»Ich kann nicht mehr, das Theater ist einfach zu blöd«, sagte Pierre.

»Ich auch nicht, Pierre«, sagte Erik. »Glaubst du, man muss im Ernstfall wirklich so brüllen? Man kann die Russen doch wohl nicht totschreien?«

»Nein, aber Biber glaubt, dass es so härter wirkt. Die Russen würden sich wahrscheinlich totlachen, wenn sie uns so sehen könnten.«

Doch die Übung wurde ganz und gar ernst durchgeführt, ohne auch nur ein Lächeln. Ein Junge nach dem anderen sprang vor, bohrte brüllend sein Bajonett in den Strohsack, drehte es wild nach links und rechts und wurde von Biber kurz gelobt.

»Das ist gut. Nur noch aggressiver!«

Die Schlange vor ihnen schrumpfte unerbittlich und der Regen wurde immer stärker. Erik war vor Pierre an der Reihe.

Der Junge vor Erik zog den Kopf ein, als er mit erhobenem Bajonett losstürzte und dabei aus vollem Halse brüllte.

»AAAAAHHHHRRR!«, schrie er, verpasste aber den Strohsack und bohrte das Bajonett dermaßen energisch in das Holzgestell, dass der ganze komplizierte Aufbau zu Boden ging.

»AAAAAHHHHRRRG!«, brüllte er abermals, hob das Gewehr mit dem Bajonett wie einen Speer, durchbohrte damit den auf dem Boden liegenden Strohsack und drehte das Bajonett ein paarmal im knirschenden Sand.

»Ja, das ist gut. Da kann man wenigstens von Angriffsgeist sprechen«, kommentierte Biber zögernd und der Junge mit der Speertechnik stellte sich mit einem zufriedenen Knurren wieder hinten an.

Erik packte das Gewehr am Kolben und fixierte den inzwischen wieder aufgehängten Strohsack über die fünf endlosen Meter Entfernung hin. Es ist zu blöd, dachte er, Pierre hat natürlich absolut recht. Wenn das da vorn ein echter Russe und die Lage ernst wäre, wenn es wirklich um was ginge, dann müsste man vielleicht sogar schreien, nämlich um die eigene Angst zu überwinden, das war der einzig vernünftige Grund zu schreien, nicht, weil man dem F damit Angst machen konnte, wie Biber sich einbildete. Dem Biber hätte allerdings jeder eine Scheißangst einjagen können. Wie ein Idiot losstürzen, die Klinge in den Strohsack bohren und dabei wie ein Blöder brüllen, hatten das wirklich alle in der Schlange gemacht? Ohne zu zögern? Lag es daran, dass sie glaubten, einem Offizier müsse man nun mal gehorchen, oder hatten sie sich in ihrer Fantasie so in die Sache hineingesteigert, dass sie da vorn tatsächlich etwas anderes sahen als einen regennassen und inzwischen reichlich ramponierten Strohsack?

»Hier zögern nur Ranzfotzen!«, brüllte Biber. »Nächster Mann VORAUS!«

Auch das nun noch. Man wurde von einem Idioten als Ranzfotze tituliert.

Erik prustete plötzlich los. Eine seltsame Stimmung verbreitete sich in der Reihe hinter ihm und Erik lachte immer lauter.

»Voraus!«, brüllte Biber mit einem Hauch von Unsicherheit in der Stimme.

»Ja, ja, komm ja schon«, sagte Erik, trottete auf den Strohsack zu, blieb einen Meter davor stehen und sah ihn sich an.

»Hühoooo«, rief er und schraubte das Bajonett mit einer Aufwärtsbewegung vom unteren Teil des Strohsacks nach oben, wobei der Strohsack platzte und sein Inhalt in die Luft stob.

»Und jetzt drehen!«, befahl Biber.

»Wozu denn? Sehen Sie sich den Strohsack doch an, so einen toten Sack gibt's auf der Welt bestimmt kein zweites Mal.«

»Zurück ins Glied!«, kommandierte Biber und Erik stellte sich hinten an. Vorn stand Pierre und zögerte.

»Voraus!«, schrie Biber.

»Dem Offizier gehorchen!«, brüllte einer der Ratis irgendwo vorne.

Aber Pierre blieb bewegungslos stehen und hob auch nicht sein Gewehr zum Angriff. Erik sah ihn nur von hinten, konnte aber an seiner Haltung ablesen, dass er gleich verweigern würde.

»Jetzt bring's schon hinter dich, damit wir nach Hause können«, bat Biber in einem raschen Taktikwechsel.

»Nein«, sagte Pierre deutlich. »Das hier ist unter

meiner Würde. Es ist zu dumm, und deshalb tu ich's nicht.«

Das Weiß der Biberaugen im schwarz verschmierten Gesicht wurde immer größer und die Schneidezähne im weit offenen Mund leuchteten gelb. Am Ende riss er sich zusammen und sagte, in den Streitkräften habe man Befehlen zu gehorchen, jetzt also bitte wenigstens einen kleinen Angriff, er brauche das Bajonett nicht zu drehen, wenn ihm das zu realistisch erscheine.

»Nein, ich hab gesagt, was ich zu sagen habe«, sagte Pierre. »Ich weigere mich ganz einfach und jetzt gehe ich.«

Dann warf er sich seine Mauser über die Schulter und ging mit ruhigen Schritten davon. Die anderen sahen ihm schweigend nach.

»Komm sofort zurück, das ist ein Befehl!«, brüllte Biber. Aber Pierre drehte sich kein einziges Mal um. Er ging gelassen weiter bis zu den Baracken.

Als das Licht gelöscht war, lagen sie noch lange wach und versuchten zu verstehen, was sie erlebt hatten. Es verhielt sich so, dass Pierre nicht bei der Heimwehr bleiben wollte und Erik natürlich auch keine Lust mehr hatte, wenn Pierre nicht dabei war, lieber Arrest, dachte er, als mit Biber Krieg spielen. Aber warum war es gerade diese Übung gewesen, die das Fass zum Überlaufen brachte, das war eine interessante Frage. Es war eine scheußliche Übung, gewiss. Natürlich ist es scheußlich, sich vorzustellen, wie man das Bajonett in einen lebendigen Menschen bohrt. Obwohl man es im Ernstfall wahrscheinlich tun würde. Im Krieg würde man natürlich versuchen, sein Land zu verteidigen. Das hier war nur etwas ganz anderes. Die unwirkliche Szenerie mit dem durchgeknallten Biber mitten auf dem kleinen Fußballplatz, mit seiner bescheuerten Mütze und der Tarnfarbe im Gesicht und den Augen, die er verdrehte wie ein altmodischer Filmneger, war das eine. Und dann war da die Schlange vor ihnen, Mittelschüler und Gymnasiasten, die alle nicht das Komische oder Eigentümliche oder Peinliche an der Sache sahen, die brüllten und rannten und zustachen, als wäre es das Normalste von der Welt. Das war vielleicht das Widerwärtigste, das und die Tatsache, dass es so typisch für Stjärnsberg war. Hätte man irgendwo anders Schüler zu so etwas bringen können? Und war es nicht typisch, dass die Ratis am lautesten gebrüllt hatten? Oder hatten sie sich das nur eingebildet? Nein, Erik und Pierre waren sich sicher, dass die Ratis am lautesten gebrüllt hatten. Und das war vielleicht das Allesentscheidende gewesen.

»Als ich da stand und zögerte«, erzählte Pierre, »und als ich Biber und diesen verdammten Strohsack sah, oder vielmehr das bisschen, das ich durch meine zugeregnete Brille überhaupt noch erkennen konnte, da war ich mir plötzlich ganz sicher, dass die Ratis solche wie dich und mich dort aufgehängt gesehen haben, und keine Strohsäcke. Dass sie darum mit solchem Eifer dabei waren.«

»Du spinnst. Die lieben Gewalt und das Gefühl, eine Waffe in der Hand zu halten, und das ist ja auch nicht ganz ohne. Aber wenn sie einen richtigen Menschen vor sich gehabt hätten, hätten sie den Schnabel nicht so weit aufgerissen.«

»Nein, aber ich hab mir das eben vorgestellt. Und dann war da noch die Sache mit den vielen Vulgaritäten.«

»Den vielen was?«

»Na ja ... das Gerede über Fotzen und so.«

»Ja, komisch, dass es ein Mathelehrer wie Biber so damit hat.«

»Hast du ...? Nein, vergiss es.«

»Doch, sag schon.«

»Ich dachte nur ... ob du schon mal gevögelt hast.«

Erik konnte seinen raschen Impuls, auf diese Frage die übliche Antwort zu geben, noch rechtzeitig ersticken. Pierre war sein bester Freund, da konnte er nicht lügen, so wie sonst.

»Nein«, sagte er. »Jedenfalls nicht richtig. Und du?«

»Ja, einmal, als ich sehr verliebt war. Aber dann musste ich hierher zurück und ... ja, jedenfalls finde ich ... ich musste einfach die ganze Zeit an sie denken, als Biber losgelegt hat, und mir kam das so ... ach, ich kann's nicht richtig erklären.«

Pierre lag eine Weile schweigend in der Dunkelheit, dann sagte er: »Aber du verstehst ungefähr, was ich meine?«

»Ja«, sagte Erik, »diese ... Vulgaritäten waren wirklich schwer zu ertragen. Aber jetzt sind wir ja zum Glück entlassen.«

Erik schwamm weiterhin jeden Abend. Aber er kam nicht weiter. Er war in dem Alter, wo man seine Zeiten jeden Monat um eine Zehntelsekunde verbessert, aber seit er in Stjärnsberg war, stand seine Entwicklung still. Es lag daran, dass seine Technik schlechter wurde, wenn kein Trainer am Beckenrand stand und ihn kritisierte – die Armbewegungen, die Lage des Kopfes im Wasser, den Winkel der Hände, wenn sie das Wasser durchteilten, die Wendetechnik und die Haltung des Oberkörpers. Einmal hatte er Floh angerufen, seinen alten Trainer, und um Rat gebeten. Floh hatte ihm angeboten, an irgendeinem Wochenende zum Techniktraining nach Stockholm zu kommen. Für die Olympischen Spiele in Rom sei es natürlich zu spät, aber wenn Erik nur sein Grundtraining auf einem akzeptablen Niveau hielte, ließe sich seine Technik auch noch in anderthalb Jahren ziemlich rasch korrigieren und verbessern. Zwei Dinge ließen sich sogar schon jetzt verbessern, auch, wenn er allein trainierte. Floh war eben aus den USA zurückgekehrt, wo er einiges gelernt hatte. Dort wurde jetzt beinhart auf Krafttraining gesetzt. Man hatte immer geglaubt, dass Muskelaufbau einem Schwimmer eher schade, dass Muskeln ihn unnötig schwer, steif und klobig machten, wenn sie nicht ausschließlich beim Schwimmen selbst aufgebaut wurden. Aber das war ein großer Irrtum, es gab jetzt ganze Krafttrainingsprogramme für Schwimmer, und Floh versprach, Erik Skizzen zu schicken. Was er außerdem allein machen konnte, war schwimmen mit einem Gummischlauch. Auch das war ein neuer Trick aus den USA. Man band Fahrradschläuche aneinander und erhielt auf diese Weise eine vier oder fünf Meter lange Gummileine. Deren eines Ende band man sich um die Handgelenke, das andere um den Startblock, und dann schwamm man, bis man die Leine nicht mehr weiter dehnen konnte, worauf man zehn Sekunden still im Wasser liegen musste. Fünfzehn solcher Übungen pro Trainingstag und zwei oder drei Stunden Krafttraining pro Woche. Er solle sich nicht davon entmutigen lassen, dass das Krafttraining ihn anfangs steif und müde machte und seine Zeiten erst mal schlechter würden. Das sei nur normal. In ungefähr zwei Monaten würde er dann den Unterschied sehen, dann solle er sich wieder melden, ja? Die Amerikaner seien übrigens fantastisch, sie trainierten mit dieser neuen Technik wie die Besessenen.

Es kam ungefähr so, wie Floh vorhergesagt hatte. In den ersten drei oder vier Wochen wurde Erik immer steifer und müder und seine Zeiten wurden schlechter. Dann kam langsam, aber deutlich der Umschwung. Seltsam, er hatte immer gehört, Schwimmer sollten einen großen Bogen um Hanteln und Gewichte machen.

Nach einer Runde Krafttraining kam ihm das Wasser im Becken weich und widerstandslos vor, als gleite er mithilfe des Trägheitsgesetzes beinahe schwerelos dahin, zumindest während des ersten Kilometers. Der erste Kilometer war ein Genuss, die Erklärung dafür, dass er überhaupt weitermachte und seinen Körper immer wieder fünfundzwanzig Meter auf und ab jagte. Später, wenn die Müdigkeit in ihm aufstieg, glaubte er bisweilen, im Strom der Blasen, die er ausatmete, Musik zu hören, ferne Klaviermusik, Chopin vermutlich, bei immer drei Schwimmzügen mit dem Gesicht zum schwarzen Fliesenrand und den Luftblasen in Gesicht und Ohren. Dann wieder einatmen und ein rascher Blick zum anderen Beckenrand, vielleicht zu irgendwelchen Vorübergehenden oder jemandem, der da oben stand und ihn verstohlen beobachtete, sie beobachteten ihn manchmal verstohlen, weil sie glaubten, er sehe beim Schwimmen nichts, ein neuer Blasenwirbel, drei Schwimmzüge lang, dann einatmen in die andere Richtung (auch das war etwas Neues, dass man abwechselnd auf der linken und auf der rechten Seite einatmen musste), wieder die Musik und dann ein rascher Blick auf den ewig sich drehenden Sekundenzeiger der großen Stoppuhr, um zu sehen, ob er Tempo verlor, kurz vor der raschen Wende im Blasenstrom, drei Züge vor dem Einatmen, wieder und wieder und wieder.

Eigentlich hatte das alles keinen Sinn. Für das wirkliche Leben, das irgendwann das werden sollte, was Pierre das intellektuelle Leben nannte, spielte es keine Rolle, ob das Herz in Ruhestellung nur achtunddreißigmal in der Minute schlug oder das Lungenvolumen größer wurde, ob die Vitalkapazität bereits bei 5,5 gemessen werden konnte oder die Schulterpartie durch die ewigen Übungen mit den Hanteln im Nacken so sehr wuchs, dass ihm die Kleider zu eng wurden. Diente das alles einem anderen Zweck als dem, in Ruhe gelassen zu werden und alles andere zu vergessen, wenigstens für den Augenblick? Reagierte er so nicht nur seine wachsende Wut ab, die irgendwo im Brustkorb saß, diese Wut, die er beherrschen und unterdrücken musste, um die Explosion zu verhindern, die zum unlösbaren Konflikt mit den Paragraphen und der Immunität des Rates führen müsste? Oder war es gar nicht so oder vielleicht nicht nur so? Denn jede Bahn, die er im Becken zog, jeder Blasen wirbelnde Atemzug, jede Hantel, die er am schmutzigen Griff nach oben wuchtete, erschien ihm als Vorbereitung auf etwas, das ihn in einer nahen, aber unklaren Zukunft erwartete, vielleicht nicht das Karo, aber jedoch etwas in der Richtung.

Um laut zu denken und im Strom der ausgeatmeten Blasen sogar laut mit sich selbst zu sprechen, um darüber zu fantasieren, wie er einen Lewenheusen einholte und dann weit hinter sich ließ, um sich vorzustellen, wie er am Paffloch vorbeiging, wo die goldene Horde stand und teure englische Pfeifen rauchte, die Laffen, zu denen er irgendetwas sagte, das entweder für einen Lacher gut war oder für betretenes Schweigen sorgte – für all diese Gedanken an die Verteidigung gegen etwas, das er nicht kannte, oder einen Angriff, dem er nicht ausweichen und dem er sich nicht entziehen konnte, dem er sich übrigens auch gar nicht entziehen wollte – für alles, was sich zwischen den Blasen beim Ausatmen in seinem Kopf abspielte, war das Schwimmen gut.

Pierre hatte sich zum ersten Mal geweigert, einen Peppis hinzunehmen, was ihm natürlich einen Samstagsonntag einbringen würde, aber er hatte sich geweigert. Er hatte es ebenso überraschend entschieden getan wie an dem Tag, als er Biber bei der Bajonettübung hatte stehen lassen. Und Arne aus ihrer Klasse, der ewig den Affen gemacht und einen unangenehmen Befehl oder einen Peppis in eine komische Nummer verwandelt hatte, hatte sich auch einmal geweigert, als ihm ein Ein-Stich-Schlag drohte.

Jetzt waren sie also drei, die Strafen im Speisesaal verweigerten. Wenn sie noch drei Jungen fanden, würde das System zu wanken beginnen; obwohl man sich ja weigern durfte. Jeder hatte das Recht, Peppis zu verweigern. Es führte zwar zur Strafarbeit, aber es war möglich, sich zu weigern, ohne sich eines ernsthaften Vergehens schuldig zu machen. Und wenn man erst die Peppis los wäre, weil ausreichend viele sich weigerten, dann könnte man sich als Nächstes die Knechtdienste für die Leute aus der Abiklasse vornehmen. Der erste Schritt bestünde darin, die Ratis zu verspotten und nachzuäffen, damit sie in regelmäßigen Abständen ausgelacht wurden, im nächsten Schritt würde ihnen das Recht zu schlagen eingeschränkt, aber dazu brauchten sie die anderen von der Mittelschule.

Wende, halb verpatzte Wende, drei Züge, atmen. Der letzte Kilometer begann und damit kam die Müdigkeit und er dachte im Kreis.

Oder hatte vielleicht doch Pierre recht, der ewig vernünftige Pierre mit seinen vielen schwer widerlegbaren Argumenten von wegen Gandhi und intellektueller Widerstand, was war das überhaupt für ein Ausdruck; wenn er nun recht hatte und sich der Aufstand nicht lohnte, wenn es doch das Beste war, sich irgendwo in der Mitte zu halten und den Widerstand nicht fortzusetzen? Warum sollte man gegen das idiotische System anrennen, wenn man es doch in anderthalb Jahren hinter sich lassen würde und vom richtigen Leben immer noch an die sechzig Jahre übrig wären, von einem Leben, in dem es kein Stjärnsberg und keinen Vater gab, wo alles war wie auf den Universitäten in den englischen Filmkomödien, die an viel zu wenigen Samstagen statt der gewohnten Kriegsfilme gezeigt wurden? Darin spazierten elegante Komiker über Rasenflächen zwischen mit Efeu überwachsenen Mauern und kommentierten ironisch elegant die Dummheit und Brutalität der Welt.

Sollte man nicht lieber auf alles pfeifen und sich auf Geometrie und Physik konzentrieren?

Perfekte Wende, drei Züge, atmen. Und das war's.

Aber diese eleganten Komiker mit den schwarzen Doktorhüten, die in ihren weiten Umhängen zwischen efeubewachsenen Mauern über Rasenflächen schritten, waren eben nicht in Stjärnsberg, sie hatten nicht anderthalb Jahre Gefangenschaft in Stjärnsberg vor sich, sie waren von allen diesen Dingen frei und lebten in ihrer eigenen Welt, die aus Gerechtigkeit und Humor bestand, also konnte man sich auch nicht mit ihnen vergleichen, denn natürlich hätten sie an seiner Stelle auch Widerstand geleistet, aus dem einfachen Grund, dass man Widerstand leisten musste.

So einfach war das. Man musste.

Pierre hatte jede Menge Ausdrücke, oft auch seltsame Ausdrücke, um das Gegenteil zu sagen. Aber selbst, wenn es Erik nicht so leicht fiel, ihm zu widersprechen, so irrte Pierre sich doch, wenn er behauptete, Algerien werde nicht durch Gewalt siegen können. Mit ironischem Humor könnten sie jedenfalls erst recht nicht siegen. Pierre, der Französisch sprach, hatte ihm ja selbst Jean-Paul Sartres Vorwort in diesem Buch über die Foltermethoden der Franzosen vorgelesen. Dieser Jean-Paul Sartre war intellektuell, offenbar sogar hochintellektuell, und er dachte überhaupt nicht so wie Pierre. Dennoch hatte Pierre seinen Text gelesen, als Beweis für etwas... für...

Die letzten fünf Meter und die Handflächen schlugen gegen die Fliesen.

Er lag eine Weile da, mit der Hand über der Nylonschnur mit den Korkschwimmern, die seine Trainingsbahn vom restlichen Becken trennte. Müdigkeit machte sich in seinem Körper breit, kleine Regenbogen flimmerten um die Lampen der Schwimmhalle, und vermutlich waren seine Augen vom Chlor noch röter als sonst, so verschwommen, wie er alles sah. Seine Herzschläge konnte er noch im Unterleib spüren.

Was war das noch eben? Etwas über einen französischen Schriftsteller? Nein, dass man widerstehen musste. Ganz einfach, man musste, und deshalb musste es richtig sein. Das mit dem Karo müssten sie übrigens auch abschaffen. Das konnte man vielleicht erreichen, wenn man … wenn man …

Nein, er war zu müde. Er konnte nicht mehr denken.

Er legte den Kopf rückwärts ins Wasser, die gewohnte Bewegung, die die Haare nach hinten bringen sollte, ehe er den Beckenrand packte und sich aus dem Wasser zog. Seine Beine waren wie betäubt, als er zur Sauna ging. Das lag am Krafttraining, der neuen Methode aus den USA.

Als er in der Sauna saß und sich die Oberschenkelmuskeln rieb, um das Gefühl von Schwere und Steifheit zu vertreiben, stellte sich sein Denkvermögen langsam wieder ein, wie Luftblasen, die an die Wasseroberfläche drängten.

Pierre hatte angefangen sich zu weigern. Ebenso Arne, der Clown. Man müsste sich also den nächsten Jungen vornehmen, der zu einem Ein-Stich-Schlag verdonnert wurde, und auch ihn dazu bringen, sich zu weigern. Sie brauchten nur auf den richtigen Moment und den richtigen Jungen zu warten.

Der richtige Moment kam schnell.

Der schlimmste Tischmajor von allen hieß Otto Silverhielm und ging in die dritte Gymnasialklasse des naturwissenschaftlichen Zweigs. Er war kein Ratsmitglied, zwar adlig, aber eben kein Rati. Er verteilte bei fast jedem Essen Peppis, und es war offensichtlich, dass er es genoss. Er schlug beim geringsten Anlass zu, behauptete, jemand habe gegen die Tischmanieren verstoßen, und rief dann den Delinquenten zu sich. Er amüsierte sich damit, einen heftigen Schlag zu führen, dann aber zwei Zentimeter über der Kopfhaut seines Opfers innezuhalten. Meistens krümmte sich der Delinquent unter dem Lachen und Gespött der Umsitzenden, als habe er bereits einen schmerzhaften Schlag kassiert, und die Szene konnte sich zwei- oder dreimal wiederholen, bis Silverhielm wirklich zuschlug. Am schlimmsten war es natürlich, wenn irgendwer aus irgendeinem fadenscheinigen Grund so nachdrücklich gegen die Manieren verstoßen haben sollte, dass nur der Stöpsel der Essigkaraffe für die Bestrafung in Frage kam. Der Ein-Stich-Schlag also.

Erik sah das alles immer wieder, weil er am Nebentisch saß.

Der Junge, der diesmal Schläge bekommen sollte, war ein ziemlich kräftiger Bursche aus der Vierfünf, einer der besten Fußballspieler der Mittelschule, der schon mit einem Fuß zumindest in der Reserve der Schulmannschaft stand.

Silverhielm drückte den Kopf des Jungen nach unten und suchte ein wenig in dessen Haarschopf, um den Punkt zu finden, wo der Wirbel saß. Es empfahl sich, den Ein-Stich-Schlag genau auf die Wirbelstelle zu setzen, da der Schwester das Nähen dort leichter fiel (möglicherweise handelte es sich sogar um ihren ausgesprochenen oder wenigstens angedeuteten Wunsch).

Der erste Schlag aber ging Silverhielm daneben. Möglicherweise, weil er zu sehr herumgejuxt und deshalb zu lässig zugeschlagen hatte. Möglicherweise auch – was natürlich Silverhielms Erklärung war –, weil der, der Schläge bekommen sollte, nicht stillgehalten hatte. Es hatte kein richtiges Loch gegeben, wie Silverhielm den Zuschauern mitteilte. Also runter mit dem Kopf zu einem weiteren Schlag.

Der, der Schläge bekommen sollte, hätte sich fast geweigert, zumindest glaubte Erik, eine kleine Bewegung gesehen zu haben, die darauf hindeutete. Doch dann senkte er doch wieder den Kopf und empfing einen Schlag, der unnötig hart war, so hart, dass er stöhnend in die Knie sank. Aber er weinte nicht. Und er sah wütend aus, als er zu seinem Platz ging, sich mit der Hand über den Schädel fuhr und dann das Blut an seiner Hand musterte. Der Junge müsste zu überreden sein.

Er hieß mit Vornamen Johan und hatte einen normalen Nachnamen, der auf -son endete. Sein Vater war Politiker und saß fast in der Regierung, Johan wurde oft aufgezogen, weil sein Vater Sozi war und er selbst niemals glaubwürdig versichert hatte, kein Sozi zu sein.

Erik kam schnell zur Sache, als er Johan S. zur Schwester begleitete. Sie waren schon drei, die sich in Zukunft weigern wollten. Wenn Johan mitmachte, wären sie vier, danach wäre es nur eine Frage der Zeit, bis sich noch mehr dazugesellten, und am Ende würden sie die Schlacht um die Peppis gewinnen.

Johan S. war sofort bereit. Er war Feuer und Flamme und schlug vor, man solle die Sache ganz offen während der Mahlzeiten propagieren. Aber damit das Ganze wirklich seine Wirkung täte, müssten sie das Fach auf ihre Seite bringen. Wenn sie erst mal das Fach hätten, wäre die Sache gelaufen.

Erik war skeptisch. Im Fach schienen ihm nur Leute zu sitzen, die dem Rat in allen Dingen nach dem Mund redeten. Es war der Rat, der das Fach einsetzte, da konnte man sich denken, auf welcher Seite das Fach stand. Erik kannte nur einen aus dem Fach, Höken aus seiner eigenen Klasse, und Höken war nun wirklich niemand, mit dem man Staat machen konnte. Höken würde sich nur mit der Reitgerte gegen den Stiefelschaft schlagen und etwas von »Eile mit Weile« raunen, der Fall müsse gründlich durchdacht werden, oder irgendetwas in der Richtung. Wahrscheinlich würde er sagen, Gesetze seien dazu da, befolgt zu werden. Und vermutlich waren die anderen vom Fach ebenso, angehende Ratis, sonst gar nichts. Und weil sie angehende Ratis waren, wurden sie nie mit Peppis bestraft und von den Leuten aus der Abiklasse auch so gut wie nie zu Diensten herangezogen. Wäre es da nicht besser, auf diese Typen zu scheißen und zu versuchen, weitere Unterstützer zu gewinnen? Denn wenn sie jetzt schon vier waren, die sich weigern wollten, dann war es doch möglich, dass sie bald mehr wurden. Wenn jeder von ihnen nur einen anderen überredete, wären sie schon acht, dann würde das System garantiert anfangs, Risse zu werfen. Acht

Jungen, die, sagen wir, zu fünf Samstagsonntagen wegen Peppisverweigerung verdonnert wurden, das machte zusammen vierzig Samstagsonntage. Das würde der Rat nicht so leicht organisiert bekommen. Wenn sie acht Leute zusammenbrächten, wäre die Sache klar. Oder?

Aber Johan S. vertrat entschieden die Meinung, man solle übers Fach gehen.

»Wir reden gemeinsam mit ihnen«, sagte er. »Wenn du und ich beide mit ihnen reden und ihnen erklären, was wir vorhaben, dann müssen sie uns unterstützen. Sie sollen doch unsere Interessen vertreten, dazu sind sie überhaupt nur da.«

Zwei Tage darauf traf sich das Fach, und Erik ging hin, zusammen mit Johan S., dem ein Pflaster auf seiner Wunde unter dem Haarwirbel klebte. Bei dem Treffen redete vor allem Johan S.

Das System der Peppis sei also undemokratisch. Nirgendwo in der Gesellschaft sonst dürften Leute in Chefposition andere ungestraft auf den Kopf schlagen. Außerhalb von Stjärnsberg würde das als ungesetzlich betrachtet werden, die Frage war, ob es nicht auch in Stjärnsberg ungesetzlich war. Denn die Schulgesetze konnten unmöglich Vorrang vor den Gesetzen des Staates haben. Körperverletzung, darum ging es hier.

Wenn das Fach protestiere, könne das System der Peppis problemlos abgeschafft werden. Was die so genannten »Traditionen« der Schule anging, sei es ohnehin nur eine kleine Änderung, eigentlich gebe es da nichts zu überlegen. Außerdem stammten viele dieser Traditionen aus der braunen Zeit und seien unter allen Umständen fällig. Wenn das Fach seiner Verantwortung als Interessenvertreter der Mittelschule vor dem Rat gerecht werden wolle, dann müssten sie dieses Thema einfach zur Sprache bringen. Sie könnten es zumindest versuchen, dann werde man ja sehen, was der Rat sagte, und könne sich den nächsten Schritt überlegen. Man müsse doch wenigstens zu einer Art Kompromiss gelangen können?

Die Typen aus dem Fach wanden sich. Es war ihnen deutlich anzusehen, dass sie weder zustimmen noch widersprechen wollten. Sie waren eine Bande von Leuten, die alle ungefähr aussahen wie Höken. Drei trugen das Schuljackett, es war fast wie bei einer Ratsversammlung. Die Besprechung fand in Klasse 6 statt, doch sie hatten die Stühle nicht umgestellt, wie der Rat das machte. Das Fach saß hinten in der Ecke und hatte nur die Bänke ein wenig verschoben, damit das Ganze ein bisschen offizieller aussah.

Na ja, also, das sei alles nicht so leicht, wie man glauben könnte, wenn man einen Sozi reden hörte. Und was er vorbrachte, seien doch auch typische Soziideen, was?

Selbstverständlich sei es die Aufgabe des Fachs, dem Rat gegenüber die Interessen der Mittelschüler zu vertreten. Aber hier gehe es offensichtlich nicht darum, dass ein Ratsmitglied gegen ein Gesetz verstoßen habe. Vielmehr habe sich Johan S. bei Tisch ziemlich danebenbenommen, da müsse er sich nicht wundern, dass er sich einen Peppis eingefangen habe. Das passiere in solchen Fällen allen, so gesehen herrsche in Stjärnsberg allgemeine Gleichheit. Die Sache habe deshalb durchaus nichts Undemokratisches an sich. Es gebe nun mal diese Regeln, daran könne das Fach nichts ändern. Hinzu komme die Frage der guten alten Traditionen, die man nicht einfach im Handumdrehen ändern könne. Gleichheit herrsche im Übrigen auch insofern, als alle früher oder später in der Abiklasse landen würden.

Schließlich sei es sogar unkameradschaftlich, dass einige die Peppis verweigern wollten. Durften sich die einen weigern, während die anderen geschlagen wurden? Nein, das würde dem Kameradschaftsgeist schaden, es würde zu Sonderrechten für einige wenige führen und am Ende unweigerlich zu einer kleinen undemokratischen Elite.

»Eine Peppisbefreiung, darum geht's euch«, sagte Höken, der sich nun zum ersten Mal äußerte. »Ihr versucht ganz einfach, die Kameradenerziehung zu umgehen und für euch selbst eine Peppisbefreiung zu erreichen. Ihr seid überhaupt nur eine kleine Gruppe, die das will.«

»Scheißreaktionäre«, sagte Johan S.

»Hab ich's mir doch gedacht«, sagte Höken, »Sozimoden. Die werden wir niemals unterstützen, darauf könnt ihr einen fahren lassen.«

Damit war die Frage geklärt.

Die Rache holte Johan S. am nächsten Tag ein, und es war ganz klar, dass das Fach dabei seine Finger im Spiel hatte.

Otto Silverhielm und sein Klassenkamerad Gustaf Dahlén, der unter spastischen Augenzuckungen litt, holten Johan S. ins Karo.

Sie schlugen lange und sorgfältig auf ihn ein. Und als er reif zum Hinauskriechen war und an mehreren Stellen heftig blutete, hielten sie ihn fest und ließen ihn versprechen, nie mehr einen Peppis zu verweigern. Das Gymnasialpublikum schrie dazu »Sozischwein, Sozischwein« statt der üblichen Verse über Ratten.

Erik stand ganz hinten im Mittelschulpublikum, ballte die Faust hinter dem Rücken und hatte Tränen in den Augen, als Johan S. aufgab und durch das aus seiner Nase sprudelnde Blut nuschelnd gelobte, in Zukunft alle Peppis widerspruchslos hinzunehmen. Oh verdammt!

Vor dem Wahlkampf waren seltsame Gerüchte in Umlauf, dass der Präfekt und sein Stellvertreter abgesetzt und durch Otto Silverhielm und seinen Kumpel Gustaf Dahlén ersetzt werden sollten. Doch davon sickerte nicht viel zur Mittelschule durch. Erst als die vom Rektor aufgestellte Liste der Kandidaten am schwarzen Brett vor dem Speisesaal aufgehängt wurde, war klar, dass die Gerüchte zutrafen.

Der Rektor nominierte immer doppelt so viele Kandidaten, wie tatsächlich gewählt werden konnten. Sie sollten einen halben Tag lang in der Aula miteinander diskutieren – das war der Wahlkampf in dieser Schule –, abends vor dem Essen warfen die Schüler dann die Umschläge mit ihren Stimmen in eine Urne mit Vorhängeschloss. Dann wurde die Urne zum Rektor getragen und am nächsten Tag hing das Wahlergebnis am schwarzen Brett.

Silverhielm und Dahlén erzählten überall, der Rat sei schlaff geworden und die Ordnung an der Schule müsse wiederhergestellt, die Tradition der Kameradenerziehung verteidigt werden.

Das war auch ihr Thema während des Wahlkampfes in der Aula.

Als Erster stieg einer aus der Abiklasse aufs Podium, ein Kumpel von Silverhielm, wie alle wussten (sie segelten zusammen). Der Kumpel beklagte die schlaffen Zustände. Er berichtete, dass er seit vielen Jahren in Stjärnsberg sei, aber nie in der ganzen Zeit habe es so viel Ärger und Unverschämtheiten von Seiten der Mittelschüler gegeben. Es müsse etwas geschehen, und es sei offensichtlich, dass neue Kräfte im Rat vonnöten seien, Kameraden, die der schweren Aufgabe, die Schule wieder auf Kurs zu bringen, gewachsen waren.

Präfekt Bernhard habe keine schlechte Arbeit geleistet, kein böses Wort über ihn. Aber da er im Frühjahr Abitur machen wolle, liege viel Arbeit vor ihm. Man könne von ihm nicht verlangen, dass er während des Endspurts auf das Abitur die viele Zeit aufbrachte, die nötig sein würde, um die Disziplin wiederherzustellen. Wie alle wüssten, habe Bernhard in zwei Prüfungsfächern gewisse Schwierigkeiten, die er bis zum Frühling beseitigen müsse.

Wenn man sich dagegen den anderen Kandidaten für den Präfektenposten ansehe, Otto Silverhielm, so habe Otto einen beruhigend guten Notendurchschnitt und gehe außerdem in die dritte Klasse. Otto könne also ohne Gefahr für seine Studien die harte Aufgabe anpacken, den Rat im kommenden Schuljahr zu leiten.

Drei Sprecher hintereinander trugen ungefähr dieselbe Botschaft vor. Während sie sorgfältig Bernhards große Verdienste und seine hervorragende Arbeit im Rat schilderten, machten sie sich doch arge Sorgen über seine Probleme, was die bevorstehende Reifeprüfung anging. Und wiesen auf Otto Silverhielms Vorzüge hin. Ein harter Bursche werde gebraucht, der keine Samthandschuhe trage. Bernhard sei wohl doch zu liebenswürdig und freundlich für die Aufgaben, die dem Präfekten offenbar bevorstanden.

Dann musste Otto Silverhielm selbst auf die Rednerbühne. Er räusperte sich und raschelte mit einem Zettel, auf dem er notiert hatte, was er sagen wollte.

Als Erstes würdigte er Bernhards Verdienste als Präfekt. Bernhard habe in seiner langen Zeit im Rat große organisatorische Erfahrung erworben, und wie alle wüssten, sei er ein kundiger und geschickter Vorsitzender bei den Ratsversammlungen. Das alles müsse in die Waagschale geworfen werden, wenn man Bernhard beurteilen wolle, das sollten alle sich klar vor Augen halten.

Andererseits liege es auf der Hand, dass eine Kraftanstrengung vonnöten sei. Wie schon einer seiner Vorredner, könne auch er, Silverhielm, bezeugen, dass in seiner ganzen Zeit auf der Schule niemals ein solcher Ungehorsam von Seiten der Mittelschüler zu verzeichnen gewesen sei. Ohne in diesem Zusammenhang Namen zu nennen, müsse man feststellen, dass eine kleine, aber laute Gruppe auf der Mittelschule systematisch Sabotage betreibe. Diese Gruppe habe sich sogar ans Fach gewandt, um die ganze Mittelschule zum Streik aufzuwiegeln. Dabei hätten nachweislich Sozis ihre Finger mit im Spiel.

Dieser unterirdischen Wühlarbeit müsse mit harter Hand ein Ende gesetzt werden, das sei klar. Die Traditionen der Schule müssten gegen alle im Trüben fischenden Aufwiegler verteidigt werden. Denn wenn die Entwicklung so weiterginge, sei es nur eine Frage der Zeit, bis auf der Schule das allgemeine Chaos ausbrechen würde, und das sei eine ernste Bedrohung des gesamten Systems der Kameradenerziehung. Schlimmstenfalls habe man am Ende Zustände wie an anderen Schulen, wo die Lehrer sich in die Unternehmungen der Schüler einmischten, Tadel verteilten und ähnlichen Unsinn trieben. Hier gelte es, hart durchzugreifen und dem Spuk ein Ende zu bereiten.

Was nun seine eigene Kandidatur angehe, so halte er es für seine Pflicht anzutreten, wo ihm so eindeutig das zu einer Nominierung nötige Vertrauen erwiesen worden sei. Werde er gewählt, so werde er all seine Kraft der Wiederherstellung der Ordnung an der Schule widmen und die Streikbewegung zerschlagen. Das versprach er. Sollte die Schule jedoch Bernhard vorziehen, so sei das eine Sache, die jeder Wähler mit seinem Gewissen auszumachen habe.

Nur eine Bedingung wollte Otto Silverhielm noch stellen. Wenn er die harte und schwere Arbeit auf sich nehme, die Schule wieder auf Kurs zu bringen, dann wolle er einen Stellvertreter, der seine Sicht der kritischen Lage teile. Dieser Mann sei Gustaf Dahlén. Und selbst, wenn die Schule es vorziehe, Bernhard zum Präfekten zu wählen, so wäre es immer noch von Vorteil, eine neue gute Kraft im Rat zu haben, und diese Kraft müsse unter allen Umständen Gustaf Dahlén sein.

»Sieht richtig aus wie eine Kriegserklärung«, flüsterte Pierre Erik zu.

Als Nächster erschien Bernhard auf dem Podium. Er wirkte mitgenommen.

Bernhard bedankte sich als Erstes für die vielen freundlichen Worte von Seiten der Vorredner. Es sei eine harte Aufgabe, den Rat zu leiten, und brauche viel Erfahrung. Was seine Studien betreffe, so werde er nichts besser und nichts schlechter machen, wenn er nun abgesetzt würde. Denn darum gehe es hier, trotz der schönen Lobreden. Was Otto Silverhielm angehe, fuhr Bernhard fort, so habe der keinerlei Erfahrung in der Ratsarbeit. Und es sei äußerst ungewöhnlich, dass jemand zum Präfekten gewählt werden wolle, der zuvor nicht wenigstens ein Jahr als normales Mitglied Einblick in die Arbeit des Rates gewonnen habe. Dieser Mangel an Erfahrung sei das gewichtigste Argument gegen Otto.

Doch gebe es auch noch andere Einwände. Otto habe die Zustände an der Schule zu schwarz gemalt und vieles übertrieben. Von einer unterirdischen Streikbewegung an der Mittelschule könne keine Rede sein, es sei lächerlich, das so darzustellen. Die Mittelschule stehe insgesamt loyal zu Stjärnsberg und befolge alle Anweisungen des Rates und der Abiklasse. Vielleicht gebe es einzelne Problemkinder, man brauche keine Namen zu nennen, es sei mehr eine Frage des Prinzips als der Personen, aber eine Handvoll Problemkinder sei noch keine Bedrohung für das gesamte System der Kameradenerziehung.

Und damit wandte Bernhard sich direkt an die Mittelschüler.

Otto Silverhielm sei, wie alle wüssten, der aus der dritten Klasse, der mit der größten Begeisterung ins Karo stieg. Die Sache mit dem Karo habe übertriebene Ausmaße angenommen. Nicht, dass an Prügeln an sich etwas auszusetzen sei, ein Peppis im richtigen Moment könne überaus nützlich sein. Was er, Bernhard, kritisiere, sei, dass Otto die Möglichkeit zu prügeln offensichtlich ein wenig zu sehr genoss. Die Mittelschüler sollten sich also überlegen, was passieren könnte, wenn man einen solchen Burschen in den Rang des Präfekten erhob. Bestrafungen sollten in der richtigen Situation wohl durchdacht verhängt werden. Sie dürften keinesfalls zum Sport werden. Was also die Mittelschüler vor der Stimmabgabe gut überlegen sollten, sei die Frage, ob sie Zustände wie im vergangenen Jahr haben wollten oder immer noch mehr Prügel. Denn dafür und für sonst gar nichts habe Otto sich letzten Endes ausgesprochen. Sie brauchten nur zu wählen.

Danach stiegen noch sieben oder acht aus Ottos und Gustaf Dahléns Klasse aufs Podium und sprachen über die Notwendigkeit, die Ordnung wiederherzustellen, man müsse an Bernhards Studien denken, und Gustaf Dahlén werde für Otto bei den zugegebenen Schwierigkeiten, die es mit sich brachte, direkt zum Präfekten gewählt zu werden, eine ausgezeichnete Stütze sein. Eines aber sei sonnenklar, nämlich dass neue, frische Kräfte benötigt würden, um die Schule wieder auf Vordermann zu bringen. Bernhard nehme die sich ausbreitenden Soziideen übrigens ein bisschen sehr auf die leichte Schulter, ja, man könne ihn fast selbst für einen Sozi halten. (Bernhard wehrte sich empört gegen diese Unterstellung, aber der giftige Pfeil hatte sein Ziel nicht verfehlt, wo Rauch ist, ist auch Feuer.)

In diesem Stil ging der Wahlkampf weiter.

Erik und Pierre wussten, was bei der Wahl auf dem Spiel stand. Die Mittelschule besaß ein paar Stimmen mehr als das Gymnasium, deshalb glaubte Erik, dass Otto und Gustaf Dahlén eigentlich verlieren mussten. Die Mittelschüler mussten schon aus purem Selbsterhaltungstrieb so abstimmen wie Erik und Pierre.

Doch Pierre war pessimistisch.

Und Pierre behielt am Ende recht. Als am Tag nach der Wahl die Ergebnisse am schwarzen Brett ausgehängt wurden, stellte sich heraus, dass das neue Regime Otto/Gustaf einen erdrutschartigen Sieg errungen hatte. Zusammen mit nicht weniger als fünf neuen Mitgliedern würden die beiden in den Rat einziehen.

»Dann gibt es Krieg«, sagte Pierre, »und heute Nacht ist Klosternacht. Sie werden versuchen, etwas richtig Schreckliches mit dir anzustellen. Sie müssen schon in der Klosternacht beweisen, dass ihnen die Sache ernst ist.«

Die Klosternacht folgte immer auf den Tag, an dem das Wahlergebnis verkündet wurde. Niemand wusste, warum sie Klosternacht hieß, sie hatte immer schon so geheißen. In der Klosternacht wurden die Neuen und Frechen unterschiedlich heftig gezüchtigt, je nachdem, wie frech sie im Herbsthalbjahr gewesen waren. Die Sache konnte viele Formen annehmen, aber es begann immer damit, dass der Rat zu dem, der »geklostert« werden sollte, aufs Zimmer stürzte und ihn aus dem Bett riss. Danach folgten allerlei Prozeduren, über die in der

Schule viele Geschichten im Umlauf waren. Einer, der besonders frech gewesen war, war an den Füßen zehn Meter hoch am Fahnenmast aufgehängt worden. Dort hatte er gehangen und fast eine Stunde lang wie ein Schwein geschrien, ehe ein Zimmer- oder Klassenkamerad sich hinausgewagt hatte, um ihn herunterzulassen. Ein anderer, der ungewöhnlich frech gewesen war, war in den Duschraum geschleift worden, wo sie ihm den halben Schädel kahl rasiert hatten, ein dritter war an allen behaarten Stellen seines Körpers mit roter Mennige bestrichen worden (er hatte sich danach alle Haare abrasieren müssen und um den Schwanz einen seltsamen Ausschlag bekommen). Einfache Klosterungen liefen meistens darauf hinaus, dass die Opfer in den Duschraum gezerrt wurden und unterschiedlich lange unter eiskaltem Wasser stehen mussten. Es gab dutzende unterschiedliche Methoden zur Züchtigung von Neuen und Frechen.

Während der Klosternacht verzogen die Lehrer sich in ihre Wohnungen, stopften sich Watte in die Ohren, legten Wagner auf oder taten sonst etwas, damit sie nichts hören oder sehen mussten.

Die Frage war, wie heftig die Klosterung sein würde, der Erik unterzogen werden sollte. Beim Essen wurde wild und fröhlich drauflos spekuliert. Es lag entschieden ein neuer Rekord in der Luft. Was aber könnte schlimmer sein als rote Mennige oder der Fahnenmast?

Jemand hatte gehört, dass sie Erik nackt an den Schornstein des Hauptgebäudes fesseln wollten. Ein anderer wusste sicher, dass sie ihm Stahldraht um die

Schneidezähne legen und sie herausziehen würden. Ein Dritter hatte aus sicherer Quelle erfahren, dass ihm ein Hoden mit einem Nussknacker abgezwackt werden sollte. Im Speisesaal surrte die Luft vor Spekulationen.

Und Erik war von seinem Tisch verwiesen worden. Er saß jetzt ganz hinten vor der Wand am Tisch der zweiten Klasse, zwei Meter vom Platz des Rektors und des Aufsichtslehrers am Tisch der ersten Klasse entfernt. Sein neuer Tischmajor war Otto. Und Otto erschien im Schulblazer und hatte seine neue glänzende Goldschnur um den Orion gewickelt.

Otto hatte versucht, ihn gleich nach dem Tischgebet zum Peppis zu bestellen (»Du hast beim Gebet nicht stillgestanden«), aber Erik hatte sich selbstverständlich geweigert.

»Denk an die Klosternacht! Komm her und beug den Kopf wie ein braver kleiner Junge«, höhnte Otto.

Erik schaute zur Decke hoch, als habe er von dort etwas gehört.

»Komisch«, sagte er, »ich dachte, ich hätte ein Wiehern gehört. Könnte das ein Silberpferd gewesen sein?«

Dann aß er weiter, während sie in seiner Umgebung nach Luft schnappten und versuchten, ihr Kichern zu unterdrücken.

Silverhielm – Silberpferd – Silberfotze – Fotze. Er würde Silverhielm so oft Fotze nennen, dass der Name haften blieb.

Bei Gustaf Dahlén war alles noch einfacher. So hatte der Erfinder des AGA-Ofens geheißen, und da der Gymnasiast Gustaf Dahlén nervöse Zuckungen hatte, sollte er von nun an Blinkfeuer heißen. Das war ein perfekter Spitzname, er würde haften bleiben und war außerdem verletzend, da er sich auf ein Gebrechen bezog.

Fotze und Blinkfeuer, so wollte er sie nennen.

»Komm sofort her!«, brüllte Silverhielm.

Erik stellte sich taub und ignorierte die Tatsache, dass alle Aktivitäten am Tisch zum Erliegen gekommen waren. Er aß mit gespielter Ruhe weiter, dann sagte er: »Komisch, da dachte ich doch glatt, ich hätte das Pferd schon wieder wiehern hören.«

Silverhielm sprang so energisch auf, dass sein Stuhl hinter ihm umkippte, und bahnte sich einen Weg zu Eriks Platz. Erik sprang ebenfalls auf und hob die Hände vor seine Brust. Das sollte ausreichen, um Silverhielm zögern zu lassen, und er zögerte wirklich.

»Das Silberpferdchen hat wohl Schiss gekriegt«, sagte Erik, schaute Silverhielm höhnisch lächelnd in die Augen und gab vor, nicht zu sehen, wie der die rechte Hand zurücknahm, um zu einem Schlag auszuholen.

Eine Sekunde des Zweifelns. Wollte Silverhielm wirklich den Schlag führen, den er so deutlich angekündigt hatte? Besser, er war auf alles vorbereitet. UND NICHT ZURÜCKSCHLAGEN, WAS IMMER AUCH PASSIERTE!

Doch Silverhielm führte genau den angekündigten Schlag und Erik fing ihn problemlos mit dem linken Arm auf, während er zugleich einen kurzen Schritt vortrat, so dass sein Gesicht nur wenige Zentimeter von dem des verblüfften Silverhielm entfernt war, der sichtlich mit einem Treffer gerechnet hatte.

»Das schaffst du doch nie, Silberpferdchen«, höhnte

Erik und trat einen raschen Schritt zurück, um seinen Unterleib vor einem Knie oder einem linken Haken zu schützen, während er zugleich die Hände sinken ließ, um Silverhielm zu einem weiteren Versuch herauszufordern. Silverhielm zögerte einen Augenblick und wollte einen Schlag vortäuschen, doch da seinen Augen anzusehen war, dass er ihn nicht wirklich ausführen wollte, bewegte Erik sich nicht. Der Trick war einfach zu schlicht – einen Schlag andeuten, damit der Gegner die falschen Abwehrmaßnahmen ergreift.

»Verschwinde aus dem Speisesaal!«, fauchte Silverhielm und zeigte mit einer Geste, die bestimmt im ganzen Saal zu sehen war, auf die Tür.

Erik beschloss, alles auf eine Karte zu setzen.

Spöttisch lächelnd drehte er sich um, schob langsam seinen Stuhl zurecht, setzte sich, hob Messer und Gabel und schnitt sich langsam ein Stück Rinderbraten ab (er durfte die Gabel nicht in den Mund stecken, für den Fall, dass Silverhielm ihn von hinten schlug), und während er an dem Braten säbelte, sagte er etwas zu seinem Gegenüber, damit er wie beiläufig vom Teller aufschauen und dabei ein unbeschwertes Gesicht machen konnte (wenn Silverhielm von hinten zuschlagen wollte, dann würde das in den Augen des Jungen gegenüber zu sehen sein).

Doch Silverhielm schlug nicht – also war Erik dieses Risiko nicht umsonst eingegangen –, er war dumm genug, hinter Eriks Rücken wilde Drohungen auszustoßen. Bei den Drohungen ging es um die Klosternacht.

Und Erik wusste, dass die Gefahr vorüber war und er beruhigt das abgesäbelte Stück Fleisch in den Mund schieben konnte. Silverhielm ging knurrend und drohend zu seinem Platz und setzte sich. Die erste Schlacht war gewonnen.

»Himmel, trabt dieses Silberpferd wieder hektisch durch die Gegend«, sagte Erik und die Mittelschüler ihm gegenüber lachten zögernd.

In ein paar Tagen würde er Silberpferd durch Silberfotze ersetzen. Und wenn er das durchgesetzt hätte, könnte er es noch mit Rotzfotze versuchen. Womöglich würde schon genügend Spott Silverhielms Wahlkampf-Versprechen eines neuen Regimes die Spitze abbrechen. Sicher war das nicht, aber den Versuch war es wert. Im Moment war das allerdings sein kleineres Problem. Das größere war die Klosternacht.

Denn jetzt war Silverhielm zu einer gewaltigen Klosterung gezwungen. Silverhielms Ehre stand auf dem Spiel, er hatte im Wahlkampf schließlich einiges versprochen.

Als sie aus dem Speisesaal strömten, wurde es schon dunkel. Es war ein windiger Abend mit konstant heftigem Regen. Vermutlich würde das Wetter sich während der Nacht nicht mehr ändern.

Einige Gymnasiasten drängten sich auf der Treppe zum Speisesaal an ihm vorbei und redeten scheinbar zufällig über die bevorstehenden Ereignisse.

»Und der rotzfreche Bengel aus der Dreifünf, wisst ihr, was sie mit dem vorhaben?«

»Nein, aber eine Rosskur wird's auf jeden Fall.«

»Sie haben angeblich Scheiße in einer Tonne gesammelt und ... ihr versteht schon ...«

Als er aufs Zimmer kam, lag Pierre auf seinem Bett,

las in der »Odyssee« und versuchte auszusehen, als sei er total in die Lektüre vertieft.

Erik untersuchte als Erstes das Türschloss. Die Klinke war ein ovaler Drehknopf auf beiden Seiten der Tür. Innen saß der Drehknopf so dicht am Pfosten, dass die Tür blockiert werden konnte, wenn man ein Gesangbuch zwischen Knopf und Türrahmen klemmte. Aber die Schrauben, die das ganze Schloss hielten, saßen außen an der Tür, und einen Schlüssel gab es nicht. Das sah nicht gut aus.

»Hat keinen Sinn«, sagte Pierre, ohne von seinem Buch aufzublicken, »wenn die einen Schraubenzieher mitbringen, können sie das Schloss von außen ausbauen, und dann hilft auch kein Gesangbuch, dann hilft nicht mal die Bibel.«

Das war eine durchaus zutreffende Beobachtung.

»Glaubst du, wir könnten die Tür zunageln?«, fragte Erik.

»Nein, dann brechen sie sie auf und du musst die neue Tür bezahlen, das hat schon mal jemand versucht.«

Pierre versteckte sein Gesicht hinter dem Buch und gab immer noch vor zu lesen. Erik setzte sich zu ihm aufs Bett.

»Runter mit dem Buch, Pierre, wir müssen darüber reden. Erstens, wann fängt die Klosternacht an, zweitens, wann kommen sie und wie viele sind sie?«

Pierre legte langsam das Buch auf die Tagesdecke. Seine Augen glänzten, fast so, als habe er geweint.

»Die Nacht fängt um halb zehn an, wenn das Licht gelöscht worden ist. Sie können jederzeit zwischen halb zehn und vier Uhr morgens kommen. Und es kommt immer der gesamte Rat auf einmal, zwölf Mann, du hast also keine Chance.«

»Nein. Das sieht düster aus. Was glaubst du, was sie tun werden?«

»Daran will ich lieber gar nicht denken.«

»Nein, aber was glaubst du?«

»Wir haben doch den ganzen Tag das Gerede gehört. Hast du Angst?«

»Ja.«

»Sogar du gibst zu, dass du Angst hast, das hätte ich niemals erwartet.«

»Ach, Pierre, vor einem Kampf hat man immer Angst. Mehr oder weniger vielleicht, aber Angst hat man fast immer.«

»Ja, aber du hast so was doch schon mal mitgemacht, ich meine, einen Kampf, den du nur verlieren kannst?«

»Ja, mit meinem Vater, du weißt schon, aber das hier ist was anderes. Nein, so wie jetzt war es noch nie. Wir müssen uns was überlegen, wir haben noch genau zwei Stunden. Was machen sonst die, die geklostert werden sollen?«

»Die gehen ganz normal ins Bett. Und dann warten sie natürlich. Ich weiß sogar von welchen, die dabei eingeschlafen sind. Ich bin auch geklostert worden, als ich neu war.«

»Was, du auch?«

»Mm.«

»Und was haben sie gemacht?«

»Nichts Besonderes, sie haben mich einfach unter die Dusche geschleppt, ich war offenbar nicht sonderlich frech gewesen.«

»Aber wenn du nur dieses eine Mal geklostert worden bist und dann nie wieder, dann werden sie dich diesmal doch auch nicht anrühren?«

»Ich weiß nicht. Du kennst doch Silverhielms Gequatsche über unsere ›unterirdische Wühlarbeit‹, du weißt schon. Aber auch wenn ich eins vor den Latz kriege, dann wird es bestimmt nicht ... ich meine, denen geht es doch um dich.«

»Mm. Meinst du, man kann um diese Zeit in den Werkraum kommen? Haben alle Lehrer dazu den Schlüssel?«

»Ja, wieso, willst du dir eine Axt besorgen oder so?«

»Nein, nur ein paar Kleinigkeiten, ich bin gleich wieder da.«

Erik ging zu Tosse Berg und klingelte.

»Hallo«, sagte er. »Ich brauche Ihre Hilfe.«

Tosse Berg ließ ihn ein und zog fast gleichzeitig die Tür zu, machte dann aber allerlei Ausflüchte. Die Lehrer dürften sich nicht einmischen, es sei eine verdammte Unsitte, unsportlich und feige, aber ein einfacher Sportlehrer könne nicht viel daran ändern. Erik erklärte, es sei nicht so gemeint gewesen, er wolle ihn nur um einen kleinen Gefallen bitten. Ob er ihm wohl die Schlüssel für den Werkraum leihen könnte?

Tosse Berg zögerte. Unter einer Bedingung, und zwar, dass Erik ihm ehrlich sagte, was er dort holen wollte. Ja, sicher, er brauche nur ein bisschen Stahldraht und eine Flachzange, sonst wirklich nichts.

Ehrenwort, sonst nichts? Nein, Ehrenwort, sonst nichts. Und dürfe man fragen, wozu er diese Sächelchen brauche?

»Das können Sie sich bestimmt denken. Sie müssen doch verstehen, dass ich mich nicht so leicht geschlagen geben will.«

»Nein, das habe ich auch nicht angenommen, aber was willst du mit dem Kram?«

»Fragen Sie nicht, dann haben Sie mit der Sache auch nichts zu tun. Ich werde jedenfalls keinen Rati misshandeln, ich will ja nicht fliegen, außerdem haben wir mit der Schulmannschaft noch allerlei zu erledigen, stimmt's?«

»Du bist ein Kämpfer, Erik. *The whole world loves a fighter,* tja, nur nicht hier in Stjärnsberg. Viel Glück.«

Tosse Berg packte Eriks Hand und gab ihm die Schlüssel. Zehn Minuten darauf kehrte Erik mit Stahldraht und Zange zurück ins Zimmer. Pierre lag noch immer mit der »Odyssee« auf dem Bett.

Erik trat ans Fenster und wickelte Stahldraht um die Fensterhaken. Dann zog er energisch und sorgfältig mit der Zange am Draht und kniff die hervorstehenden Enden ab.

»Wozu soll das gut sein?«, fragte Pierre.

»Wir wohnen fast auf Bodenniveau, und es führen genau zwei Wege ins Zimmer. Man braucht nur zwei kleine Fensterscheiben einzuschlagen, dann kann man die Hand hereinschieben und die Haken lösen und durchs Fenster einsteigen, wenn die Tür blockiert ist. Von jetzt an gibt es nur noch einen Weg herein.«

»Du kannst dich aber trotzdem nicht gegen sie wehren. Du darfst keinen Rati verletzen, weil du nicht fliegen willst, und jetzt kommen sämtliche Ratis auf einmal.«

»Mm. Das weißt *du*. Aber *die* wissen das nicht, und sie haben ein bisschen Angst, genau wie du und ich. Komm, wir gehen in den Waschraum, danach will ich nämlich unser Zimmer ummöblieren.«

»Wie willst du dich wehren, ohne dich zu wehren?«

»Das ist genau das Problem. Wir haben noch gut eine Stunde, bevor die Nacht losgeht, und vorher gibt es noch was zu erledigen.«

Er musste Pierre noch eine Frage stellen. Wäre es vielleicht besser, wenn Pierre gar nicht im Zimmer war, wenn sie kamen? Denn wenn Pierre im Zimmer war und sie es schafften einzudringen, war alles verloren, dann würden sie sich nicht nur mit Erik amüsieren. Wenn Pierre aber anderswo wäre, würden sie sich wohl kaum auf die Suche nach ihm machen. Jakobsson vier Türen weiter hatte Masern oder so was und lag im Krankenzimmer. Also gab es dort ein freies Bett. Der Zimmerkamerad würde keine Einwände erheben, wenn man um Nachtquartier ersuchte. Pierre könnte sich in Jakobssons Bett legen.

Pierre setzte sich im Bett auf, schob ein Lesezeichen ins Buch und legte es dann auf den Schreibtisch.

»Nein«, sagte er endlich. »So nicht, ich meine, so machen wir das nicht.«

Er überlegte eine Weile, dann fügte er hinzu: »Du bist mein bester Freund, Erik, deshalb werde ich nirgendwo anders schlafen gehen.«

Erik zögerte. Pierre hatte sich sehr energisch angehört.

»Abgemacht«, sagte Erik. »Und was auch passiert, du bist der beste Kumpel, den ich je gehabt habe. Du hast

Mut, du kleiner Arsch. Wenn ich nur daran denke, wie du bei der blöden Bajonettübung Biber fertiggemacht hast.«

»Ach«, sagte Pierre. »Man muss doch Prinzipien haben. Das muss man. Und jetzt gehen wir in den Waschraum und bringen die Sache hinter uns?«

Als sie aus dem Waschraum zurückkamen, schob Erik den gemeinsamen Schreibtisch vor die Tür. Der Schreibtisch passte genau in den schmalen freien Raum zwischen Tür, Wand und Kleiderschrank. Er war ziemlich hoch und bedeckte mehr als die halbe Tür. Das sah gut aus. Erik zog den Tisch noch einmal zurück, um im Kleiderschrank nach einem Hockeyschläger zu suchen, den Pierre dort irgendwo verkramt hatte.

Erik wiegte den Hockeyschläger in der Hand, packte ihn dann mit beiden Händen und probierte einige Schläge in Richtung Türrahmen. Das sah auch gut aus. Man musste von schräg oben schlagen, damit der Schlag nicht die Garderobe oder die Wand traf, aber es gab ausreichend Manövrierraum.

Die Wandtäfelung gegenüber der Garderobentür wies eine ziemlich kräftige Vertiefung auf, ungefähr wie bei einem ins Holz eingelassenen Türspiegel. Dort verkeilten sie zwei hölzerne Schuhspanner und testeten das Ergebnis, als sie den Schreibtisch wieder zurückgeschoben hatten. Die Schuhspanner hielten den Schreibtisch so fest, dass er nicht ins Zimmer geschoben oder gekippt werden konnte. Sie arbeiteten bei heruntergelassenem Rollo für den Fall, dass jemand draußen im Regen stand und ihnen bei den Vorbereitungen auf die Nacht zusehen wollte.

Mithilfe der Zange klemmten sie noch einige Kleidungsstücke um die Schuhspanner, bis der Tisch felsenfest verankert war und die Schuhspanner nicht die Täfelung zerkratzen konnten, wenn der Tisch attackiert wurde (jegliche während der Klosternacht entstandenen Schäden waren von den Geklosterten zu bezahlen, so wollte es die Tradition).

Erik schob den Sessel nach vorn, lehnte den Hockeyschläger daran und warf ein Kissen in den Sessel. Damit waren die Vorbereitungen beendet. Bald würde es halb zehn sein und die Klosternacht beginnen. Erik trat einen Schritt zurück und betrachtete das Arrangement.

»Gut«, sagte er. »Sie haben nur einen knappen Quadratmeter, durch den sie einsteigen können. Das ist wie diese griechische Schlacht, als der Feind über einen Pass musste, und der Pass war so eng, dass er von nur zwei Mann verteidigt werden konnte.«

»Ja, aber die konnten nicht von der Schule fliegen, wenn sie den Feind verletzten.«

»Das nicht, aber unser Feind weiß nicht, ob ich fliegen will oder nicht.«

Pierre gab keine Antwort. Er schlug sein Buch an der Stelle auf, an der das Lesezeichen steckte, und las:

> *»Zerstückelte dann Glied für Glied sie und beging seine Mahlzeit,*
> *verschlang sie und schluckte, gleich einem Leu von den Bergen,*
> *Fleisch, Eingeweide, Gedärm, Gebein und die markvollen Knochen.«*

»Weißt du, was das ist?«, fragte Pierre.

»Ja, ich hab das Buch ja gesehen, hab's voriges Wochenende sogar selbst gelesen. Das ist die Szene beim Riesen Polyphem. Aber Odysseus und seine Leute haben einen Pflock zum Glühen gebracht und ihn dann in das Auge des Zyklopen gebohrt.«

»Wir sind eingeschlossen, fast wie in einer Höhle.«

»Und in der schmalen Höhlenöffnung wacht Polyphem, meinst du?«

»Ja, so ungefähr. Polyphem ist eigentlich ein Symbol für das Böse.«

»Gefährlich, aber auch dumm, nicht? ›Niemand‹ hat mir das Auge durchbohrt. Darum kamen die anderen Zyklopen ihm erst zu Hilfe, als es zu spät war.«

»Heute Nacht kommen sie alle auf einmal. Wie eine Meute Hyänen, feige und in der Dunkelheit, mit Zähnen, die den Oberschenkel eines Pferdes wie einen trockenen Ast brechen können.«

»Zeit, das Licht auszumachen. Wir haben neun Stunden Klosternacht vor uns.«

»Können wir das Licht nicht brennen lassen, ich meine, es spielt doch keine Rolle, der Hausmeister macht in der Klosternacht keine Abendinspektion.«

»Nein, wir müssen das Licht auslassen, das ist unsere Chance.«

Erik ging zum Lichtschalter und knipste das Licht aus. Dann setzte er sich mit dem Hockeyschläger auf den Knien in den Sessel vor dem Schreibtisch.

Lange sagte keiner etwas. Die Lichter in den anderen Zimmern erloschen nach und nach, und am Ende war es so still, dass man nur den Regen und den Wind draußen hören konnte.

Die Dunkelheit war stockschwarz und die Zeit schlich dahin.

»Wovor fürchtest du dich am meisten?«, fragte Pierre hinter ihm in der Finsternis.

»Vor dem Schulverweis. Damit wäre meine ganze Zukunft ruiniert.«

»Ja, aber so hab ich das nicht gemeint. Ich rede davon, was sie mit dir machen werden.«

»Das Schlimmste ist jedenfalls nicht das, was wehtut. Aber ich hab Angst um mein Gesicht, ich hab zum Beispiel Angst, sie könnten einen Knüppel nehmen und auf mein Gesicht einschlagen, bis sie meine Zähne erledigt und aus meiner Nase Hackfleisch gemacht haben. Es wäre logisch, wenn sie das vorhätten, nach der Sache mit Lelle im Karo, weißt du. Es tut nicht weh, aber man sieht nachher einfach schrecklich aus.«

»Bist du sicher, dass es nicht wehtut? Für mich klingt das komisch.«

»Ist es aber nicht. Bei einem Kampf in einer solchen Situation ist man so wütend, dass einem gar nichts mehr wehtut. Du hörst zum Beispiel, wie der Schlag dich im Gesicht trifft, aber der Schmerz kommt erst viel später. Was glaubst du, wann sie kommen?«

»Um Punkt zwölf, nehme ich an.«

»Warum das?«

»Weil sie jetzt noch darüber reden, was sie tun wollen. Sie wollen lange genug warten, um dich zu überraschen. Eigentlich müssten sie bis halb drei warten. Aber sie sind aufgeregt und ungeduldig, und dann ist zwölf Uhr ungefähr richtig. Außerdem ist es eine magische Uhrzeit und das macht alles noch besser.«

»Ja, wahrscheinlich hast du recht. Worüber die jetzt wohl gerade reden?«

Das Thema spannen sie eine Weile aus. Silverhielm war bestimmt reichlich aufgeregt, für ihn stand schließlich einiges auf dem Spiel. Vermutlich redete er am meisten, er war der Anführer. Ging die Pläne immer wieder durch, malte sich den Triumph aus, stellte sich vor, wie Erik sich unter Qualen winden oder in einem Fass voll Kot und Pisse erniedrigt werden würde (es kam ein wenig darauf an, was sie nun eigentlich vorhatten). Natürlich würden sie beschließen, die Klosterung mit Erik anzufangen, damit nichts zu hören wäre, ehe sie zuschlugen. Sicher warfen sie sich immer neue Ideen zu und wägten das Für und Wider ab. Wie sollten sie sich dem Gerücht gegenüber verhalten, dass sie ihm mit einem Nussknacker einen Hoden abzwacken wollten? Das könnte im Krankenhaus unangenehm auffallen, es ließe sich jedenfalls nicht mit den üblichen Stjärnsberg-Floskeln erklären (»Treppe runtergefallen«, »vom Dach gefallen«, »mit dem Rad verunglückt«).

Was sagte eigentlich das Gesetz über all das, das richtige, schwedische Gesetz, im Unterschied zum Gesetz von Stjärnsberg? Johan S. hatte etwas von Ungesetzlichkeit gesagt, als er beim Fach aufgelaufen war.

Die Sache mit dem Nussknacker erschien ihnen unwahrscheinlich. Irgendwer würde es nämlich tun müssen, und es wäre bestimmt unangenehm, widerwärtig geradezu, einen Nussknacker um den Sack eines zappelnden Jungen zu legen und dann zuzudrücken, bis es knirschte. Die Nerven hätte von denen keiner, überlegte sich Erik.

Pierre war sich da nicht so sicher. Er traute es mehreren von ihnen zu. Aber da sie Zeit zum Reden und Planen hatten, mussten sie sich auch überlegen, was nachher im Krankenhaus in Flen passieren würde, und das war ein Problem. Zähne, Nasen, Lippen und Augen ließen sich erklären, das konnte immer ein normaler Unfall gewesen sein. Andererseits waren sie dumm, es war also nicht sicher, dass sie klug genug sein würden, auf eine offensichtliche Folter zu verzichten. Sie waren wie Polyphem.

Das Gespräch versandete. Es gab nur noch die kompakte Stille und den Regen und den Wind vor dem Fenster. Sonst war nichts zu hören.

Erik spielte an der Lederumwickelung des Hockeyschlägers herum. Wenn man es sich überlegte, war das hier der glatte Wahnsinn. Er saß mit einem Hockeyschläger in der Hand in einem dunklen Zimmer, und mit diesem Hockeyschläger würde er irgendwann in den nächsten Stunden womöglich seine Zukunft zertrümmern. Was immer unter dieser »Zukunft« zu verstehen war. Zukunft bedeutete, es aufs Gymnasium zu schaffen und Abitur zu machen, sonst nichts. Wer kein Abitur machte, konnte nichts von dem werden, was man gern werden wollte, andererseits starb man auch nicht daran, das Leben war damit nicht zu Ende.

Wenn sie ihn überwältigten, würde er misshandelt werden, aber irgendwann weit in der Zukunft würde das nur noch eine vage Erinnerung sein. Das Abitur war ein paar Stiftzähne und eine bucklige Nase wert.

Aber Spott und Erniedrigung? Das Gesicht unter dem Jubel der Menge mit Kot eingeschmiert? Was wog das gegenüber einem Abitur in ferner Zukunft?

Es fiel ihm nicht leicht, sich zu entscheiden. Die Vernunft sagte ihm, dass es vermutlich besser wäre, sich zu unterwerfen. Sein Gefühl sagte ihm, dass das unmöglich war. Aber musste er sich überhaupt entscheiden? Wenn sie sich auf welche Weise auch immer Zutritt zum Zimmer verschaffen konnten, war er so oder so geliefert.

Das Schweigen und der Regen gegen die Fensterscheibe.

War es ein Fehler gewesen, das Fenster zu verriegeln? Im Magazin der Heimwehr gab es Rauchbomben. Was sollten sie machen, wenn die Ratis eine Rauchbombe durchs Fenster warfen? In fünf oder zehn Sekunden wäre es in dem kleinen Zimmer nicht mehr auszuhalten.

»Schläfst du, Pierre?«

»Du spinnst, meinst du wirklich, ich könnte schlafen wie in einer ganz normalen Nacht?«

»Nein, natürlich nicht. Ich dachte nur, was, wenn sie eine Rauchbombe aus dem Magazin der Heimwehr haben? Dann können sie uns ausräuchern.«

»Haben sie nicht. Sie rechnen ja nicht damit, dass es schwer wird, in unser Zimmer einzudringen.«

»Nein, natürlich nicht. Aber sie könnten sich immer noch eine holen.«

»Ach was. Mitten in der Nacht Biber wecken und höflich darum ersuchen, die Räumlichkeiten der Streitkräfte betreten zu dürfen, weil sie sich bewaffnen müssen, um in der Klosternacht gewissen, nicht näher bezeichneten Unfug anzustellen? Was?«

Sie lachten zum ersten Mal.

»Nein, du hast sicher recht. Vermutlich sind sie gar nicht auf die Idee gekommen, und einbrechen können sie in den Waffenschuppen auch nicht. Aber falls, ich sage nur, falls, dann musst du bereit sein, die Rauchbombe aufzuheben, ein Fenster einzuschlagen und sie ganz schnell rauszuwerfen. Sonst enden wir hier drinnen wie Bücklinge.«

»Wie Räucherdorsch, meinst du?«

Wieder lachten sie.

Dann die Stille und der Regen gegen das Fenster und der Wind draußen. Unbarmherzig schlich die Zeit.

»Es ist bestimmt besser, wenn wir immer weiter reden«, sagte Erik nach einer Weile. »Wir müssen flüstern. Wenn sie kommen, sollen sie glauben, dass wir zumindest vor uns hin dösen. Worüber wollen wir reden? Lieber über was anderes als das, was passiert, wenn … du weißt schon.«

»Wir können zum Beispiel über Polyphem reden. Ich glaube, dass Polyphem ein Symbol für das Böse ist, was meinst du?«

Erik war nicht dieser Ansicht – anfangs einfach der Diskussion zuliebe. Erstens war ein »Symbol« doch wohl nichts, woran Homer selber dachte, als er von Polyphem erzählte. Heutzutage, wo man weiß, dass es keine Riesen oder einäugige Zyklopen gibt, sieht man das vielleicht anders. Aber musste Homer nicht geglaubt haben, dass die vielen Gestalten der griechischen Mythologie wirklich existierten? Wenn man glaubte, dass Zeus und Aphrodite und Poseidon existierten, dann war es doch wohl ebenso wahrscheinlich, dass es

Zyklopen gab. Also war Polyphem kein Symbol für irgendetwas, sondern für Homer ebenso wirklich wie Silverhielm für sie, hier, in diesem Moment in der Dunkelheit.

Aber warum war Polyphem dann böse?

War er eigentlich so böse, wenn man es sich genauer überlegte? Er hatte Männer aus Odysseus' Besatzung verspeist, weil sie ihm geschmeckt hatten, und nicht, um gemein zu ihnen zu sein. Für Polyphem war es natürlich und sozusagen »menschlich«, ein einäugiger Riese zu sein, der Riesenschafe hütete – die Schafe mussten doch groß gewesen sein, wenn Odysseus und seine Männer sich unter ihre Bäuche hängen konnten? –, und die kleinen Menschen, die kamen und seine Schafe verzehrten, waren für ihn wahrscheinlich Vieh stehlende Raubtiere, wie Wölfe, nur eben essbar! Die Samen töten Wölfe ja auch nicht aus purer Gemeinheit.

War Polyphem also nur gefährlich und dumm?

Bei Silverhielm sah das jedenfalls anders aus. Silverhielm war Mensch und musste im Prinzip andere Menschen als seinesgleichen betrachten, nicht als essbare Schädlinge. Silverhielm war nicht dumm, er war nur gemein. Ziemlich intelligent und gemein.

Das Böse musste im Gehirn sitzen und sonst nirgendwo. Ein Hai hat kein nennenswertes Gehirn und ist nicht gemein. Polyphem war die unbekannte Bedrohung, das Gefährliche in der Fantasie der Menschen. Silverhielm war bewusst und auf intelligente Weise bösartig. Aber warum war er das?

Vielleicht war er nicht gemein im eigentlichen Sinn des Wortes. Pierre erzählte von den Foltern der Inquisition – waren die folternden Priester gemein? Ja, irgendwie schon, sie hatten schließlich gefoltert. Aber wenn sie glaubten, dass sie etwas taten, was Gott gefiel? Wenn sie davon überzeugt waren, dass sie als Diener Gottes die Welt vom Übel der Ketzerei erlösen müssten, heiligte dann der Zweck nicht die Mittel?

Das Ganze war schrecklich verwickelt. Silverhielm und seine Mafia glaubten offenbar, sie müssten Stjärnsberg vor dem Niedergang retten – heiligte also ihr Zweck ihre Mittel und waren sie im Grunde auch nur reinherzige Priester?

Nein, das kann nicht sein. Wir holen tief Luft und fangen wieder von vorne an.

Also. Wenn man sah, wie Silverhielm kleine Jungen schlug, dann wurde doch deutlich, dass ihm das Spaß machte. Niemand verabreichte so viele Ein-Stich-Schläge wie er und keiner aus der Dritten hatte so viele Mittelschüler ins Karo geholt. Es machte ihm ganz einfach Spaß. Es gab Menschen, die es genossen, andere zu quälen. Wie ein gewisser Vater, zum Beispiel.

Und Silverhielm log, wenn man es sich genauer überlegte. Im Wahlkampf hatte er von einer Sozibewegung in der Mittelschule gesprochen, obwohl alle wussten, dass es keine solche »Bewegung« gab. Er log, um an die Macht zu kommen, und er log, wenn er die Gründe anführte, weshalb mehr Prügel notwendig sein sollten. Also konnte man ihn auch nicht mit den Priestern der Inquisition vergleichen.

Das Gerede über die Sozis hatte allerdings seine Wirkung gezeigt. Sogar Bernhard hatte im Wahlkampf Probleme bekommen, als sie den Eindruck erweckten, er sei, wie hatten sie es noch genannt, »sozianfällig«. Erst malte Silverhielm das verlogene Bild einer Gefahr, die bekämpft werden müsse. Dann bot er sich als den rettenden Engel an, als neuen St. Georg (die Schultradition mit allem Drum und Dran war die Jungfrau), und wir, die angeblichen Sozis, waren der Drache.

Zu alldem waren Intelligenz und Planung vonnöten, taktisches Geschick und große Weitsicht. Polyphem hatte rein gar nichts geplant, er hatte nur unerwarteten Besuch von Viehdieben bekommen.

Silverhielm war also gemein, er war das Böse.

Aber warum war er das? Wurde man so geboren? Oder kam es daher, dass er als Kind oft geprügelt worden war? Keine Erklärung war, dass er schon so und so lange in Stjärnsberg war und deshalb als milieugeschädigt gelten konnte. Bernhard war ebenso lange hier, und Bernhard sah die Sache mit der Gewalt anders, Bernhard war nicht auf dieselbe Weise gemein.

Sie konnten keine Erklärung finden, sie redeten nur immer wieder im Kreis. Nur eins stand fest: Leuten wie Silverhielm musste man immer Widerstand leisten, man musste zurückschlagen, wenn es irgendwie möglich war. Solche wie er durften nicht gewinnen, man musste Gewalt mit Gewalt beantworten, wenn man konnte, und mit Hohn und Spott, wenn sich keine Gewalt anwenden ließ, also in der Mehrzahl der Fälle.

Aber das war leicht gesagt. Im Moment war die Lage jedenfalls nicht schwierig. Diesmal würde Silverhielm das Spiel wohl gewinnen und am nächsten Tag überall herumerzählen, wie Erik ausgesehen hatte, als er ins Krankenhaus nach Flen gefahren worden war. Es war schlimm, dass es so weit kommen musste. Und trotzdem musste man Widerstand leisten, auch wenn die Sache beinahe hoffnungslos aussah. Das war das Einzige, was sich mit Sicherheit sagen ließ. Typen wie Silverhielm durften nie gewinnen, weder hier und jetzt noch irgendwann in der Zukunft im Erwachsenenleben. So war das.

Die Frage war nur, welche Mittel man anwenden sollte. Und da schloss sich der Kreis, sie waren wieder bei Gandhi und Algerien. Sie kamen zu keiner Lösung. Sie verstummten.

Noch immer prasselte der Regen gegen die Fensterscheiben. Der Wind hatte sich ein wenig gelegt, aber es waren weiterhin kaum andere Geräusche zu hören. Hinten in der Dunkelheit zeigten die grünen selbstleuchtenden Zeiger des Weckers fünf vor zwölf.

»Wenn du recht hast, kommen sie bald«, sagte Erik.

Pierre hatte recht.

Erst war das Geräusch schleichender Schritte und gedämpfter Stimmen nur Einbildung. Doch dann wurde auf dem Gang Licht gemacht – ein schmaler Lichtstreifen sickerte oben durch den Türrahmen. Dann war das Flüstern vor der Tür deutlich zu hören.

»Weg da, Pierre, du darfst nicht direkt hinter mir stehen«, flüsterte Erik.

Er erhob sich in der Dunkelheit, packte den Hockeyschläger und hob ihn über den Kopf. Sein Herz hämmerte so heftig, dass es im ganzen Brustkorb dröhnte, bis hinunter in die Lenden, so pochten die Schlagadern. Vom Herzen her wird das Adrenalin in den Körper gepumpt, dachte Erik und spürte, wie der Schweiß seinen Griff um den Hockeyschläger unsicher machte.

Das Geflüster draußen wurde lauter. Erik hörte etwas von »bis drei zählen«.

»Eins«, hörten sie und der Türknopf schien sich in der Dunkelheit um einige Millimeter zu bewegen.

»Zwei ... jetzt, verdammt ...«

»Drei!«

Die Tür wurde aufgerissen und Eriks geblendete Augen konnten sehen, wie Silverhielm gegen den Schreibtisch knallte.

Erik zielte so gut er konnte und schlug mit dem Schläger mit voller Kraft zehn Zentimeter an Silverhielms Kopf vorbei, dass die Holzspäne nur so flogen.

Silverhielm schrie auf, kam aber erst nicht weg, weil andere sich von hinten an ihn herandrängten. Erik schlug noch einmal, dann wurde die Tür eilig zugezogen und es war wieder dunkel.

»Das war die erste Runde«, flüsterte Erik. »Jetzt werden wir sehen, was sie glauben und was sie nicht glauben.«

Draußen war erregtes Palaver zu hören. Sie konnten kaum mehr verstehen als Wortfetzen: »Hockeyschläger ... spinnen doch ... lebensgefährlich ... alle auf einmal ...«

Nach einer Weile wurde es still.

»Hörst du mich, Erik!«, schrie Silverhielm.

»Ich höre ein Silberpferd wiehern«, antwortete Erik.

»Leg verdammt noch mal den Hockeyschläger weg, das ist die letzte Warnung«, rief Silverhielm.

(Ja, verdammt, flüsterte Erik, die gehen uns auf den Leim.)

»Komm rein und hol ihn dir, wenn du dich traust«, rief Erik zurück.

Weiteres Palaver folgte.

»Du hast keine Chance, also ergib dich lieber gleich, sonst wirst du dafür büßen!«, drohte draußen eine unbekannte Stimme.

Dann hörten sie eine Reihe Kommandos, ein Hinweis darauf, dass die anderen auf dem Gang erwacht waren und nun zum Vorschein kamen, um sich vom Fortgang der Klosternacht zu überzeugen. Sie wurden wieder in ihre Zimmer gejagt.

»Schön«, flüsterte Erik. »Wenn die sich ihrer Sache sicher wären, dürften die anderen zusehen.«

Draußen wurde es jetzt ganz still. Also stand der nächste Angriff bevor. Erik hob den Hockeyschläger. Wollte wirklich noch jemand versuchen, den Kopf ins Zimmer zu stecken? Im Hechtsprung über den Tisch zu setzen (das hätte er an ihrer Stelle versucht, denn wenn nur einer von ihnen ins Zimmer gelangte, war die Sache so gut wie gelaufen)? Erik änderte seinen Griff um den Schläger und hielt ihn jetzt mit der Breitseite zur Tür, um ihn rasch nach oben zu bewegen, wenn er einen hereinspringenden Rati aufhalten musste (nur: wie sollte er es vermeiden, den Rati dabei zu verletzen?). Nein, die hatten wohl etwas anderes vor. Wollte einer die Tür aufreißen und ein anderer einen Stuhl über den Schreibtisch werfen? Wenn der Stuhl den, der drinnen stand, im Gesicht traf, hatte man die Sekunden, die man brauchte, um über den Tisch zu steigen und hereinzustürzen.

Erik wich beiseite, um einem eventuellen Wurfgeschoss auszuweichen, und packte den Hockeyschläger so, dass er damit den Türrahmen treffen würde.

Getuschel. Jetzt würde es bald so weit sein.

Dann wurde die Tür aufgerissen, und in der Öffnung stand ein Rati und schwenkte einen Eimer mit einer Bewegung, die aussah wie in Zeitlupe – es war ein gelber Plastikeimer –, und als der Eimer sich hob, duckte sich Erik, er begriff intuitiv, was der Eimer enthielt.

Kot und Urin schwappten ins Zimmer. Der Gestank explodierte in den Nasenlöchern, während ein Platschen und Schwappen zu hören war. Dann wurde die Tür blitzschnell wieder geschlossen und von draußen war Gelächter zu hören.

»Hast du was abgekriegt?«, flüsterte Erik.

»Nein, ich steh links hinter dir. Das meiste ist auf dem Boden und dem Schreibtisch gelandet. Und in meinem Bett. Was für Schweine!«

»Ja, was für Schweine. Was glaubst du, was sie jetzt machen werden?«

»Warten, bis wir rauskommen, vielleicht. Die wollen uns ja offenbar nicht in Bücklinge verwandeln.«

Sie lachten, fast hysterisch, zum dritten Mal in dieser Klosternacht.

Draußen hörten sie das Scharren von Möbeln. Etwas wurde vor die Tür geschoben.

»Vermutlich das Sofa aus dem Aufenthaltsraum«, flüsterte Pierre. »Die blockieren die Tür, um uns in der Scheiße einzusperren. Was machen wir jetzt?«

»Nichts, denke ich. Doch, wir stellen uns vor, dass wir irgendwo auf dem Land auf einem Plumpsklo sitzen. Hörst du die Hummeln surren? Dahinten brüllt irgendwo eine Kuh, stimmt's?«

»Ja, ich hör sie ganz deutlich. Du bist bei uns auf dem Land und wir haben Sommerferien und sind über dreihundert Kilometer von Stjärnsberg entfernt. Wir haben da draußen nämlich ein Plumpsklo, und ab und zu, wenn es voll ist, muss man die Scheiße vergraben.«

»Mm, ich weiß. Man buddelt eine Grube und dann zieht man Handschuhe an und schleppt die Tonne zur Grube und dann, platsch, platsch, kippt man die Tonne hinein.«

»Und dann deckt man die Scheiße zu.«

»Ja, aber damit müssen wir noch einen Moment warten. Man sollte sich jetzt eigentlich eine Rauchpause gönnen.«

»Unsere Rauchsachen liegen in der Plastiktüte im Wald.«

»Durchaus nicht, ich geb dir jetzt eine brennende Zigarette, hier.«

Sie tasteten mit den Händen in der Dunkelheit, bis sie einander gefunden hatten und Erik Pierre die imaginäre Zigarette überreichen konnte.

»Verdammt«, sagte Pierre. »John Silver. Ich mag lieber Marlboro.«

»Wir müssen leider nehmen, was wir haben.«

So ging es eine Weile weiter, bis sie den Eindruck hatten, dass der Rat abgezogen war. Aber die Tür war einwandfrei blockiert. Erik beugte sich vor und versuchte, sie zu öffnen. Unmöglich.

Dann war es vermutlich zu Ende. Sie hatten sich wohl

vorgestellt, dass das Sofa bis zum nächsten Morgen dort stehen würde.

Immerhin, so brauchten sie die Tür nicht mehr zu bewachen.

»Machen wir Licht?«, fragte Pierre.

»Nein, zum Teufel. Vergiss nicht, dass wir auf einem Plumpsklo auf dem Land sitzen und nicht in einem total versauten Zimmer.«

»Aber wir sollten vielleicht ein Fenster aufmachen?«

»Verdammt, die Fenster sind mit Stahldraht verriegelt.«

»Natürlich, geniale Idee, das mit den Fensterhaken.«

»Ja, und sie wissen jetzt, dass wir das Fenster aufmachen müssen. Zieh das Rollo hoch, dann werden wir sehen.«

Pierre stieg vorsichtig über den verdreckten Boden zum Schreibtisch, von wo aus er das Rollo erreichen konnte. Dann starrten sie eine Stunde in Regen und Dunkelheit hinaus, sahen aber nichts. Der Gestank wurde langsam betäubend.

Ob die Ratis unten im Regen standen und darauf warteten, dass sie das Fenster öffneten? Dass einer von ihnen aus dem Fenster sprang und zur Haustür lief, um das Sofa zu entfernen? Oder warteten sie bei der Haustür? Das war nicht auszuschließen.

Pierre zog sich auf den Schreibtisch, um nach der Zange zu suchen. Ab und zu fluchte er, wenn er in etwas gegriffen hatte. Dann fummelte er eine Weile am Draht um die Fensterhaken herum und konnte am Ende das Fenster öffnen und sich hinauslehnen, um Ausschau nach verborgenen Ratis zu halten.

Die kalte frische Luft fegte ins Zimmer.

»Wenn die da draußen sind, können sie uns sehen, aber wir können sie nicht sehen, wenn wir Licht machen«, sagte Pierre. »Und wir müssen bald ein bisschen aufräumen.«

»Ja, und dazu müssen wir das Sofa wegschieben. Wollen wir nicht lieber noch warten?«

Sie diskutierten hin und her. Das mit der Kacke hatte also gestimmt – man fragte sich, wo sie die aufbewahrt hatten, während sie sie zusammenschissen. Aber sie hatten sicher nicht vorgehabt, sie einfach nur ins Zimmer zu kippen. Vermutlich hatten sie Erik einfangen wollen, um ihn dann hinauszuschleifen und zu fesseln und die Scheiße und Pisse auf systematischere Weise zu benutzen. Jetzt waren sie ihre Kacke los. Und wahrscheinlich betrachteten sie die Klosterung damit als gelaufen.

Andererseits bestand immer noch die Möglichkeit, dass sie an der Haustür warteten, falls Erik oder Pierre angeschlichen kam, um das Sofa zu entfernen. Sie hatten ja wohl keine Lust mehr, ins Zimmer einzudringen? Nein, entweder waren sie nach Hause gegangen oder sie warteten am Eingang. Oder sie hatten sich zu weiteren Klosterungen in andere Häuser begeben.

Irgendwas musste auf jeden Fall geschehen, sie konnten nicht einfach die ganze Nacht lang in diesem Zimmer sitzen bleiben, Verzeihung, auf diesem Plumpsklo in der Sommerfrische.

»Wir machen es so«, sagte Erik. »Ich springe aus dem Fenster und gehe auf der anderen Seite, hinter der Tannenhecke, um das Haus herum. Dann versuche ich herauszufinden, ob die Bahn frei ist, und wenn ja, entferne ich das Sofa. Wenn ich das Sofa erreiche, sag ich dir, dass ich da bin. Dann hältst du dich bereit, um das Fenster zu schließen für den Fall, dass sie noch einen Angriff versuchen. Da draußen in der Dunkelheit komme ich sicher zurecht.«

»Sicher?«

»Ja, sicher. Es ist nämlich nicht verboten, vor dem Rat wegzulaufen. Die können nicht behaupten, ich sei weggelaufen, um der Rauchdurchsuchung zu entgehen, und deshalb habe ich das Recht zu laufen.«

»Und dir einen Samstagsonntag wegen Befehlsverweigerung einfangen? Das kann das Weglaufen durchaus wert sein.«

»Also los. Die Operation Scheißrache beginnt.«

Erik zog seine Turnschuhe an. Als er auf den Schreibtisch stieg, um zum Fenster zu kriechen, griff er voll in einen Kackehaufen.

Als er draußen gelandet war, machte er ein paar schnelle Sprünge zur Seite, um einem eventuellen Angriff auszuweichen. Aber es schien niemand da zu sein. Die reine Luft kam ihm vor wie kaltes Wasser bei großem Durst.

Kein Mensch stand in der Nähe der Haustür. Konnten sie in der Diele warten? Das wäre die beste und bequemste Stelle.

Sicherheitshalber drehte er einige Runden um die beiden nächstgelegenen Häuser. Nirgendwo brannte noch Licht, außer im zweiten Stock des Kleinen Bären bei Silverhielm. Erik kletterte auf eine der großen Ulmen. Ja, da saßen sie und redeten. Zweiter Stock, dritte Tür rechts.

Aha. Dann war die Bahn offenbar frei.

Trotzdem riss Erik die Tür zu Kassiopeia mit einem Ruck auf, um einen möglichen Feind in Lauerstellung zu überrumpeln.

Kein Laut. Nirgendwo eine Bewegung.

Er ließ die Haustür hinter sich ins Schloss gleiten. Blieb noch die Besenkammer auf der rechten Seite. Er riss die Haustür sperrangelweit auf, um auch die Tür der Besenkammer schnell öffnen zu können, während die Haustür noch offen stand.

Nein, auch dort war alles leer.

Nun machte er im Gang Licht. Kein Schwein da, alles still.

Sie konnten natürlich auch in irgendeinem Zimmer weiter hinten im Gang warten. Wenn er an diesem Zimmer vorbeikäme, hätten sie ihn. Weiter hinten im Gang lag nur noch die verschlossene Tür zur Wohnung von Hausvater Biber.

Er ging von Tür zu Tür, machte sie auf und zu. Überall nur schlafende Mittelschüler.

Die Klosterung war also zu Ende.

Er klopfte an die Tür, ehe er das Sofa fortschob, und erklärte Pierre, warum er so lange gebraucht hatte.

Als sie in ihrem Zimmer Licht machten, war die Verwüstung schlimmer, als sie es sich vorgestellt hatten. Der ganze Boden war verdreckt, manches hatten sie bei ihren Bewegungen durch die Dunkelheit selbst verteilt. Pierres Bett war vollgesaut. Dazu der ganze Schreibtisch. Sogar ins Bücherregal hatte es gespritzt.

»Tja«, sagte Pierre, »in der Besenkammer ist alles,

was wir brauchen, Putzeimer, Wischlappen, Gummischaber. Was sind das nur für Schweine.«

»Schlimmer als Schweine. Du weißt doch, Schweine sind wie Polyphem. Sie wissen es nicht besser. Aber dieser Silverhielm wird heute Nacht noch was erleben, womit er nicht gerechnet hat.«

Sie verbrachten zwei Stunden damit, ihr Zimmer zu säubern, die ganze Zeit bei offener Tür und sperrangelweit aufgerissenem Fenster. Die vollgestopften Müllsäcke trugen sie in die Besenkammer. Es war nach drei, als sie fertig waren. Schon gegen halb zwei war oben in Silverhielms Zimmer das Licht erloschen.

Am Ende stellten sie wieder den Schreibtisch vor die Tür und befestigten Draht an den Fensterhaken.

»Es müsste so an die zehn Minuten dauern, dann bin ich wieder da«, sagte Erik. »Der Erste, den du über den Gang laufen hörst, bin ich.«

Fünf Minuten darauf hatte er zwei weite Kreise um den Kleinen Bären gedreht. Alles war ruhig.

Die Haustür war offen.

Er schlich sich Stufe um Stufe die Treppe zum zweiten Stock hinauf. Blieb stehen und horchte in den Gang. In einem der hinteren Zimmer wurde geschnarcht. Sonst war alles still. Es war das dritte Zimmer rechts.

Langsam schob er die Tür zu Silverhielms Zimmer auf und zog sie hinter sich zu. Er stand eine halbe Minute still und lauschte auf den regelmäßigen Atem der beiden Schläfer.

In der Hand hielt er den gelben Plastikeimer.

Er durfte nicht den Falschen erwischen, es musste Silverhielm sein, aber wer war hier wer?

Er legte die Hand auf den Lichtschalter und überlegte. Es wäre wirklich schlimm, beim Falschen zu landen. Zwei Dinge musste er feststellen. Er machte Licht, löschte es sofort wieder und horchte. Noch immer das gleiche ruhige Atmen.

Silverhielm war der Typ links. Außerdem schlief er auf dem Rücken.

Die Stecker für Nachttisch- und Schreibtischlampe befanden sich unter dem Schreibtisch. Vorsichtig stellte er den Plastikeimer ab. Der Gestank verbreitete sich im Zimmer, die Gefahr bestand, dass die beiden davon geweckt würden. Dann beugte er sich unter den Schreibtisch und suchte nach den Steckern, bis er sie endlich fand. Dabei stieß er mit dem Fuß gegen den Schreibtischstuhl, der leicht über den Boden schrappte. Der andere bewegte sich unruhig. Es eilte, aber Erik durfte nicht die Beherrschung verlieren, das würde alles ruinieren.

Er zog die Stecker heraus und kam langsam unter dem Schreibtisch hervor. Er schob die Stühle mitten ins Zimmer. Dann nahm er den Eimer und tastete vorsichtig mit der linken Hand nach Silverhielms Kissen. Jetzt konnte es nicht mehr schief gehen.

Er hob den Eimer, kippte ihn über den Kopf des schlafenden Silverhielms, lief hinaus und zog die Tür so leise wie möglich hinter sich zu.

Während er den Gang entlangrannte, hörte er Silverhielms hysterisches Geschrei und das Geräusch umkippender Stühle.

Fünfzig Sekunden später stand er wieder in der Dunkelheit, den Hockeyschläger in der Hand, gleich hinter dem Schreibtisch.

Und dann wieder Stille und Regen. Es dauerte so lange, bis Pierre etwas sagte, dass Erik schon glaubte, er sei eingeschlafen. Erik legte sich den Zeigefinger an den Hals, um seine Pulsschläge zu zählen. Sechzig Schläge, fast schon Ruhepuls. Das bedeutete, dass er ganz ruhig war, oder dass zumindest sein Körper beschlossen hatte, ganz ruhig zu sein, unabhängig von den Spekulationen, die sein Verstand auch über die Rache der Ratis anstellen mochte.

»Hast du ihm die Scheiße ins Zimmer gekippt?«, fragte Pierre.

»Nein, ich bin zu ihm gegangen und hab ihm den Eimer ins Gesicht gedrückt.«

»Du bist verrückt.«

»Nein, das war nur vernünftig. Nichts könnte schlimmer sein für Silverhielm und seine Klosterversprechen.«

»Die werden dich halb totschlagen.«

»Silverhielm wird aber trotzdem ausgelacht.«

Sie pressten eine Bibel zwischen Türknopf und Türrahmen. Wenn während der Nacht jemand versuchte, die Sperre zu durchbrechen, würden sie aufwachen.

Erik fiel sofort in einen traumlosen Schlaf und schlief, bis der Wecker ihn aus dem Bett springen und gegen den Hockeyschläger stoßen ließ.

Es war der Tag nach der Klosternacht. Erik suchte sich ein rotes Hemd heraus, damit das Blut nicht so deutlich zu sehen wäre, wenn das passierte, was jetzt wohl passieren musste.

Aber beim Frühstück fehlte Tischmajor Silverhielm. Sonst wirkte alles wie immer. Dass die Leute Erik verstohlen anstarrten, war nicht verwunderlich und lag sicher vor allem daran, dass sie darüber staunten, dass an ihm keine Spuren der Klosternacht zu sehen waren, in die sie so große Erwartungen gesetzt hatten.

Aber schon verbreitete sich die Nachricht, was wirklich passiert war. Denn als er den Speisesaal verließ, kamen zwei aus der ersten Klasse und fragten, ob Erik wirklich einen Eimer Scheiße über Silverhielm ausgekippt habe. Erik antwortete, dass er dem Ratschef so etwas natürlich unmöglich angetan haben könne. Andererseits müsse es sich wohl um dieselbe Scheiße gehandelt haben, die Silverhielm ihm vergeblich ins Gesicht zu werfen versucht habe.

Dann zwinkerte er den Fragern zu und lief rasch weiter durch das Gedränge und aus dem Speisesaal.

Schon beim Mittagessen würde die Sache in allen übertriebenen Details allgemein bekannt sein. Das bedeutete, dass sie ihn entweder nach dem Mittagessen oder nach dem Abendessen überfallen würden. Sie mussten einen Zeitpunkt wählen, zu dem so viele Zuschauer wie möglich dabei waren. Aber er konnte sich nicht recht vorstellen, was sie im Schilde führten.

Die Stunden des Vormittags schleppten sich dahin. Er bekam die zweite Mathearbeit mit einer guten Note zurück, damit stand fest, dass er bereits im ersten Halbjahr seinen Rückstand aufgeholt hatte. Und einen neuen würde es nicht geben, weil die viele Zeit im Arrest mehr als ausreichte, um Physik und Chemie zu büffeln.

Aber es war fast unmöglich, die Gedanken von dem fortzureißen, was noch am selben Tag passieren musste. Das Wichtigste war weiterhin, Silverhielm zu verspotten, das stand fest. Prügel oder auch viele Prügel würden daran nichts ändern. Die Frage war nur, ob Silverhielm das inzwischen begriffen hatte und sich für Erik noch größere Erniedrigungen überlegte. Aber waren die überhaupt vorstellbar? Auge um Auge, Zahn um Zahn, aber was wollte Silverhielm machen? Er war Präfekt und würde hinter seinem Rücken schlimmer ausgelacht werden als je ein anderer Präfekt zuvor. Und irgendwo musste es auch eine Grenze dafür geben, was unter der Bezeichnung »Kameradenerziehung« geduldet wurde.

Auch beim Mittagessen ließ Silverhielm sich nicht blicken. Inzwischen kochte die Schule über von Geschichten über Eriks Rache. Erik stritt in Worten alles ab und bekräftigte es durch seine Mimik.

Es würde also nach dem Abendessen passieren. Möglicherweise warteten sie bis zur Nacht – nein, es schien unwahrscheinlich, dass sie es ein weiteres Mal mit dem Hockeyschläger aufnehmen würden. Oder doch: wenn jemand auf die Idee kam, sich aus dem Magazin der Heimwehr eine Rauchbombe zu holen.

Das Beste wäre wohl, die Abrechnung gleich nach dem Abendessen zu provozieren. Alle anderen Möglichkeiten erschienen Erik weniger gut. Es war nicht schwer, sich auszurechnen, wie man Silverhielm beim Abendessen dazu bringen konnte, die Beherrschung zu verlieren. Natürlich nur, wenn er auftauchte.

Silverhielm kam zum Abendessen. Er saß schon auf seinem Platz, als Erik den halb vollen Speisesaal betrat. Eine riesige Blase des Schweigens bildete sich, als Erik zu dem Tisch ging, um sich an Silverhielm vorbeizudrücken und seinen Platz ganz hinten an der Wand einzunehmen. Er blieb hinter Silverhielms Rücken stehen und wartete, bis im Umkreis von einigen Quadratmetern alles still geworden war.

Dann schnüffelte er demonstrativ und hörbar in die Luft.

»Komisch«, sagte er. »Ich meine, es riecht hier nach Scheiße, findet ihr nicht? Hast du dich nicht gewaschen, Silverhielm?«

Die Umgebung explodierte vor kaum unterdrücktem Lachen.

Silverhielm fuhr auf und in seiner Stimme lag eine Mischung aus Weinen und Hysterie, als er schrie, Erik solle sich setzen und die Fresse halten, sie würden sich bald um ihn kümmern.

»Jajaja, immer mit der Ruhe«, antwortete Erik. »Ich finde doch nur, du solltest besser gewaschen bei Tisch erscheinen.«

Dann machte er kehrt und ging demonstrativ schnüffelnd durch den Gang zwischen den Tischen, begleitet von neuem Gelächter.

Die Frage war, wie weit er die Sache während des Essens treiben könnte. Irgendwie würde er dabei natürlich alle Brücken hinter sich abbrechen. Was bedeutete, dass er bei der nächsten Mahlzeit, wann immer er die einnahm, in derselben Weise weitermachen musste, so lange, bis einer von ihnen als Erster aufgab. Er würde das nicht sein, also konnte Silverhielm nicht gewinnen, egal, wie oft er organisierte Prügel austeilen ließ. So musste Erik es machen.

Nach dem Tischgebet beugte er sich vor und rief Silverhielm zu, der Gestank sei bis zu ihrem Tisch zu riechen, dann wünschte er guten Appetit.

Silverhielm gab keine Antwort. Nach einer Weile schlug Erik wieder zu.

»Du hast doch hoffentlich nur Kacke von Leuten aus dem Rat und aus der Abiklasse in den Mund gekriegt? Die schmeckt sicher besser als unsere Kacke aus der Mittelschule?«

Silverhielm gab keine Antwort.

»Wenn man sich's genauer überlegt, muss ein Teil von der Kacke ja deine eigene gewesen sein. Mit etwas Glück hast du die sogar in den Mund gekriegt.«

Seltsam, dass Silverhielm sich beherrschen konnte. Das verhieß nichts Gutes. Hatte er einen so wohl überlegten Plan, dass ihn nichts davon abbringen konnte?

Nach dem Essen würden zuerst Abiklasse, Tischmajore und Ratsmitglieder den Saal verlassen, dann die Gymnasiasten und schließlich die Mittelschüler nach der Nummer der Tische. Das bedeutete, dass sie vor dem Eingang auf ihn warten würden. Es hatte keinen Sinn, sich vorher hinauszuschleichen. Erstens würden sie ihn früher oder später doch erwischen, und zweitens wäre es nur zu seinem Nachteil, wenn er sich ängstlich zeigte. Die einzige Chance, die nächste Runde zu gewinnen, lag darin, genau das nicht zu tun. Das Beste wäre es, Silverhielm hier und jetzt im Speisesaal zu provozieren. Das würde die Wirkung der Prügel nach dem Essen schwächen.

»Ich finde, du isst so wenig, Scheißhelm, und an dem Essen ist doch wohl nichts auszusetzen«, sagte Erik, »Scheißhelm« übertrieben betonend. Von nun an würde er nur noch diesen Namen benutzen. Und früher oder später würde er haften bleiben.

Silverhielm ließ Messer und Gabel sinken, schlug mit der Faust auf den Tisch, hob aber den Blick nicht vom Teller. Gut, jetzt war er so weit.

»Was, wenn es zum Nachtisch Schokoladenpudding gibt«, fragte Erik, »Schokoladenpudding mit gelber Vanillesoße? Dann krieg ich doch sicher deine Portion, was, Scheißhelm?«

Jetzt endlich klappte es. Silverhielm sprang auf.

Auch Erik erhob sich und trat zwei Schritte zurück, um mit dem Rücken zur Wand zu stehen, als Silverhielm auf ihn zukam.

Erik legte die Arme hinter den Rücken und umklammerte mit der rechten Hand sein linkes Handgelenk. Es gab drei Dinge, auf die er sich konzentrieren musste:

Nicht fallen, sich nicht zu Boden schlagen lassen, egal, was passierte.

Nicht zurückschlagen, egal, was passierte.

Nicht weinen, keinen Schmerz zeigen und weiter spotten, egal, was passierte.

Silverhielm blieb dicht vor ihm stehen. Er sah hysterisch aus und zitterte am ganzen Leib.

Das Stimmengewirr im Speisesaal legte sich. Aus einem Augenwinkel sah Erik, wie die an den Tischen ganz hinten auf ihre Stühle stiegen. Aus dem anderen Augenwinkel sah er, wie der Rektor und der Aufsichtslehrer weiter aßen und miteinander plauderten, als sähen sie nicht, was sich weniger als drei Meter von ihnen entfernt abspielte.

Erik suchte den Blickkontakt zu Silverhielm und konzentrierte sich zugleich auf das Bild seines Vaters mit der Hundepeitsche oder dem Schuhlöffel, er spürte, wie der Griff um das Handgelenk hinter seinem Rücken fester wurde und sich die Muskeln seiner Oberschenkel immer härter anspannten. Er drehte die Hüften ein wenig zur Seite, um sich vor einem Knie in den Unterleib zu schützen. Wenn er mir direkt ins Gesicht schlägt, dann muss ich den Kopf einziehen, sonst muss ich still stehen bleiben, egal, was passiert, dachte Erik und hörte seine Gedanken bereits wie ein Echo aus weiter Ferne, als würden sie von jemand anderem gedacht, der neben ihm stand.

Silverhielm atmete schwer, zögerte aber noch immer, obwohl er längst nicht mehr zurück konnte. Jetzt musste er doch endlich zuschlagen. Aber Erik, oder die Person neben Erik, die sich dieses Schauspiel ansah, entdeckte, dass Silverhielm mit den Tränen kämpfte. So würde man ihn wie durch Knopfdruck in Gang bringen können. Seine Augen irrten hin und her, und als Erik endlich Blickkontakt zu ihm bekam, lächelte er so höhnisch er nur konnte und drückte auf den Knopf:

»Du stinkst, Scheißhelm ...«

Unterdrücktes Lachen in der Umgebung, Lachen, das nervös klang, und Lachen, das aufgesetzt klang, um mehr Öl ins Feuer zu gießen.

Jetzt schlug Silverhielm zu. Erik hörte, wie der Schlag seine linke Gesichtshälfte traf und Silverhielm beim Schlagen ein Geräusch ausstieß, eine Mischung zwischen dem Stöhnen eines Tennisspielers beim Aufschlag und einem Laut der Verzweiflung.

»Sogar deine Hände stinken nach Scheiße«, sagte Erik.

Nun begann Silverhielm zu schlagen wie ein Wahnsinniger. Er traf Erik abwechselnd mit linken und mit rechten Schwingern im Gesicht, und bei jedem Schlag stieß er diesen Laut aus, diese Mischung aus Stöhnen und Jammern, und je mehr er schlug, umso mehr geriet er in Rage.

Erik hörte, wie die Schläge sein Gesicht trafen, und spürte, wie sein Kopf hin und her geschleudert wurde. An der rechten Hand trug Silverhielm einen großen Siegelring mit dem Familienwappen, und fast immer, wenn die rechte Faust traf, riss eine Wunde in Eriks Gesicht auf. Nach einer Weile hatte Erik offenbar wieder etwas gesagt, denn die Schläge mit der Rechten wurden nun so wirkungsvoll – und Erik biss in diesem Moment gerade nicht die Zähne zusammen –, dass ihm ein Eckzahn ausgeschlagen wurde und mitten im Mund liegen blieb. Der nächste Schlag traf die Nase. Erik hörte das Knirschen und konzentrierte sich darauf, sich nicht vornüberzubeugen, trotz des Nasenblutens stehen zu bleiben. Und weil er stehen blieb, wurde Silverhielm in seiner Spirale aus Angst und Aggression weitergetrieben und fand neue Kraft zu neuen Schwingern. Der Siegelring riss neue Wunden auf, traf mehrere Male an derselben Stelle und zerfetzte Erik einen Mundwinkel.

Erik, oder die Person neben Erik, nahm vage Gebrüll und Jubel wahr, während Rektor und Lehrer weiterhin die Gabel zum Mund führten, während Blut von Silverhielms Händen tropfte und anderes Blut auf die Umsitzenden an den beiden am nächsten stehenden Tischen spritzte. Er sah Silverhielm jetzt nicht mehr deutlich. Nicht fallen, dachte er, nicht fallen, du musst stehen bleiben. Das Blut floss als heißer Strom über sein Gesicht und sein Kinn und weiter in das rote Hemd. Plötzlich hörte es auf, und er nahm wahr, dass Silverhielm atemlos vor ihm stand und die Hände an seinen Seiten nach unten hängen ließ.

»Du schtinkscht nach Scheische«, fauchte Erik mit dem Mund voll Blut.

Silverhielm schrie auf und schlug mit der erneuerten Kraft der Verzweiflung. Erik hatte die vage Ahnung, dass der Griff um sein linkes Handgelenk sich lockerte und der Speisesaal schwankte.

Doch plötzlich hörte er eine fremde Stimme und Silverhielm hörte auf zu schlagen.

Es war der Rektor, der nicht mehr so tun konnte, als sei gar nichts passiert, denn die Blutspritzer hatten auch seinen Tisch erreicht. Der Rektor hatte sich erhoben und Silverhielm und Erik kurz befohlen, ihn hinauszubegleiten.

Durch den Nebel vor seinen Augen ahnte Erik, wie Silverhielm davonging, gekrümmt, wie es schien, in einem Winkel von fünfundvierzig Grad. Er musste versuchen, ihm zu folgen. Er musste gehen können. Er durfte nicht fallen, musste gehen können, auch wenn seine Füße am Boden festgeschraubt zu sein schienen.

Ohne zu wissen wie, ging er hinter Silverhielm zwischen zwei Tischen hindurch. Als er Silverhielms Platz erreicht hatte, blieb er stehen und spuckte den Zahn und einen Mund voll Blut auf Silverhielms Teller, dann ging er weiter hinter Silverhielm und dem Rektor her durch den Speisesaal.

Draußen schloss der Rektor die Schiebetüren und

sagte etwas, das Erik nicht verstehen konnte. Silverhielm gab eine Antwort, die ebenfalls nicht zu hören war. Dann sagte der Rektor vermutlich, Erik solle aus dem Speisesaal verschwinden – seltsam, da waren sie doch gar nicht mehr? – und sich waschen, dann wurden die Schiebetüren wieder geöffnet und Erik war allein.

Langsam wie in einem Traum gaben die Beine unter ihm nach, er sank auf die Knie und starrte eine Weile mit einem Auge (er sah offenbar nur mit einem Auge) die Blutlache an, die auf dem Viereckmuster des Parketts stetig größer wurde.

Fünf Minuten, vielleicht auch nur eine halbe Minute darauf schleppte er sich zu den Toiletten unterhalb des Speisesaals und drehte den Kaltwasserhahn auf. Das Waschbecken färbte sich rot, und er vermied es, in den darüber befestigten Spiegel zu schauen. Danach nahm er sich Papierhandtücher, faltete sie zusammen, tauchte sie ins kalte Wasser, presste sie auf sein Gesicht und legte für eine Weile den Kopf in den Nacken.

Dann ging er über den leeren Hof hinüber zur Schwimmhalle und zum Sprechzimmer der Schulschwester. An ihrer Tür klebte ein Zettel mit der Aufschrift »Eintreten« und »Gleich wieder da«. Er ging hinein und legte sich auf die mit Krepppapier überzogene grüne Plastikliege. Mit den Schmerzen stellte sich nun auch das Bewusstsein ein, als sei die Person, die neben ihm gestanden hatte, wieder in seinen Körper zurückgekehrt.

Scheißhelm, dachte er, von nun an wirst du Scheißhelm heißen. Danach dachte er gar nichts mehr.

Nach einer Weile entdeckte er über sich das Gesicht

der Schwester. Sie säuberte seine Wunden mit Kompressen, die sie mit einer langen Pinzette hielt.

»Der Herr ist etwas früher gekommen, als ich erwartet hatte, wenn der Herr verzeiht, aber ich hatte gedacht, es würde nach dem Abendessen noch eine Weile dauern«, sagte sie.

»Hätte esch eigentlich auch«, murmelte Erik.

»Der Wagen wird bald da sein«, sagte die Schwester, »das hier kann ich nämlich nicht alles zusammenflicken. Dein Kumpel hat ein neues Hemd gebracht, wollen wir das mal anziehen, damit wir in Flen ein bisschen präsentabel aussehen?«

Dann saß er im Dunkeln auf der Rückbank des Taxis, mit dröhnendem Kopf und Blutgeschmack im Mund, und langsam stellten seine Gedanken sich wieder ein. Er konnte nicht durch die Nase atmen, und sein abgeschlagener Zahn tat schrecklich weh, wenn er die Luft durch den Mund einzog. Aber er war offenbar eingeschlafen, denn die Fahrt nach Flen schien nur wenige Minuten gedauert zu haben.

Er lag im grellen Licht der Notstation auf einer grünen Plastikliege, einer grünen, mit Krepppapier überzogenen Plastikliege wie bei der Schulschwester.

Der Arzt trug eine Brille und hatte einen weißen Bart, aus irgendeinem Grund musste Erik an George Bernard Shaw denken.

»Da ist offenbar jemand in Stjärnsberg die Treppe runtergefallen«, sagte George Bernard Shaw, hielt eine Betäubungsspritze ins Licht und drückte einen kurzen Strahl in die Luft.

»Stillhalten, jetzt wird betäubt. Schwester, bitte, machen Sie noch eine fertig. Ja, junger Mann, hier kommt die erste Spritze. Üble Treppen habt ihr da in Stjärnsberg, was?«

Erik gab keine Antwort. Der Arzt verpasste ihm die erste Betäubungsspritze irgendwo unter dem linken Auge in die Wange.

»Musch viel genäht werden?«, fragte Erik.

»Mm, aber ich hab schon Schlimmeres gesehen«, sagte der Arzt und machte die nächste Spritze fertig. »Das gibt ein paar Stunden Näharbeit, das kann ich dir sagen.«

»Wie viele Schtische un wo?«

»Hier auf der Wange haben wir zwei Stellen, von denen jede sieben oder acht Stiche braucht. Die Wundränder sind leider nicht so glatt, wie man sie gern hätte, so ist das, wenn Wunden durch das entstehen, was die Polizei ›Körperverletzung mit einer stumpfen Waffe‹ nennt. Durch die Treppe eben.«

»Ummein Mund?«

»Hier im Mundwinkel brauchen wir wohl nur einen Stich, möglicherweise zwei, aber wir müssen auch in den Mund hinein, um dich ein wenig von innen zu vernähen.«

»Wasch ischt mit den Augen? Ich kann nichtsch schehen.«

»Das Auge an sich ist nicht verletzt, das ist wohl die Hauptsache. Aber nach so vielen Schlägen dauert es ein paar Tage, bis es wieder herausschaut. Haben sie dich ins Gesicht getreten?«

Erik versuchte, sich die richtige Antwort zu überlegen.

»Nein«, sagte er nur.

»Komisch«, sagte George Bernard Shaw und beugte sich über Eriks Gesicht, »es sieht nach Tritten aus, und diese unebenen Wundränder könnten durch Absätze von Schuhen entstanden sein, nicht wahr?«

Der Arzt setzte eine dritte Betäubungsspritze, während Erik überlegte, was er antworten sollte. Konnte es sein, dass alle logen, die herkamen, nachdem sie in Stjärnsberg ins Karo geholt worden waren?

»So«, sagte der Arzt, »jetzt warten wir ein Weilchen, bis die Betäubung wirkt. Hast du auf dem Weg hierher gekotzt? Ist dir schlecht? Schwester, wir sollten vielleicht ein Becken herstellen, wenn Sie so nett sein würden.«

»Nein, mir gehtsch eigentlich gantsch gut«, sagte Erik.

Der Arzt hielt seine Instrumente ins Licht und zog den ersten Faden durch die Zange.

»Ja, ja, diese Treppen aber auch«, seufzte er. »Aber ich hatte schon Leute hier, die schlimmer ausgesehen haben als du. Anfang des Schuljahrs war hier einer, Lennart hieß er, glaube ich, dem fehlten drei Zähne und das Nasenbein hatten sie ihm in fünf Stücke zerlegt. Deine Nase hat nur einen leichten Knick. Das heilt in zwei Wochen, auch wenn du hinterher ein bisschen breitnasig aussehen wirst.«

Der Arzt setzte den ersten Stich.

»Hier abschneiden, bitte, Schwester. Der mit dem fünfgeteilten Nasenbein und den drei fehlenden Zähnen war dieselbe Treppe hinuntergefallen wie du, nehme ich an. Du hast das vielleicht sogar gesehen?«

Der Arzt setzte den zweiten Stich.

Es war also von Lelle die Rede. Ob der Arzt wohl den Zusammenhang begriff? Wusste er, dass Erik Lelles Treppe gewesen war? Nein, wahrscheinlich nicht.

»Und wieder schneiden, danke. – Eigentlich«, sagte der Arzt nach einer Weile des Schweigens und einigen weiteren Stichen, »müssen wir bei Verdacht auf Kindesmisshandlung die Polizei informieren. In den Augen des Gesetzes bist du nämlich noch ein Kind, junger Mann. Und wenn die Polizei das Nazinest, aus dem du kommst, ausräucherte, dann könnten wir uns vielleicht nützlicheren Dingen widmen, als misshandelte Kinder wieder zusammenzuflicken. Na, was sagst du dazu?«

»Dasch ich noch schwei Jahre dableiben musch, damit ich in Schtockholm aufsch Gymnaschium kann«, antwortete Erik nach einiger Bedenkzeit.

»So, so, ja, und also wirst du bei der Geschichte mit der Treppe bleiben?«

»Ich hab nichtsch über eine Treppe geschagt und werde auch nichtsch darüber schagen. Ich musch noch etwasch über drei Halbjahre dahin. Schlusch, ausch.«

»Ja, Herrgott«, seufzte der Arzt, »wenn ihr wenigstens noch Mensurfechten würdet, dann hätte man wenigstens klare, glatte Wundkanten statt diesem Verhau. Schwester, schneiden, bitte. Weißt du, was Mensurfechten ist?«

»Nein, glaub nicht.«

»Phantastisch, und da hatte ich doch wirklich gedacht, ihr in Stjärnsberg wüsstet alles darüber. Es geht dabei darum, dass zwei Nazis mit Säbeln fechten und dabei so dicht voreinander stehen, dass jeder die Wangen des Gegners treffen kann. Gewonnen hat am Ende der, der am häufigsten getroffen worden ist und die scheußlichsten Narben hat. Nett, nicht?«

»Klingt blödschinnich. Warum tun die dasch?«

»Es sieht männlich und hart aus, finden sie. Von jetzt an würdest du dich in so einer Runde gut machen. Es ist für sie wie eine Art geheimer Orden, wer solche Narben hat, wird immer respektvoll behandelt. Das heißt, von den einen respektvoll und von anderen eher mit gemischten Gefühlen. Sein Leben lang, denn so lange halten die Narben, wie deine wahrscheinlich auch.«

»Aber meine werden nicht scho wirken.«

Der Arzt schaute ihn über seine Brillengläser hinweg lange an, dann machte er sich wieder an die Arbeit.

»Beschtimmt nicht scho«, sagte Erik jetzt unsicher. »Aber esch ischt schwer schu erklären.«

Der Arzt, der aussah wie George Bernard Shaw, nähte eine Weile schweigend weiter. Dann befreite er vorsichtig Eriks Nasenlöcher von geronnenem Blut und bewegte die Nase ein wenig hin und her.

»Tut das weh?«, fragte er.

»Ja, schon.«

»Mm. Wie gesagt, du wirst eine Zeit lang ein bisschen breitnäsig aussehen, und es wird auch wehtun, aber dein Nasenbein ist unversehrt.«

Er trat einen Schritt zurück und betrachtete seine Arbeit.

»Tja, das ist doch ziemlich fesch geworden, oder was meinen Sie, Schwester?«

Die Schwester war auch dieser Ansicht und wollte wissen, ob sie sprayen solle.

»Nein, noch nicht, wir haben ja noch die Innenseite. Tja, junger Mann, von jetzt an wird unsere Konversation wohl ein wenig einseitig ausfallen, fürchte ich. Sag mir erst noch, was du damit gemeint hast, wie deine Narben wirken werden, ich bin von Natur aus nämlich unheilbar neugierig.«

»Dasch kann man nicht erklären«, sagte Erik, »aber erschtensch wird ein Junge mit genähten Wunden im Geschicht nicht geschlagen.«

»Nicht? Und warum nicht?«

»Dasch ischt einfach scho.«

»Nicht mal in Stjärnsberg?«

»Nein, nicht mal in Schtjärnschberg.«

»Aha. Und zweitens?«

»Dasch kann ich nicht erklären, dasch hängt mit der eingebildeten Niederlage tschuschammen. Wenn wir unsch nach drei Halbjahren wieder treffen, kann isch esch erklären. Aber alle Typen haben Angscht vor Schlägen und dasch hier erinnert schie dran. Ich kann dasch nicht erklären, ohne schu schagen, wasch ich nicht schagen will. Wasch wird mit dem abgeschlagenen Tschahn?«

Der Arzt hatte die Brille auf seine Nasenspitze geschoben und schaute aus seinen hellblauen Augen in das eine, das von Eriks Augen zu sehen war.

»Ja, ja«, sagte er schließlich. »Du bist mir schon einer. Das mit dem Zahn fällt nicht in mein Ressort, du musst die Schwester in Stjärnsberg bitten, dass sie einen Zahnarzttermin für dich ausmacht. Und jetzt nähen wir dich ein wenig von innen und das wird etwas komplizierter. Dreh dich auf die Seite und reiß den Schnabel auf.«

Erik wurde ein Stück Stoff mit einem Loch für den Mund über das Gesicht gelegt, und der Mund wurde mit Kompressen und einem Plastikgestell offen gehalten, während der Arzt an der Arbeit war. Schließlich wurde ihm die Innenseite der linken Wange mit drei Stichen genäht.

Danach wurden die äußeren Wunden mit Plastikfilm besprüht und die Schwester klebte einige Pflaster darüber. Erik fühlte sich ein wenig steif, und ihm war leicht schlecht, als er endlich aufstehen durfte. Der Arzt ermahnte ihn, ein paar Tage Ruhe zu halten, er habe auch eine Gehirnerschütterung davongetragen. Unter normalen Umständen hätten sie Erik über Nacht dabehalten, aber er gehörte in einen anderen Bezirk und auch in Stjärnsberg gab es ein Krankenzimmer.

»Danke für die Hilfe«, sagte Erik und gab dem Arzt die Hand.

»Keine Ursache«, sagte der auf Deutsch und Erik konnte seinen Tonfall nicht deuten.

Während er mit dem Taxi nach Stjärnsberg zurückfuhr, dachte Erik über die Polizei und die Gesetze nach. Die würden ihm auch nicht helfen, nicht in den drei bevorstehenden Halbjahren. In Stjärnsberg galt das Gesetz nicht; es war wie ein Ort im Ausnahmezustand, wo die Kommandantur einer Besatzungsmacht die Gesetze festlegte. Warum hatte übrigens der Arzt über das Mensurfechten gesprochen und am Ende etwas auf Deutsch gesagt? Es musste daran liegen, dass er Stjärnsberg für ein Naziloch hielt, und das stimmte nun auch wieder nicht. Kein Arsch in ganz Stjärnsberg äußerte jemals Sympathien für Nazis. Trotzdem konnte man den Rat als Kommandantur bezeichnen. Und Silverhielm als Kommandant Scheißhelm. Und Gustaf Dahlén war Vizekommandant Blinkfeuer. Wie in diesem Film am vorigen Samstag über die englischen Flieger, die im Stalag 13 gefangen saßen, die Deutschen waren dem Spott der Engländer gegenüber vollkommen hilflos gewesen. Kriegsgefangene durften schließlich nicht hingerichtet werden.

Er machte kein Licht, als er aufs Zimmer kam. Pierre schlief. Sollte er sich wieder mit dem Hockeyschläger in den Sessel setzen? Nein, es musste reichen, wenn er wieder die Bibel zwischen Türknopf und Türrahmen klemmte; so würde er aufwachen, wenn jemand ins Zimmer zu kommen versuchte.

Er konnte den Mund nur mit Mühe weit genug öffnen, um die Zahnbürste hineinzuschieben, und schlief im selben Moment ein, als er den Kopf aufs Kissen legte.

Am nächsten Morgen kam er absichtlich ein wenig zu spät zum Frühstück; er wollte sicher sein, dass Silverhielm an seinem Platz saß, wenn er an seinem Tisch vorüberging. Es klappte, Silverhielm saß auf seinem Platz und sah nicht, wie Erik den Saal betrat, auch wenn er hätte merken müssen, dass die Leute ihm gegenüber auf eine besondere Weise aufschauten und verstummten.

Genau hinter Silverhielm blieb Erik stehen und schnüffelte einige Male in der Luft.

»Seltsam«, sagte er mehr als laut genug. »Hat hier irgendwer einen fahren lassen? Oder hat unser Freund Kommandant Scheißhelm sich noch immer nicht gewaschen?«

Als Silverhielm aufspringen wollte, drückte Erik ihn sofort wieder auf den Stuhl und ging demonstrativ langsam zu seinem Platz, während er genau horchte, ob Silverhielm doch wieder aufstand und ihm folgte. Aber Silverhielm blieb sitzen.

Niemand unten an Eriks Teil des Tisches sagte etwas. Alle betrachteten verstohlen sein Gesicht. Erik hatte vorsichtig die Pflaster gelöst, so dass die vernähten Wunden bloßlagen. So würde es schneller heilen und leichter trocknen. Aber das war nicht der einzige Grund, es war nicht einmal der wichtigste.

Er versuchte, so unbeschwert wie möglich auszusehen, als er mit nur einer Mundhälfte aß und langsam kaute, damit die Zähne nicht an den geschwollenen Stellen und den Nähten im Mund hängen blieben.

Am nächsten Tag war die Schwellung über dem Auge so weit zurückgegangen, dass er einigermaßen klar sehen konnte. Die blaugrüne Färbung im Gesicht zog sich von den Augen über die geschwollene Nase und die vernähten Wunden bis zum Kiefer hinunter.

Beim Abendessen ließ er einige leise Kommentare über den Scheißgestank im Speisesaal fallen, sozusagen um Silverhielm daran zu gewöhnen, dass es nun immer so weitergehen würde. Silverhielm starrte auf seinen Teller oder zur Decke und gab vor, nicht zu hören, was alle anderen am Tisch hörten. Er konnte nicht aufspringen und wieder losschlagen – man schlägt nicht in ein Gesicht, das aussieht wie das von Erik –, und er konnte auch keine Peppis anordnen oder Erik aus dem Saal verweisen, denn das würde nur dazu führen, dass Erik sich weigerte. Silverhielm saß in der Falle. Solange die Fäden in seinem Gesicht nicht gezogen waren, war Erik in Sicherheit, einigermaßen in Sicherheit zumindest.

Aber es war Mittwoch und nach dem Abendessen würde der Rat zusammentreten. Zu seiner Überraschung hörte Erik, dass er zu denen gehörte, die vor den Rat bestellt waren. Der Rat hatte ihn seit einiger Zeit nicht mehr wegen Befehlsverweigerung herbeizitiert, weil ein Samstagsonntag mehr oder weniger bei ihm keine Rolle mehr spielte. Beim Rauchen war er auch nicht erwischt worden. Waren sie so blöd, dass sie die Sache mit dem Scheißeimer über Silverhielms Gesicht zur Sprache bringen wollten? Das Sinnvollste wäre es doch, diese Begebenheit totzuschweigen. Wollten sie wirklich versuchen, ihn wegen der Sache mit der Kacke zu verurteilen? Das würde doch nie im Leben klappen. Wenn er seine Karten richtig ausspielte, konnte es nicht klappen.

Nach dem Essen ging Erik alles noch einmal mit Pierre durch, ihnen blieb ungefähr eine Viertelstunde, ehe die Einbestellten sich einfinden mussten (Pierre war nicht einbestellt worden).

Also: Sie hatten den Eimer in den Waschraum gestellt und waren ins Bett gegangen und kannten auch nur die verschiedenen Gerüchte. So einfach war das. Leugnen und nichts zugeben.

Ja, bestimmt würden sie den Fall zur Sprache bringen.

Erik schnupperte demonstrativ in die Luft, als er die Klasse 6 betrat, und konnte nur mit Mühe ein Lachen unterdrücken, als er das Mienenspiel des neuen Rates sah.

»Du verstehst sicher, warum du hier bist?«, fragte Silverhielm als Erstes.

»Nein, Herr Kommandant, das verstehe ich nicht.«

»Bist du auch noch blöd?«

»Nein, Herr Kommandant. Sollte der Ratssaal nicht übrigens einmal ausgelüftet werden?«

Diese Bemerkung traf wie ein Peitschenhieb. Silverhielm schluckte einige Male, dann konzentrierte er sich auf seinen Text.

»Wie du dir denken kannst, geht es um einen Verstoß gegen § 13. Und wer gegen § 13 verstößt, wird mit Schulverweis bestraft. Das weißt du ja wohl? Jedenfalls hast du das zu wissen.«

»Sicher, aber ich hab dich nicht geschlagen. Wenn ich mich im Speisesaal gewehrt hätte, dann würdest du jetzt nicht hier sitzen, das ist dir ja wohl klar. Aber ich hatte die ganze Zeit die Hände auf dem Rücken, während du versucht hast, mich zu Boden zu schlagen.«

»Spiel dich hier nicht auf, darum geht es hier nicht. Du begreifst sehr gut, worum es geht.«

»Dass ich ›offenkundig‹ jemanden misshandelt haben soll, und zwar den Herrn Kommandanten selber, indem ich die gesammelte Pisse und Kacke der Abiklasse und des Rats über das Gesicht des Herrn Kommandanten gekippt habe, während der Herr Kommandant gerade schlief? Ist das gemeint?«

»Ja, und du kannst es auch gleich zugeben, wir wissen, dass du es warst.« Der älteste aller Verhörtricks. Die Einzigen, die das wussten, waren er und Pierre. Wenn man ganz genau sein wollte, dann gab es auf der Welt nur einen einzigen Menschen, der genau wusste, was passiert war, und das war er selbst. Wie sein Herz gehämmert hatte, als er dort in der Dunkelheit stand und auf ihren Atem horchte, wie er Licht gemacht hatte, um nachzusehen, wer wer war, wie er die Lampenstecker herausgezogen hatte und zu Silverhielms Bett gegangen war, wie er mit der Hand nachgefühlt hatte, um den Inhalt des Eimers ja nicht zu verschütten. Wenn man sich die Sache richtig überlegte, waren nicht einmal seine Fingerabdrücke auf dem Eimer ein Beweis. Und Pierre würde ihn niemals verraten.

»Ach was«, sagte Erik nach einer bewusst langen Pause. »Ich kann nur bedauern, dass ich es nicht war. Ihr ahnt gar nicht, wie schön ich es gefunden hätte, Herrn Kommandant Scheißhelm genau das zu verpassen, was er verdient hatte. Aber wie ich schon sagte, leider ist vor mir schon jemand anders auf diese ausgezeichnete Idee gekommen.«

»Es kann kein anderer gewesen sein als du«, sagte der Vizepräfekt Dahlén.

Erik suchte Dahléns Blick und wartete, bis Dahlén anfing zu zwinkern.

»Und woher will Herr Vizekommandant Blinkfeuer das wissen, wenn ich fragen darf?«

»Hör auf mit diesen Unverschämtheiten!«, schrie Silverhielm.

»Jawoll, Herr Kommandant«, sagte Erik.

»Du wirst hier die Hölle erleben, ist dir das überhaupt klar?«, fauchte eines von den neuen Ratsmitgliedern.

Erik machte eine Handbewegung, um ihn zum Schweigen zu bringen, und wandte sich dann an Silverhielm.

»Ihr müsst beweisen, dass ich es war. Also her mit den Beweisen. Das Einzige, was wir sicher wissen, ist, dass du einen Eimer Pisse und Kacke in mein und Pierre Tanguys Zimmer gekippt hast. Wir alle waren bei diesem kleinen Klosterversuch dabei. Über das, was später passiert ist, hab ich nur lustige Geschichten gehört. Irgendwer, heißt es, hat dieselbe Kacke noch mal über Silverhielm, Verzeihung, Scheißhelm meine ich natürlich, ausgegossen.«

»Wenn du nicht gestehst, hast du die Folgen zu tragen«, drohte Silverhielm verbissen.

»Nicht mal, wenn ich es gewesen wäre, wäre es besonders wahrscheinlich, dass ich es zugeben würde, oder? Ich hab nicht vor, mich von der Schule werfen zu lassen. Kann ich jetzt gehen?«

Erik machte eine Bewegung, als wolle er gehen.

Natürlich brüllten alle wild durcheinander, er solle stehen bleiben und anständig stehen und dürfe überhaupt erst gehen, wenn sie es gestatteten.

»Dann nicht, aber kommt endlich mit den Beweisen.«

»Wir können dich dazu bringen zu gestehen«, drohte Gustaf Dahlén.

Erik versuchte wieder, seinen Blick einzufangen, aber diesmal gelang es ihm nicht. »Ihr könnt mich nie im Leben dazu bringen zu gestehen«, sagte er.

»Du hast es schon zugegeben«, sagte Silverhielm. »Denn was du gemeint hast, war doch wohl, dass du leugnen willst, oder was? Das bedeutet, wir haben ein indirektes Geständnis, so kommt es ins Protokoll, der Sekretär möge bitte notieren, dass Erik gesagt hat, er wird nicht gestehen, weil er nicht von der Schule fliegen will.«

»Das habe ich *nicht* gesagt. Ich habe gesagt, dass ihr mich nie im Leben dazu bringen könnt zu gestehen, das war alles.«

»Mach dir lieber klar, dass wir es sehr wohl können, wenn wir nur wollen«, drohte einer der Neuen.

Erik gab sich alle Mühe, den neuen Rati so breit anzulächeln, wie es ihm augenblicklich möglich war, ehe er antwortete (die Naht im Mundwinkel war da doch ein Hindernis): »Ein Geständnis unter Folter gilt seit der Mitte des 19. Jahrhunderts als wertlos. Das müsste sogar ein kleiner Ratsgorilla wie du mitbekommen haben. Und nicht einmal mit solchen Methoden, egal, wie ihr es versucht, könnt ihr es schaffen.«

»Wir können uns auch deinen Zimmergenossen vornehmen«, erwiderte Silverhielm.

Erik wollte schon mit Drohungen antworten, was dann geschehen würde. Aber er konnte sich denken, dass sie das nur umso mehr auf die Idee bringen würde, Pierre zu quälen.

»Sicher«, sagte er und lächelte so breit, dass ihm aus der Wunde in seinem Mundwinkel ein Tropfen Blut in den Mund floss. »Sicher, das könnt ihr versuchen. Wer weiß, vielleicht war es ja Pierre Tanguy. Ich weiß es nicht, weil ich in dieser Nacht wie ein Kind geschlafen habe. Ich meine, nachdem wir die Exkremente der Herren entfernt hatten.«

»Gib zu, dass du es warst!«, schrie Silverhielm. »Das ist doch lächerlich, die ganze Schule weiß, dass du es warst, also spiel hier kein Theater!«

»Die ganze Schule ist freundlich genug zu *glauben*, dass ich Kacke über den Herrn Kommandanten gegossen habe. Aber sie *wissen* nichts. Der Einzige, der etwas weiß, ist, wenn ich alles richtig verstanden habe, derjenige, der die Tat begangen hat. Und den hat niemand gesehen, wenn ich mich nicht irre.«

»Woher willst du das wissen?«, fragte Gustaf Dahlén und versuchte, listig auszusehen. »Woher willst du wissen, dass niemand ihn gesehen hat?«

»Weil es dann Zeugen gäbe und wir uns hier nicht gegenseitig anzupöbeln brauchten.«

»Du meinst also, dass du in der Klemme stecken würdest, wenn es Zeugen gäbe?«

»Nein, jetzt versucht ihr das schon wieder. In dem Fall würde ich natürlich gar nicht hier stehen, weil ihr dann ja den Schuldigen hättet. Darum würden wir uns nicht gegenseitig anpöbeln müssen.«

»Bild dir ja nicht ein, dass du ungeschoren davonkommst«, sagte noch ein anderer von den neuen Ratis.

»Aber das tu ich ganz bestimmt. Ich möchte mal sehen, wie ihr zum Rektor geht und sagt, ihr *glaubt*, ich hätte den Kommandanten mit Kacke begossen. Was glaubt ihr, was ich dem Rektor erzähle, wenn er mich verhören will? Und glaubt ihr, er würde mich ohne triftigen Grund von der Schule werfen und den Ärger riskieren, den er dann unweigerlich kriegen würde? Da wird nichts draus. Wegen dieser Sache könnt ihr mich nie im Leben festnageln.«

»Glaub trotzdem nicht, dass du ungeschoren davonkommst«, sagte das Ratsmitglied, das Erik eben schon gedroht hatte. »Du bist ganz schön hochnäsig, aber warte nur.«

»Ja, ich kenne eure Versprechungen. Alle wissen, wie

gut ihr das mit der Klosternacht geschafft habt. Aber stell dir vor, wir treffen uns irgendwann mal außerhalb des Schulgeländes, wo dein Goldring um den Orion nicht mehr wert ist als ein Kaugummipapier! Klasse Idee, nicht? Klasse für dich, wenn wir uns irgendwann in einer dunklen Nacht in Stockholm über den Weg laufen.«

»Bedrohst du den Rat!«, schrie Silverhielm mit einer Stimme, die er nicht mehr unter Kontrolle hatte.

Erik lächelte und dachte nach. Schnüffelte einige Male wie bei Gestank, um Zeit zu gewinnen, und sagte dann, er habe den Rat weder bedroht noch nicht bedroht. Solange er diese Schule besuche und solange sie alle sich in einem Umkreis von fünf Kilometern um Stjärnsberg aufhielten, werde er keinem Rati ein Haar krümmen. Erst wenn sie sich irgendwo in Schweden begegneten, dort, wo Stjärnsbergs Gesetze nicht mehr galten, würde die Sache anders ausgehen. Das betreffe natürlich vor allem Silverhielm.

»Du verstehst doch«, sagte er und wandte sich direkt an Silverhielm. »Wenn ich die Scheiße über dir ausgekippt hätte, dann wäre ich damit vielleicht so zufrieden, dass ich an keine weitere Rache mehr denken würde. Du schlägst wie ein altes Weib, du kriegst nicht mal einen Gegner zu Boden, der sich nicht wehrt. Trotzdem hast du mit viel Mühe und Anstrengung einen von meinen Zähnen erwischt. Versuch dir gelegentlich vorzustellen, was passiert, wenn du und ich uns anderswo über den Weg laufen. Dabei geht mehr als nur ein Zahn verloren, möchte ich meinen.«

Erik riss abermals den Mund zu einer Art Lächeln

auf, als er Blickkontakt zu Silverhielm suchte. Die anderen schwiegen. Die beiden nächstsitzenden Ratis zeichneten allerlei Kringel in ihre Notizbücher.

»Kann ich jetzt gehen?«, fragte Erik.

»Du wirst wegen unverschämten Auftretens dem Rat gegenüber zu vier Samstagsonntagen verurteilt, und jetzt verschwinde und nimm dich in Zukunft verdammt gut in Acht.«

»Jajaja«, sagte Erik mit einem theatralischen Seufzer und verschwand.

Als er in die Dunkelheit vor dem Schulgebäude hinaustrat, fielen die ersten großen Schneeflocken. Bald würde das Herbsthalbjahr zu Ende sein. Ein Viertel, dachte er. Schon ein Viertel auf dem Weg zur Freiheit.

War's das wirklich wert, Erik? Seit fast zwei Wochen hast du diese Nähte im Gesicht, und erst jetzt kann man dich langsam erkennen, eine Zeit lang hast du unmöglich ausgesehen. Seitdem haben sie dich nicht mehr angerührt, aber vielleicht ist es nur, wie du gesagt hast: dass erst die Wunden verheilen müssen. Auch wenn ich nicht begreife, wieso das für diese brutalen Typen eine Rolle spielen soll. Du hast so viele Samstagsonntage bekommen, dass es bis in die sechste oder siebte Klasse reicht. Bis du in anderthalb Jahren hier aufhörst und anderswo aufs Gymnasium gehst, hast du kein freies Wochenende mehr. Jaja, so hast du in Mathe aufgeholt und überhaupt, aber was jetzt? Wenn du noch drei Halbjahre so weitermachst, wie viele Goldzähne wirst du dann haben? Es hält doch niemand zu dir, alle anderen wollen in Stjärnsberg alles so lassen, wie es ist, verstehst du? So komisch sich das anhört, aber sogar die Mittelschüler wollen es so. Die Klosternacht war für die Ratis ein Fiasko, aber das hat die anderen nur enttäuscht. So war es, auch wenn die Sache mit Silverhielm eine Sensation war. Es war eine witzige Geschichte, und Silverhielm hast du damit die Hölle heiß gemacht, das bleibt an ihm hängen, solange er hier ist. Aber eigentlich, sag ich dir, eigentlich haben die meisten von der Mittelschule sich gewünscht, dir wäre passiert, was du mit Silverhielm gemacht hast. Es wäre genauso witzig, aber richtiger gewesen, wenn ihr die Rollen getauscht hättet. Und als Silverhielm dich im Speisesaal ins Gesicht geschlagen hat, glaub ja nicht, dass da irgendwer auf deiner Seite war. Die wollten nur sehen, wie viel du einstecken kannst. Okay, der Auftritt hatte seine Wirkung, und alle geben zu, dass du noch viel härter bist, als irgendwer sich vorstellen konnte. Niemand wird auf die Idee kommen, dich jemals auch nur scheel anzusehen, ich meine, niemand, der nicht im Rat sitzt. Aber hinter deinem Rücken schneiden die Leute Grimassen und tippen sich an die Schläfe, weil sie dich für leicht bescheuert halten. Wenn du nicht nach mir der Zweitbeste in der Klasse wärst, würden sie sogar laut sagen, dass du bescheuert bist. Dann hätten sie eine Erklärung für alles und brauchten sich nicht mehr um deinen Widerstand zu kümmern. Jetzt haben wir bald Weihnachtsferien, aber wenn das Frühjahrshalbjahr anfängt, kann es nur mit einem enden. Ich meine, mit noch mehr Prügeln vom Rat.

Natürlich werden sie mich nicht in Ruhe lassen, das ist mir klar. Aber ich glaube nicht, dass ich noch oft in die Nähstube im Krankenhaus muss. Das ist genau das, was du nicht verstehst, es gibt sehr viel, was du nicht verstehst, wenn es um Gewalt geht. Es ist nämlich so: Der Grund, warum sie mich in Ruhe lassen, obwohl ich ihnen mit Silverhielms Scheißegestank auf die Nerven gehe, ist nicht nur, dass ich noch die Fäden im Gesicht habe. Das ist nur der äußere Anlass. Viel wichtiger ist, dass Gewalt auch dem Angst macht, der zuschlägt. Es gibt keinen, der sich nicht auf irgendeine Weise fürchtet, wenn er kämpft, das tut man immer. Und es gibt nichts, was so Angst macht, glaube ich, wie einem Typen immer wieder ins Gesicht zu schlagen, ohne dass er fällt. Du hast Silverhielm ja gesehen. Am Ende war er total verzweifelt. Weil er Angst hatte, und Angst hat er gehabt, weil ich einfach stehen geblieben bin. Nur deshalb hab ich das überhaupt geschafft: weil ich wusste, dass es so läuft. Das steckt ihnen immer noch in den Knochen. Jeder von ihnen fragt sich, wie er sich in Silverhielms Situation verhalten hätte. Und überlegt, was man tun kann, um nicht noch mal in Silverhielms Situation zu geraten. Sie können mich nicht totschlagen, eine Grenze gibt es also. Ich meine, es ist so wie mit dem Waffenvorrat der Heimwehr. Du und ich könnten vielleicht hingehen und uns zwei Maschinenpistolen und ein paar Handgranaten holen und innerhalb einer Nacht den ganzen Rat umbringen. Natürlich könnten wir das, ich meine, rein technisch. Aber es ist ebenso klar, dass wir das nicht tun werden. Verstehst du? Es gibt immer eine Grenze, an der die Vernunft über die Gefühle siegt.

Nein, warte, ich hab eigentlich nicht das gesagt, was ich sagen wollte. Deine Art zu diskutieren bringt mich immer dazu, über Äußerlichkeiten zu schwadronieren. Wir waren uns bisher doch absolut einig, was wichtig ist. In dieser Nacht, ich meine, der Klosternacht, als wir hier in der Dunkelheit hockten und auf den Überfall warteten und über Polyphems Bosheit quatschten, da waren wir uns doch total einig, was wichtig ist. Man muss gegen das Böse kämpfen. Man muss es immer tun, man kann nicht sagen, man tut es nur ab und zu, wenn man hier und jetzt in Stjärnsberg ist. Verstehst du, was ich meine? Wie mein Gesicht ausgesehen hat, war wirklich nicht sehr witzig, und in den ersten Tagen war es auch nicht witzig, in den Spiegel zu schauen. Aber, und jetzt hör zu, denn das ist das Wichtigste: wenn ich das im Speisesaal nicht getan und keine einzige Schramme im Gesicht hätte, dann wäre es mir noch schwerer gefallen, in den Spiegel zu schauen. Ich will nicht so werden wie sie, niemals. Und du auch nicht. Sag mir nicht, dass du so werden willst wie sie, denn das stimmt nicht. Es ist mir schnurzegal, ob die Idioten vom Fach und die anderen auf der Mittelschule zum Rat halten. Die irren sich ganz einfach, die sollten lieber mitmachen, damit wir diesen Zuständen ein Ende setzen können. Aber klar, einerseits sind sie feige, und andererseits wollen sie selbst irgendwann Ratis werden, zur Belohnung sozusagen. Weil sie Quislinge sind. Wenn es in einem Land voller erwachsener Menschen, das von den Nazis besetzt ist, Quislinge geben kann, dann ist es kein Wunder, dass es auch auf der Mittelschule in Stjärnsberg welche gibt. Übrigens will das Fach morgen mit mir sprechen, und ich kann mir denken, was sie mir sagen möchten. Scheiß-Quislinge!

Das Fach wollte ihn zur Vernunft bringen. Ganz kameradschaftlich und von Gleich zu Gleich unter Mittelschülern. Sie hätten über Eriks Fall gesprochen, sagten sie, untereinander und mit dem Rat. So wie jetzt könne es doch nicht weitergehen. Wenn Erik glaube, nicht nach Stjärnsberg zu passen, könne er ja aufhören, dann wären alle Probleme für ihn und für den Kameradengeist gelöst.

Ach so, er könne eben nicht aufhören.

Nun ja, es sei, wie gesagt, nicht gut für den Kameradengeist, was hier ablaufe. Es gebe auf der Schule eine klare Mehrheit für den Kameradengeist, das sei Erik doch klar? Eriks Verhalten sei darum nur schädlich. Mehrere von den Kleinen aus der Einsfünf verwendeten bereits Eriks Spitznamen für den Präfekten und den Vizepräfekten. Ach, das wisse er nicht? Ja, so sei es aber. Und das sei nicht gut. Es könne um sich greifen und zu nichts als Ärger und unnötig harten Strafen führen. Es sei schade um jeden, der sich Strafen einfing, nur weil Erik ihn dazu verführe, und um die Kleinen ganz besonders. Es sei unsolidarisch von Erik, sich so zu verhalten, er verhalte sich wie eine Art Übermensch, das könne man keinesfalls gutheißen. Kein anderer könne minutenlang dastehen und sich schlagen lassen, ohne auch nur eine Miene zu verziehen, niemand könne vor zwei Ratis weglaufen, wie Erik das aus Spaß bisweilen mache. Es sei undemokratisch und das Fach müsse selbstverständlich gegen solche Grillen einschreiten. Es gebe auch schon drei oder vier andere, die auf die Idee verfallen waren, Peppis zu verweigern und dafür lieber einen Samstagsonntag zu nehmen. Wie solle das alles enden? Die Mittelschule könne in zwei Teile zerfallen, es könne zur Spaltung der Mittelschule führen, wenn das Fach nicht alles zusammenhielte. Das einzig Demokratische wäre eindeutig, wenn Peppis und Dienstleistungen für alle gleich wären.

Auf jeden Fall habe das Fach sich also einen Kompromissvorschlag überlegt. Man habe darüber mit dem Rat gesprochen, und der Rat sei derselben Ansicht, auch wenn er das nicht offen sagen könne, das alles dürfe also nicht so weitergehen. Man mache ihm ein Vergleichsangebot, oder wie immer man es nennen wolle.

Wenn Erik ruhig bliebe und im Frühjahrshalbjahr keinen Ärger mehr machte, dann würde der Rat ihn ignorieren. Wenn er aufhörte, den Präfekten Scheißhelm zu nennen und überhaupt und einfach ruhig bliebe, dann würde er selbst auch in Ruhe gelassen werden. So wäre es das Beste für alle. Man könne doch wenigstens einen Versuch machen, ein Halbjahr lang, nicht wahr. Und wenn es gut ginge, könne man später auch über den Arrest verhandeln, den Erik sich eingefangen habe. Es sei in gewisser Hinsicht auch nicht richtig, dass man jemandem so viel Arrest aufbrumme, dass es bis über das Abitur hinausreiche. Nach nur einem ruhigen Halbjahr könne man vielleicht den Beschluss fassen, die restliche Strafe zu erlassen.

Damit wäre allen gedient. Erik würde seine Ruhe haben und sich die Prügel ersparen, die der Rat ihm sonst verpassen müsste. Und der Rat könnte sich wichtigeren

Dingen widmen, als ständig darüber nachzudenken, wie man Erik fertigmachen konnte. Auf der Mittelschule würde es ruhiger werden – mit einem solchen Kompromiss wäre, wie gesagt, allen gedient. Wenn er freilich nicht auf diesen Vorschlag einginge, dann würde das den offenen Konflikt bedeuten, und er wäre der Hauptleidtragende dabei.

Er solle sich die Sache während der Weihnachtsferien wenigstens überlegen.

»Etwas stimmt an dem Vorschlag nicht, der stinkt«, sagte Pierre. »Die schlagen eine Art Gleichgewicht des Schreckens zwischen dir und dem Rat vor, aber es darf nicht bekannt werden, dass ihr euch geeinigt habt?«

»Ja, so ungefähr hab ich's verstanden.«

»Die scheißen auf dich, wenn du auf sie scheißt. Das heißt, du hast gewonnen, das hätte ich nie gedacht.«

»Ich auch nicht, ich meine, nicht, dass es so leicht gehen würde. Trotzdem ist die Sache irgendwie faul. Sie wollen nur mit mir Frieden schließen, damit sie mit allen anderen auf der Mittelschule machen können, was sie wollen. Sie scheinen fast selbst an meinen schädlichen ›Sozieinfluss‹ zu glauben, oder wie sie es nennen.«

»Was hast du jetzt vor?«

»Ich weiß nicht. Mir die Sache über Weihnachten überlegen. Ich fahr nach Hause in den Weihnachtsfrieden und zu meinem eigenen kleinen Präfekten, meinem Vater, du weißt schon, da bin ich zum Frühlingshalbjahr bestimmt passend milde gestimmt.«

Die Weihnachtsferien, ach ja. Eins hatte Pierre noch nicht erzählt. Er hatte nichts sagen wollen, ehe alles geklärt war. Jedenfalls würde sein Vater zu Weihnachten aus der Schweiz nach Hause kommen. Sie wollten die ganzen Ferien im Ferienhaus in Sälen verbringen. Pierres Vater würde ihn mit dem Wagen abholen und sie würden direkt nach Sälen fahren. Ja, also, Erik sei eingeladen, wenn er wolle. Dann brauche er über Weihnachten nicht nach Hause zu fahren.

Eine Woche später begannen die Ferien. Nach dem Choralgesang wurden Preise für Leistungen im Unterricht und beim Sport verteilt. Als Erik als bester Schwimmer der Schule den Lewenheusen'schen Pokal entgegennahm, waren vereinzelte Buhrufe zu hören.

Erik steckte sein Zeugnis in einen Briefumschlag und schrieb die Adresse seiner Eltern darauf. Dann wurden sie von Pierres Vater abgeholt.

Das Flüstern der Sperlingskäuze war in der Winternacht einen Kilometer weit zu hören.

Es war Ende Februar. Erik und Pierre waren zwei Stunden hinter Kranich hergelaufen, bis sie dem Männchen nahe genug gekommen waren, um das Nest zu finden. Die Sperlingskäuze brüteten in einem Loch in einer großen Espe, drei Kilometer von der Schule entfernt in einem Wäldchen.

Der Biologielehrer trug seinen für einen Vogelnarren naheliegenden Spitznamen mit großer Gelassenheit; man durfte ihn sogar in den Stunden Kranich nennen.

Erik und Pierre, die für das nächste Zeugnis die Spitzennote in Biologie anstrebten, hatten die Extraaufgabe, im Umkreis von fünf Kilometern um die Schule so viele Vogelarten wie möglich zu beobachten. Und da die Sperlingskäuze schon im Februar brüten, kamen sie als Erstes an die Reihe. »Extraaufgabe« war allerdings ein bisschen übertrieben: Kranich hatte selbst drei Nächte mit ihnen draußen verbracht, um die Vögel aufzuspüren.

Es war Vollmond, fester Schnee und sechs Grad unter null. Sie kamen dem Sperlingskauz so nahe, dass sie ihn im Mondlicht sehen konnten. Es war unbegreiflich, dass der Vogel sich von ihnen nicht stören ließ, obwohl er ihre knirschenden Schritte im Schnee gehört haben musste.

»Das lässt sich durch den Liebesrausch erklären«, flüsterte Kranich, »der Trieb ist so stark, dass er die normale Vorsicht der Tiere aufhebt. Ein balzender Auerhahn kann dermaßen in Erregung geraten, dass er sich sogar über Vieh oder Menschen hermacht. Der Geschlechtstrieb schaltet die Vernunft aus, könnte man vielleicht sagen.«

Danach gingen sie durch die Winternacht zurück und feierten ihre erste wichtige Beobachtung bei Kranich zu Hause mit heißem Kakao. Es war nicht leicht zu verstehen, was Kranich in Stjärnsberg zu suchen hatte. Er hatte seinen Doktor gemacht und war Experte für bestimmte Veränderungen in den Fettsäuremolekülen, die bei der Entstehung des Lebens eine Rolle spielten.

Pierre glaubte, dass irgendein Ärger an der Universität dahintersteckte, dass Kranich eine Dozentur in Lund angestrebt hatte, ihm aber ein anderer vorgezogen worden war, und dass eine Stelle als Studienrat mit gutem Gehalt in Stjärnsberg kein schlechter Ersatz war für einen, der sich noch dazu so für die Natur und vor allem Vögel interessierte. Stjärnsberg war phantastisch zwischen Seen und Wäldern gelegen. Wenn man dann noch Paarungsspiele unter Flattertieren zu seinen großen Interessen zählte …

Erik fand die Sache trotzdem komisch. Denn Kranich war der netteste von allen Lehrern. Nie wurde er wütend. Und einmal, als es um Charles Darwin ging, hatte er eine antimilitaristische Rede gehalten, dass Menschen nicht wie Tiere seien und deshalb eigentlich – was er allerdings nicht offen aussprach – den Militärdienst verweigern müssten. Es war klar, dass Kranich das so sah. Und wenn er das so sah, und wenn er so scharfe Sinne hatte, dass er über mehrere Kilometer hinweg einen Sperlingskauz lokalisieren konnte, wie konnte er dann, wie alle anderen Lehrer auch, in Stjärnsberg herumlaufen und sich blind und taub stellen? Allein so eine Szene wie damals im Speisesaal, Kranich hatte doch wie alle anderen ab und zu Aufsicht am Tisch des Rektors. Irgendwann müsste man versuchen, ihm dazu eine Erklärung zu entlocken.

Inzwischen waren fast zwei Monate des Frühjahrshalbjahres vergangen.

Der Rat ließ Erik vollständig in Ruhe, keiner aus der Abiklasse bat ihn auch nur, ihm am Kiosk Zigaretten zu kaufen. Und Erik behandelte alle Ratis wie Luft, schaute durch sie hindurch und sprach keinen jemals an.

Wenn das das Gleichgewicht des Schreckens war, dann funktionierte es ohne die geringste Störung seit fast zwei Monaten.

Erik und Pierre hatten sogar aufgehört, sich über die Ursache zu streiten. Hatten die Ratis aufgegeben und Erik stillschweigend einen Freibrief erteilt, um sich Situationen zu ersparen, aus denen sie vielleicht keinen Ausweg wüssten?

Das glaubte Pierre.

Oder warteten sie nur auf den richtigen Moment, um wieder zuzuschlagen? Wenn sie lange genug Zeit gehabt hatten, um sich eine wirklich effektive Strafe auszudenken?

Das glaubte Erik.

Jedenfalls herrschte seit Schulbeginn Ruhe, und es gab keinen besonderen Grund, sich über die Ursache Gedanken zu machen. Man würde früh genug erfahren, wer recht hatte.

Erik hatte sein Schwimmtraining um eine morgendliche Runde erweitert. Er war in den Wintersportarten sowieso nur mittelmäßig, da konnte er sich auch gleich dem Krafttraining und dem Schwimmen widmen, obwohl immer klarer wurde, dass seine Technik im Becken sich zusehends verschlechterte. Dass seine Zeiten besser wurden, hatte mit der Technik nichts zu tun; es lag ganz einfach daran, dass er mehr Ausdauer hatte und anderthalb Minuten mit voller Kraft und im Höchsttempo durchs Wasser pflügen konnte. Für den Unterricht lernte er wie üblich im Arrest.

Im März aber, als es manchmal schon von den Dächern tropfte, zerbrach das Gleichgewicht des Schreckens.

Pierre hatte schon vor Wochen seinen letzten Samstagsonntag wegen Peppisverweigerung abgesessen, und sein Tischmajor, ein Ratsmitglied, hatte seither auch keinen Grund mehr gefunden, ihn zum Peppis zu rufen.

Aber jetzt passierte es, und offensichtlich war es reine Schikane. Pierre weigerte sich und musste zu einem weiteren Samstagsonntag verdonnert werden.

Am darauf folgenden Tag passierte dasselbe Arne und einem weiteren Peppisverweigerer unter demselben fadenscheinigen Vorwand, und auch sie weigerten sich wie üblich. Hinter dem Ganzen schien eine bestimmte Absicht zu stecken.

Als Pierre von der Ratssitzung zurückkehrte, zu der er und die anderen Peppisverweigerer einbestellt worden waren, zeigte sich ganz deutlich, dass die Sache Methode hatte. Alle drei waren zu drei Samstagsonntagen auf einmal verurteilt worden. Dazu war ihnen gedroht worden, dass sie bei der nächsten Verweigerung im Karo landen würden. Silverhielm hatte sie daran erinnert, was dem Sozi passiert war, der nach dem letzten Halbjahr die Schule verlassen hatte, Johan S. oder wie er noch mal geheißen hatte.

Die Botschaft konnte nicht missverstanden werden. Der Rat wollte an der Mittelschule jegliche Tendenzen zu Insubordination ein für alle Mal ausmerzen. Sie hatten auch einige Schüler aus den unteren Klassen vor den Rat geschleift und sie fast ebenso hart dafür verurteilt, dass sie sich über den Rat unpassend geäußert hätten, also frech gewesen seien (vermutlich hatten sie Eriks Spitznamen für Silverhielm und Dahlén benutzt, ganz sicher ging es darum).

Sie setzten sich an ihre übliche Rauchstelle und drehten und wendeten das Problem. Wenn der Rat A gesagt hatte, würde er bald B sagen müssen. Also würden Pierre und die anderen schon an einem der beiden kommenden Tage zum Peppis befohlen werden, ganz egal, ob sie sich bei Tisch danebenbenommen hätten oder nicht. Pierre würde also bald vor der Wahl zwischen Peppis und noch mehr Arrest oder Strafarbeit stehen und außerdem im Karo Prügel beziehen.

»Das halt ich nicht aus«, sagte Pierre. »Du kannst doch sicher verstehen, dass ich Angst habe? Ich hab ganz einfach Angst vor Schlägen.«

»Das haben alle, ist ja auch kein Wunder«, erwiderte Erik.

»Ja, aber die einen haben mehr und die anderen weniger. Zwischen dir und uns anderen zum Beispiel beträgt der Unterschied geradezu Lichtjahre. Ich schaff das nicht, ich bin ganz sicher, dass ich es nicht schaffen werde.«

»Natürlich schaffst du das. Wenn man ausreichend starke Gründe hat, dann schafft man alles. Das Problem sitzt im Gehirn und nicht in den Gefühlsnerven. Was wehtut, sind nicht die Prügel, sondern dass man ihnen gehorchen und vor ihnen kriechen muss.«

»Du hast gut reden!«

»Nein, das gilt für alle, es muss für alle gelten. Jedenfalls für Jungen wie dich und mich. Das Schlimmste ist, solchen Idioten gehorchen und hören zu müssen, wie die Quislinge einen auch noch auslachen. Nach Prügeln kommt man sich nur wie nach einer harten Trainingsrunde mit Sauna am Ende vor. Es war ein verdammtes Elend, solange es gedauert hat, aber danach ist man zufrieden.«

»Ich weiß trotzdem nicht, wie ich die Prügel im Karo überleben soll.«

»Wie alle anderen, nehme ich an. Du kriegst ein blaues Auge und ein bisschen Nasenbluten und dann ist es vorbei.«

»Aber wenn die es so machen wie bei Johan S., wenn sie mir zum Beispiel den Arm auf den Rücken drehen und dort festhalten und immer fester und fester zudrücken, bis ich verspreche, nie mehr einen Peppis zu verweigern? Was mach ich dann?«

Diese Frage war nicht so leicht zu beantworten. »Lass sie weitermachen, bis sie dir den Arm gebrochen haben«, wäre bestimmt keine passende Antwort. Da Pierre Angst hatte und die anderen nicht tief genug hasste – er verachtete sie nur hinter seiner Lesebrille –, besaß er keine starke Waffe gegen den Schmerz. Die Angst aber verstärkt den Schmerz noch. Der Hass macht ihn schwächer, bis er in einem weißen Nebel verschwindet. Pierre wollte etwas finden, das man als »intellektuelle Lösung« bezeichnen konnte, aber das war nicht so leicht. Der intellektuelle Widerstand funktioniert fast nur auf lange Sicht, direkt an der Hinrichtungsstätte funktioniert er selten.

Oder doch, möglich war es schon.

»Hast du dir mal überlegt, Pierre, wie viele Geschichten du schon über Leute gelesen hast, die aufs Schafott gestiegen sind und ihre Nationalhymne gesungen oder ›Es lebe der Kaiser‹ gerufen haben? Oder nimm die Roten in Finnland, die vor dem Hinrichtungskommando die Internationale gesungen haben.«

»Ja, schon, aber das ist nicht dasselbe. Wenn sie einen

erschießen wollen, ist es wahrscheinlich nur normal, dass man sich zusammenreißt, als Letztes, was man überhaupt im Leben tut. Wenn diese Nazis mich erschießen wollten, würde ich bestimmt ein tolles Lied singen. Aber das wollen sie ja nicht. Sie wollen mir nur so lange den Arm verdrehen, bis ich ihnen verspreche, was sie wollen.«

»So ein Versprechen hat keinen Wert.«

»Nein, aber wie geht es weiter? Wenn man wieder einen Peppis verweigert, und das werden sie ganz schnell austesten, wird man wieder ins Karo geholt. Und dann verspricht man wieder.«

»Und? Dann verweigert man wieder.«

»Das ist unmenschlich, du kannst nicht von mir verlangen ... das schaff ich nie im Leben.«

»Nein, vielleicht nicht. Aber ich glaub, ich hab eine Idee. Bestimmt werden Silverhielm und Blinkfeuer dich ins Karo holen, einer von denen oder vielleicht auch alle beide. Und dann machst du Folgendes: Bevor die Prügel losgehen, sagst du laut und deutlich, dass sie verdammte Blinkfeuer und Scheißhelme sind, jämmerliche Feiglinge, die Leute schlagen, die kleiner und schwächer sind, und dass es keine Rolle spielt, welches Versprechen sie dir abpressen werden. Sie sind trotzdem Blinkfeuer und Scheißhelme. Du verstehst, was ich meine? Wir können die Idee natürlich noch viel besser ausarbeiten.«

»Ach was? Und dann kriege ich noch mehr Prügel, als sie eigentlich vorhatten, und ich muss wieder einen Peppis verweigern und wieder ins Karo. Davon wird gar nichts besser. Oder doch, besser wird es schon irgendwie, ich versteh natürlich, was du meinst. Ich weiß nur nicht, wie oft ich das Karo aushalten kann.«

Nein, es wäre vielleicht doch zu schwer, seine Idee in die Tat umzusetzen. Sie hatten höchstens ein paar Tage Zeit. Konnte man da Pierre beibringen, sich zu verteidigen, ihn ein paar Schläge oder Tritte lehren, um die Gegner zu beeindrucken?

Nein, Pierre war nicht so. Nicht, weil ihm die Kraft dazu fehlte – es spielt keine so große Rolle, wie hart ein Tritt gegen den Unterleib ist, wenn er nur richtig trifft –, Pierre würde so etwas einfach nicht über sich bringen. Die Gewalt sitzt im Gehirn und nicht in den Muskeln. Selbst mit dem intensivsten Training würde man Pierre nicht beibringen können, wie man zwei Stjärnsberg-Snobs fertig machte, und wenn es noch so einfach war, weil sie nie gelernt hatten, wie man kämpft.

»Nein, Pierre, wir wissen nicht, wie du das aushältst. Aber wenn du zum ersten Mal ins Karo kommst, dann musst du sie trotzdem so sehr verspotten, wie du überhaupt kannst. Für dich wird es dadurch nicht schlimmer, für sie aber wohl. Und dann gibst du Silverhielm eine Ohrfeige. Ja, ich meine wirklich eine Ohrfeige, also keinen Schlag, der ihn verletzt, sondern einen, der ihn beleidigt und noch lächerlicher macht, als wenn du ihn niedergeschlagen hättest. Ich kann dir zeigen, wie du eine Ohrfeige schlägst, die ganz sicher trifft. Du hältst die Hände tief vor den Bauch, so wie ich jetzt. Dann schlägst du mit der rechten Hand schräg nach oben und triffst mit dem Handrücken seine rechte Backe, verstehst du? So. Gegen Schläge von rechts kann man sich am schlechtesten schützen, sogar, wenn man was vom Schlagen versteht, was Silverhielm garantiert nicht tut. Wenn du so schlägst, dann triffst du, das steht fest. Wenn der Schlag von schräg unten kommt, hat er keine Chance, sich dagegen zu wehren. Und schlag mit dem Handrücken zu, das gilt als schlimmere Beleidigung als ein richtiger Schlag.«

»Und was dann?«

»Ja, was dann ... ach, Pierre, wenn ich nur für zehn Minuten in deine Haut schlüpfen könnte! Wenn ich auf irgendeine Weise deine Stelle einnehmen könnte, mich mit deiner Brille verkleiden und überhaupt.«

»Sicher, wär klasse. Geht aber nicht.«

»Nein, und ich kann dir nicht mal beibringen zu kämpfen.«

Es dauerte nur zwei Tage, dann holten Silverhielm und Gustaf Dahlén Pierre ins Karo.

Erik stand ganz oben am Mittelschulhang, mit nassen Handflächen und kaltem Schweiß auf der Stirn.

Das Ritual begann wie immer. Der Clubmeister schlug Pierre mit dem Silberstab zur Ratte und erklärte dann die Regeln. Unten am Mittelschulhang stimmten einige das Rattenlied an.

»Fresse halten!«, schrie Erik mit einer Stimme, die alles übertönte. »Fresse halten, sonst müsst ihr mit mir ins Karo!«

Der Gesang verstummte. Dort unten im Karo waren die einführenden Rituale erledigt, jetzt war der Moment für die ersten Schläge gekommen.

»Nimm die Brille ab«, befahl Silverhielm.

»Warum sollte ich einem Wurm wie dir gehorchen?«,

erwiderte Pierre gelassen. Nicht einmal Erik konnte seiner Stimme ein Zittern anhören.

»Nimm sie ab«, sagte Silverhielm.

Pierre trat einen kurzen Schritt näher an ihn heran, hob vorsichtig die Hände auf Magenhöhe – ja, verdammt, er wollte schlagen! –, blickte dann Silverhielm ins Gesicht und schnupperte zwei- oder dreimal in die Luft.

»Du stinkst noch immer nach Scheiße, einer wie du wird den Scheißegeruch wahrscheinlich nie los«, sagte Pierre und schlug zu.

Er traf perfekt. Silverhielm trat verdutzt einen Schritt zurück, wurde wütend, die Dienstmädchen an den Fensterplätzen applaudierten und die Mittelschule stieß ein Freudengeheul aus.

Als Silverhielm sich gerade über ihn hermachen wollte, hob Pierre abwehrend die Hand.

»Halt«, sagte er. »Lass mich erst die Brille absetzen.«

Und Silverhielm blieb mit blöder Miene und erhobenen Fäusten stehen, während Pierre unendlich langsam die Brille in die Brusttasche steckte.

»So, Herr Kommandant Scheißhelm, jetzt können Sie loslegen, wenn Sie Lust haben«, sagte Pierre und der erste Faustschlag traf ihn noch bei der letzten Silbe über dem Mund.

Schon nach einer Minute blutete Pierre aus Mund und Nase. Aber soweit Erik sehen konnte, trafen weder Blinkfeuer noch Scheißhelm hart und sauber genug, um ihm wirklich Schaden zuzufügen. Pierre, der nur vage Ansätze machte, sich zu verteidigen, fing bald an zu weinen und ließ sich zu Boden sinken. Die Blutlache unter seinem Gesicht wuchs nicht beunruhigend schnell.

Dann fingen sie natürlich an, ihn in den Hintern zu treten und herumzuschreien, von wegen wie man Sozis bestrafte, die sich einbildeten, bei den Peppis den Schnabel aufreißen zu können. Sie traten anfangs nicht wirklich hart zu. Pierre hatte schon genug Zeit im Karo verbracht, um mit intakter Ehre hinauskriechen zu können.

»Und jetzt lass hören!«, schrie Gustaf Dahlén. »Jetzt lass hören, ob du in Zukunft deine Peppis hinnimmst und die Klappe hältst!«

Pierre versuchte etwas zu sagen, wurde aber von Silverhielm durch einen Tritt in die Rippen daran gehindert. Worauf das Gymnasium buhte. »Nun lass ihn doch versprechen«, schrien sie.

Silverhielm legte eine Pause ein.

»Na! Dann soll die kleine Ratte mal Gehorsam versprechen!«, schrie er den zusammengekrümmt zu seinen Füßen liegenden Pierre an.

»Sicher, ich kann euch alles versprechen, ich kann versprechen, den Mond vom Himmel zu holen, wenn du willst. Aber ich hab nicht vor, diese Versprechen zu halten, du mieses feiges Schwein. Du nach Scheiße stinkendes ...«

Beim nächsten Tritt blieb Pierre die Luft weg. Diesmal trat Silverhielm richtig zu. Er hob das Bein über Pierre und trat ihm mit dem Absatz in die Rippen. Sogar Silverhielm entwickelte bei dieser Tritttechnik unangenehme Kräfte, wo immer er sie gelernt haben mochte.

»Wie hast du mich genannt?«, fragte Silverhielm, doch Pierre antwortete nicht.

»Schwein!«, schrie Erik oben am Mittelschulhang. »Du bist ein Schwein, das nach Scheiße stinkt, Scheißhelm!«

»Ach«, sagte Silverhielm und hob abermals den Fuß über Pierre. »Ach, was du nicht sagst, können wir das noch mal hören?«

»Scheißhelm!«, schrie Erik.

Und Silverhielm trat wieder mit voller Kraft zu. Wenn er richtig traf, konnte er Pierre dabei ein paar Rippen brechen.

»Und, dürfen wir das noch mal hören?«, fragte Silverhielm und hob wieder den Fuß über Pierre.

Erik schwieg. Die Botschaft war klar genug. Weitere Beschimpfungen von Seiten Eriks bedeuteten weitere Tritte in die Rippen des liegenden Pierre. Das Publikum wartete schweigend ab, was jetzt passieren würde.

»Scheißhelm, stinkender Kommandantenarsch«, stöhnte Pierre.

Dem folgte das dumpfe Geräusch von Tritten; es klang ungefähr so, wie wenn man einen schweren, weichen Sack auf einen Zementboden fallen lässt. Pierre konnte nicht mehr aus dem Karo kriechen, sie hatten die Sache zu weit getrieben. Sie schleiften ihn an den Füßen hinaus, wobei sein Kopf und seine schlaffen Arme von der Zementplattform in den Kies fielen. Dann stießen sie einige allgemeine Drohungen gegen die Mittelschule aus und gingen. Die finnischen Dienstmädchen schlossen ihre Fenster. Eine zögerte kurz und schrie: »Verdammter mieser Scheißhelm!«

Dann schlug auch sie ihr Fenster zu.

Erik lief nach vorn, um Pierre auf die Beine zu helfen. Pierre stöhnte leise. Das Publikum löste sich auf und ging plaudernd von dannen, wie nach einem wichtigen Fußballspiel.

Einige Stunden später konnte Pierre zum ersten Mal über alles lachen. Erik hatte ihm das Blut abgewaschen und festgestellt, dass keine Wunde genäht zu werden brauchte. Die Nase war unversehrt und die Lippen nur hier und da ein wenig gesprungen. Aber natürlich würde Pierre Blutergüsse um die Augen und dicke blaue Flecken an den Seiten zurückbehalten.

»Wir sind ein schönes Paar, was«, sagte Pierre. »Natürlich hab ich irgendwie gewonnen. Aber ›noch so ein Sieg, und ich bin verloren‹. Ich bin kein Sancho Pansa, wie ich gedacht hatte, ich bin Pyrrhus. Ich meine, natürlich bist du der Ritter von der traurigen Gestalt. Aber wie gesagt, ich dachte, ich sei dieser fette kleine Arsch auf dem Esel, aber das bin ich definitiv nicht.«

»Was soll das jetzt, verdammt? Da hat man sich eingebildet, man sei Spartakus, der rebellische Gladiator, und dann kommst du und sagst, man ist ein Idiot, der gegen Windmühlen anrennt. Du kannst über unsere Kommandanten sagen, was du willst, aber ein bisschen gefährlicher als Windmühlen sind sie dann doch.«

»Na gut, dann eben Spartakus, auch wenn ich behaupte, dass ich vielleicht doch Sancho Pansa bin. Aber du weißt, wie die Sache für Spartakus ausgegangen ist?«

»Klar. Er hat am Ende Jean Simmons gekriegt, jedenfalls der Spartakus, an den ich jetzt denke, Kirk Douglas.«

»Und was ist aus Tony Curtis geworden?«

»Weiß ich nicht mehr, jedenfalls hat er Jean Simmons nicht gekriegt.«

»Scherz beiseite, Erik …«

Pierre zögerte, und Erik konnte sich denken, was er sagen wollte.

»Ich glaub nicht, dass ich das noch einmal schaffe. Ich weiß nicht. Es ist, wie du sagst, im Nachhinein ist es fast ein gutes Gefühl. Aber … du würdest es ja doch nicht verstehen. Spartakus wurde übrigens gekreuzigt. Die Römer haben gewonnen.«

»Du warst jedenfalls verdammt mutig. Und einen tollen Treffer hast du gelandet. Heimlich trainiert, was?«

»Nein, ich hab einfach nur zugeschlagen.«

»Fantastisch, dann bist du ein Naturtalent: ich hätte den Schlag fast nicht kommen sehen.«

»Aber du hast ihn gesehen?«

»Ja, ich hab gesehen, wie du diesen kleinen vorsichtigen Schritt vorgetreten bist und dann die Hände gerade langsam genug gehoben hast. Das war perfekt.«

»Komisch, ich kann mich kaum erinnern, wie es passiert ist, ich weiß nur noch, dass ich diese Ohrfeige gelandet habe. Ich glaub, ich hab als Kind zuletzt jemanden geschlagen.«

»Ich sag doch, ein Naturtalent.«

»Ja, aber wir kommen vom Thema ab, und dir ist es wahrscheinlich nur recht. Also: ich glaub nicht, dass ich das noch mal schaffen kann. Nächstes Mal nehm ich den Peppis. Bist du dann von mir enttäuscht?«

Erik wusste nicht, was er sagen sollte. Natürlich war

er enttäuscht. Aber was konnte man von einem Jungen erwarten, der nie gekämpft hatte und sich nie im Leben würde verteidigen können?

»Ich weiß nicht«, sagte Erik, »ich weiß nicht, was ich sagen soll, ich weiß nicht mal, was ich eigentlich denke. Wir reden heute nicht mehr darüber. Du warst jedenfalls verdammt mutig. Eben weil du nicht kämpfen kannst, warst du verdammt mutig. Komm jetzt mit schwimmen, dann bist du morgen nicht so steif.«

»Nein, abends dürfen das doch nur Leute wie du und die Ratis.«

»Stimmt. Dann lies ein Buch. Mach's gut solange.«

Die Spielregeln für die nächsten Tage waren klar. Die drei bisherigen Peppisverweigerer mussten immer wieder beweisen, dass sie nicht mehr verweigerten, sondern auf Kommando brav vortraten und den Kopf senkten. Sie bekamen keine harten Schläge, aber es ging auch nicht um den physischen Schmerz. Hier sollte die Ordnung wiederhergestellt werden.

Erik hatte seinen Hahnenkampf gegen die Präfekten wieder aufgenommen. Aber kaum jemand wagte, bei Tisch oder auf dem Schulhof zu kichern, wenn er die Präfekten verspottete.

Außerdem hatte der Rat versucht, ein System von Denunzianten aufzubauen. Wer zu Strafarbeit oder Arrest verurteilt worden war, konnte sich einen freien Samstag erkaufen, wenn er Leute aus der Mittelschule nannte, die gewisse Spitznamen für die Präfekten benutzten. Das System funktionierte schlecht, aber der Rat wollte es trotzdem nicht aufgeben. Also wurde die Nachricht verbreitet, dass Denunzianten durch besonders milde Urteile belohnt und außerdem von Botendiensten ausgenommen werden sollten. Von da an klappte alles ein wenig besser.

Erik schlug Pierre vor, die Denunzianten zusammenzuschlagen. Pierre war absolut dagegen; so würde man nur selbst die Logik der Grobiane übernehmen. Eine bessere Idee wäre es, mit roter Farbe ein großes D auf ihre Türen zu malen. In der folgenden Nacht schlichen sie in den Wohnhäusern der Mittelschule umher und versahen fünf Türen mit einem D.

»Die werden es natürlich wegkratzen, aber das macht nichts«, sagte Pierre, »denn dann sind die Kratzspuren zu sehen und alle wissen, was die bedeuten.«

»Ja«, sagte Erik. »Und D für Denunziant ist sicher das Beste. Q für Quisling hätten sie nicht kapiert. Auf die Sache mit dem Gleichgewicht des Schreckens einzugehen, war übrigens idiotisch von mir.«

»Eigentlich bist du gar nicht darauf eingegangen. Sie haben dich in Ruhe gelassen und du sie, das war alles. Und solange es gut ging, war es schön. Ich meine, es kann niemals falsch sein, es mit einer friedlichen Lösung zu versuchen.«

»Es war keine ›friedliche Lösung‹, und was ist das überhaupt für ein Wort? Sie wollten nur Zeit gewinnen, um danach umso härter zuzuschlagen.«

»Ja. Und die Frage ist, was sie jetzt mit dir vorhaben.«

Genau das war die Frage.

Wieder schwirrten in der Schule die Gerüchte, so, wie im Vorjahr vor der Klosternacht. Natürlich würden die Ratis etwas unternehmen, um Erik endlich zur Raison zu bringen, aber niemand hatte irgendeine Ahnung davon, was sie vorhatten. Sicher war nur, das bald etwas passieren musste.

An einem Samstag hatte sich die Kälte wieder eingestellt und im Laufe des Nachmittags wuchsen am Hauptgebäude Eiszapfen. Erik war in den siebten Band von »Tausendundeine Nacht« vertieft, als die Tür zum Arrest geöffnet wurde. Draußen standen zwei Ratis aus der vierten Gymnasialklasse. Sie brachten einen Jungen aus der Einsfünf, der wegen Frechheit zu einem Samstagsonntag verdonnert worden war. Und sie erklärten, dass der Junge erkältet sei und deshalb in den Arrest gesteckt werden solle, während Erik seine Strafarbeit zu übernehmen habe. Dagegen ließ sich nicht viel sagen, fand Erik.

Die Ratis führten ihn zu der kleinen Kiesfläche vor dem Anbau, der als zusätzlicher Unterrichtsraum verwendet wurde. Auf dem Boden lagen vier längliche Stemmeisen aus Stahl, mit denen früher wohl einmal Granit gebrochen worden war. Die Eisen waren schmal und einen guten halben Meter lang. Daneben lag ein großer Hammer.

Die Ratis bezeichneten vier Punkte, die zusammen ungefähr ein Quadrat markierten. Hier sollten die vier Eisen durch Eis und Schnee in den gefrorenen Boden geschlagen werden, bis sie felsenfest saßen, klar? Wenn Erik mit dieser Arbeit fertig sei, könne er den Hammer in den Werkzeugschuppen bringen und nach Hause gehen. Mit diesen Worten verschwanden die Ratis.

Erik blieb eine Weile stehen und betrachtete die Eisen. Sie sollten ein Viereck bilden, bei dem die Eisen jeweils um die zwei Meter voneinander entfernt wären.

Das kam ihm merkwürdig vor, fast wie die Aufgabe, im Wald sinnlose Gruben auszuheben. Aber sie hatten auch gesagt, er könne danach nach Hause gehen, und mehr als eine halbe Stunde würde diese Arbeit kaum dauern, danach hätte er zum ersten Mal in seiner Zeit in Stjärnsberg einen Samstagnachmittag frei. Er wiegte den Hammer in der Hand. Was mochten sie mit den Eisenpflöcken vorhaben? Warum wollten sie ihm danach freigeben? Was glaubten sie, was er machen würde, wenn er freihätte, irgendwo hingehen vielleicht? Hatten sie auf dem Weg zum Kiosk einen Hinterhalt gelegt oder was?

Er brauchte weniger als eine halbe Stunde, um die Eisen in den Boden zu treiben, dann saßen sie wirklich felsenfest. Er brachte den Hammer in den Schuppen, dann ging er auf sein Zimmer. Pierre lag wie üblich auf dem Bett und las.

Er fand die Sache ebenfalls seltsam und bedrohlich. Aber auch er hatte keine Vorstellung davon, was die Ratis vorhaben könnten.

»Wir müssen abwarten, etwas anderes bleibt uns nicht übrig«, sagte Erik und schlug wieder den siebten Band von »Tausendundeine Nacht« auf.

Nach einer Weile schlug er das Buch wieder zu und fragte Pierre, wieso Sindbad der Seefahrer zum Teil dieselben Abenteuer erlebte wie Odysseus. Wer hatte da von wem abgeschrieben?

Pierre vertrat die Ansicht, die Version in »Tausendundeiner Nacht« müsse jünger sein als die Homers. Er führte eine Reihe von Beweisen für diese Ansicht an.

Lustig war auch, dass die Geschichte von Polyphem

zu denen gehörte, die in den beiden Büchern fast identisch waren.

Beim Essen war alles wie immer. Erik war deshalb sehr überrascht, als er aus dem Speisesaal kam und dort vom gesamten Rat erwartet wurde. Okay, dachte Erik, früher oder später musste das ja passieren. Jetzt ist ein neuer Goldzahn fällig, aber gewinnen werden sie trotzdem nicht.

Die Ratis stürzten sich von allen Seiten auf ihn, packten ihn an Armen und Beinen und schleppten ihn dann unter Jubel und Geschrei zu den vier Eisenpflöcken vor dem Anbau. Dort drückten sie ihn auf den Boden – Widerstand war hier zwecklos –, banden ihm Lederriemen um Handgelenke und Fußknöchel, fesselten ihn an die Eisenpflöcke und zogen die Riemen so fest, dass er am Ende wie ein X auf dem Boden lag. Die ganze Schule versammelte sich erwartungsvoll um ihn herum. Hier und da ließ jemand eine spöttische Bemerkung fallen.

Es war fast dunkel, am Horizont hinter der Schule war ein breiter roter Streifen zu sehen. Der Himmel war dunkelblau und schon waren etliche Sterne zu erkennen. Erik zählte die Sterne im Großen Bären und überlegte sich, dass zum Tode Verurteilte sich genauso fühlen mussten wie er jetzt. Hätte er ein Lied gewusst, das er singen konnte, dann hätte er es jetzt gesungen. Das Schlimmste war, dass er die Eisenpflöcke, an denen sie ihn festgebunden hatten, selbst in den Boden hatte schlagen müssen. Darum hatten sie ihm also den Nachmittag freigegeben (natürlich, damit er sich nicht weigerte). Irgendwo hinter Eriks Kopf stand Silverhielm, sein Lachen war deutlich zu hören.

»Na, du kleines Großmaul, du hast die Stangen sicher ordentlich in den Boden geschlagen, damit du nicht loskommst, egal, wie verzweifelt du bist.«

Doch, das war Silverhielms Stimme. Es wäre sicher das Beste, bis auf weiteres gar nichts zu sagen, jedenfalls, bis er wusste, was sie nun eigentlich vorhatten. Wollten sie wirklich das mit dem Nussknacker machen? Aber dann hätten sie ihm die Hose ausziehen müssen, ehe sie ihn als X an die Pflöcke gebunden hatten.

Am Ende trat Silverhielm so weit vor, dass Erik ihn sehen konnte, und zog langsam, natürlich demonstrativ langsam, ein Messer hervor und hielt es Erik vor die Augen.

»Na, schon Angst, du kleiner Scheißer?«, fragte Silverhielm.

Erik hatte keine Wahl. Egal, was sie vorhatten, sie würden es tun, egal, was er sagte.

»Vor einem kleinen Ekel wie dir kann man überhaupt keine Angst haben«, fauchte Erik. »Im Übrigen stinkst du, Scheißhelm, Scheißhelm.«

Das musste die richtige Antwort gewesen sein. Bei einem wie Silverhielm durfte man einfach nicht klein beigeben. Erik war der Letzte in Stjärnsberg, der noch nicht resigniert hatte, und irgendwo draußen in dem dunklen Publikum musste wenigstens einer sein, der hoffte, dass er es auch nicht tun würde.

»Nimm das zurück«, sagte Silverhielm und senkte das Messer so weit, dass die Spitze der Klinge Eriks Nasenflügel berührte.

Erik schwieg.

»Nimm das zurück, hab ich gesagt«, wiederholte Silverhielm und drückte das Messer fester gegen den Nasenflügel. Erik spürte, wie Blut in eines seiner Nasenlöcher lief.

»Naaaa? Lass hören, ehe wir den Judenrüssel abschneiden«, fauchte Silverhielm.

»Du bist ein Wurm und wirst für den Rest deines Lebens stinken«, sagte Erik und spürte, wie das Messer noch fester gegen seinen Nasenflügel gepresst wurde. Die Klinge schnitt jetzt bereits in den Knorpel.

Plötzlich zog Silverhielm das Messer weg und richtete sich eilig auf, ohne auch nur einmal zu schneiden.

»Und jetzt wird die Sau gesengt!«, brüllte Silverhielm.

Es kam Bewegung ins Publikum, als die Ratis Eimer mit dampfendem Wasser brachten. Hinter ihnen waren Pfiffe und Jammern zu hören. Als Erik den Kopf hob, sah er, dass die Ratis auch vier seiner Klassenkameraden herbeigeschleppt hatten.

Die Ratis hatten die vier Jungen im Schwitzkasten und bogen ihnen einen Arm auf den Rücken.

»Los, jetzt sengt die Sau!«, befahl Silverhielm.

Der Erste in der Reihe war Höken, der seinen Eimer hob und ihn mit einem Knall auf den Boden stellte, sodass ein wenig Wasser auf Eriks Kopf schwappte. Das Wasser dampfte.

»Du musst doch verrückt sein, wenn du diesen Nazis gehorchst«, sagte Erik und hob den Kopf, um irgendwo vor dem Abendhimmel Hökens Blick einzufangen.

»Sorry, old chap, aber Befehl ist Befehl«, erwiderte Höken und stöhnte vor Anstrengung, als er den Eimer über Eriks Kopf hielt.

Und dann drehte er den Eimer um. Erik sah das sozusagen in Zeitlupe, jedenfalls sah es später in seiner Erinnerung so aus, als das dampfende Wasser über den Eimerrand lief und sich dann seinem Gesicht und seiner Brust näherte.

Eine Sekunde darauf brüllte er vor Schmerz und Schock und riss wie wahnsinnig an den Lederriemen, die an den felsenfest im Boden sitzenden Eisenstangen befestigt waren.

In seinem Gehirn herrschte ein Tumult wie nach einem Blitzeinschlag in einem Rechenzentrum. Dann folgte eine plötzliche Stille, während er im Dampf die Augen zusammenkniff und vage sah, wie der Nächste seinen Eimer anbrachte. Es war Arne, der immer zu einem Scherz aufgelegte Arne, der jetzt auf seinen Auftritt wartete, und Erik hatte den Eindruck, nein, es war ganz klar, dass Arne weinte.

Erik brüllte auf, als die nächste Schmerzwelle durch seinen Körper schwappte.

Die folgenden zwei Eimer waren mit kaltem Wasser gefüllt, aber als der dritte seiner Klassenkameraden, er konnte nicht erkennen, welcher es war, das kalte Wasser über ihn goss, fühlte es sich im ersten Moment genauso an wie das heiße, erst dann konnte sein geschundenes Gehirn den Ereignissen wieder folgen. Der letzte Eimer fühlte sich gleich eiskalt an, zumindest war es später in seiner Erinnerung so. Der Große Bär drehte sich langsam im Dunst. Einige lange Augenblicke lang hörte er nur das Geräusch seines eigenen keuchenden Atems.

Dann stand Silverhielm hinter seinem Kopf und sagte etwas, was Erik nicht verstand, und es kamen einige, er sah sie nicht, und spuckten ihn an. So klang es jedenfalls. Danach war alles still.

Sie waren gegangen. Alle waren gegangen und es war vollständig still. Sein Körper zitterte und bebte. Aber während die Kälte in seinen Körper eindrang, wurde sein Bewusstsein wieder klar. Er sah die Sterne ganz deutlich, hoch oben, und wenn er den Kopf bewegte, klirrte das Eis, das sich in seinen Haaren bildete; seine Kleidung wurde starr. Er schloss die Augen.

Aber das Zittern seines Körpers hielt ihn bei Bewusstsein.

Es war unmöglich, die Zeit abzuschätzen. Vielleicht hatte er eine Stunde dort gelegen, vielleicht auch erst fünf Minuten, als er Schritte hörte.

Es war die Schwester; als sie neben ihm niederkniete, sah er, dass ihre Brille funkelte. Aber sie hielt auch etwas in der Hand, es sah aus wie ein Skalpell. Zuerst sagte sie nichts. Sie legte ihm eine Hand auf die Brust und schob sie dann zur Halsschlagader hoch. Dann bewegte sie die Hand mit dem Skalpell.

Mit raschen Schnitten durchtrennte sie die Riemen, mit denen er an die Pflöcke gebunden war. Erik legte langsam die Hände aneinander und rieb sich halb unbewusst die betäubten Handgelenke. Dann nahm er die Riemen von seinen Knöcheln.

»Und jetzt versuch aufzustehen«, sagte sie und zog ihn an den Armen.

Das Eis, mit dem seine Kleidung an den Boden gefroren war, knirschte, als er sich losriss und auf die Beine kam.

»Komm mit«, sagte sie, legte sich einen seiner schweren Arme um die schmalen Schultern und ließ ihn die ersten schwankenden Schritte in Richtung Kassiopeia machen. Kein Mensch war zu sehen.

Als sie den halben Weg hinter sich gebracht hatten, stöhnte er, er könne allein gehen, und befreite sich fast mit Gewalt von ihrem stützenden Arm. Als sie die Tür erreicht hatten – er zitterte dermaßen, dass er kaum ein Wort herausbringen konnte –, fragte er, was nun richtig wäre: zu duschen, bis ihm warm wurde, und sich dann ins Bett zu legen?

Offenbar hatte sie mit Ja geantwortet und ihn dann verlassen. Denn als Nächstes taumelte er über den Gang zu seinem Zimmer. Zwei Klassenkameraden begegneten ihm, die wie erstarrt stehen blieben, aber nichts sagten.

Im Zimmer brannte kein Licht und er musste eine Weile nach dem Lichtschalter tasten. Als er das Licht einschaltete, sah er, dass Pierre im Bett lag und die Decke bis zum Kinn hochgezogen hatte, obwohl er hellwach war.

»Sie haben mich gefesselt«, sagte Pierre. »Deshalb konnte ich dich nicht losbinden.«

Erik stolperte zu Pierres Bett und zog mit unbeholfenem Griff die Decke weg.

Pierre war eingewickelt wie ein Puter.

Eriks Hände waren so steif, dass er die Knoten nicht lösen konnte, und er sah auch nicht klar. Vor seinen Augen schien ein Nebel zu hängen.

»Du musst noch eine Weile gefesselt bleiben«, nuschelte er, ging in den Duschraum, stellte sich unter die Dusche, ohne die Kleider auszuziehen, und drehte das Wasser an.

Das lauwarme Wasser ließ seinen Körper brennen und schmerzen. Er stand lange an die Fliesenwand gelehnt und massierte seine Handgelenke. Dann steigerte er die Wärme und befreite sich nach und nach von der Kleidung. Er wusste nicht, wie lange er unter der Dusche gewesen war, als er zu Pierre zurückging, einen Bademantel anzog und begann, Pierres Fesseln durchzuschneiden.

Ein paar Stellen an seinem Körper brannten, aber sein Kopf war wieder klar.

»Sie haben gesagt, dass niemand kommen und mich losbinden darf«, erklärte Pierre. »Wer es doch tat, sollte fünf Samstagsonntage kriegen.«

»Weil du mich sonst befreit hättest?«

»Ja, natürlich.«

»Die spinnen, das war doch niemandem fünf Samstagsonntage wert. Und wenn irgendwer mich losgemacht hätte, hätte der dieselbe Strafe gekriegt?«

»Ja, sie haben alle verjagt und sich dann über mich hergemacht.«

»Und wie lange wollten die mich da liegen lassen? Haben die nicht kapiert, was sie getan haben?«

Darauf gab es keine Antwort. Erik zog zwei Schlafanzüge übereinander an, legte sich ins Bett und die Wärme wogte über seinen Körper. Seine Handgelenke und Fußknöchel und ein paar Stellen auf der Brust und im Gesicht taten weh.

Hatten die wirklich nicht begriffen, was sie machten? Glaubten sie, wenn die einen ihn fesselten und andere heißes Wasser über ihn gossen und niemand ihn losschnitt, gäbe es am Ende überhaupt keine Schuldigen?

»Ich dachte, ich muss sterben«, murmelte Erik. »Ich hab's gedacht, aber es stimmt nicht, dass man dabei sein ganzes Leben wie einen Film vorüberziehen sieht. Ich hab nur Sterne gesehen.«

Er war schon fast eingeschlafen. Doch nun kam die Schwester, gab ihm einige weiße Tabletten und ein Glas Wasser.

Das Fieber stellte sich ungefähr gleichzeitig mit dem Schlaf ein.

Er ging schwerelos und wie schwebend zum Magazin der Heimwehr. Als er den Hammer über dem Schloss hob, kam der ihm federleicht vor, dann brach das schwere Hängeschloss ab, als sei es aus morschem Holz gezimmert. Die Karabiner standen in Reih und Glied und leuchteten gelbgrün, ein Spatz stieß verzweifelt immer wieder gegen die Fensterscheibe und fand keinen Weg nach draußen. Die Schlussstücke der Maschinenpistolen waren mit gelbbraunem Waffenöl verschmiert, aber er wischte sie problemlos mit seinen nassen Kleidungsstücken ab; in der Baracke war es heiß wie an einem Sommertag, die Flügelschläge der Flussuferläufer draußen vor dem Fenster waren deutlich zu hören, während der Spatz drinnen immer wieder gegen die Scheibe stieß. Die Pistole lag schwer in seiner Hand, er hielt sie wie eine Frucht.

Mit kurzen Salven schoss er vom Schuldach auf die Ratis, die einer nach dem anderen wie Dominosteine zu Boden fielen, und als der Rat danach zusammentreten sollte, um ihn gemäß § 13 zu verurteilen, schoss er wieder auf alle, die Kugeln durchschlugen ihre Körper und bohrten sich in die Wände des Klassenzimmers, dass der

Mörtel aufstob, während immer lauter Chopin-Musik zu hören war.

Er schwamm im Meer und das Wasser war heiß wie in einer Badewanne und zwischen den Atemzügen brannte sein Gesicht, während er schneller und schneller schwamm, ohne von der Stelle zu kommen; er wurde von der Gummileine zurückgezogen, immer weiter zurück.

Er wurde vom Durst geweckt. Sein Mund war wie ausgedörrt. Pierre war verschwunden und es war hell im Zimmer. Als er nach dem Wecker griff, sah er, dass ihm noch acht Minuten blieben, ehe die Speisesaaltüren geschlossen würden.

Er zitterte, als er sich das Gesicht abspülte und Wasser direkt aus dem Hahn trank. Das Bettzeug hatte sich im Bett wie ein Seil zusammengedreht. Seine eine Gesichtshälfte war flammend rot.

Er zog sich rasch an und lief als einer der Letzten über den Schulhof zum Speisesaal, die kalte Luft ließ sein Gesicht brennen und sein Puls ging unnatürlich rasch.

Im Speisesaal lief er so schnell zu Silverhielms Rücken an Tisch Nr. 2, dass Silverhielm gar nicht registrierte, wie die ihm gegenüber Sitzenden verstummten. Er packte Silverhielm bei den Haaren, beugte sich vor und flüsterte ihm etwas ins Ohr. Dann ließ er ihn wieder los, ging zu seinem Platz, setzte sich und streckte die Hand nach der Kakaokanne aus. Die anderen an seinem Tischende schwiegen.

»Guten Morgen«, sagte er verbissen.

Keiner antwortete. Sie starrten in ihre Tassen, rührten

im Kakao oder schmierten sich Brote, ohne aufzublicken. Keiner sah ihm in die Augen.

Er beugte sich nach rechts, um sich die Butter zu holen und einen Blick auf Silverhielm zu werfen. Ja, es hatte gewirkt. Silverhielm saß wie versteinert.

Keiner in seiner Nähe sprach während dieses Frühstücks. Erik wartete, bis Silverhielm aufgestanden und hinausgegangen war. Dann ging er auf geradem Weg zurück in sein Zimmer, bezog das Bett neu und legte sich hinein, um sich das Fieber aus dem Leib zu schlafen.

Er wachte davon auf, dass die Schwester ihm mit einem feuchten Lappen das Gesicht wusch. Es war kurz nach elf. Die Schwester hielt ein Fieberthermometer in der Hand und reichte es ihm wortlos. Sie machte sich an ihrem grauen Nackenknoten zu schaffen, während das Thermometer in seinem Hintern steckte, aber sie sagte noch immer nichts.

»Danke fürs Losmachen«, sagte er, als er ihr das Thermometer reichte.

Sie warf einen Blick darauf, ehe sie antwortete.

»38,5, könnte viel schlimmer sein. Hast du heute Nacht gehustet?«

»Nein, nicht dass ich wüsste. Heute Morgen jedenfalls nicht. Und ich hab Danke fürs Losmachen gesagt, Schwester.«

»Ich bin nun mal Krankenschwester, da darf man sich nicht alles bieten lassen. Du scheinst eine Konstitution zu haben wie ein Hengst, aber wenn du noch länger dort gelegen hättest, wärst nicht mal du an einer Lungenentzündung und ... (sie zögerte) Komplikationen vorbeigekommen. Ich schau heute Nachmittag noch mal nach dir, aber es wird wohl gut gehen, wenn du heute und morgen noch im Bett bleibst.«

Sie machte sich wieder an ihrem Knoten zu schaffen und schaute ihn eine Weile lang nachdenklich und schweigend an. Dann erhob sie sich und ging zur Tür. Dort drehte sie sich noch einmal um.

»In Zukunft musst du ihnen gehorchen«, sagte sie.

Dann schloss sie die Tür, ohne Eriks Antwort abzuwarten.

Er schlief fast sofort ein und schlief traumlos bis zum Abend durch.

Da!«, schrie Kranich und zeigte triumphierend auf den ersten Flussuferläufer, der mit schwirrenden Flügeln auf die Wiesen zuhielt.

Die Wiesen waren überschwemmt und die Hechte waren schon unterwegs zum Laichen. Am Vorabend hatten sie den Großen Brachvogel gesehen. Die Abendsonne glühte und von den Feldern hinter Stjärnsberg kam ein leichter Jauchegeruch.

Es war zeitig Frühling geworden und sie hatten schon eine Woche zuvor die ersten Lerchen beobachtet. Bald würden die Raubvögel sich einstellen. Wenn das Eis aufbrach, konnte man die ersten Fischadler erwarten.

Das Wasser schwappte um die Stiefel, und vor ihnen lag ein Fußmarsch von mehreren Kilometern, ehe sie die Schule wieder erreichen würden. Sie würden das

Abendessen verpassen, aber das spielte keine Rolle, denn sie waren mit Kranich zusammen, und der konnte besonders guten Schülern die Erlaubnis erteilen, sich zu Zeiten, die für die Beobachtungen eben nötig waren, draußen in der Natur aufzuhalten.

Als sie die in der Nähe der Schule gelegenen Felder erreichten, wurde es schon dunkel. Aus der Ferne hörten sie einen langen traurigen Schrei.

»Auch der Kiebitz ist da«, stellte Kranich fest.

Dann erzählte er von einer Vogelart in Lateinamerika, die in den Flügelknochen noch immer die Greifklauen aufwies, die die ersten Flugechsen und ihre Nachfolger besessen hatten.

Im Verhältnis zum Rat herrschte der Status quo.

Seit der Aktion vor dem Anbau war ein Monat vergangen, aber weder Pierre noch Erik hatten irgendwelche Zusammenstöße mit Ratis erlebt, außer solchen, die als reine Routine bezeichnet werden konnten, ein paar Razzien und Durchsuchungen, bei denen nichts herausgekommen war.

Die Aktion selbst war kein Triumph für den Rat gewesen. Gerüchte wollten sogar wissen, der Rektor habe zum ersten Mal in der Geschichte der Schule hinter verschlossenen Türen den Präfekten zusammengestaucht. Es war zwar nur ein Gerücht, und Rektor und Lehrer verhielten sich so, als hätten sie nie von der Sache gehört. Trotzdem konnte das Gerücht durchaus zutreffen, denn Silverhielm ergriff lange Zeit keine neue Initiative, und der Rat widmete sich der Aufgabe, Raucher aufzuspüren, um sich Gratiszigaretten zu beschaffen (es kam nur selten vor, dass ertappte Raucher sich dafür entschieden, die Zigaretten zu zerstören, statt sie den Ratis zu überlassen).

Höken und Arne und die beiden anderen aus der Klasse, die beim Sengen assistiert hatten, wurden mehr oder weniger boykottiert. Erik und Pierre weigerten sich konsequent, mit ihnen zu reden oder zu antworten, wenn sie etwas sagten, und mehrere aus der Klasse taten es ihnen nach. Die Aktion hatte die Grenzen der Kameradenerziehung überschritten und wurde in eine Art kollektives Schuldgefühl gehüllt.

»Die haben Angst, die haben Angst, es könnte auch ihnen mal passieren«, meinte Erik.

Pierre dagegen wollte in dieser Reaktion den Beweis dafür sehen, dass es an der Schule doch ein gewisses Gefühl für Fairness gab. Klar, hätten sie Erik die ganze Nacht draußen liegen lassen, hätte nicht die Schwester Vernunft walten lassen, dann hätte Erik sterben können, aber man wisse nicht, was dann passiert wäre. Es stand keineswegs fest, ob sich so ein Fall hätte totschweigen lassen, wie es offenbar vor zehn Jahren einmal passiert war, als einem Zweifünfer bei einer Heimwehrübung ein Bajonett durch Herz und Lunge gestoßen worden war. Der Junge war ins Krankenhaus gefahren worden und nie zurückgekehrt, und in den Zeitungen hatte keine Zeile darüber gestanden.

»Kannst du mir nicht verraten, was du Silverhielm am nächsten Morgen ins Ohr geflüstert hast?«, fragte Pierre. »Ich geb dir mein Ehrenwort darauf, dass ich es nicht weitersage.«

Erik war diese Frage schon hundertmal gestellt worden. Sogar Leute vom Gymnasium hatten ihm auf die

Schulter geklopft und allerlei Nettigkeiten gesagt, ehe sie ihn gefragt hatten. Silverhielm hatte noch den halben Tag danach ein komisches Gesicht gemacht.

»Nein«, sagte Erik. »Ich hab mir geschworen, es niemandem zu verraten. Irgendwie schäm ich mich dafür. Du kannst dir ja denken, dass ich ihm was richtig Fieses angedroht habe, was so Fieses, dass ich es bestimmt niemals tun würde. Aber das kann er nicht wissen. Ich will mit niemandem darüber sprechen, ich möcht's am liebsten vergessen, wenn ich kann.«

»Aber dich noch mal zu versengen, würden sie nicht wagen.«

»Nein, aber auch das kann man nicht sicher wissen.«

»Meinst du, jetzt ist endlich Schluss mit dem Scheiß?«

»Nein, das glaub ich nicht. Aber wenn es stimmt, dass der Rektor Silverhielm zusammengestaucht hat, dann werden sie sich schon deshalb erst mal ruhig verhalten. Irgendwann werden sie wieder was aushecken. So sind sie eben.«

Aber es dauerte und die Zeit des Status quo hielt bis einige Tage vor der Walpurgisnacht.

Erik und Pierre gingen über den Schulhof. Sie waren nach Eriks Schwimmtraining wie üblich zum Rauchen in den Wald gegangen und rochen frisch nach mit Tannennadeln neutralisiertem Vademecum. Sie sprachen über die Klassenarbeiten der letzten Zeit.

Es war eine Viertelstunde vor dem Abendläuten, nach dem alle Mittelschüler in ihren Zimmern sein mussten.

Plötzlich wurde im zweiten Stock des Hauptgebäudes ein Fenster aufgerissen. Dort oben hatte Gustaf Dahlén sein Zimmer, es war das einzige Schülerzimmer im ganzen Hauptgebäude und lag neben der Wohnung des Geschichtslehrers.

»Ihr habt geraucht! Kommt hoch zur Inspektion und Durchsuchung!«, schrie Gustaf Dahlén aus seinem Fenster.

Einem solchen Befehl musste gehorcht werden. Erik und Pierre zuckten mit den Schultern und gingen ins Haus. Blinkfeuer würde bei ihnen keine Tabakflocke finden und auch keinen Rauch- oder Mundwassergeruch entdecken können. Das Ganze war nur eine Routineschikane.

Aber Blinkfeuer war nicht allein in seinem Zimmer. Dort fläzte sich auch Silverhielm in einem großen Ledersessel. Blinkfeuer trug einen seidenen Schlafrock und hatte sich ein weißes Halstuch um den Hals gewickelt; er sah aus wie ein Filmgangster, auch wenn er sicher versuchte, englische Edelmänner vom Typ Leslie Howards nachzuahmen. Doch nicht das war so seltsam.

Seltsam war, dass Blinkfeuer und Silverhielm jeder einen Zigarillo rauchten. Und auch Ratsmitglieder sollten unverzüglich von der Schule verwiesen werden, wenn sie im Haus rauchten.

»Ja, ja«, sagte Silverhielm, erhob sich und drehte einige Runden um Erik und Pierre, die mitten im Zimmer stehen geblieben waren. Silverhielm zog demonstrativ an seinem Zigarillo und versuchte, einen Rauchring zur Decke zu blasen.

»Hier haben wir Leute, die heimlich geraucht haben«, sagte er dann.

»Wer hier heimlich raucht, das seid ihr«, sagte Pierre, »und dafür können sogar Ratis von der Schule fliegen.«

»Sicher, und ihr könnt gern versuchen, das zu beweisen«, höhnte Silverhielm. »Zwei notorische Krachschläger von der Mittelschule beschuldigen den Präfekten und Vizepräfekten und es steht Aussage gegen Aussage. Ich fürchte, wir würden euch wegen Unverschämtheit und Verleumdung bestrafen müssen.«

Er blies wieder einen Rauchring und diesmal gelang es ihm.

»Zieht euch aus«, befahl Gustaf Dahlén.

»Komm, wir gehen«, sagte Erik und machte eine Bewegung in Richtung Tür, doch Silverhielm versperrte ihm den Weg.

Sie würden das Zimmer nicht verlassen können, ohne gegen § 13 zu verstoßen, und das war vielleicht der Sinn der ganzen Aktion.

»Wenn ihr mich jemals wegen Paragraf 13 festnageln könnt«, sagte Erik, »dann wird es kein ›oder offenkundig‹ geben, denn dann kriegt ihr so viel Prügel, dass euch nicht mal eure Mütter wiedererkennen werden. Ist das nicht ein reichlich großes Risiko?«

»Ich glaube nicht«, antwortete Gustaf Dahlén und nickte schweigend zu Pierre hinüber. »Jedenfalls nicht in diesem Fall.«

Die Drohung war nicht ganz kristallklar formuliert. Aber es galt offensichtlich, sich keinen Schulverweis einzufangen. Erik fing gelassen an, sich auszuziehen, und nach einer Weile folgte Pierre seinem Beispiel. Am Ende standen sie in Unterhosen vor den Präfekten.

»Die Unterhosen auch, damit ihr dort keine Zigaretten verstecken könnt«, befahl Blinkfeuer.

Sie zögerten und wechselten einen raschen Blick. Erik nickte und zog dann seine Unterhose aus.

»So, ja«, sagte Silverhielm und drehte wieder eine Runde um die beiden. »Jetzt könnt ihr euch wieder anziehen.«

Und sie zogen sich an.

Als sie sich angezogen hatten, fiel Blinkfeuer ein, dass sie doch vergessen hatten, die Wäsche zu durchsuchen, also mussten sie sich wieder ausziehen. Schweigend zogen sie sich wieder aus.

Jetzt umrundete Blinkfeuer sie mit langsamen Schritten und stupste mit den Pantoffeln ihre Kleiderhaufen an. Plötzlich beugte er sich vor und kniff in Pierres Reservereifen. Pierre stöhnte leise vor Schmerz.

Sie wollten also eine Schlägerei vom Zaun brechen. Und es war klar, dass Erik und Pierre sich absolut passiv verhalten und kein Wort sagen würden. Erik kochte vor Wut.

Dann hielt Blinkfeuer wie durch Zufall seinen Zigarillo dicht an Pierres Brustwarze. Pierre fuhr zusammen, trat einen halben Schritt zurück, sagte aber noch immer nichts.

Blinkfeuer ging zum Aschenbecher auf dem Marmortisch und streifte die Asche von seinem Zigarillo. Dann kehrte er langsam zu Pierre zurück, die glühende Spitze demonstrativ ausgestreckt. Er blieb nur wenige Dezimeter vor Pierre stehen. Silverhielm stand abwartend vor der Tür.

Nun führte Blinkfeuer langsam den Zigarillo an seinen Mund und zog heftig daran. Er blies Pierre den Rauch ins Gesicht und führte die Glut näher und näher an Pierres Brustwarze.

»Ich glaube, ich muss die Kippe ausmachen«, sagte er.

Erik fixierte den Punkt unterhalb des Ohres an Blinkfeuers Hals, wo sein Schlag treffen würde. Einen anderen Ausweg gab es nicht.

»Jetzt ist der Speck sicher bald gebraten«, spottete Blinkfeuer und führte die Glut weitere Zentimeter an Pierres Brustwarze heran. Pierre schwieg, auch wenn er die Hitze jetzt spüren musste.

»Hier«, sagte Erik und tippte sich mit dem Zeigefinger an seine eigene Brust. »Hier kannst du die Kippe ausdrücken, du kleines Miststück, wenn du dich traust.«

Blinkfeuer zögerte.

»Hier«, sagte Erik. »Hier kannst du die Kippe ausdrücken, dann werden wir ja sehen, ob es so wehtut, wie du dir einbildest. Du darfst es, ich versprech dir, dass du es darfst, du kleines Miststück, du verdammtes blinkendes Miststück. Zeig doch mal, wie feige du bist, zeig, ob du es schaffst.«

Blinkfeuer trat einen Schritt zu Erik hinüber.

»Mit deiner Erlaubnis vor Zeugen, ja?«, fragte Blinkfeuer.

Und Gott in der Hölle, jetzt steckte Blinkfeuer fest!

Der Hass wogte in schützenden Wellen in Erik hoch, sein Körper schien langsam wie Zement zu erstarren. Das Zimmer verschwand aus seinem Blickfeld, es schrumpfte zusammen auf Blinkfeuers Gesicht. Sonst gab es nur schwarzes All. Erik hörte wie aus der Ferne seine eigene Stimme.

»Du bist ein Miststück, Blinkfeuer, du bist so feige, dass du das bestimmt doch nicht wagst, auch wenn ich sage, dass ich mich nicht rühren und dass ich dich danach nicht anrühren werde. Drück jetzt die Kippe aus, dann werden wir sehen, was passiert.«

Blinkfeuer blinkte. Seine Hand zitterte, als er die Glut immer näher an Eriks Brust heranführte, bis einige der wenigen Haare dort zischend verbrannten. Erik fing Blinkfeuers Blick ein und verzog über seinen fest zusammengepressten Zähnen die Lippen zu einem Lächeln.

»Na, traust du dich nicht, du Esel?«

Blinkfeuer zögerte und auf seiner Stirn brach der Schweiß aus. Aber er sollte Erik nicht entkommen. Mit einem Schritt rückwärts wäre diese Situation zu beenden gewesen, aber er sollte ihm nicht entkommen.

Irgendwo in der Dunkelheit hörte Erik Silverhielm etwas sagen. Nun wimmerte Blinkfeuer und drückte die Glut gegen Eriks Brust, während sein Gesicht sich zugleich in nervösen Zuckungen verzerrte.

Erik behielt sein Lächeln in einem Würgegriff. Es qualmte, aber er nahm nur den pochenden, hämmernden Puls in seinen Ohren wahr. Blinkfeuer stieß ein Geräusch aus, bei dem es sich um beginnendes Weinen handeln mochte, als er die Kippe in der Wunde hin und her bewegte, bis kein Blut mehr zu sehen war.

Eriks Blickfeld wurde kreisförmig größer, um Blinkfeuers verzerrtes Gesicht zeichnete sich langsam das Zimmer wieder ab, der Marmortisch war zu sehen, dann das Fenster zur Dämmerung, dann Silverhielm, der mit weit aufgerissenen Augen neben dem Ledersessel stand und schluckte wie ein gestrandeter Fisch.

Es war vollkommen still im Zimmer.

Erik bückte sich nach seinen Kleidern und begann sich anzuziehen, ohne Blinkfeuer aus den Augen zu lassen und ohne den Würgegriff seines Lächelns zu lockern.

Blinkfeuer ließ sich in den Ledersessel sinken, seine Hände zitterten. Auch Pierre zog sich jetzt an.

Erik bückte sich und hob die Kippe vom Teppich auf. Er hielt sie zwischen Daumen und Zeigefinger und trat zwei Schritte auf Blinkfeuer zu, dann streckte er den Arm aus, ließ die Kippe in den Aschenbecher fallen, drehte sich um und ging auf die Tür zu.

Als er vor Pierre die Holztreppe hinunterstieg, blieb Erik stehen und umklammerte das Treppengeländer. Der Schmerz hatte sich plötzlich wie ein Speer in seinen Körper gebohrt. Er stöhnte auf und sank für einen kurzen Moment auf ein Knie, dann riss er sich zusammen und ging weiter die Treppe hinunter.

Die Wunde war so groß wie ein Kronenstück und von Tabak und Asche verschmutzt. Erik ging mit einer Nagelbürste in den Duschraum, holte tief Atem, kniff die Augen zu und befreite dann rasch die Wunde von Asche, Hautresten und Wundflüssigkeit. Es blutete frisch und heftig. Das Blut vermischte sich mit dem Duschwasser und wirbelte in den Abfluss mit den etwas zu kleinen Löchern in der Zinkplatte.

Pierre hatte Jod und Wundsalbe in seiner Kulturtasche. Nachts pochte die Wunde. Erik zählte, achtunddreißig Schläge, die absolute Ruhe.

Schon Mitte April waren die Laufbahn und der kleine Fußballplatz so trocken, dass der Sportunterricht wieder unter freiem Himmel stattfinden konnte. Eriks wütendes Krafttraining im Herbst und Winter zeigte Wirkung. Schon beim ersten Mal, als Tosse Berg ihn über hundert Meter stoppte, schaffte er es zwei Zehntelsekunden unter seinem persönlichen Rekord, dabei hatte er sich vor dem Lauf nicht einmal ausreichend aufgewärmt. Und seine Spikes waren ihm inzwischen auch zu eng.

»Das verspricht Gutes für den Wettkampf mit Lundshov«, sagte Tosse Berg. »Du kannst dich auf die Schlussstrecke in der Staffel einrichten.«

Die Internate im Land traten nämlich in einem großen Tournament gegeneinander an, das Ende jedes Frühlingshalbjahres begann und im Herbst endete. Der Reihe nach wurden die Schulen mit dem Bus zueinander geschafft und als Erstes wurde Lundshov in Stjärnsberg erwartet.

Diese Wettkämpfe waren mit großem Prestige verbunden, vor allem für Stjärnsberg. Das lag nicht nur daran, dass Stjärnsberg im Laufe der Jahre die meisten Siege errungen hatte, sondern auch an der fixen Idee, dass die Stjärnsberger immer und grundsätzlich härter, schneller und besser seien als alle anderen. Wenn Stjärnsberg gewann, war bewiesen, dass das auch stimmte. Wenn Stjärnsberg nicht gewann, bewies das rein gar nichts. Wenn der und der in der zweiten Staffel nicht gepatzt hätte, wenn A den dritten Versuch im Weitsprung nicht übertreten hätte, wenn B beim dritten Versuch über 1,78 nicht mit der Hose die Latte erwischt hätte, wenn nicht dies oder jenes passiert oder nicht passiert wäre, hätte man natürlich gewonnen. Obwohl Stjärnsberg zweifellos die Privatschule mit den besten Trainingsmöglichkeiten war, verliefen die Wettkämpfe meistens überraschend ähnlich. Da die Punkte genauso gezählt wurden wie bei Länderkämpfen, es also doppelte Punkte für die abschließenden Staffeln gab, entschied oft die letzte Staffel über vier mal hundert Meter.

So würde es auch diesmal sein. Am späten Nachmittag, nachdem alle Sportarten bis auf die Sprintstaffel abgehakt waren, lag Stjärnsberg mit nur drei Punkten vor Lundshov in Führung. Die Sprintstaffel würde alles entscheiden und Erik sollte die Schlussstrecke laufen.

Die Zuschauertribünen waren voll besetzt, als die Läufer sich aufwärmten. Es war leicht, sich auszurechnen, dass die beiden Staffeln nahe beieinanderliegen würden. Die hundert Meter am Vormittag hatte Erik gewonnen, aber die Läufer aus Lundshov waren auf den Plätzen 2, 3 und 6 gelandet. In der Staffel würden die vier besten Läufer beider Schulen antreten, das Ergebnis war deshalb absolut offen.

Erik hatte sich gut vorbereitet. Er trug seine neuen roten Puma-Spikes aus Känguruleder, die eigentlich viel zu teuer gewesen waren (Anwalt Ekengren würde ausrasten, wenn die Rechnung des Schuhladens bei ihm eintraf). Er war ausreichend aufgewärmt, es durfte nichts schiefgehen.

Der Start rückte näher und die ersten Anfeuerungsrufe kamen von der Zuschauertribüne neben der Zielgeraden, der Strecke, die Erik laufen sollte. Dort, mitten in seiner Konzentrationsphase, hörte er Stjärnsbergs Claqueure seinen Namen rufen.

ERIK! ERIK! ERIK! ERIK! WIR WOLLEN UNSEREN ERIK!

Oh verdammt. Er musste gewinnen. Musste.

Der Startschuss fiel und bis zum ersten Wechsel lagen die Läufer Kopf an Kopf, das Publikum tobte. Beim zweiten Wechsel patzte der Lundshover ein wenig und fiel zwei Meter zurück, das Publikum tobte noch mehr. Beim dritten Wechsel, Gott in der Hölle, gleich ist es so weit, patzte der Stjärnsberger noch schlimmer, es war ausgerechnet der Scheiß-Silverhielm, und er fiel nun seinerseits zwei Meter zurück, das Publikum tobte wie von Sinnen. Der Vorsprung Lundshovs schien bis zum Ausgang der letzten Kurve zu halten, und das Publikum brüllte bereits »Erik, Erik, Erik!«.

Der Schlussmann der anderen war über hundert Meter Zweiter geworden, aber Erik hatte nicht gesehen, wie weit er zurückgelegen hatte. Waren zwei Meter zu viel, um sie noch aufzuholen?

In wenigen Sekunden würde er das Staffelholz in der Hand halten und auf der Zielgeraden unterwegs sein. Warum sollte er eigentlich für diese Scheißschule gewinnen? Doch, das musste er.

Als er das Staffelholz bekam – der Wechsel ging glatt, aber bei den anderen eben auch –, betrug der Vorsprung der anderen zwei Meter. Es konnte gehen, es musste gehen!

Nach der halben Strecke, mitten vor der großen Zuschauertribüne, betrug die Entfernung noch einen Meter und sie schrumpfte langsam wie in einem Albtraum. Er hörte den Atem des anderen, er stöhnte und ächzte und fightete und auf den letzten Metern lagen sie nebeneinander, auf den unendlich langen letzten zehn Metern, wo sich für jeden Meter ein Kreidestrich über die rote Asche zog.

Dann flatterte der weiße Baumwollfaden um seine Brust und wehte noch ein wenig im Fahrtwind, während er langsamer wurde, und da stand Tosse Berg mit ausgestreckten Armen, um ihn in Empfang zu nehmen, und er flog Tosse Berg in die Arme.

»Verdammter Arsch! Du hast es geschafft, du hast gewonnen!«

Das Staffelholz noch immer in der Hand, lief er zurück zur Mitte der Zuschauertribüne. Die Zuschauer riefen seinen Namen und schwenkten die Schulfahne mit dem Orion. Er hob das Staffelholz über den Kopf und ballte die linke Faust und reckte sie in die Luft – wobei er merkte, dass er Tränen im Gesicht hatte –, dann warf er das Staffelholz hoch über die Tribüne und lief auf den Rasen, wo er sich diskret mit dem Handrücken die Augen wischte.

Tosse Berg holte ihn ein, legte ihm den Arm um die Schultern und führte ihn zur Tribüne zurück.

»Du spinnst doch«, sagte Tosse Berg, »du spinnst, ich hab deinen Lauf gestoppt, weißt du, welche Zeit du gelaufen bist?«

»Nein, aber sicher ziemlich schnell.«

»Elf null. Zwar mit fliegendem Start, aber immerhin.«

»Ja, verdammt, aber noch mal schaff ich das nicht.«

»Doch, Junge, wenn du willst, schaffst du das, bei der Meisterschaft der Schulen im Herbst zum Beispiel. Da kannst du in deiner Altersklasse abräumen.«

Tosse Berg hatte noch immer väterlich den Arm um Eriks Schultern gelegt und zeigte mit der anderen Hand auf die Stjärnsberger, die weiterhin jubelten, Flaggen schwenkten und Eriks Namen skandierten.

»Da siehst du's«, sagte der Sportlehrer und Trainer. »Da siehst du, welche positive Kraft im Sport liegt. Was sind im Vergleich dazu schon die Schikanen des Rats!«

Abends gab es für die Gastmannschaft ein Essen, bei dem die Schulblazer getragen wurden und es ziemlich eng im Speisesaal wurde. Kein einziger Peppis wurde verteilt.

Unmittelbar vor dem Nachtisch klopfte der Rektor an sein Glas. Als nach ein paar Ermahnungen der Ratsmitglieder alles still geworden war, hielt der Rektor eine Rede, in die er die üblichen Gemeinplätze über die Verbrüderung im edlen Wettstreit und gute Traditionen und den feinen Einsatz der Gäste einflocht.

Eriks Herz hämmerte. Bald wäre es so weit, bald würde der kleine Pokal für die beste Einzelleistung verliehen werden. Einer aus Lundshov hatte im Diskuswerfen und Kugelstoßen gewonnen, aber Erik hatte drei Siege, wenn man die Staffel mitrechnete. Die Ausführungen des Rektors wurden immer länger, als wolle er überhaupt nie zur Sache kommen. Dann hob er endlich den kleinen Silberpokal, in den die Namen aller früheren Inhaber eingraviert waren.

»Die Jury, bestehend aus mir selbst und den Sportlehrern unserer beiden Schulen, ist zu einem einstimmigen Ergebnis gelangt.« (Kunstpause) »Nach einem schönen Einsatz über hundert und zweihundert Meter ...« (hier wurde der Rektor vom Jubel unterbrochen und die Nächstsitzenden schlugen Erik in den Rücken) »... hat Erik diesen Tag mit einem rasanten Schlusslauf in der Staffel gekrönt. Erik möge also bitte vortreten und einen überaus verdienten Preis entgegennehmen!«

Wieder traten ihm die Tränen in die Augen, dabei hatte er in seiner ganzen Zeit in Stjärnsberg noch nicht geweint, als er nach vorn ging, sich verbeugte und den Pokal entgegennahm. Applaus wurde laut und die Schüler schrien seinen Namen. Erik hob den Pokal über den Kopf und suchte den Blick von Silverhielm, der vier Meter weiter am Tisch der Zwei saß. Aber Silverhielm schaute in eine andere Richtung.

Abends nach dem Lichtlöschen brannte auf ihrem Zimmer noch immer Licht, obwohl die Zeit schon um eine Stunde verlängert worden war. Erik hatte die Arme unter dem Kopf verschränkt und schaute zur Decke. Wenn er den Kopf ein wenig drehte, konnte er oben im Bücherregal den Pokal sehen. Der letzte Rest Kruste juckte über der fast verheilten Zigarillowunde auf seiner Brust.

»Du verstehst doch sicher, was das bedeutet?«, fragte Pierre.

»Nein, ich weiß nicht, was du meinst. Ich glaub nur, ich bin fast glücklich. Das findest du vielleicht blöd, ich meine, nur, weil ich mit einem Stück Holz in der Hand durch die Gegend gerannt bin.«

»Das ist überhaupt nicht blöd, wenigstens nicht für

dich hier und jetzt in Stjärnsberg. Dir ist doch klar, dass sie dir jetzt nichts mehr tun können? Du hättest sehen sollen, was oben auf der Zuschauertribüne los war, danach können die ihre Gemeinheiten glatt vergessen.«

»Daran hab ich noch gar nicht gedacht.«

»Doch, und nächste Woche machen die aus der Vier Abitur und wir sind sie los.«

»Dann kommen die aus der Dritten in die Abiklasse und alles beginnt wieder von vorn.«

»Aber erst im nächsten Schuljahr. Und jetzt haben wir einen schönen Frühling. Hörst du die Vögel draußen, sind das Flussuferläufer?«

»Ja, ich glaub, das sind Flussuferläufer.«

»Was willst du im Sommer machen?«

»Im Hafen von Stockholm jobben vielleicht. Ich kenn einen Typen, der sagt, dort kann man im Sommer tausend Mäuse pro Woche verdienen. Eigentlich muss man sechzehn sein, aber das bin ich ja fast.«

»Ich fahr in die Schweiz zu meinem Vater. Und danach mach ich einen Ferienkurs in England.«

»Du brauchst doch kein Englisch zu büffeln bei deinen Supernoten!«

»Nein, aber mein Vater findet es gut, wenn man sich immer weiter vervollkommnet. Das ist im August, zwei Wochen, bevor wir hierher zurückmüssen.«

»Weißt du, was das kostet?«

»Keine Ahnung. Ein- oder zweitausend vielleicht.«

»Dann komm ich mit, ich meine, wenn es im August ist. Dann hab ich das Geld dicke zusammen, wenn das mit dem Hafen klappt. Außerdem kann ich dir endlich das bezahlen, was ich dir für noch die Mathenachhilfe schulde. Ekengren will für zusätzlichen Unterricht nur dann blechen, wenn ihn ein Lehrer gibt.«

»Das spielt doch keine Rolle, wir sind Kumpels.«

»Eben darum. Genau darum will ich bezahlen, das hab ich mir die ganze Zeit schon überlegt.«

»Geld spielt doch wirklich keine Rolle.«

»Nicht, wenn man so reich ist wie du. Aber das bin ich nicht.«

»Jedenfalls kriegen wir einen schönen Frühling. Die Flussuferläufer sind schon wieder zu hören.«

Die Sonne brannte über dem Stockholmer Freihafen. Es gab zwei Griffe, um Kaffeesäcke zu stapeln. Entweder packte man sie direkt an den Ecken oder man schob vier Finger in die Ecke, sodass sich vor dem Heben ein kleiner Handgriff bildete. Schutzhandschuhe konnte man bei dieser Arbeit nicht tragen, dann konnte man nicht richtig zupacken. Aber wenn man nicht daran gewöhnt war und dünne Schulbubenhaut an den Händen hatte, bekam man Blasen in den Handflächen und am Zeigefinger, wenn man die Säcke an den Ecken packte. Schob man die Finger in die Ecke, waren dafür nach einer Weile die Fingerspitzen wie betäubt und man schabte sich die Nagelhaut ab.

Apfelsinen- und Apfelkisten wurden umarmt, ehe man sie auf die Paletten stapelte. Eriks Arme waren ein wenig zu kurz für die Apfelsinenkisten, deshalb bohrte sich immer eine Ecke in den Oberarm und die andere ins Handgelenk.

Aber die Zeit verging und die Hände wurden hart. Die anderen Arbeiter waren nett zu ihm, obwohl er ein Schuljunge war. Sie zogen ihn ein wenig auf, weil er anders sprach als sie, aber sie klopften ihm auch auf die Schulter, weil er gute Arbeit leistete.

Freitags stand man vor der Zahlstelle Schlange und bekam einen braunen, zusammengehefteten Umschlag, der die Scheine enthielt. Wenn Erik zwischen den Arbeitern anstand, hielt er wie die eine Zigarette zwischen Daumen und Zeigefinger, oder sie hing in seinem Mundwinkel. Er machte einen krummen Rücken und kam sich vor wie Marlon Brando.

Die Arbeit begann um halb sieben Uhr morgens. Er fuhr pfeifend mit dem Rad durchs leere Vasastan bis zur Odengata und dann weiter über den Valhallaväg. Es regnete nur an wenigen Morgen.

Sein Vater war verreist.

Von allen glücklichen Zufällen auf der Welt, von allem Guten, was ihm passieren konnte – sein Vater war verreist. Er hatte in einem Ferienort eine Vertretung als Kellermeister angetreten und den kleinen Bruder mitgenommen.

Abends ging er ins Kino oder er lauschte der Musik seiner Mutter. Sie spielte noch immer vor allem Chopin.

Ab und zu ging er in die Schwimmhalle und traf Floh.

Floh hatte sich über die vielen technischen Macken kaputtgelacht, die er sich bei seinem einsamen Training in Stjärnsbergs kurzem Becken zugelegt hatte. Aber die Fehler saßen nicht tief, es war nicht schwer, sie nach und nach zu korrigieren. Und da er mehr Kraft und Ausdauer hatte, machte er immer noch Fortschritte. Einige seiner alten Trainingskumpels hatten ihn überholt, aber ihr Vorsprung war nicht sehr groß.

»Wie gesagt, für Rom ist es zu spät«, sagte Floh, »aber das spielt keine große Rolle. Nächstes Jahr in Rom hättest du sowieso nur zum Lernen mitgemacht, ein Sprinter ist mit sechzehn noch weit von seiner Höchstleistung entfernt. Aber danach, verdammt, Erik, danach musst du einen Schlag zulegen, in fünf Jahren in Tokio kommt's drauf an.«

In fünf Jahren in Tokio. Das wäre 1964, das kam ihm so weit entfernt vor wie Jahreszahlen in Zukunftsromanen, es hätte auch 1984 sein können. Bei den Olympischen Spielen in Tokio würde er zwanzig sein, erwachsen. Er hätte sein Abitur und wäre schon auf der Universität. Fünf Jahre in der Zukunft, das war eine Ewigkeit.

»Kannst du nicht ab und zu in die Stadt kommen, damit wir an deiner Technik arbeiten können?«, fragte Floh. »Ich meine, noch ein ganzes Jahr so weiter und du hast wieder eine Menge aufzuholen.«

»Geht nicht«, sagte Erik. »Ich hab jeden Samstag und Sonntag Strafarbeit oder Arrest.«

Floh starrte ihn an und schüttelte den Kopf. »Klingt wie ein Scheißirrenhaus«, sagte er.

Der Sommer war einfach perfekt.

Die ersten beiden Monate vergingen im Flug, ein Marlon-Brando-Tag wie der andere. Und einen Tag vor der Rückkehr seines Vaters aus Ronnebybrunn fuhr er nach England. Höhere Mächte schienen auf seiner Seite.

In England trank man Tee mit Milch und hellbraunes Bier, das nicht so viel Kohlensäure hatte wie das schwedische.

Das Herbstschuljahr begann mit zwei raschen Triumphen. Zuerst kam das schulinterne Leichtathletikfest. Erik setzte auf vier Disziplinen, vierhundert Meter und Weitsprung, dazu die beiden Sprintstrecken. Er gewann in allen vieren. Sein hohes Tempo im Anlauf brachte ihn über sechs Meter weit, das reichte für den Sieg im Weitsprung. Das Krafttraining des vergangenen Jahres und vielleicht auch die Arbeit im Hafen hatten ihm so viel Muskelzuwachs gebracht, dass er sein Tempo fast einen ganzen Vierhundertmeterlauf hindurch beibehalten konnte.

Als dann die Schulmannschaft im Fußball gegen Sigtuna antrat, schoss er zwei Tore, das erste und das letzte in einem Spiel, das Stjärnsberg mit 3:2 gewann. Jubel auf den Tribünen und eine noch stärkere Waffe gegen den Rat.

So sah es anfangs zumindest aus. Der Wendepunkt kam im Oktober. Da wurde er vom Fach einberufen.

Höken war im Fach der Vorsitzende und klopfte mit dem Bleistift auf den Tisch, genau wie der Ratsvorsitzende das machte, um ein neues Thema einzuleiten.

»Also«, sagte Höken, »wir haben hier ein ernstes Problem, bei dem es um deine Unverschämtheiten geht, darüber wollten wir mit dir reden.«

Erik erklärte den anderen, wenn sie über etwas mit

ihm reden wollten, müsste ein anderer als ausgerechnet Höken für sie das Wort führen. Er spreche nicht mit Höken. Man spreche nicht mit einem, der »sorry, old chap« sage, während er kochend heißes Wasser über jemandem ausgieße, der am Boden festgebunden sei.

Also?

Das Fach beschloss, für diesen Punkt auf der Tagesordnung ausnahmsweise einen stellvertretenden Vorsitzenden zu ernennen. An sich sei es falsch, auf solche Erpressungsversuche einzugehen, aber das Fach wolle seinen guten Willen zeigen und ein Gespräch in die Wege leiten.

Herrgott, jetzt redeten die auch schon wie der Rat!

Also?

Es gehe also um Eriks Unverschämtheiten. Das ganze vergangene Schuljahr sei geprägt gewesen von dem Konflikt in der Schule, der dadurch entstanden sei, dass Erik konsequent das grundlegende Prinzip der Schule, die Kameradenerziehung, sabotiert habe. Inzwischen sei Erik immerhin ein Jahr älter geworden (und mindestens fünf Kilo Muskeln schwerer, dachte er), da müsste man doch wohl zu einer friedlichen Lösung des ganzen Problems gelangen können. Dieses Problem sei in gewisser Hinsicht noch größer geworden, da Eriks Einsatz für den Ruhm der Schule ja von positiver Wirkung gewesen sei, äh, was den Sport angehe. Das habe zu dem unglücklichen Umstand geführt, dass ein paar jüngere und vielleicht weniger reife und vernünftige Kameraden in den unteren Mittelschulklassen, aber nicht nur dort, wenn man ehrlich sein wolle, Eriks Position in der Schule missverstanden. Sie seien offensichtlich nicht in der Lage, den Unterschied zu sehen zwischen Sport ... und, nun, nicht direkt Politik, aber zwischen Sport und Manieren und Stil. Und das sei das ernste Problem, das nun auf irgendeine Weise gelöst werden müsse. Das Fach habe sich informell mit Vertretern des Rates beraten, und man sei nach reiflicher Diskussion in jeder Hinsicht zum selben Ergebnis gelangt.

Und?

Nun, Erik müsse endlich mit seinen Unverschämtheiten aufhören. So könne es nicht weitergehen. Entweder müsse der Rat wirklich hart durchgreifen oder Erik müsse klein beigeben und wie jeder andere Befehle der Älteren ausführen. Warum er das eigentlich nicht wolle? Die Regel sei doch für alle gleich, nur eben nicht für Erik, der sich offenbar außerhalb des Gesetzes wähne. Es sei undemokratisch, wenn jemand, nur weil er stärker war als andere, sich auf diese Weise Privilegien verschaffen könne. So etwas müsse das Fach mit allen Mitteln bekämpfen. Im Grunde sei es für andere als Erik sogar schlimmer, Peppis zu kassieren. So ein Peppis sei doch eigentlich gar nichts für einen, der sogar einen glühenden Zigarillo ... gut, es gebe für das Fach keinen Grund, diese Angelegenheit zur Sprache zu bringen, aber alle Welt wisse schließlich davon. Ein Peppis also sei für Erik gar nichts, und wenn es ein besonderes persönliches Problem sei, dass Erik gerade Silverhielm zum Tischmajor habe – man könne sich denken, dass Erik sich nach allem, was passiert war, nicht ausgerechnet von Silverhielm Peppis erteilen lassen wolle –, dann könne das Fach ihn sicher an einen anderen Tisch versetzen lassen. An einem neuen Tisch könne ihm übrigens auch der Platz ganz unten erspart bleiben, wo man immer den Serviernutten die leeren Schüsseln reichen müsse. Es bestehe ferner auch kein Grund zu der Annahme, dass Erik sich besonders viele Peppis einfangen würde, wenn er sich auf diesen Vorschlag einließe. Im Gegenteil, könne man sagen. Und ab und zu mal für jemanden aus der Abiklasse einen Botengang zu machen? Das sei doch kein Grund, Himmel und Erde in Bewegung zu setzen? Die neue Abiklasse finde es übrigens durchaus nicht witzig, dass Erik auf seiner Verweigerung beharre. Es sei undemokratisch und eine Gemeinheit der neuen Abiklasse gegenüber, wenn man sich die Sache genauer überlege. Denn die seien nun, jedenfalls viele von ihnen, seit so vielen Jahren in Stjärnsberg und hätten wie alle anderen ihre Peppis bekommen und Botengänge ausgeführt und Betten gemacht. Und jetzt, wo sie endlich in die Abiklasse kämen, würden ihnen diese unnötigen Probleme aufgetischt. Das sei ganz einfach ungerecht.

Also?

Ja, also was? Wäre Erik möglicherweise bereit …

Nein. Nein. Schluss, aus. Ob sie ihm noch mehr zu sagen hätten?

Ja, in diesem Fall leider ja. Das Fach trage die Verantwortung für diese Angelegenheit und müsse entsprechende Maßnahmen ergreifen. Wenn Erik nicht zu Verhandlungen bereit sei, habe das Fach gar keine andere Wahl. Man habe ihn hiermit informiert. Nun müsse das Fach voller Bedauern Maßnahmen ergreifen, Eriks Verhalten schade sonst in gewisser Weise der ganzen Schule. Von zwei Übeln müsse man eben das kleinere wählen.

Also?

Nun, das Fach sehe sich leider dazu gezwungen, Erik bis auf weiteres von den Fußball-, Schwimm- und Leichtathletikmannschaften der Schule auszuschließen.

Und wie, zum Teufel, gedachte dieser alberne Verein von fünf Bubis aus der Mittelschule, die alle wussten, dass sie nur die Laufburschen des Rates waren, so einen Ausschluss durchzusetzen?

Nun, das Fach vertrete die Mittelschule. Und wenn das Fach sich mit den gewählten Vertretern im Rat einigen könne, dann bestünde absolut die Möglichkeit, gewisse demokratische Beschlüsse zu fassen. Zwar sei nicht der Rat dafür verantwortlich, wer in die Schulmannschaften berufen werde, aber die meisten aus der Fußballmannschaft seien, von drei Ratis abgesehen, Leute aus der Abiklasse. Und für die Leichtathletikmannschaft gelte dasselbe. Auch dort werde eine demokratisch beschlossene Maßnahme von Fach und Rat auf großes Verständnis stoßen, nicht wahr? Also, wäre Erik eventuell bereit, sich die Sache noch einmal zu überlegen...

Nein.

Dann sehe das Fach sich leider dazu gezwungen, jene gewissen Maßnahmen durchzusetzen. Vielleicht könne die Sache nach einem halben Jahr noch einmal zur Sprache gebracht werden?

Nein. Nie wieder.

Damit war die Besprechung beendet, der stellvertretende Vorsitzende klopfte mit dem Bleistift auf den Tisch und Höken nahm wieder seinen Platz ein. Ein Klopfen mit dem Bleistift, der nächste Punkt auf der Tagesordnung.

Erik hatte seinen letzten Hundertmeterlauf hinter sich und sein letztes Tor für die Fußballmannschaft geschossen.

»Das kriegen die niemals durch«, sagte Pierre, »erstens kriegt Tosse Berg Zustände, wenn er das hört, und zweitens wird die halbe Mittelschule sie ausbuhen, wenn sie dir die weitere Teilnahme an Wettkämpfen verbieten.«

»Doch, natürlich kriegen sie's durch«, seufzte Erik. »Es ist ein Klacks, wenn man es sich genauer überlegt. Was kann ein Lehrer wie Tosse Berg machen, wenn Rat und Fach und alle anderen aus der Fußballmannschaft sagen, leider, das ist ein demokratisch gefasster Beschluss und ein Teil der Kameradenerziehung, der die Lehrer nichts angeht.«

»Aber die machen sich doch damit nur neue Probleme, so populär, wie du nach dem Staffelsieg gegen Lundshov im letzten Schuljahr geworden bist.«

»Das ist es doch gerade, wo sie der Schuh drückt. Sie werden die Sache sogar gegen mich verwenden, falls du verstehst, was ich meine.«

»Nein, wie denn?«

»Aber das liegt doch auf der Hand. Nur weil ich so fies bin und nicht wie alle anderen Schläge auf den Kopf kriegen und Silverhielms Bett machen will, lasse ich die Schulmannschaft im Stich. Ich lasse sie lieber im Stich, statt mich so zu verhalten wie alle anderen, nicht wahr?«

»Du hast recht, verdammt, das ist auf eine perverse Weise total logisch.«

»Nicht genug damit, dass ich mir undemokratische

Privilegien verschafft habe, jetzt weigere ich mich auch noch, für die Schule den Hundertmeterlauf zu gewinnen, ich koste Stjärnsberg mindestens zwanzig wichtige Leichtathletikpunkte bei den Meisterschaften. Der pure Verrat nach dieser perversen Logik.«

»Eigentlich kommt es nicht unerwartet. Als Sporthelden konnten sie dich unmöglich weitermachen lassen. Ziemlich clever eigentlich, ungewöhnlich clever dafür, dass es vom Bösen selber kommt.«

»Das Böse ist nicht dumm, Pierre, hast du das noch immer nicht gelernt?«

Das Sportverbot tat seine Wirkung.

Eriks rote Spikes der Marke Puma vertrockneten hinten im Kleiderschrank. Aber er schwamm weiter vor dem Frühstück und nach dem Abendessen seine Bahnen. Er schwamm nicht mit Lust und Spaß – seine Ergebnisse verbesserten sich immer langsamer –, sondern in dumpfer Wut, so, wie er auch die Gewichte auf der Hantel auf fünfzig Kilo erhöht hatte. Achtmal auf der Bank liegend mit gestreckten Armen nach oben stemmen und wieder herunterlassen. Dann dasselbe noch mal.

Achtmal hinter den Nacken und hoch mit geraden Armen. Achtmal mit umgekehrtem Griff von den Oberschenkeln zur Brust. Achtmal über die Schultern, mit flachen Knien und ausgestreckten Beinen. Achtmal mit geraden Armen von den Oberschenkeln hoch zur Brust, bis es ihm vor den Augen flimmerte, die Bilder des Vaters oder Silverhielms oder Blinkfeuers hinter den geschlossenen Augenlidern gaben ihm den nötigen Hass und zusätzlichen Brennstoff für die müden Muskeln.

Wieder und wieder, ohne ein Wort. Total konzentriert, gefangen in den wechselnden Bildern hinter seinen Augenlidern, nie ein Wort zu den Gymnasiasten, die abends in der Nähe waren, den Gymnasiasten, die ihn verstohlen musterten, wenn sie glaubten, er sehe sie nicht; das alles war wie eine Vorbereitung, als stünde unausweichlich am Ende der Moment, in dem draußen vor dem Anbau neue Eisenstangen in den Boden getrieben wurden und Erik endlich gegen den § 13 verstieß. Wieder und wieder. Abend für Abend.

Und dann der erste Kilometer im Becken in lockerem Tempo mit Musik irgendwo im Rauschen des Wassers und im Blubbern der Strömung um seinen Kopf und vor seiner Nase. Immer häufiger war es das schwierigste Stück der Mutter, das eigentlich nur eine professionelle Pianistin hätte spielen können, die Fantasie Impromptu, cis-Moll op. 66.

Wieder gab es einen festen Status quo. Die Ratis rührten ihn nicht an, erteilten ihm keine Befehle und sprachen nicht mit ihm. Sie weckten ihn nicht einmal mehr aus seiner Schlafrunde am frühen Samstagmorgen im Arrest.

Aber auch die Kampagne von Rat und Fach zeigte Wirkung. Mit etwas Glück hatte die Schulmannschaft auch das Spiel nach dem 3:2-Sieg gewonnen, aber die Leichtathletikmannschaft verlor zum ersten Mal seit sieben Jahren gegen das erbärmliche Sigtuna. Der Abstand betrug elf Punkte, es ließ sich leicht ausrechnen, was unter anderen Bedingungen gewesen wäre, also wenn man die beiden Sprinterstrecken gewonnen und Erik in der Staffel gehabt hätte, die über vier mal hundert Meter denkbar knapp verlor. Die satanische Logik funktionierte ausgezeichnet, was vor allem daran lag, dass die Vertreter des Fachs nicht müde wurden, auf dem entscheidenden Punkt herumzureiten: dass Erik die Schule im Stich lasse und den Kameradschaftsgeist schmählich verrate.

Dann rückte der Wahlkampf näher. Pierre hatte es sich in den Kopf gesetzt, dass die unergründliche Macht des Rektors schon dafür sorgen werde, dass ein anderer als Silverhielm bei der demokratischen Wahl des Präfekten den Sieg davontrug. Aber als die Kandidatenliste am schwarzen Brett vor dem Speisesaal angeschlagen wurde, war das Gegenteil der Fall.

Silverhielm war natürlich der einzige wählbare Kandidat, da er der amtierende Präfekt war. Als Gegenkandidaten hatte der mächtige Herr Rektor einen weichlichen Typen aus der dritten Klasse aufgestellt, der zwar gute Zeugnisse hatte, aber im Rat ein Witz sein würde. Aus irgendeinem Grund wollte der mächtige Herr Rektor Silverhielm behalten, und es war nicht leicht zu verstehen, weshalb.

Der Wahlausgang stand schon im Voraus fest. Nach allem, was Erik und Pierre hörten, war die Aula während des lahmen Wahlkampfs nicht einmal zur Hälfte gefüllt gewesen. Wie die meisten Mittelschüler hatten Erik und Pierre sich an diesem Abend auf andere Weise beschäftigt.

Die werden nicht aufgeben, Pierre. Ich spüre, dass das Ganze auf irgendeine Weise wieder losgehen wird. Ja, ich weiß, du glaubst, wir hätten im Grunde schon ge-

wonnen und jeder, der nur ein wenig Grips im Kopf hat, müsste natürlich sehen, was hinter meinem Sportverbot wirklich steckt. Aber hier geht es nicht nur um den Kopf, Pierre, hier geht es darum, wie einem zu Mute ist. Du findest das vielleicht jämmerlich, aber mein einziger glücklicher Augenblick hier auf der Schule war, als ich im vorigen Jahr mit dem Staffelholz durchs Ziel gelaufen bin, für einen Moment schien sich ja auch alles zu ändern, als könnte ihre Dummheit meinen Sport nicht erreichen. Übrigens sind sie nicht dumm, wir begehen beide einen Fehler, wenn wir das von ihnen denken. Unbewusst tu zumindest ich das ab und zu, auch, wenn ich eigentlich weiß, dass es nicht so ist. Du sagst immer, dass am Ende der Intellekt über die Brutalität siegen muss, aber ich weiß manchmal nicht, was unter Intellekt und Brutalität zu verstehen ist. Nimm die Sache mit Blinkfeuer, als er seinen Zigarillo auf meiner Brust ausgedrückt hat und ich nichts gespürt habe. Das lag daran, dass ich ihn in dem Moment so sehr gehasst habe, dass der Hass wie ein Betäubungsmittel gewirkt hat, ich wusste, dass er zusammenbrechen würde, wenn ich einfach stehen blieb und ihm in die Augen schaute. Was war das, Pierre? Sag mir, war das Intellekt oder Brutalität? Es gibt die Grenzen nicht, von denen du immer redest, bei dir klingt alles wie in einem Schulbuch, wenn du so argumentierst. Es besteht kein Unterschied zwischen deinen und meinen Gefühlsnerven, wir sind biologisch so gleich wie zwei gleichaltrige Zebras. Wenn du Blinkfeuer ebenso gehasst hättest wie ich, dann hättest du das damals auch geschafft. Was soll daran intellektuell sein?

Eins stimmt, Erik: Blinkfeuer hat sich seitdem nicht mehr in deine Nähe gewagt, und natürlich hatte er damals Angst. Ich weiß nicht, ob du ihn so klar gesehen hast wie ich, ich stand neben euch und konnte euch beide sehen. Noch nie hab ich bei einem Menschen so viel Angst gesehen wie damals bei ihm, ich glaub auch nicht, dass ich es jemals wieder sehen werde. Trotzdem glaub ich, dass du dich irrst. Du sagst, es geht hier um Hass, als wäre Hass eine Form des Bösen und der Gegensatz des Intellektuellen. Überleg doch mal: Was ist der Unterschied zwischen dir und mir, wenn wir uns die Muskeln wegdenken? Dann ist der Unterschied, dass du weißt, auf irgendeine Weise weißt du's einfach, wie einer wie Blinkfeuer in so einer Situation zusammenbrechen muss. Das weißt du, weil du es auf irgendeine Weise gelernt hast, du hast es von deinem verdammten Vater gelernt, du hast es in all den Jahren gelernt, in denen du andere geschlagen hast. Hast du dir das übrigens schon mal überlegt? Seit du hergekommen bist, hast du dich nur einmal geprügelt, und das war damals im Karo, ist das nicht eigentlich komisch? Seither hast du gegen keinen Menschen hier die Hand erhoben. Und trotzdem hast du dich in eine Situation gebracht, in der sie dir nichts mehr tun können. Also hast du die Dummheit und die Gewalt besiegt, ohne zu schlagen. Und warum: weil du deine Intelligenz angewendet hast. Wenn du sagst, dass es Hass war, dann muss es intelligenter Hass gewesen sein, weil du nämlich keine Gewalt angewendet hast. Es gibt also unterschiedliche Sorten von Hass. Nimm an, dass Blinkfeuer dich ebenso hasst wie du ihn, das ist eine naheliegende Annahme, wir nennen den Hass x, unge-

fähr wie in einer Gleichung, x ist in beiden Gliedern gegeben. Der Unterschied ist, dass dein x stärker wird, weil du weißt, dass du recht hast, während Blinkfeuer nur ein Scheißkommandant ist. So einfach ist das. Also geht es hier doch um den Sieg des Intellektuellen über die Brutalität und das Böse. Was zu beweisen war.

Ja, ja. Ich weiß, wie du dir in Mathe deine Spitzennoten holst. »Was zu beweisen war.« Man könnte verrückt werden, weil du immer nur zur Hälfte recht hast, trotz deiner guten Argumente. Einen Fehler hat es nämlich doch, was du gerade gesagt hast. Nehmen wir an, dass der Hass in beiden Gliedern gleich stark ist, »nennen wir ihn x«. Aber dann sagst du, der Unterschied ist, dass ich weiß, dass ich recht habe, dass ich weiß bin und er schwarz. Das sagst du aber nur, weil du auf meiner Seite stehst. Kann Blinkfeuer nicht ebenso von seinem Standpunkt überzeugt sein wie ich? Wimmelt es auf der Welt nicht nur so von Leuten, die total schiefliegen, aber absolut überzeugt von etwas sind? Glaubst du, die Nazis haben alle nur Nazi gespielt? Von Millionen Nazis müssen doch viele felsenfest davon überzeugt gewesen sein, dass sie recht hatten, ebenso felsenfest wie wir davon überzeugt sind, dass wir recht haben und Blinkfeuer nicht. Ergo: kann er ebenso überzeugt sein wie wir. Was zu beweisen war. Nein, lass mich ausreden, die schwierigste Frage kommt erst noch. Warum sind Leute wie Silverhielm und Blinkfeuer so, wie sie sind? Nehmen wir aus Jux mal an, sie seien genauso intelligent wie wir, mit deiner eigenen Logik könnten wir dann sagen, »wir nennen die Intelligenz y und setzen y in beide Glieder

der Gleichung«. Warum, glaubst du, muss man Jungs aus der Mittelschule sengen, warum müssen sie mir das Sportverbot verpassen, warum wollen sie um jeden Preis für das Recht kämpfen, kleinen Jungen mit dem Stöpsel der Essigflasche die Kopfhaut aufzureißen, und warum nennen sie uns eigentlich Sozis? Natürlich sind wir ebenso wenig Sozis wie sie. Ach, das gehört nicht hierher, hierher gehört die Frage, warum sie es richtig finden, kleinen Jungs die Kopfhaut aufzureißen.

Es gab darauf keine Antwort. Sogar Pierre verstummte in seinem Bett. Nach einer Weile suchten sie in der Geschichte nach neuen Anhaltspunkten. Aber Nazis hatte es eigentlich immer schon gegeben. Intelligente, gut ausgebildete, kenntnisreiche, kultivierte Nazis.

Und wie war dieses Böse besiegt worden? Wie hätte Gandhi gegen Hitler mehr ausrichten können als die Rote Armee und General Patton?

Der Rat würde sich nie geschlagen geben. Silverhielm und Blinkfeuer würden bis zum Abitur weitermachen, um zu gewinnen. Früher oder später würde es zu noch mehr Gewalt kommen. Die Ratis würden einen neuen Versuch machen, Erik rechnete fest damit, dass er mindestens zwei neue Goldzähne brauchen würde, ehe dieses Halbjahr zu Ende war.

Doch er hatte sich geirrt.

In der Klosternacht schlug der Rat hart bei den Neuen auf der Mittelschule zu, wobei es so gut wie keine Rolle spielte, ob sie besonders frech gewesen waren oder nicht. Diese Klosternacht ging als »Nacht der langen Messer« in die Schreckensgeschichte der Schule ein.

Sie hatten alles gemacht. Sie hatten geschlagen, getreten, mit Mennige übergossen, rasiert, an die Fahnenstange gehängt, gefesselt und bepisst. Alles.

Erik und Pierre hatten die ganze Nacht hinter ihrer Schreibtischbarrikade gesessen und gewartet, aber niemand war gekommen.

Es ging erst eine Woche nach der Klosternacht los. Pierre wurde jeden Abend zum Peppis geholt, sie hatten ihn an Blinkfeuers Tisch versetzt. Wenn Pierre allein über den Schulhof ging, und manchmal sogar dann, wenn er und Erik zusammen über den Schulhof gingen, kamen Ratis auf ihn zu, gaben vor, ihn auf Rauch zu untersuchen und kniffen ihn in irgendeinen Speckwulst oder ohrfeigten ihn. Schritt für Schritt wurde die Gewalt gegen Pierre verschärft. Niemals richtete sie sich gegen Erik, immer nur gegen Pierre.

Im November musste Pierre dreimal nach dem Ein-Stich-Schlag zum Nähen. Inzwischen verweigerte er die Peppis wieder, worauf er abermals ins Karo geschleppt wurde, es war alles wieder beim Alten und eben doch neu.

Mehrere Jungen überfielen ihn auf dem Schulhof und zogen ihm die Hosen aus. Rissen ihm die Unterhose weg und spielten damit Ball, während sie über seinen nackten Unterleib Witze rissen.

Sie traten ihm bei jeder Gelegenheit in den Hintern, sie rissen ihm die Brille weg und warfen sie in hohem Bogen über den Schulhof, sie versetzten ihm Schläge auf den Kopf und heftige Ellbogenstöße in die Nieren, wenn sie auf der Treppe zum Speisesaal an ihm vorbeigingen, sie kniffen ihn in die Nase und stießen ihm das

Knie in den Unterleib, Tag für Tag, Nacht für Nacht. Manchmal gab es drei oder vier Nächte hintereinander eine Razzia in Eriks und Pierres Zimmer, dann drehten sie Pierres Bett um und beschmierten es mit Zahnpasta und anderem, während sie sorgfältig vermieden, irgendetwas zu berühren, das Erik gehörte.

Später, im November, erreichte Erik ein neues Verhandlungsangebot von Seiten des Fachs. Natürlich war es ein inoffizieller Vorstoß, auf den er sich niemals berufen könnte und den sie im Zweifelsfall rundweg leugnen würden. Die gewählten Vertreter des Fachs sahen, so hieß es, Grund zu der Annahme, dass der Rat unter Umständen bereit sein könnte, Pierre nicht mehr zu schikanieren. Aber das erfordere eben eine Gegenleistung. Ob Erik sich denken könne, welche?

Doch, aber die Antwort sei Nein.

Sei das nicht unsolidarisch seinem Kumpel gegenüber?

Ja, schon, es sei widerlich. Die Antwort sei trotzdem Nein.

Aber Erik war sich durchaus nicht mehr so sicher. Was spielte es für eine Rolle, wenn Silverhielm ihm ein einziges Mal auf den Kopf schlagen durfte? Das Herbsthalbjahr ging schon dem Ende entgegen, bald würde der erste Schnee fallen. Dann die Weihnachtsferien und hinterher noch ganze fünf Monate, das letzte Halbjahr. Fünf Monate Kapitulation, was machte das. Und wie konnte er wissen, dass die andere Seite die angedeutete Abmachung einhalten würde? Wenn Erik zeigte, dass sie seinen schwachen Punkt gefunden hatten, was sollte sie dann daran hindern, Pierre immer weiter zu quälen?

Wäre es nicht ganz selbstverständlich, dass sie versuchen würden, einen Verstoß Eriks gegen § 13 zu erzwingen? Wenn er sich jetzt geschlagen gäbe, würden sie denken, dass sie die richtige Methode gefunden hatten, und wenn sie noch eine Weile weitermachten, würde Erik am Ende doch einen Rati schlagen und alles wäre zu Ende.

Man konnte nicht sicher wissen, ob sie so dachten. Vielleicht würden sie sich wirklich zufriedengeben, wenn Erik in Zukunft für ihre Peppis den Kopf senkte, vielleicht würden sie sich sagen, dass sie endlich gewonnen und Gesetz und Ordnung wieder eingeführt hätten. Pierre wurde zu sehr gequält, und ihm war deutlich anzumerken, dass er das auf Dauer nicht aushalten würde.

»Das hier macht mich wahnsinnig, Pierre. Als sie mit diesem Verhandlungsangebot gekommen sind, hab ich so getan, als sei das überhaupt kein Thema, noch nicht mal das Nachdenken wert. Aber ich halt das nicht aus, was sollen wir machen?«

»Ich seh das genau wie du. Wenn du aufgibst, bin ich nur noch schlimmer dran. Bis sie dich über die Grenzen getrieben haben und du von der Schule fliegst.«

»Ja, aber dann ... nein, man kann so was nicht sicher wissen.«

»Natürlich nicht.«

»Wir müssen wenigstens versuchen, darauf einzugehen.«

»Nein, wir müssen versuchen, Zeit zu gewinnen. Ich fahre in vierzehn Tagen in die Schweiz, vielleicht noch früher. Es macht nichts, wenn ich die letzten Schultage verpasse, ich bin sowieso der Beste in der Klasse. Dann verbring ich erst mal die Weihnachtsferien bei meinem Vater. Wir bleiben nicht in Genf, wo er arbeitet, sondern wollen zum Skifahren nach Zermatt.«

»Dann komm ich auch nach Zermatt. Ich hab immer noch fast sechstausend auf meinem Postsparbuch, und meinen Pass hab ich hier in der Schule. Ich muss nur bis zum Ende des Halbjahres warten.«

»Ich weiß nicht, ob du bei uns wohnen kannst. Von mir aus natürlich, aber ich muss erst meinen Vater fragen.«

»Das spielt keine Rolle, ich hab ja Geld, ich wohne im Hotel, du besorgst mir ein Zimmer, bevor ich komme.«

»Ja, und so gewinnen wir Zeit. Später kriegen sie die Sache vielleicht satt, vielleicht glauben sie dann doch, dass ihre Methoden bei dir nicht wirken.«

»Schaffst du noch zehn Tage?«

»Ich glaub schon. Wenn man jeden Tag ein Kreuz an die Wand malt, sieht man, wie man dem Ende immer näher kommt.«

»Mm. Aber was wird im Frühling?«

»Das werden wir dann sehen.«

Es folgten zehn unbeschreibliche Tage für Pierre, bis er endlich im Taxi zum Bahnhof saß. An der Wand über seinem Bett gab es zehn diskrete kleine Kreuze, die er mit spitzem Bleistift gezeichnet hatte.

Zermatt lag am Fuß des beängstigenden Matterhorns. Zu Heiligabend folgten sie der verschneiten Loipe ein Stück über die letzte Seilbahnstation hinaus. Das Sonnenlicht ließ die weißen Gipfel funkeln, die Aussicht war wunderschön. Pierre nannte einige der anderen Berge. Ganz hinten lag das Weißhorn, dann kamen das Breithorn, der Lyskamm und gleich daneben Kastor und Pollux. Auf der anderen Seite des Monte Rosa lag Italien. Aber diese Berge waren alle nichts gegen das Matterhorn.

Sie schauten zum Gipfel hoch und schwiegen lange.

»Einmal werde ich auf diesen Gipfel steigen«, sagte Erik.

»Du stürzt dich zu Tode, wenn du das versuchst.«

»Vielleicht, vielleicht auch nicht. Aber wenn ich oben bin, werde ich mich hinstellen und den Ratis zurufen: UND JETZT HOLT MICH DOCH!«

Das Echo rollte an dem weißen Hang hinab. Tief unten lag Zermatt wie die Weihnachtsdekoration einer feinen Konditorei in Stockholm.

»Ich würde eigentlich gern Schriftsteller werden«, sagte Pierre, »aber vermutlich werde ich irgendwas, das mit Zahlen und Geschäften zu tun hat. Was willst du werden?«

»Rechtsanwalt«, antwortete Erik.

In der ersten Woche nach den Weihnachtsferien ließen die Ratis Pierre in Ruhe. Aber in der zweiten Woche machten sie da weiter, wo sie vor Weihnachten aufgehört hatten. Pierre wurde bei jeder Mahlzeit mehrere Male zu Peppis befohlen. Sie schlugen ihn jeden Tag, und jeden Abend gab es eine Razzia, bei der Eriks Zimmerhälfte nicht angerührt wurde. Als Erik am Samstagabend aus dem Arrest kam, fand er Pierre mit geschwollenem Auge vor. Pierre lag auf dem Bett, sein Kissen war blutüberströmt.

»Nicht so schlimm«, sagte Pierre. »Nur ein bisschen Nasenbluten.«

»Das geht nicht so weiter, Pierre, das ist unerträglich.«

»Aber man kann sich solchen Schweinen nicht unterwerfen.«

»Manchmal muss man es vielleicht doch. Wenn es zu viele sind. Manchmal gewinnen die Schweine. Die Römer haben Spartakus besiegt.«

»Aber wir können uns das doch noch ein wenig überlegen? Vielleicht fällt uns eine Lösung ein?«

»Ich glaub nicht, es gibt nur noch zwei Möglichkeiten. Entweder geben wir auf, oder wir schlagen sie zu Brei und fliegen von der Schule, eine andere Alternative haben wir nicht.«

»Dann wirst du nie Anwalt werden können, wenn du fliegst, meine ich.«

»Nein, aber was wär ich für ein Scheißanwalt, wenn ich nicht einmal versuchte, meinen besten Freund zu verteidigen?«

»Wir überlegen uns die Sache noch ein wenig, ja?«

»Ja, aber nur noch ein wenig.«

Erik hatte einen ganzen Sonntag im Arrest, um sich die Sache zu überlegen.

Vom Sommerhalbjahr waren noch fünf Monate übrig, war das eine kurze oder eine lange Zeit? Für Pierre könnte sie endlos lang werden. Für Erik waren es nur fünf Monate und danach wäre Schluss für immer. Ein paar Peppis und anderer Kleinkram fünf Monate lang, was wäre eigentlich schlimmer, die Schläge und die erniedrigenden Botendienste und das Schuheputzen und das Bettenmachen, oder die Tatsache, dass die Schweine ihn besiegt hätten?

Das Schlimmste wäre natürlich, dass die Schweine ihn dann besiegt hätten.

Gab es denn gar keine Möglichkeit zur Gegenwehr? Da Erik nach diesem Halbjahr aufhören und nie wieder nach Stjärnsberg zurückkehren würde, konnte er irgendwann machen, was er wollte, in der letzten Woche, in den letzten Tagen sogar gegen § 13 verstoßen. Er könnte also Silverhielm erklären, dass diese letzten Tage des Schuljahrs die schlimmsten in seinem ganzen erbärmlichen Leben werden würden.

Nein, verdammt, das ging nicht. Abgesehen davon, dass die Wirkung einer so weit im Voraus abgegebenen Drohung ihre klaren Grenzen hätte, würden Blinkfeuer und Silverhielm einen Monat vor Ende des eigentlichen Schuljahrs ihr Abitur machen. Und danach würden sie verschwinden.

Und wenn man sich rächte, indem man sich nachts in Silverhielms Zimmer schlich und ... in der Dunkelheit, unerkannt, wie damals mit dem gelben Plastikeimer. Wenn man das mit dem gelben Plastikeimer wiederholte?

Dann würde schon am nächsten Tag Pierre den Preis bezahlen.

Und wenn man es dann wieder machte?

Dann würden sie Pierre wieder quälen, sie waren

zwölf Ratis und hatten die ganze, immer hilfsbereite Abiklasse. Es wäre unmöglich, sich Nacht für Nacht hinauszuschleichen, ohne am Ende doch entdeckt zu werden, genauso gut könnte er gleich am helllichten Tag zurückschlagen.

Und wenn er zum Fach ginge und sagte, okay, ich ergebe mich, bestellt dem Rat, sobald Pierre nicht mehr schikaniert wird, werde ich meinerseits jedem Befehl gehorchen ...

Und wenn sie dann Pierre immer noch quälten?

Nein, warum sollten sie, damit könnten sie Erik gegenüber nichts gewinnen, dann wäre nur sonnenklar, wie Erik sich ihren Befehlen gegenüber verhalten würde.

Das Logischste war dennoch, davon auszugehen, dass die Abmachung funktionieren würde. Und wenn nicht, hätte man wenigstens den Versuch gemacht.

Also sollte es so geschehen. Alles andere wäre nur noch unmoralischer.

Es war sein längster Sonntagsarrest aller Zeiten. Er schlug kein einziges Buch auf. Aber wie er das Problem auch drehte und wendete, das Ergebnis war immer dasselbe. Er musste aufgeben. Es gab Situationen, in denen es richtig war aufzugeben, sogar, wenn man es mit Leuten wie dem Rat zu tun hatte.

In gewisser Weise fühlte er sich erleichtert, als der Dienst habende Rati mit dem Schlüsselbund klirrte und die Tür öffnete. Erik lief in ihr Zimmer, um Pierre zu erzählen, dass ihn nichts mehr von seinem Entschluss abbringen könne.

»Pierre«, sagte er, als er die Tür aufriss, »ich hab mich entschieden ...«

Dann blieb er wie versteinert stehen.

Das Zimmer sah kalt und leer aus. Pierres Bücherregal war fast kahl und seine Sachen waren vom Schreibtisch verschwunden.

Erik riss die Tür des Kleiderschranks auf. Pierres Kleider waren verschwunden. Von Pierres Habseligkeiten war nur noch der Hockeyschläger übrig.

Auf dem Schreibtisch lag ein weißer Briefumschlag. »An Erik« stand in Pierres ordentlicher Schrift darauf.

Er setzte sich mit dem Brief in der Hand aufs Bett. Es konnte nicht sein, es durfte nicht sein. Aber der Brief glühte in seiner Hand, er musste ihn öffnen und sich bestätigen lassen, was dem Zimmer schon anzusehen war. Pierre war verschwunden. Diese Ärsche hatten Pierre verjagt.

Lieber Erik.
Wenn Du das liest, befinde ich mich wahrscheinlich irgendwo über Deutschland. Ich konnte es nicht mehr ertragen. Ich werde auf einer Schule in Genf anfangen, die Collège Commercial heißt, da werde ich mein Leben wohl wirklich mit Zahlen und Geschäften verbringen.

Du darfst mich nicht für feige halten. Ich habe es versucht, solange ich konnte.

Es gibt so viel, was ich noch sagen möchte, aber ich schaffe das jetzt nicht mehr, denn bald kommt das Taxi. Eins sollst Du aber immer wissen, nämlich, dass Du der beste Freund bist, den ich je gehabt habe. Du kannst mir

an die Adresse meines Vaters in Genf schreiben. Und stell Dir vor, wenn Algerien doch frei wird!
 Dein Dich liebender Freund Pierre

PS. Ich hab keinen Platz für meinen gesammelten Strindberg, also verschleiß ihn bei passender Gelegenheit!

Er saß mit dem Brief in der Hand da und las ihn immer wieder. Dann ließ er sich langsam aufs Bett sinken und bohrte das Gesicht ins Kissen. Nichts konnte seinen Tränenstrom stoppen. Er blieb lange so liegen.

Am späten Abend ging er hinaus, um sich das Gesicht abzukühlen und Ordnung in seine Gedanken zu bringen. Das Licht war schon gelöscht, aber wenn er sich deshalb eine Strafe einfing, war es ihm egal. Der Schulhof war leer und dunkel, es fiel heftiger Schnee. Aus irgendeinem Grund ging er hinunter zum Forum, der kleinen steinernen Plattform neben der Wohnung des Rektors, die für feierliche Reden und sonstige Festivitäten benutzt wurde. Irgendwann hatte der König seinen Namen mit Kreide an die Kalksteinwand geschrieben, danach war der Text eingeritzt und vergoldet worden. »Gustaf Adolf« stand dort in Gold.

Erik berührte den Namenszug und fuhr mit dem Zeigefinger die Buchstaben des Wortes »Adolf« ab. In der Wohnung des Rektors brannte Licht.

»Das versprech ich dir, Pierre«, sagte er laut. »Dafür nehm ich Rache, das werden sie büßen. Aber wie wenn du hier wärst, werde ich mir alles genau überlegen, ehe ich etwas so Dummes tue, wie ich es gerade gern getan hätte. Ich schwör's, Pierre, das gibt Rache. Ich schwör's.«

Als er im Bett lag, kamen wieder die Tränen.

Am nächsten Nachmittag war Kranich totenbleich und erschien mit zusammengekniffenem Mund zum Biologieunterricht.

»Was seid ihr eigentlich für miese Würmer«, sagte er. »Begreift ihr nicht, was ihr da angerichtet habt?«

Die Klasse starrte ihre Tischplatten an.

»Du, Erik, zum Beispiel! Ihr wart doch eng befreundet, hättest du ihn nicht verteidigen können?«

Erik errötete und schaute nicht von dem Kreis auf, den er gerade mit dem Bleistift zeichnete.

»Antworte wenigstens. Weshalb hast du ihn nicht verteidigt? Bist du genauso feige wie die anderen?«

»Man wird von der Schule verwiesen, wenn man ein Ratsmitglied schlägt«, murmelte Erik.

Kranich machte eine Viertelstunde lang weiter. Pierre sei einer der begabtesten Schüler gewesen, die Stjärnsberg jemals gehabt habe. Und hier saß ein ganzes Schock von Klassenkameraden, die keinen Finger gerührt hatten. Warum waren sie zum Beispiel nicht zum Fach gegangen? (Kranich hatte also keine Ahnung von den Zusammenhängen.) Warum hatten sie sich nicht zu mehreren zusammentun und Pierre beschützen können? Sie waren doch wenigstens vom Aussehen her Menschen, wie sie Kranich da gegenübersaßen. In der Tierwelt gehen die Exemplare unter, die physisch schwächer sind als ihre Umgebung, aber seit Jahrmillionen hat der Mensch sein Leben anders eingerichtet. Was Menschen und Tiere trennt, ist nicht nur die Intelligenz, sondern auch die Moral, die Fähigkeit, Gut und Böse zu unterscheiden. Aber sie hier hatten sich wie Tiere verhalten, wie Aasgeier, die nur darauf warten, dass der Löwe die Beute reißt. Das sei unwürdig, unanständig, unerhört! Hatten sie denn gar keine Phantasie? Wenn einer von ihnen jemals in Pierres Situation geriete, wie würde er dann über Klassenkameraden denken, die keinen Finger rührten, um ihm zu helfen? Die Sache müsse ein Ende haben, er werde selbst mit dem Rektor darüber sprechen, man könne ja wohl mindestens verlangen, dass sie mit diesen feudalistischen Methoden aufhörten.

Danach ging der Unterricht ganz normal weiter, aber eben doch nicht wie normal.

Nach dem Ende der Stunde ging die Klasse in drückendem Schweigen hinaus. Als sie ein Stück weit gekommen waren, äffte plötzlich Höken Kranich nach: »Warum geht ihr nicht zum Fach?«

Dann lachte er.

Und danach war es aus mit der vermeintlich einheitlichen Stimmung in der Klasse. Erik trat zwei Schritte vor, drehte Höken um, presste ihn gegen die Wand und die anderen versammelten sich hinter ihm, er hörte durch das Pochen seines wütenden Pulses, wie sie ihn aufforderten, dem Arsch das zu geben, was er verdient hatte. Höken hatte schreckliche Angst. Erik packte ihn noch fester am Kragen und stieß ihn dann langsam und sanft gegen die Wand.

»Weißt du, warum ich dich nicht verprügeln werde, du Arsch?«, sagte er. »Nein, das weißt du nicht, so blöd, wie du bist. Aber um dir so viel Prügel zu geben, wie du verdient hast, müsste ich dich totschlagen, und das bist du nicht wert. Du verdammtes kleines Federvieh, du heißt jetzt Henne und nicht mehr Höken!«

Hinter ihm jubelten und applaudierten die anderen aus der Klasse. Henne! Henne!, riefen sie im Chor und klatschten in die Hände, um den Spitznamen im Takt zu verkünden.

Erik ließ Henne los und drehte sich um.

»Und?«, fragte er. »Gibt es hier noch irgendwen, der etwas mit dem so genannten Fach zu tun haben will? Mit diesem Hennenhof, was?«

»Wir machen eine Unterschriftenliste und fordern, dass sie zurücktreten«, schlug jemand vor.

Von Henne und seinen beiden Kumpels abgesehen, unterschrieb die ganze Klasse, und in den folgenden Pausen und während des Mittagessens liefen sie durch die Mittelschule und sammelten weitere Unterschriften. Am Ende des Tages hatten über neunzig Prozent der Mittelschüler unterschrieben. Das Fach musste abgesetzt werden, das forderten die Regeln.

Der Rat musste das akzeptieren. Die Regeln waren in diesem Punkt nicht misszuverstehen. Wenn das Fach nicht mehr das Vertrauen der Mittelschüler genoss, musste es abgesetzt werden. Sie waren mit Pierre zu weit gegangen, es stellte sich heraus, dass, von wenigen Ausnahmen abgesehen, niemand an der ganzen Mittelschule so etwas noch für gute Kameradenerziehung hielt. Es hatte nur eines zündenden Funkens bedurft, um diese Revolte auszulösen.

Und seltsamerweise hatte ein Lehrer für diesen Funken gesorgt.

Es war ein Abend mit stillem Schneefall. Nachdem er an seiner und Pierres üblichen Stelle geraucht hatte, drehte Erik eine Runde auf der Straße, die um die Schule herumführte. Hier und dort standen Jungen mit Raucherlaubnis. Hier und dort standen Leute aus der Abiklasse und balzten vor den finnischen Dienstmädchen, die abends immer für eine Weile aus dem Haus kamen. Erik hatte auf die Vademecum-Prozedur gepfiffen; er war schon lange nicht mehr angehalten worden. Doch als er sich einer Gruppe näherte, die ganz besonders laut redete, was zeigte, dass sich dort auch Finninnen aufhielten, erkannte er einen Rati an der Stimme. Sicherheitshalber hätte er also kehrtmachen sollen.

Doch aus einem plötzlichen Impuls heraus zog er sich die Strickmütze übers Gesicht, als er weiterging. Mit einer gewissen Mühe konnte er durch die Maschen sehen. Als er die Gruppe fast erreicht hatte, wurde die seltsame Vermummung natürlich entdeckt.

»Hör mal, du, bleib stehen, ja? Wer bist du?«, fragte der Rati, einer aus der Abiklasse.

Erik ging gelassen weiter, und als er den anderen gegenüberstand, machte der Rati einige rasche Schritte auf ihn zu, um ihn zu packen, genau wie er erwartet hatte. Erik rannte dem verdutzten Typen davon, schob in sicherer Entfernung seine Mütze hoch und ging weiter, so als sei nichts passiert. Der andere Typ rannte wieder los und Erik ließ ihn ziemlich nah an sich herankommen, ehe er mit Leichtigkeit verschwand.

Aus der Ferne hörte er die Drohungen der Ratis und die Aufforderung, sofort zur Rauchdurchsuchung stehen zu bleiben. Erik machte einen Umweg um die Schule, um mögliche Verfolger abzuschütteln.

Auf seinem verlassenen Zimmer ließ er dann seine Kleider auf den Schreibtisch fallen und legte sich aufs Bett. Es fing vielversprechend an.

Wenn man sich die Sache genauer überlegte, lief die halbe Mittelschule in ähnlichen Klamotten herum. Fast alle trugen eine Yacht-Jacke, eine weite blaue Jacke mit dickem Futter, in der man laut Werbung schwamm, wenn man versehentlich über Bord ging. Die segelverrückten Göteborger hatten diese Mode eingeführt und nun trug sie fast die ganze Schule.

Jeans waren die dazu passenden Hosen, an den Füßen Filzstiefel mit Reißverschluss. Erik stand vom Bett auf und griff zu seiner blauen Strickmütze. Auch das passte, genau solche Mützen trugen die meisten.

Er nahm eine Schere aus der Schreibtischschublade und schnitt drei Löcher in die Mütze, für Augen und Mund. Dann zog er die Jacke an, zog die Mütze ins Gesicht und schaute in den Spiegel.

In der weiten Jacke sahen alle ungefähr gleich groß aus, man konnte nicht sehen, ob sich darunter ein dicker oder ein kleiner Junge verbarg.

Und in der Dunkelheit konnte man niemanden an den Augen erkennen. Wenn die nur eine Mütze mit Löchern sähen, würden sie nie …

Wenn man die Mütze irgendwo draußen versteckte und seine Spuren im Schnee verwischte …

Erik nutzte den nächsten Tag, um an den Details seines Plans zu feilen, sich eine neue Mütze zu besorgen und sich über Handschuhe und andere Dinge, die ihn entlarven könnten, Gedanken zu machen. Die Armbanduhr zum Beispiel. Er musste seine Armbanduhr abnehmen, bevor er losging. Dann konnte sein Plan fast nicht schiefgehen. Er hatte es Pierre versprochen, er hatte sogar geschworen, dass er es tun würde.

Okay, Pierre, murmelte er, als er an diesem Abend aus dem Haus ging. Solange du hier warst, habe ich nicht ein Mal zugeschlagen. Wir wollten intellektuelle Methoden anwenden. Aber jetzt ist Schluss damit, Pierre.

Er bog in den kurzen Weg, in dem die Leute aus der Abiklasse meistens standen, und zog sich die Mütze vors Gesicht.

In der ersten Gruppe waren keine Ratis und keine aus der Abiklasse. Sie riefen ihm etwas zu, als er vorüberging, aber er gab keine Antwort. Er durfte nichts sagen.

Bei der nächsten Gruppe standen zwei Ratis, vier vom Gymnasium und drei Dienstmädchen. Er blieb fünf Meter von ihnen entfernt stehen. Sie entdeckten ihn nicht sofort, es war ziemlich dunkel. Dann fragte jemand nach seinem Namen. Er gab keine Antwort.

»Komm her zur Durchsuchung«, befahl ein Rati.

Er gab keine Antwort. Aber er suchte sich einen Rati aus: der ganz links hatte sich besonders amüsiert, als sie Pierre die Hosen heruntergezogen hatten.

»Komm her, hab ich gesagt!«, schrie der Rati, als kommandiere er einen Hund.

Wenn der richtige Rati auf ihn zukäme, würde Erik stehen bleiben. Sonst würde er loslaufen, damit der andere ihm ein Stück folgte, um sich dann umzudrehen und … nun, dann wären sie zu zweit.

Es war der richtiger Rati, der plötzlich mit entschlossenen Schritten auf ihn zukam und die Hand ausstreckte, um ihm die Mütze wegzureißen.

Erik schlug ihn in den Bauch und hob das rechte Knie, um das Gesicht auf dem Weg nach unten zu treffen, und als der Rati zu Boden ging, sprang er auf ihn und holte mit dem rechten Arm weit aus, um genügend Kraft für den Handkantenschlag gegen den Nasenrücken zu haben.

Dann erhob er sich und trat einen Schritt zurück. Der Rati zu seinen Füßen wimmerte und wand sich. Die Blutlache im Schnee wurde rasch größer.

Die anderen standen vor Überraschung wie erstarrt. Rati Nr. 2 schrie etwas von wegen, dass er wohl den Verstand verloren haben müsse.

»Wer bist du, nun sag schon! Du bist Erik, was?«

Erik machte eine Geste mit der rechten Hand, wie um den Rati heranzuwinken. Doch der trat stattdessen einen zögernden kurzen Schritt zurück. Worauf Erik auf ihn zuging. Keine Bewegung wies darauf hin, dass die anderen sich einmischen wollten.

»Nein, du spinnst doch, du fliegst, kapierst du nicht ...«

Sagte der Rati und wich noch weiter zurück.

Erik wurde schneller und nun rannte der Rati los. Als Erik hinter ihm herlief, konnte er sich durch einen raschen Blick aus dem Augenwinkel davon überzeugen, dass keiner der anderen sie verfolgte. Er wurde schneller, holte den Rati ein und stellte ihm ein Bein.

Der Rati lag auf dem Rücken und hielt sich die Hände vors Gesicht.

»Erik, du spinnst, du kannst nicht ... lass das, tu das nicht, ich werde auch nie ...«

Erik bohrte die linke Hand in den Schritt des Rati und hob zugleich den rechten Arm über den Kopf. Dann packte er den anderen fest an den Hoden, und als der Rati im Reflex die Hände sinken ließ, um den Schmerz aus seinen Hoden zu drücken, schlug er ihm auf den Nasenrücken. Zweimal, sicherheitshalber.

Dann erhob er sich und schaute in der Dunkelheit zu den anderen hinüber. Sie standen immer noch da, einer hatte sich über den Blutenden aus der Abiklasse gebeugt und versuchte, ihm auf die Füße zu helfen.

Erik betrachtete den Rati, der vor ihm auf dem Boden lag. Das Nasenbein, dachte er, wieder das Nasenbein. Dann kommen sie nicht so schnell zurück. Es waren nur noch zehn übrig.

Er ging zu der anderen Gruppe zurück. Es war das Beste und das Sicherste, in diese Richtung zu verschwinden. Als er sie erreicht hatte, hatten sie den Rati gerade auf die Füße gestellt. Aber der Junge stand noch vornübergebeugt und schwankte seitlich hin und her. Im weißen Schnee versickerte mindestens ein Deziliter Blut.

Erik blieb zwei Meter entfernt von ihnen stehen. Sie starrten ihn wie verhext an, aber niemand sagte etwas. Er ging weiter und ließ sich von der Dunkelheit verschlucken.

Am nächsten Tag brodelte die Schule von Gerüchten. Zwei Ratis waren nachts ins Krankenhaus gebracht worden, und einige hatten von der Schwester gehört, sie seien so übel zugerichtet, dass sie in den nächsten ein, zwei Wochen nicht zurückkommen würden. Ein Junge mit einer schwarzen Maske hatte sich einfach auf sie gestürzt und sie zu Boden geworfen, und alles war so schnell gegangen, dass niemand hatte eingreifen können. Es war ein großer Bursche gewesen, mindestens eins achtzig groß (hier wurde um zehn Zentimeter übertrieben), und er hatte nichts gesagt, er hatte die beiden nur niedergeschlagen.

In der ersten Pause überschlugen sich die Spekulationen. Wenn es jetzt jemand von außen war, ein verrückter Bauernbursche oder so was? Ein ausgebrochener Mörder? Denn auf der Schule konnte doch wohl keiner ...

Die Spekulationen fanden ein jähes Ende.

»Warst du das, Erik?«, fragte Arne.

»Wenn ich es gewesen wäre, würde ich doch fliegen, wenn ich jetzt mit Ja antwortete.«

Darauf drängten sich alle um ihn und klopften ihm auf die Schultern. Oh verdammt, richtig gut gemacht. Genau das brauchten sie nach der Sache mit Pierre. Es war sicher so gewesen wie damals im Karo, als er gerade angekommen war, was waren das für Schläge und wie brachte er sie an?

»Das weiß ich doch nicht, ich war ja nicht dabei«, lachte Erik, »aber ich kann mir vorstellen, wie es passiert ist. Wenn denen beiden das Nasenbein eingeschlagen worden ist, dann war das entweder ein Schlag mit der Handkante oder mit einem Holzschläger, so ungefähr!«

Erik verpasste einer Tischplatte einen Schlag, der im ganzen Klassenzimmer widerhallte.

»Ich tippe mal, dass es so gelaufen ist«, sagte er.

Beim Mittagessen fing er einen langen Blick von Silverhielm ein. Er riss den Mund auf und zeigte Silverhielm mit einem Verziehen des Gesichts die Zähne. Die Grimasse war einwandfrei nicht als Lächeln gedacht. Silverhielm wandte sich ab.

Am Abend, nach Krafttraining und Schwimmen, ging er auf sein Zimmer, um die Razzia abzuwarten.

Die Razzia, die auf diesem Gang natürlich nur Eriks Zimmer galt, ging bereits fünf Minuten vor dem Lichtlöschen los. Fünf Ratis auf einmal kamen hereingestürzt und durchwühlten seine Kleider, die Schreibtischschublade und den Kleiderschrank. Sie sahen sich seine Handschuhe genau an, aber Erik hatte sich vorher davon überzeugt, dass darauf nicht der kleinste Blutfleck zu sehen war. Einer zog triumphierend eine blaue Strickmütze aus Eriks Jackentasche, doch als er sie auseinander wickelte, mussten die Ratis zu ihrer Enttäuschung feststellen, dass die Mütze unversehrt war (die andere befand sich draußen im Wald in einem sicheren Versteck).

»Naaaa, findet ihr was Spannendes?«, fragte Erik spöttisch von seinem Bett herüber. »Ihr sucht doch nicht zufällig nach einer schwarzen Maske, oder?«

»Verstell dich nicht!«, schrie Silverhielm. »Wir wissen, dass du das warst!«

»Aber nicht doch, Scheißhelmchen, fängst du wieder damit an? Haben wir das nicht alles schon durchgekaut? Ich bilde mir ein, dass du mir einst unverschämterweise vorgeworfen hast, dir ›offenkundig‹ Scheiße und Pisse übers Gesicht gekippt zu haben, war's nicht so?«

»Es kann kein anderer als du gewesen sein! Also versuch es nicht zu leugnen!«

»Naja, stell dir doch mal vor, wenn Pierre draußen durch die Büsche schleicht ...«

»Wir werden dir die Hölle heiß machen, glaub ja nicht, dass du damit durchkommst«, schrie Silverhielm.

Silverhielm stand mitten im Zimmer und schien jeden Moment zur Attacke blasen zu wollen. Aber nun erhob Erik sich, ging zwei Schritte und stand dann nur wenige Zentimeter von Silverhielms Gesicht entfernt.

»Du kannst mich bedrohen, so viel du willst, du Mistkerl, aber merk dir eins: Wenn du versuchst, mir die Hölle heiß zu machen, dann geb ich dir den guten Rat, niemals allein im Dunkeln herumzulaufen und dich immer gut umzusehen, wenn du abends aus dem Haus gehst. Also, worauf wartest du noch, schlag zu, wenn du willst.«

»Du bist ... gibst zu ...«, stammelte Silverhielm.

»Himmel. Das hatten wir auch schon mal, Silverhielm. Ich kenne natürlich den Jungen, der hier nächtens seinen Rachefeldzug unternimmt. Ich kann dir einen Gruß von ihm ausrichten, so wie ich ihm von dir einen Gruß ausrichten kann. Du verstehst bestimmt sehr gut, was ich meine. Besorg Beweise, wenn du mich von der Schule werfen lassen willst.«

Silverhielm leierte noch einige weitere Drohungen herunter, dann sammelte er seine Leute um sich und ging.

Jetzt musste Erik genau überlegen. Sie konnten nur Beweise bekommen, wenn sie ihn fingen, mit Mütze und allem. Und das zu vermeiden, wäre nicht schwer. Aber im Grunde brauchten sie keine Beweise. Sie konnten auch wieder eine Sengeaktion oder so etwas veranstalten, und wie sollte er sich dann verhalten?

Sie konnten alle zehn hier aufkreuzen und ihn zu Boden pressen und ihm das Gesicht mit einem Hockeyschläger zertrümmern. Das wäre eigentlich die logischste Antwort gewesen.

Bestimmt diskutierten sie gerade über diese Frage. Wenn mehrere von ihnen so argumentierten, würde niemand vor den anderen seine Furcht zeigen wollen. Dann würde sich die Waagschale eher in Richtung Racheaktionen neigen. Aber wenn sie es sich genau überlegten, mussten sie erkennen, dass es besser war, Erik auf frischer Tat zu ertappen, denn danach wären sie ihn endgültig los. Wenn sie die Sache ein paarmal durchgekaut hatten, würden sie sich für diese Lösung entscheiden. Auch deshalb, weil sie im tiefsten Herzen sicher Zweifel hatten, dass Erik sich noch einmal sengen lassen würde. Zehn Ratis und möglicherweise ein paar Leute aus der Abiklasse würden in der nächsten Zeit wie ein Lynchkommando durch die Gegend laufen. Aber nach drei oder vier Abenden würde sich die Lage schon wieder bessern. Es war Mitte Januar. Bis in den März hinein würde es früh dunkel werden.

Die meisten würden im Frühling Abitur machen. Und je näher das Abitur rückte, desto weniger würden sie sich einem Unfall aussetzen wollen. Das war ein ebenso logischer wie wichtiger Schluss.

Er musste anfangen, abends spazieren zu gehen. Anstelle des Schwimmens wären jetzt Abendspaziergänge angesagt. Sonst müsste nämlich irgendwem auffallen, dass der Unbekannte mit der Maske nur an den Abenden zuschlug, an denen Erik nicht im Schwimmbad war. Man konnte nicht wissen, möglicherweise würde der Rektor das zusammen mit allen anderen Indizien als Beweis gelten lassen. Also Abendspaziergänge. Mit oder ohne Mütze mit Löchern.

Und es gab vielleicht noch eine Möglichkeit, sich einer kollektiven Strafe zu entziehen und sie dazu zu bringen, doch lieber nach Beweisen zu suchen: Er könnte seine widerwärtige Drohung gegen Silverhielm wiederholen. Er könnte sich beim Frühstück noch einmal über Silverhielm beugen und ihm zuflüstern, was er lieber hatte vergessen wollen. So, wie die Situation jetzt war, würde Silverhielm ihm sicher noch bereitwilliger glauben als beim ersten Mal.

Am nächsten Morgen, als Erik an Silverhielm vorbeikam, beugte er sich rasch vor und flüsterte ihm die widerlichen Worte zum zweiten Mal ins Ohr.

Abends machte er einen Spaziergang.

Es war sternenklar und ein Halbmond leuchtete am Himmel. Hier und dort standen kleine Gruppen von Gymnasiasten am Weg, mit oder ohne Dienstmädchen. Alles sah fast aus wie immer, wenn man einmal davon absah, dass die Gruppen in seltsam regelmäßigen Abständen voneinander standen und hier und dort rätselhafte Spuren im Schnee zu sehen waren. Die Spuren führten in den Wald. Glaubten die denn, es werde so leicht sein?

In der ersten Gruppe waren keine Ratis, aber zwei aus der Abiklasse. Sie schauten ihm lange nach, als er vorbeikam, und einer rief ihm eine Beschimpfung hinterher.

Bei der zweiten Gruppe standen drei Ratis, die versuchten, sich hinter den anderen zu verstecken. Als er diese Gruppe erreicht hatte, stürzten die Ratis vor, rissen an seinen Armen und suchten nach der Mütze mit den Löchern. Aber er hatte leider nur die unversehrte bei sich.

»Na, mit der Durchsuchung fertig?«, fragte er und schaute sich über die Schulter nach ihnen um. Auch ein paar von denen, die sich im Wald versteckt hatten, waren zum Vorschein gekommen, wie um ihm die Flucht nach hinten zu verstellen. Glaubten die denn, er werde unbedingt über den Weg fliehen, falls er fliehen musste?

Mit sanfter Gewalt befreite er sich aus dem Griff der drei Ratis.

»Ich habe die Durchsuchung nicht verweigert, also kann ich gehen«, sagte er.

Sie zögerten und wechselten Blicke.

»Oder laufen, wenn ich Lust habe«, sagte er, drehte sich um und ging mit gespitzten Ohren, um festzustellen, ob sie ihn verfolgten und er wegrennen musste.

Offenbar wurde er verfolgt. Den Schritten nach aber wohl nur von einem. Einem einzigen Verfolger würde er leicht davonlaufen können. Ohne gegen § 13 zu verstoßen.

»Warte«, sagte sie. »Nicht so schnell.«

Verdutzt fuhr er herum. Sie waren fünfunddreißig Meter von den anderen entfernt und sie war allein.

»Hallo«, sagte sie, »ich bin das, Marja.«

Sie sprach mit starkem finnischem Akzent.

»Was willst du?«, fragte er, ohne den Blick von den Ratis zu wenden, die inzwischen noch mehr Verstärkung aus dem Wald bekommen hatten.

»Sei nicht so schrecklich misstrauisch«, sagte sie in ihrer klangvollen Sprache. »Ich will nur mit dir reden. Du bist doch Erik?«

»Ja, das bin ich.«

Mit ruhigen Schritten kam sie auf ihn zu und hakte sich bei ihm ein.

»Komm, wir drehen eine Runde«, sagte sie.

Sie gingen auf den nächsten Hinterhalt zu und daran vorbei. Dort hatten sie die neue Situation schon erfasst und wussten, dass Erik bereits durchsucht worden war. Möglicherweise machte die Anwesenheit des Mädchens es für sie auch schwerer, vorzuspringen und eine Durchsuchung zu befehlen. Sie konnten unangefochten an dieser Gruppe vorbeigehen.

»Ich hab dich neulich abends gesehen«, sagte Marja, »das war ein schrecklich schöner Anblick.«

Er dachte kurz nach. Der Schnee knirschte unter ihren Schritten.

»Ich verstehe nicht, was du meinst«, sagte er in einem Tonfall, der überhaupt nicht neugierig klang.

»Als du diesen verdammten Scheißern eins auf die Fresse gegeben hast.«

Das hatte er schon einmal gehört. Hier war kein Irrtum möglich.

»Verstehe«, sagte er. »Einmal, als sie im Karo meinen besten Freund zusammenfalten wollten, hat oben eine ›verdammter mieser Scheißhelm‹ geschrien! Das musst du gewesen sein.«

»Ja, das war ich wohl«, sagte sie.

Der Schnee knirschte unter ihren Schritten. Offenbar waren sie auch an der letzten Gruppe des Kommandos vorbei.

»Warst du an dem Abend da, als diese Ratis Prügel bezogen haben?«, fragte er.

»Ja, ich hab alles gesehen. Das war ein schöner Anblick.«

»Warum glaubst du, dass ich das war?«

Sie schwieg eine Weile und schaute ihre spitzen finnischen Lederstiefel an. Sie war ein wenig größer als er. Vermutlich war sie zwei oder drei Jahre älter.

»Zu Hause hab ich einen Bruder, der so ist wie du«, sagte sie. »Er sagt nicht sehr viel, aber er kann schrecklich wütend werden, wenn etwas ungerecht ist. Mikko heißt er.«

Dann wieder Schweigen.

»Von wo in Finnland kommst du? Aus Helsingfors?«

»Nein, nicht aus Helsinki. Aus Savolaks.«

Savolaks. Das klang schön, sagte ihm aber rein gar nichts.

»Willst du sie dir alle vornehmen, einen nach dem anderen?«, fragte sie ganz selbstverständlich.

Sie war wirklich diejenige, die damals »Scheißhelm« geschrien und danach ihr Fenster zugeknallt hatte. Das hier konnte keine Falle sein, sie arbeitete bestimmt nicht mit dem Rat zusammen.

»Ja«, sagte er. »Am liebsten möchte ich sie mir alle vornehmen, einen nach dem anderen.«

»Du bist wie Mikko«, sagte sie nach einer Weile. »Als ich zuletzt zu Hause war und von deinem Freund erzählt habe, hat er gesagt, solche wie diese Ratsmitglieder brauchten Regimentskeile, dass es genau so klingt, wie man sich das bei den Weißen vorstellt. Im Klassenkrieg, du weißt schon.«

Er verstand und er verstand doch nicht. Meinte sie den finnischen Winterkrieg? Die weiße Seite? Aber dass Silverhielm »Regimentskeile« brauchte, das klang überzeugend und schön.

»Wir müssen umkehren«, sagte er, »in zwanzig Minuten klingelt es und wir Kleinen müssen alle im Haus sein.«

Sie hatte sich noch immer bei ihm eingehakt. Sie sagten nichts; nur der Schnee knirschte rhythmisch unter ihren Schritten.

Sie erreichten viel zu schnell den kleinen Weg, der zum Speisesaal und damit zum verbotenen Gelände führte.

Er sah ihr Gesicht jetzt von ganz nah.

»Kommst du morgen Abend wieder?«, fragte er und schaute ihre spitzen Lederstiefel an.

»Ja«, sagte sie. »Ich glaube bestimmt. Um acht beim Kiosk an der Straße.«

Dann drehte sie sich um und war verschwunden. Er lauschte eine Weile auf ihre knirschenden Schritte, dann war nichts mehr zu hören.

Am zweiten Abend küsste sie ihn. Er beugte sich zu ihr vor, als sie weit von den anderen weg waren, und schnupperte an ihren Wangen, nahm diesen Duft von Maiglöckchenparfüm wahr, der ihn noch jahrelang verfolgen sollte, der noch lange für das Schöne stehen und erst später zu etwas werden würde, das man billiges Parfüm nennen durfte, bevor es noch viel später in der Erinnerung versank und nur als kleines Korn von unzerstörbarem astralem Material überlebte; dieser Duft, der entweder der Grund oder die Ursache dafür war, dass er sich zu ihrer Wange vorbeugte und sie langsam die Hände hob und die Handflächen gegen seine Wangen legte, um ihn vorsichtig an sich zu ziehen und zu küssen.

Die Verliebtheit kam über ihn wie die Flut, wenn ein Staudamm birst.

Anfangs konnte er nicht begreifen, warum sie an diesem ersten Abend hinter ihm hergekommen war. Er hatte sie manchmal durch die runden Fenster der Speisesaaltüren gesehen, vielleicht hatte er auch bemerkt, dass sie ihn musterte, und natürlich hatte er verstohlen zu ihr hingeblickt, aber war das eine Erklärung?

Sie erzählte von der anderen Welt, die es in Stjärnsberg auch gab, von den Abenden, wenn sie alle Finnisch sprachen, ihren Gesprächen bis tief in die Nacht. Einen Ort der »Weißen« nannten sie Stjärnsberg, wo Leute zu Unterdrückern heranwachsen sollten, zum Klassenfeind kurz gesagt. Aus den unterschiedlichsten Gründen gingen sie abends dennoch aus und ließen sich von den reichen Jungen den Hof machen – es gab da wirklich die unterschiedlichsten Motive –, diesen reichen Jungen, die in einer Woche mehr Taschengeld zur Verfügung hatten, als die Mädchen in zwei Wochen verdienten. Manche, wie eine, die Marja aus Savolaks kannte, hofften auch auf eine reiche Heirat. Hatte er nicht begriffen, dass genau deshalb nächtliche Besuche im Speisesaal-Gebäude verboten waren? Aber es gab auch solche wie sie selbst, die sich nie und nimmer mit einem Klassenfeind einlassen würden.

Ihre klare, direkte Art, von Feinden zu sprechen, hatte etwas Erschreckendes. Konnte man Menschen hassen, nur weil sie viel Geld hatten? Ja, vielleicht, wenn man aus Savolaks kam, in der Woche hundertfünfundzwanzig Kronen verdiente und in keine Gewerkschaft eintreten durfte.

»Aber dann bin ich doch auch …?«, fragte er, erschrocken, dass er die Frage überhaupt ausgesprochen hatte, zugleich aber auch von einer unwiderstehlichen Neugier erfasst.

»Nein, du bist nicht so«, antwortete sie kurz, »ich hab dich das erste Mal im Karo gesehen. Das sah toll aus. Und dann vorige Woche, du weißt schon.«

»Woher hast du gewusst, dass ich das war?«

»Wer hätte es denn sonst sein sollen?«

Sie führte ihn immer weiter auf ihren eigenen Weg. Wie ein verzaubertes Wesen, dachte er glücklich, wie ein Wesen aus den Wäldern; ihre klangvolle Sprache, ihr vollkommen selbstverständliches Verlangen, dass er den Ratis weiterhin verpasste, was sie aushalten konnten, und noch mehr – konnte es solche Mädchen überhaupt geben? Ihr eigenes geheimnisvolles Land war Savolaks, wo Recht und Unrecht sich ebenso leicht unterscheiden ließen wie Schwarz und Weiß; dort, wo jemand, der sich wie ein Rati verhielt, Regimentskeile beziehen musste und auch bezog, von Mikko und ihren anderen Brüdern.

Ihr sanfter Maiglöckchenduft in der Winternacht, ihr reines Gesicht und ihr weicher Körper, ihre Hände, die ihn berührten, als sei alles, was schwer war oder sich anderswo in Geschichten im Heimwehrjargon verwandelte, überhaupt nicht schwer – das alles war so stark und zog ihn immer tiefer in die Verliebtheit.

Sie arbeitete an vier Abenden und hatte danach vier Abende frei, in einem ständigen Kreislauf, abgesehen von Samstag oder Sonntag.

Als ihr nächster Zyklus von vier Arbeitsabenden begann, ging Erik wieder hinaus zu seiner im Wald versteckten Mütze. Sie war verschneit, in der Nähe fand er keine Spuren, niemand war ihm gefolgt. Er ging durch den Wald, vorbei an der Stelle, wo sie im Frühling eine Rotdrossel gesehen hatten (das waren diese Stellen im Wald, die Pierre und er so gut kennengelernt hatten), dann hatte er die Straße erreicht und war weder von der Schule noch vom Kiosk her zu sehen.

Er näherte sich der ersten rauchenden und plaudernden Gruppe in der Dunkelheit. Er verlangsamte seine Schritte auf dem letzten Wegstück, ehe sie die drei Löcher in seiner Mütze erkennen konnten. Nein, hier war keiner von denen, die er suchte. Sie verstummten, als er vorüberging. Als er ein Stück weiter war, lief er los, damit niemand über den Fußweg an der Straße rennen und die anderen weiter hinten warnen könnte; vor sich konnte er schon die Glut einiger Zigaretten erkennen.

Aber niemand schien ihm folgen zu wollen. Er blieb stehen und horchte. Nein, nichts bewegte sich auf dem Weg im Wald. Sein letzter Einsatz lag zehn Tage zurück und sie waren noch immer nur zehn Ratsmitglieder. Zwei lagen im Krankenhaus.

Bald war er so dicht an die nächste Gruppe herangekommen, dass er auf ihre Stimmen lauschen konnte. Er machte noch einige Schritte, blieb stehen und horchte. Noch einige Schritte. Er hatte einigermaßen klare Sicht, ab und zu schaute der Mond hinter den Wolken hervor, dann wurde es plötzlich gefährlich hell. Er ging noch ein wenig weiter und lauschte. Wolken verdeckten wieder den Mond, die anderen konnten ihn sicher nicht sehen.

Doch, es gab keinen Zweifel mehr. Eine der Stimmen gehörte Blinkfeuer. Sie schienen zu sechst oder zu siebt dort zu stehen. Zwei Frauenstimmen. Waren drei oder vier Jungen mit Blinkfeuer zusammen, kam es sehr darauf an, wer diese anderen waren. Es brächte nichts, länger zu warten; die, die ihn weiter hinten auf der Straße gesehen hatten, konnten inzwischen Hilfe geholt haben. Er musste geradewegs zu dieser Gruppe weitergehen und dann entscheiden, ob er an ihnen vorbeiging oder stehen blieb.

Er ging weiter und blieb fünf Meter vor ihnen stehen. Es war wirklich Blinkfeuer. Zusammen mit zwei anderen Jungen aus der Dritten, die sich sicher aus der Sache heraushalten würden, und zwei Finninnen.

Er wartete, bis sie ihn entdeckt hatten und verstummten. Er wollte versuchen, Blinkfeuer von den anderen zu trennen.

»Wer bist ... komm her!«, befahl Blinkfeuer mit einer Stimme, die schon jetzt vor Angst verzerrt war.

Erik trat drei Schritte vor, blieb stehen und schlug demonstrativ und deutlich mit der einen behandschuhten Hand in die andere. Er machte noch einen langsamen Schritt, dann noch einen.

»Bist du das, Erik, sag schon, du Arsch, mach keinen Scheiß, sonst ...«

Blinkfeuer wich zögernd zwei Schritte zurück, er war schon so gut wie von der Gruppe getrennt. Erik folgte ihm mit sanften Schritten, und jetzt rannte Blinkfeuer los.

Erik ging an den anderen vorbei, ließ Blinkfeuer einen Vorsprung von vielleicht fünfzehn Metern und setzte dann zur Verfolgung an. Rasch hatte er ihn eingeholt und stellte ihm ein Bein, Blinkfeuer stürzte und schlitterte auf dem harten, verkrusteten Eis des Weges noch einige Meter weiter. Sofort war Erik über ihm und stemmte ein Knie auf jeden Oberarm des Vizepräfekten. Dann horchte er und schaute sich um. Nein, niemand schien in unmittelbarer Nähe zu sein.

Blinkfeuer wimmerte und wand sich, um sich loszureißen.

»Nicht die Nase«, flehte er. »Bitte, wir können Frieden schließen, nicht die Nase ...«

Erik schaute sich um. Aus irgendeinem Grund hatten die anderen sie nicht verfolgt – seltsam, wieso taten sie das nicht? –, wenn jemand in der Nähe gewesen wäre, hätte er es gemerkt. Trotzdem hatte er nicht mehr viel Zeit.

»Nicht die Nase, bitte, Erik, wir werden nie wieder ...«

Erik packte Blinkfeuers Hals mit der Linken und drehte ihm den Kopf so zur Seite, dass er fest auf der harten Eisschicht zu liegen kam.

Jetzt, Pierre, jetzt, Pierre!, dachte er.

Dann schlug er drei-, vier-, fünf-, sechsmal von schräg oben mit der geballten rechten Faust zu, bis er sicher sein konnte, dass die meisten Vorderzähne abgebrochen waren.

Danach erhob er sich und lauschte. Noch immer hörte er nur Blinkfeuers Schluchzen. Aus der Ferne eine Eule, sonst nichts.

Er musterte Blinkfeuer, der ausgestreckt vor ihm lag, das Gesicht im Blut und den Hintern nach oben gereckt wie bei einem Gebetsritus. Erik trat vor, hob das rechte Bein über ihn und trat einmal zu, nicht sonderlich hart, aber mit dem Absatz gegen die Rippen. Das hatten sie mit Pierre gemacht. Blinkfeuer würde die Botschaft verstehen.

Dann ging er. Als er so weit gekommen war, dass er kaum noch auf weitere Gruppen stoßen würde, rannte er los. Er nahm den Waldweg, der im weiten Bogen zur Schule zurückführte. Der Weg war durch die Traktoren der Bauern vom Schnee befreit, hier würde er für Verfolger keine Spuren hinterlassen.

Er blieb bei einem Holzstapel stehen und stopfte die Mütze und sicherheitshalber auch seine Handschuhe hinein. An den Handschuhen konnte Blut kleben. Dann zog er die unversehrte Mütze hervor und lief weiter.

Eine halbe Stunde später näherte er sich Kassiopeia von der anderen Seite. Natürlich warteten sie schon auf ihn. Er tat so, als sähe er den Rati aus der Zweiten nicht, der sich hinter einer der Ulmen vor der Haustür herumdrückte, sondern lief dem Empfangskomitee auf seinem Zimmer in die Arme. Er lächelte, als er das Licht unter der Tür entdeckte. Die waren sogar zu blöd, um im Dunkeln auf ihn zu warten.

Er riss die Tür auf und spielte den Überraschten, als sie sich auf ihn stürzten, seine Taschen umstülpten und seine unversehrte Mütze musterten.

»Ist irgendwas passiert?«, fragte er mit einem Lächeln, das er an den letzten Morgen vor dem Spiegel geübt hatte.

»Wir kriegen dich schon noch, darauf kannst du schwören«, fauchte Silverhielm und hob die Hand wie zum Schlag.

»Überleg dir das genau«, sagte Erik. »Überleg's dir genau, bevor du zuschlägst, damit du nichts tust, was du später bereuen würdest … einen Unschuldigen schlagen, meine ich.«

Silverhielm zögerte und hielt so lange die Hand in der Luft, dass Erik sich aus dem Griff der anderen befreien konnte. Dann ging er um Silverhielm herum, der noch immer den Arm erhoben hatte, setzte sich auf sein Bett und zog die Beine hoch.

»Na?«, fragte er. »Razzia beendet?«

»Morgen schlagen wir dich grün und blau«, knurrte einer von Silverhielms Adjutanten.

Kurz darauf wurde die Tür geöffnet, und der Rati, der draußen Schmiere gestanden hatte, sagte, nein, der ist aus der anderen Richtung gekommen.

»Ich platze vor Neugier, könnt ihr nicht endlich erzählen, was passiert ist?«, fragte Erik und zwinkerte auf eine Weise mit den Augen, die an Blinkfeuer erinnerte.

»Du weißt schon«, sagte Silverhielm. »Gustaf Dahlén. Sie haben ihn nach Flen gefahren, und du weißt verdammt gut, weshalb.«

»Ach, Gustaf Dahlén ist die Treppe runtergefallen und hat sich dabei die Nase gebrochen?«

»Nicht die Nase, du ...«

»Ach, ich dachte, es wäre immer die Nase.«

»Morgen kriegen wir dich, du Arsch.«

»Das glaube ich nicht«, sagte Erik und wartete ausreichend lange, um dann hinzuzufügen: »Das glaube ich wirklich nicht.«

»Ach, und warum nicht?«, fragte ein Sekundant.

»Erstens, weil ihr den nächtlichen Marodeur erwischen müsst, ehe ihr etwas Übereiltes tun könnt, und zweitens ... nun ja, jetzt seid ihr nur noch neun. Und einer von euch muss den Anfang machen, wenn ihr mich zu der Sache mit §13 bringen wollt. Einer von euch muss den Anfang machen und der wird beim Abitur nicht gut aussehen. So ist das. Ich nehme an, es ist euch klar, dass ich nicht vorhabe, mich noch einmal freiwillig zum Sengen fesseln zu lassen. Einer von euch muss den Anfang machen und der wird dann der Erste sein.«

Sie stießen noch ein paar Drohungen aus, dann gingen sie und knallten mit der Tür. Sie hatten nicht mal sein Zimmer auf den Kopf gestellt.

Nahmen sie seine Drohung wirklich ernst? Das war mehr als zweifelhaft. Eigentlich konnte sich ein Kind ausrechnen, dass er keinen wirklich ernsthaft würde verletzen können, wenn sie ihn alle zugleich anfielen. Andererseits wussten sie wenig über die Art von Gewalt, für die Erik Spezialist war. Wahrscheinlich glaubten sie, es sei egal, ob man jemandem in einem Handgemenge die Nase einschlug oder es tat, wenn er still auf dem Boden lag. Vielleicht konnten sie diesen großen Unterschied nicht erfassen, vielleicht hatten sie nur das Resultat gesehen und glaubten deshalb, es könne ihnen auch passieren. Aber waren sie feige? Ja, vielleicht, auch wenn das nicht wahrscheinlich war. Oder waren sie es doch, weil sie immer nur kleine Jungen schlugen, die sich nicht wehren konnten? Das alles würde sich schon beim nächsten Abendessen zeigen. Wenn sie dann kämen, könnte er sich im Grunde nur geschlagen geben, wenn er nicht von der Schule fliegen wollte. Es waren immer noch mehr als drei Monate, bis er seine Eintrittskarte in die Zukunft abholen konnte. Trotzdem fiel es ihm schwer, sich zu entscheiden.

Aber sie kamen nicht. Aus irgendeinem vollständig unbegreiflichen Grund kamen sie am nächsten Tag nach dem Abendessen nicht. Das hieß, sie waren tatsächlich blöder, als die Polizei erlaubt. Der Mütze mit den drei Löchern sollte er am besten eine Ruhepause gönnen. Vielleicht wäre es überhaupt das Klügste, nicht mehr weiterzumachen.

An den folgenden drei Tagen passierte so gut wie nichts. Aber irgendwer hatte mit rotem Filzstift und in kindlich runden Buchstaben etwas auf die Täfelung neben der Treppe zum Speisesaal gekritzelt: »Mach sie fertig, Erik!« Der Hausmeister wurde natürlich sofort beauftragt, diesen schändlichen Wunsch zu entfernen, aber die schwachen roten Flecken, die übrig blieben, hatten denselben Effekt wie die Kratzspuren an den Türen, an die Erik und Pierre eines Nachts das große D für Denunziant gemalt hatten.

Eines Abends dann erschienen plötzlich sieben Ratis in der Turnhalle, wo Erik gerade sein Krafttraining absolvierte. Solange sie auf der anderen Seite der Halle in der Tür standen und ihn anstarrten, machte er mit seinem Programm weiter. Aber als sie sich schließlich näherten, stand er auf und griff sich eine Stahlstange, die zu einer Scheibenhantel gehörte. Er stand in der Turnhose, der Schweiß strömte nur so an seinem Körper herunter, er hielt die Stange in der Hand und lehnte sich gegen die Wand. Es war unbegreiflich, wieso sie sich eine Situation ausgesucht hatten, in der er eine derart furchterregende Waffe zur Hand hatte. Wortlos verschwanden sie wieder. Sollte das nur eine Art psychologische Kriegführung sein? Wussten sie so wenig über Angst, begriffen sie nicht, dass der Anblick von Erik mit dieser schrecklichen Waffe in der Hand nur dazu führen konnte, dass jeder Einzelne von ihnen sich in Zukunft noch viel mehr fürchten würde – auch wenn er das den anderen gegenüber natürlich nicht zu erkennen gab.

Am folgenden Tag kamen die ersten beiden Ratis zurück aus dem Krankenhaus in Flen, mit blauen Flecken, die sich bis zum Hals hinzogen, während ihre Nasen noch unter festgeklebten Bandagen verborgen waren.

Einem war anstelle des Nasenbeins ein Silberteil eingesetzt worden. Das des anderen hatte mit den erhaltenen Knochen zusammengeflickt werden können.

Es war nicht leicht auszurechnen, wie ihre Rückkehr sich auf die allgemeine Stimmung auswirken würde. Es gab zwei Möglichkeiten. Entweder wütende, hasserfüllte Rachegelüste oder noch größere Vorsicht.

Nachts schlief Erik mit der Bibel zwischen Türrahmen und Türklinke, während Pierres alter Hockeyschläger an seinem Nachttisch lehnte.

Aber sie kamen nicht. Stattdessen rannten sie auf den Wegen herum und suchten Erik, und wenn sie ihn fanden, hatte er nie die Mütze bei sich. Die lag im Holzstapel auf dem Waldweg.

Er ging weiter mit Marja spazieren und lauschte ihren Berichten über das fremde, harte Leben in Savolaks, in dem die fünfundsiebzig Kronen, die sie jede Woche nach Hause schickte, den Unterschied zwischen normaler Armut und bitterer Armut ausmachten.

Als die Abende heller wurden und der Horizont lange rot blieb, verführte sie ihn behutsam.

Er sagte zu ihr »Ich liebe dich« und das konnte gar nichts anderes sein als wahr.

Er erklärte ihr, solange er sie habe, könne er nicht das Risiko eingehen, noch einmal die Mütze mit den drei Löchern aufzusetzen, auch wenn Silverhielm auf diese Weise ungeschoren davonkäme. Sie sagte, mit ihrer klaren, derben Logik in ihrer klangvollen, schönen Sprache, er sei seinem besten Freund die Rache an Silverhielm schuldig.

Und da hatte sie natürlich recht. Aber er sagte noch einmal »Ich liebe dich«, und er sagte ihr, mit einer Formulierung, die klang, als könne sie Berge versetzen, dass die Liebe eben doch das Größte von allem sei. Da lachte sie ihn aus und nannte ihn mitten in seinem glühenden Ernst einen dummen Quatschkopf. Er lachte verlegen, als er auf ihre spitzen finnischen Lederstiefel hinunterblickte. Doch, sagte er dann, vielleicht bin ich ein dummer Quatschkopf.

Ihre Beziehung war kaum ein Geheimnis, aber sie war auch nicht sonderlich ungewöhnlich oder auffällig. Es war verboten, nachts ins Speisesaal-Gebäude zu gehen, aber es war nicht verboten, Arm in Arm spazieren zu gehen. Das taten auch andere, und es hatte immer andere gegeben, die es taten.

An einem Sonntagnachmittag wurde sie entlassen und nach Hause geschickt. Erik erfuhr es, als er aus dem Arrest kam. Es war Anfang April und die Abende waren schon zu hell für die Mütze mit den drei Löchern.

Es gab genügend schadenfrohe Gerüchte darüber, warum sie weg war. Der Rat sei zum Rektor gegangen, um seine Besorgnis über etwas zum Ausdruck zu bringen, was man doch offenbar als Verhältnis ansehen konnte. Es gebe zwar keine Beweise dafür, dass zwischen Erik und dem betreffenden Dienstmädchen etwas geschehen war, aber es gebe vielleicht gute Gründe zu verhindern, dass etwas geschah?

Und nichts war leichter, als eine kleine Serviernutte loszuwerden.

Das Gerücht mit allen Details erreichte Erik schon Minuten, nachdem er mit seinem üblichen Bücherstapel unter dem Arm aus dem Arrest entlassen worden war.

Zuerst verstummte er und ging auf sein Zimmer und blieb dort eine Weile sitzen. Er starrte stumm vor sich hin. Dann erhob er sich und schlug, während ihm die Tränen über die Wangen strömten, den Schreibtisch und den Schreibtischstuhl zu Sägespänen. Danach ging er zur Hantel in der Turnhalle, legte zusätzliche Gewichte auf und brüllte vor Hass und Anstrengung, als er sie wieder und wieder stemmte, bis seine Arme gefühllos wurden. Als er die Hantel zum letzten Mal abgesetzt hatte, ließ er sich auf einen niedrigen Kasten sinken und schlug die Hände vors Gesicht.

Danach ging er auf sein Zimmer, sammelte die Reste der Möbel zusammen, die zweifellos zu einem Posten auf der Monatsrechnung führen würden, der wiederum den Anwalt, der die »Studienstiftung für Eriks Vorankommen« verwaltete, zu einem weiteren seiner lächerlich formulierten Briefe über Verantwortung und Zukunft und Verstand veranlassen würde. Und *Vernunft*. Das war das schlimmste von allen Wörtern der Erwachsenensprache – Vernunft!

Er machte sich an diesem Abend nicht die Mühe, die Bibelsperre anzubringen. Er lag auf dem Bauch und bohrte sein Gesicht ins Kissen. »Marja, ich werde nie eine andere lieben als dich«, flüsterte er und wusste mit der ganzen pochenden Gefühlskraft seines Alters, dass er die reine Wahrheit sprach. Danach schlief er in einer Art Erschöpfung rasch ein.

Doch das war ihnen noch immer nicht genug.

Marja schrieb ihm einen Brief. Der Brief kam eine Woche, nachdem ihr gekündigt und sie mit ihrem ausstehenden Lohn von 472 Kronen in der Manteltasche zum Bahnhof geschafft worden war. Offenbar hatten sie mit diesem Brief gerechnet und sich mit dem Hausmeister verabredet.

Denn am selben Abend gab es in seinem Zimmer eine Razzia. Es war offensichtlich, wonach sie suchten, und als sie den Brief gefunden hatten, machten sich vier von ihnen über ihn her und hielten ihn fest – so leicht war das, wenn sie nur genug waren –, während Silverhielm triumphierend den Brief überflog, den Erik bereits auswendig kannte. Schließlich fand er, worauf er gehofft hatte.

»Hört her«, sagte er, »das ist noch besser, als wir erwarten konnten ... wartet, hier steht es: ... *und ich hatte fast gehofft, von dir schwanker zu sein* ... Ha! Die dumme Kuh kann nicht mal schreiben! Schwanker, was? Mit k wie Kotze! Und wartet, es geht noch weiter ... *beim letzten Mal hatte ich mein Pessar nicht drin* ... hatte die die Kapsel auf dem Kopf statt in der Fotze, Mensch? ... *und ich liebe dich wirklich, auch wenn wir uns wohl nicht wiedersehen werden* ... So, du kleiner Marodeur, und damit bist du geliefert. Mit der Serviernutte gefickt, ja? Jetzt fliegst du, darauf kannst du einen fahren lassen, wenn der Rektor das hört, fliegst du.«

Erik biss die Zähne zusammen und kniff die Augen zu. Was immer er sagen könnte, es würde nachher tausend Gründe geben, es zu bereuen. Er wurde innerlich glühend kalt vor Wut. Er hörte kaum, wie die anderen gingen und dabei weiter ihre Witze rissen.

Als sie verschwunden waren, zog er seine dicke Jacke an und ging zum Waffenschuppen der Heimwehr.

Er wog das Vorhängeschloss und den Rest seines Lebens in der Hand. Es fühlte sich so leicht an. Er würde nicht einmal einen Hammer brauchen, er könnte außerdem ganz einfach das Fenster auf der Rückseite einschlagen.

Er stand ganz still, mit dem Vorhängeschloss in der Hand. Dann ließ er es los, machte auf dem Absatz kehrt und ging vier Stunden lang spazieren. Die ganze Zeit goss es in Strömen.

Am nächsten Nachmittag kam Silverhielm triumphierend und berichtete, Erik müsse zum Verhör beim Rektor.

Auf dem großen Schreibtisch aus dunklem, blankem Holz, über den der Herr Rektor gebot, lag ein einziges Stück Papier, Marjas Brief.

Der Rektor saß hinter diesem Schreibtisch, hatte die Fingerspitzen aneinandergelegt und betrachtete Erik durch seine funkelnde Brille.

»Naaa«, sagte der Rektor und tippte mit dem Daumen auf den Brief. »Wie erklärst du das hier?«

»Ich liebe sie«, erwiderte Erik und starrte in die funkelnde Brille.

Etwas, das vielleicht als Lächeln gedeutet werden konnte, zeigte sich in den Mundwinkeln des alten Mannes.

»Ach, du meine Güte, das tust du also.«

»Ja, das tue ich.«

»Und du begreifst nicht, was du da hättest anrichten können?«

»Es sind immer zwei, die etwas anrichten. Wir lieben uns. Wenn ich von hier wegkomme, fahre ich sofort nach Finnland. Sie wohnt in Savolaks.«

»In diesem Fall«, sagte der Rektor, und jetzt lächelte er wirklich, »ist es wohl das Beste, wenn wir dich noch eine Weile hierbehalten, bis der Brei etwas abgekühlt ist zumindest. Ich habe mir deine Zeugnisse angesehen, Erik. Dein Notendurchschnitt könnte fast nicht besser sein. Das ganze Kollegium hat nur Gutes über dich zu sagen, ich habe mich heute schon mit deinen Lehrern unterhalten. Es gibt, wie du vielleicht weißt, einen Preis, der nach jedem Fühlingshalbjahr dem besten Mittelschüler überreicht wird, der müsste für dich eigentlich erreichbar sein, jetzt, wo …«

Plötzlich zögerte der Rektor.

»Jetzt, wo Pierre Tanguy nicht mehr hier ist«, fügte Erik hinzu.

»Ja, so könnte man das wohl sagen. Eine peinliche Geschichte, das mit Tanguy …«

Erik riss sich zusammen. EINE PEINLICHE GESCHICHTE! Aber Erik riss sich zusammen.

»Also«, sagte der Rektor nun, »ich habe heute schon mit Anwalt Ekengren gesprochen und wir sind zu einem Entschluss gekommen. Deine Note in Betragen wirst du hoffentlich für den Rest deines Lebens nicht vergessen. Die wird nämlich Mangelhaft mit großem M sein. Und dann noch eins … steh gefälligst gerade!«

Erik stand gerade. Der alte Mann kam auf ihn zu, holte mit der rechten Hand aus und öffnete sie dabei wie zu einer Ohrfeige. Erik griff hinter seinem Rücken mit seiner rechten Hand nach seinem linken Handgelenk. Dann schlug der Rektor zu, und zwar überraschend kraftvoll.

»Und jetzt will ich dich nicht mehr sehen, Lümmel!«, schrie der alte Mann und Erik schlüpfte blitzschnell aus der Tür. Ihm war schwindlig. Er wurde also nicht gefeuert? Offenbar nicht. Und nur noch knapp zwei Monate bis zur Freiheit!

Doch plötzlich fiel ihm etwas ein und er ging zurück und klopfte an die offene Tür.

»Du …?«, fragte der Rektor erstaunt.

»Ja, ich habe etwas vergessen. Den Brief. In dem Brief steht ihre Adresse.«

»Ich sag dir jetzt zum letzten Mal, dass du verschwinden sollst«, sagte der Rektor zunächst gelassen. »Dieser Brief ist beschlagnahmt und jetzt will ich dich nicht mehr sehen! Ehe du dich vollständig unglücklich machst, du Bengel!«

Auch das war noch nicht das Ende.

Nach dem Morgengebet am nächsten Tag trat der Rektor auf das Podium und schrie, Erik solle vortreten. Dann hielt der Rektor eine zehn Minuten lange Strafpredigt, die Erik vor allem als rotes Rauschen in seinen Ohren wahrnahm. Nur eine einzige Formulierung prägte sich für immer seinem Gedächtnis ein:

»ES SCHICKT SICH NICHT FÜR STJÄRNSBERGKNABEN, MIT DER ARBEITERJUGEND ZU FRATERNISIEREN!«

Zwei Tage darauf traf ein eingeschriebener Expressbrief von Anwalt Ekengren ein. Wäre er nicht eingeschrieben und mit Eilboten gekommen und hätte er nicht auf der Rückseite ein rotes Lacksiegel gehabt, dann hätte Erik wohl nur mit dem üblichen Gezeter über die viel zu hohen Ausgaben im Schulladen gerechnet. Aber dieser Brief hatte wirklich einen überraschenden Inhalt:

Erik,
als Dein juristischer Vertreter und Berater will ich mich im Folgenden ausschließlich auf die Begebenheiten beschränken, die rein juristisch sozusagen von Bedeutung sind. Ich habe mit anderen Worten keinerlei private Ansichten, was Deinen Umgang mit dem Servierpersonal angeht. Da es zudem nicht ganz sicher erscheint, dass Post nach Stjärnsberg ihren richtigen Adressaten erreicht, besteht umso mehr Grund, sich eher private Ansichten für eine passendere Gelegenheit aufzusparen.

Den Schulregeln zufolge, die ich als Dein Anwalt, wenn auch stellenweise ohne Begeisterung, akzeptiert habe, gilt sexueller Umgang mit dem Personal als Vergehen, das normalerweise nur durch einen Schulverweis geahndet werden kann.

Aber die Regeln sind in diesem Punkt durchaus nicht eindeutig formuliert. In der Schulordnung ist von nächtlichen Besuchen im Speisesaal-Gebäude die Rede, so, als sei das das eigentliche Vergehen. Man kann also einerseits anführen, dass Dir dieser konkrete Verstoß gegen die Regeln nicht zur Last gelegt werden kann. Andererseits hat die junge Dame sich in ihrem Brief offenbar so erklärt, dass in Bezug auf den Charakter der Tat keinerlei Zweifel möglich sind.

Bei unserem Gespräch über diesen Fall vertrat Rektor L. anfangs die Ansicht, ein Schulverweis sei unter gar keinen Umständen zu vermeiden. Er führte außerdem noch etliche andere Punkte an, bei denen es generell um den Verdacht der Misshandlung von Mitgliedern des schuleigenen Vertrauensrates ging. In dieser Hinsicht war die Beweislage jedoch offenbar so, dass eine Bestrafung nicht infrage kam. Ich möchte Dich aber unbedingt auf diesen Umstand aufmerksam machen, darauf also, dass hier gewisse konkrete Verdachtsmomente vorliegen, und rate Dir dringend, keine weiteren Verdächtigungen zu provozieren.

Was nun Deinen angeblichen sexuellen Umgang mit dem Personal angeht, so ist es hier von besonderer Bedeutung, dass die Schulleitung sich über diesen Sachverhalt in einer Weise Kenntnis verschafft hat, die nur als Verletzung Deiner Privatsphäre angesehen werden kann. Es ist ein solches Vorgehen zweifellos ungesetzlich (es kämen hier bestimmte Paragrafen des Postgesetzes in Betracht).

Ich konnte mir als Dein Anwalt also erlauben, unverzüglich und ohne vorherige Absprache mit Dir Stellung zu der Angelegenheit zu beziehen.

Für den Fall eines Schulverweises habe ich eine Klage gegen die Schule angekündigt. Rein formal kann es bei einer solchen Klage nur um die Rückzahlung von Unkosten, Schadensersatz usw. gehen (was kaum bedeutende Beträge ergeben würde), aber das ist es auch nicht, was der Schule in dieser Hinsicht Sorgen macht.

Wie ich Herrn Rektor L. hoffentlich überzeugend bedeutet habe, würde ich es zu Beginn eines eventuellen Prozesses meinen Gewährsleuten von der Presse kaum verschweigen können, dass hier ein junger Mann nur deshalb drakonischen Strafen unterworfen würde, weil er eine Liebesbeziehung zu einem anderen jungen Menschen eingegangen ist – wahrlich eine kleine Sünde.

Rektor L. zeigte großes Verständnis für diese Überlegungen.

Da Du ohnehin die Schule bald verlassen wirst, konnte ich zu einer Einigung gelangen, über die Du vermutlich schon informiert bist.

Du wirst also nicht von der Schule verwiesen werden. Dagegen werden Deine Betragensnoten, sagen wir, etwas eigentümlich wirken.

Dazu gibt es nicht viel zu sagen, meine ich, den wichtigen Teil der Verhandlungen konnten wir dafür erfolgreich beenden. Was Deine dramatischen Kopfnoten für Deinen Wunsch bedeuten werden, Dich für den Herbst an einem Stockholmer Gymnasium zu bewerben, steht noch nicht fest. Vermutlich werden Deine übrigen Noten aber selbst den strengsten Anforderungen genügen. Ich stelle mir vor, wenn ich als Dein Anwalt Deiner Bewerbung und Deinem Zeugnis einen Brief beilege, wird Dein Mangelhaft in Betragen allenfalls eine gewisse komische Wirkung haben. Der Rektor der Norra Real, meiner eigenen alten Schule, ist übrigens ein guter Freund von mir.

Und damit dürfte ich, so will ich hoffen, die Bedingungen für Deinen kurzen, aber wichtigen restlichen Verbleib in Stjärnsberg klar genug zum Ausdruck gebracht haben. Die mehr persönliche Diskussion über diese Angelegenheit, auf die ich mich wirklich freue, sollten wir wohl besser unter vier Augen führen.

Die noch vorhandenen Mittel in dem Fonds, den ich für Deine Ausbildung verwalte, werden nach Ende dieses Schuljahrs ungefähr 8700 Kronen betragen. Wie diese Summe am besten zu verwenden ist, werden wir besprechen, wenn wir uns hier in Stockholm treffen. Ein kürzerer Studienaufenthalt in einem anderen Land könnte durchaus eine gute Idee sein.

Mit den besten Grüßen
Henning S. Ekengren
Mitglied der Schwedischen Anwaltskammer

Erik las diesen Brief immer wieder. So war das also gelaufen. Der Diebstahl des Briefes war ein Vergehen gewesen. Aber das war offenbar nicht das Wichtigste. Ein Prozess gegen die Schule würde einen Skandal bedeuten. Es war also nicht das Gesetz, das richtige Gesetz, das stärker war als Stjärnsbergs Gesetz, sondern etwas anderes.

Blieb das Risiko, nach einem Verstoß gegen § 13 gefeuert zu werden. Aber hatte der Rat das wirklich kapiert? Der Rektor hatte sich mit dem Rat »in dieser Hinsicht« wohl kaum ausführlich besprochen.

Aber schon in zehn Tagen war Abitur und Silverhielm schien nun doch ungeschoren davonzukommen: »Er führte außerdem noch etliche andere Punkte an, bei denen es generell um den Verdacht der Misshandlung von Mitgliedern des schuleigenen Vertrauensrates ging. In dieser Hinsicht war die Beweislage jedoch offenbar so, dass eine Bestrafung nicht infrage kam. Ich möchte dich aber unbedingt auf diesen Umstand aufmerksam machen ...«

Silverhielm, der sich offenbar darum sorgte, dass sein Notendurchschnitt nicht für eine Bewerbung an eine der besten Universitäten ausreichen könnte, machte nun öfter lange Spaziergänge. Erik hatte ihn über den Waldweg gehen sehen, der zu dem Gestrüpp führte, wo im vorigen Frühling die Auerhähne gebalzt hatten. Er war erst nach zwei Stunden und zwanzig Minuten zurückgekehrt. Zweimal hatte Erik ihn in diese Richtung verschwinden sehen, und beide Male hatte es bis zu Silverhielms Rückkehr ungefähr zwei Stunden und zwanzig Minuten gedauert.

Doch erst musste er etwas noch Wichtigeres erledigen. Erik sprach auf dem Weg zum Kiosk eines der finnischen Dienstmädchen an und erklärte ihr, dass ihm Marjas Brief weggenommen worden sei, weshalb er ihre Adresse nicht mehr habe. Schon am nächsten Tag wurde ihm im Speisesaal (er hob gerade die Edelstahlschüssel für einen Nachschlag) ein Zettel in die Hand gedrückt. Darauf stand ihre Adresse.

Er fing an, endlose Briefe zu schreiben, die er mit dem Fahrrad zum Briefkasten an der Hauptstraße brachte. Auf den Briefkasten in der Schule war ja kein Verlass.

Dann saß er lange mit der topografischen Karte der Umgebung der Schule im Arrest. Pierre und er hatten alle ihre Vogelbeobachtungen dort eingezeichnet.

Wenn Silverhielm über diesen Waldweg zum Auerhahngebüsch ging ... und nach zwei Stunden und zwanzig Minuten zurückkam ... dann war er vermutlich auf den östlichen Weg hinter dem leer stehenden Schuppen mitten im Wald abgebogen ... war dann hier herausgekommen ... und dort weitergegangen ...

Es gab eigentlich nur zwei Möglichkeiten. Wenn Silverhielm das nächste Mal losging, sollte es geschehen.

Es geschah genau eine Woche vor dem Abitur.

Silverhielm hatte den Blick zu Boden gesenkt und ging, ohne sich umzusehen, in die gewohnte Richtung.

Erik ging auf sein Zimmer, zog einen Trainingsanzug und Laufschuhe an und lief los, als wolle er eine Trainingsrunde drehen, in eine ganz andere Richtung als die, in der Silverhielm verschwunden war.

Er kannte alle Waldwege genau. Es war kein Problem, Silverhielm den Weg abzuschneiden und zu sehen, in welche Richtung er am Ende gehen würde.

Er saß auf einer Anhöhe zwischen den beiden hohen Tannen, wo im Herbst die großen Champignons wuchsen, und sah Silverhielm ganz allein auf sich zukommen.

Hier in der Nähe musste Silverhielm sich für einen Weg entscheiden, und dann war auch klar, welchen er auf dem Rückweg nehmen würde, wenn er es in den üblichen zwei Stunden und zwanzig Minuten schaffen wollte. Silverhielm entschied sich für den östlichen Weg. Also würde er in zehn oder zwölf Minuten um den großen Findling biegen. Das wäre eine hervorragende Stelle.

Erik nahm eine Abkürzung durch den Wald. Er stand hinter dem Findling und sah Silverhielm näher kommen. Er setzte sich und ging noch einmal den Plan durch, den er sich schon hundertmal überlegt hatte. In der Hand hielt er einen kräftigen Ast.

Silverhielm sah sich nicht um, als er um den Findling herumging, und war schon drei Meter weiter, als Erik ihn aus seinen Gedanken riss.

»Jetzt möchte ich nicht in deinen Kleidern stecken, Otto«, sagte Erik.

Silverhielm fuhr herum und starrte ihn an, dann blickte er sich hastig um.

»Nein, Otto, es ist kein Mensch in der Nähe. Nur du und ich. Die nächste Straße ist drei Kilometer entfernt. Und die Schule vier.«

Silverhielm stand ganz still, sagte aber nichts.

»Du kannst ja versuchen wegzulaufen, Otto. Du bist ziemlich schnell, so schnell, dass du in der Schulmannschaft mitlaufen darfst. Ich werde fast hundert Meter brauchen, um dich einzuholen, wenn du gleich loswetzt. Aber dann wäre es immer noch so weit bis zum nächsten Menschen, dass niemand dein Schreien hören würde.«

Silverhielm schluckte. Die Sache machte sich.

»Du spinnst doch ... du fliegst von der Schule, wenn du ...«

»Nein, das kann ich dir versprechen, Otto, das werde ich nicht. Die werden dich so schnell nicht finden. Diese Wege hier werden nur im Winter benutzt, wenn die Bauern Holz fahren. Und im Winter, Otto, liegt Schnee. Es kann Jahre dauern, bis du gefunden wirst.«

Erik erhob sich langsam, genauso langsam wie schon hundertmal in seinen Gedanken, und hob den dicken

Ast, den er zu seinen Füßen abgelegt hatte, er trat vor, bis er weniger als einen Meter von Silverhielm entfernt war, und nun konnte er deutlich dessen Zittern und kalten Schweiß sehen.

Silverhielm fiel auf die Knie, als trügen seine Beine ihn nicht mehr. Es ging alles besser als erwartet.

»Ich tu alles, wenn du nicht ...«

Silverhielm musste schlucken, ehe er weitersprach. Denn sein Mund war schon wie ausgedörrt. Hervorragend.

»Du bekommst, was du willst«, sagte Silverhielm. »Zehntausend! Du kriegst schon morgen zehntausend Kronen, das schwöre ich!«

Erik lachte und es fiel ihm ganz leicht.

»Zehntausend, Otto! Das bist du deiner Ansicht nach also wert? Pro Kilo kaum mehr als Rinderfilet? Zehntausend ...«

»So viel kann ich in bar auftreiben, aber wenn du wartest ... nur ein paar Tage ...«

»Sicher. Und du würdest natürlich nicht im Traum auf die Idee kommen, dieses Versprechen nicht zu halten.«

»Ich schwöre, sag ich doch. Bei meiner Ehre als Adliger!«

Jetzt musste Erik sich zum Lachen zwingen.

»Deine Ehre als Adliger! Und wo war diese Ehre, als ihr Pierre Tanguy so lange gequält habt, bis er es nicht mehr ertragen konnte? Oder als du mich ins Gesicht geschlagen hast, damals, als ich mich nicht wehren durfte?«

»Aber ... du hast wirklich alles getan, um mich zu

provozieren. Begreifst du nicht, welche Hölle du mir bereitet hast, reicht dir das nicht, wir sehen uns doch nie wieder, wenn …«

»Wenn du hier lebend rauskommst, meinst du? Aber hallo würden wir uns wiedersehen, im Büro des Rektors nämlich, und zwar im Nu. Dieser Ring da übrigens, auf dem deine Ehre als Adliger beruht, hat mir fünfzehn Stiche eingebracht. Gib den mal her.«

Erik nahm den Ast in die linke Hand und streckte die rechte aus, um sich den Ring geben zu lassen. Verzweifelt riss Silverhielm ihn vom Finger und reichte ihn Erik mit sichtbar zitternder Hand. Erik nahm den Ring und betrachtete ihn mit gespielter Neugier.

»Die Krone über dem Wappen, diese Krone aus kleinen Kugeln, zeigt die, dass du Freiherr bist? Oder vielleicht sogar Baron?«

»Jaa …«

»An so einem Teil könnte man dich sofort identifizieren, egal, wie viele Jahre vergangen wären. Eine nackte, stark verweste Leiche, bei der dies und jenes fehlt, weil Dachs und Fuchs sich daran bedient haben. Aber der Ring ist nur das eine. Das andere sind deine Zähne. Es wird gar nicht so leicht sein, alle deine Zähne herauszukriegen. Aber zu dem Zeitpunkt wirst du schon nichts mehr spüren. Was glaubst du, was sie in der Schule sagen werden, wenn du einfach verschwindest?«

Silverhielm konnte fast nicht mehr sprechen. Bald würde alles vorbei sein.

»Na, Silverhielm, nun sag schon. Was werden sie sagen, wenn du eine Woche vor dem Abi einfach verschwindest? Dass du deprimiert warst, dass du durchgebrannt bist, dass du dem Druck nicht mehr gewachsen warst, dass du gedacht hast, deine Noten könnten zu schlecht ausfallen, obwohl dein Alter allen Wohnhäusern hier zum Gedenken an das Abitur seines Sohnes einen Fernseher geschenkt hat? Na, was werden sie wohl sagen?«

Mit großer Mühe brachte Silverhielm eine Antwort heraus.

»Die ... alles auf meinem Zimmer ist doch unberührt ... die werden mich mit Hunden suchen ... glauben, ich hätte ein Bein gebrochen oder so. Und die Hunde werden mich finden, und dann kriegst du lebenslänglich, findest du wirklich, das ist die Sache wert?«

»Die Hunde werden schon auf der Hauptstraße die Spur verlieren, du weißt schon, wegen der vielen Autos. Und ich werde dich von hier wegbringen, ziemlich weit weg. Selbst wenn sie den Weg hierher finden, endet deine Spur hier. Und wenn sie dich doch finden, glaubst du, ich schaffe es bis dahin nicht, mir das Blut abzuwaschen und die Sachen wegzuwerfen, die ich gerade anhabe? Dann gibt es keine Beweise, verstehst du. Genau wie neulich, als ich mit der Mütze mit den drei Löchern unterwegs war oder als ich die Scheiße über dir ausgekippt habe. Du hast mit offenem Mund geschlafen, du liegst beim Schlafen auf dem Rücken. Darum hast du damals auch so viel in den Mund gekriegt. Lecker, stimmt's? Ich bin sicher, dass du dich immer noch an den Geschmack erinnern kannst, wenn du dich ein bisschen konzentrierst.«

Silverhielm sank mit dem Gesicht zu Boden. Plötzlich sickerte Speichel aus seinem Mund und er beugte sich vor. Er war offenbar kurz vorm Kotzen.

»Los, Silverhielm, denk dran, wie die Scheiße in deinen Mund geströmt ist, die Scheiße, die ich ganz sorgfältig in eurer Pisse verrührt hatte ... in deinen Mund ... wie du gehustet und dich verschluckt hast ... wie du versucht hast, deinen Mund auszuwischen, wie du dir immer wieder die Zähne geputzt hast und der Scheißegeschmack trotzdem einfach nicht verschwinden wollte ...«

Endlich kotzte Silverhielm. Er lag zu Eriks Füßen auf den Knien und seine sämtlichen Innereien schienen sich umzustülpen.

Danach lag er mit dem Gesicht in seinem Erbrochenen, und sein Körper sah aus, als habe er nicht einmal mehr genug Kraft, um den Kopf zu heben. Erik packte seine Haare und zog ihn hoch. Den Ausdruck, den er nun in Silverhielms Augen sah, würde er noch lange mit sich herumtragen.

Es war vollbracht.

»Hier«, sagte Erik und ließ den Siegelring mit der Adelskrone in das Erbrochene fallen.

Dann warf er den Ast weg, drehte sich um und ging.

Nach hundert Metern, dort, wo der Weg eine Biegung machte, hinter der er nicht mehr zu sehen sein würde, schaute er sich um. Silverhielm lag noch genauso da, wie er ihn verlassen hatte.

Der letzte Tag des Schuljahrs brachte einen kurzen Triumph.
Die Zeugnisse wurden schon am Morgen verteilt, wenn die Klassenlehrer ihre übliche Predigt voller Tadel und Lob hielten. Als Erik sein Zeugnis in der Hand hatte, drehte er eine Runde und verabschiedete sich von den Lehrern. Der Abschied verlief auf beiden Seiten recht gefühlvoll. Tosse Berg legte ihm die Hände auf die Schultern, ihm standen Tränen in den Augen, und er sagte, Erik müsse hart trainieren, für Tokio.

»Du bist ein Kämpfer, Erik, *the whole world loves a fighter*, denk daran, dass du jetzt in eine andere Welt hinausgehst, in der kein Rati dir noch etwas tun kann.«

Bei Kranich verlief es fast genauso. »Wir müssen in Kontakt bleiben«, sagte Kranich. »Ich muss doch wissen, was aus dir wird.«

»Machen Sie's gut, Kranich, und danke für die Note.«

»Dafür brauchst du dich nicht zu bedanken, ihr beide wart wirklich was Besonderes, du weißt schon, du und …«

»Und Pierre?«

»Ja, genau. Grüß ihn ganz herzlich von mir, wenn du ihn mal wiedersiehst.«

Die Taxis fuhren schon im Pendelverkehr zum Bahnhof Solhov, denn nicht alle wurden von ihren Eltern abgeholt. Der ganze Schulhof funkelte und glänzte von großen, meistens schwarzen Autos.

Vor der Abschlussfeier in der Aula, bei der Preise verteilt werden sollten, ging Erik zum Holzstapel auf dem Waldweg. Und ja, da lag noch immer seine Mütze mit den drei Löchern, ebenso verschimmelt wie die Handschuhe.

Er rechnete nicht mit einem Preis. Aber als dann der Preis für das beste Zeugnis der Mittelschule verliehen wurde, ein Prachtwerk von Carl Fries in Tiefdruck und mit dem Schulsiegel auf dem Vorsatzblatt, erklärte der Rektor, im Hinblick auf eine gewisse schlechte Betragensnote, auf die er hier im Moment nicht näher einzugehen gedenke, habe es gewisse Vorbehalte gegeben, aber ein hervorragendes Zeugnis sei eben ein hervorragendes Zeugnis.

Und unter höflichem Applaus, den es für ihn genauso gab wie für alle anderen, ging Erik nach vorn, verbeugte sich und nahm das Buch entgegen, das eigentlich für Pierre bestimmt gewesen wäre.

Vom Podium her betrachtete er die mit Birkenzweigen geschmückte Aula, die vielen Schüler in Blazern, die wieder in diese Hölle zurückkehren mussten, ihre pompösen Eltern, die nicht wussten oder nicht wissen wollten oder es ganz einfach großartig fanden, wie es in Stjärnsberg zuging.

Es wäre eine unverzeihliche Feigheit, es nicht zu tun. Und er würde es bis an sein Lebensende bereuen.

Mit dem Gesicht zum Publikum und dem Rücken zum Rektor zog er langsam die Mütze mit den drei Löchern aus der Tasche, schob die Hand hinein und spreizte die Finger, so dass alle sie genau sehen konnten.

Der Applaus setzte vorsichtig bei einigen seiner Klassenkameraden ein. Er blieb stehen, er machte sich ganz stark, um mit der über seinen Kopf gereckten Mütze stehen zu bleiben. Und der Applaus breitete sich in der ganzen Mittelschule aus, bis der Saal so tobte wie damals, das fiel ihm plötzlich ein, als der berühmte Geiger sein Solo beendet hatte.

Er verbeugte sich zum Dank und um das Ende der Vorstellung anzuzeigen, lief die Treppe hinunter und dann gleich weiter zu einem der wartenden Taxis. Als der Wagen anfuhr, beschloss er, sich nicht umzusehen, sich kein einziges Mal mehr umzudrehen. Stjärnsberg gab es nicht mehr.

Er setzte sich in ein leeres Zugabteil. Im Bahnhof hatte er sich zwei John-Silver-Zigaretten gekauft, vor den Augen zweier Ratis, die sich blind und taub stellten. Nervös hatten sie sich immer wieder umgesehen, während sie in den zweitletzten Wagen schlichen, obwohl auch sie vermutlich Fahrscheine für die erste Klasse besaßen.

Er lächelte, ohne Schadenfreude zu empfinden, er wollte ohne Schadenfreude lächeln können, wenn er daran dachte, wie die beiden jetzt im zweitletzten Wagen saßen und mehr als eine Stunde lang fürchten mussten, ihre Abteiltür könne plötzlich aufgerissen werden und rasch und geräuschvoll hinter Erik zufallen.

Sie wären dann Gefangene ohne Fluchtmöglichkeit. Wie Ratten, dachte er und gab sich noch einmal Mühe, nicht schadenfroh zu lächeln. Die beiden konnten nicht wissen, dass jetzt alles vorbei war. Es war vorbei und würde nie wieder passieren. Das alles gehörte in eine andere Welt und Stjärnsberg gab es nicht mehr.

Er streckte die Hände aus und spreizte die Finger. Seine Hände waren ganz ruhig, sie zitterten nicht. Vor zwei Jahren hatte er viele kleine weiße Spuren an den Fingerknöcheln gehabt, die die Zähne anderer hinterlassen hatten. Jetzt waren die meisten dieser Narben verschwunden, nur wenn man ganz genau hinschaute, konnte man noch Spuren erkennen. Seine Hände waren makellos. Er betastete seinen rechten Ellbogen, wo eine kräftige Narbe saß, die von Lelles Vorderzähnen stammte – er hatte doch Lelle geheißen? –, aber so eine Narbe konnte alle möglichen Ursachen haben. So eine Narbe konnte man auch bekommen, wenn man zum Beispiel auf einem Kiesweg mit dem Fahrrad umkippte. Und jetzt war alles vorbei. Nie wieder.

Er hatte das Abzeichen mit dem Orion von der Brusttasche seines Blazers abgetrennt. Er nahm es in die Hand und hielt ein brennendes Streichholz darunter. Es brannte langsam und mit starker Rauchentwicklung. Die letzten Aschereste zerkrümelte er mit Daumen und Zeigefinger über dem Aschenbecher. Dann steckte er eine seiner beiden Zigaretten an.

Irgendwo dort draußen im Wald lag seine und Pierres Plastiktüte mit einer halben Packung John Silver, zwei geknickten Zweigen, mit denen sie die Zigaretten gehalten hatten, einer Schachtel Streichhölzer und einer halben Flasche Vademecum. Vielleicht würde irgendwer in hundert Jahren diesen Schatz finden. Und wenn irgendwer ihn wirklich nach hundert Jahren fand, würde dieser Jemand nie und nimmer den Zusammenhang begreifen können. Denn es würde keine einzige Spur von Stjärnsberg mehr geben, nicht einen einzigen Stein.

Der Zug fuhr mit einem plötzlichen Rucken an. Der Bahnhofsvorsteher ging mit seiner zusammengerollten Flagge zurück ins Bahnhofsgebäude.

Er öffnete das Fenster, beugte sich hinaus und ließ den Sommerwind den Gestank des verbannten Abzeichens davontragen. Dann warf er die Zigarette hinaus, zog die andere aus der Tasche und warf sie hinterher. Er hatte keinen Grund mehr zu rauchen.

Er sah mit Augen, in die der Fahrtwind Tränen treten ließ, wie die sörmländische Landschaft vorüberglitt; Fliederbüsche, blühende Obstbäume (Äpfel konnten das nicht mehr sein, blühten jetzt die Pflaumen?), Bauernhöfe, wo hinter einem Traktor oder einer Scheune Menschen zu sehen waren, Vieh, Autos auf den Straßen und hier und dort Seen und Wäldchen – die freie Welt sah so aus.

Er setzte sich, schloss die Augen und sah vor sich Bilder von Pierre und Marja. Bald würde er sie wiedersehen können, er hatte ja Geld, er könnte auch im Hafen arbeiten, ohne das Risiko diesmal, als zu jung ertappt zu werden, und er könnte beschließen, nach Genf und nach Savolaks zu fahren. Erst nach Savolaks, dann nach Genf.

Er stand wieder vor dem offenen Fenster und hielt wie ein Hund witternd seinen Kopf in den Wind, als der Zug in den Stockholmer Hauptbahnhof einfuhr. Der Riddarfjärd glitzerte in der Sonne. Er war jetzt frei, niemand wusste, wer er war, deshalb gab es auch keine Gewalt mehr. Es war vorbei, endlich war es vorbei und er war frei und glücklich.

Als er die Wohnung betrat, war niemand zu Hause.

Er warf seine Taschen mit den schweren Büchern in das Zimmer, das einst ihm und seinem kleinen Bruder gehört hatte. Jetzt gehörte es offenbar nur noch dem kleinen Bruder. Er packte einige seiner Bücher aus und stand eine Weile da, mit einem Paar trockener und schlecht gepflegter Spikes in der Hand. Sie waren von Puma und aus echtem Känguruleder. Aber sie waren ihm sowieso zu klein. Kein Grund also, deshalb traurig zu sein.

Er wühlte ein wenig in den Schränken, um irgendwo Platz für seine Sachen zu finden. Ganz oben in einem Kleiderschrank, hinten auf der Hutablage, fand er ein Paket, auf dem sein Name stand. Es war zwei Jahre zuvor von seiner alten Schule geschickt, aber niemals geöffnet worden; es war ziemlich groß und weich und musste also irgendetwas aus Stoff enthalten. Er nahm das Paket herunter, legte es auf den Schreibtisch und versuchte, den Inhalt zu erraten.

Er kam einfach nicht drauf. Aber als er das Paket dann aufgerissen hatte, lachte er lange und fast glücklich. Es war eine alberne kleine Seidenjacke mit Drachenmuster auf dem Rücken, sie war einmal sein liebster Besitz gewesen.

Er nahm die Jacke und hielt sie lächelnd vor sich. Sie sah fast aus wie eine Kinderjacke. Als er zum Spaß einen Arm hineinschob, ächzte der spröde Stoff bereits, als sein Unterarm noch versuchte, sich in das Stück unterhalb der Schulter zu bohren.

Er ging ins Badezimmer und betrachtete sich im Spiegel. Er blieb lange stehen und sah sich an und versuchte auf irgendeine Weise, die Sache im Ganzen zu begreifen. Er war also erwachsen. Er war eins fünfundsiebzig und wog 74 Kilo, er war sechzehneinhalb und hatte ziemlich viele Pickel. Als er sich näher an den Spiegel heranbeugte, sah er hier und dort in seinem Gesicht die weißen Narben. Wie ein unbehaglich kalter Windhauch flatterte die Erinnerung an den kotzenden Silverhielm zwischen ihm und seinem Spiegelbild vorbei.

Er legte sein Zeugnis auf den Flügel und ging zur Post, um das Preis-Buch mit dem Schulsiegel seinem rechtmäßigen Empfänger nach Genf zu schicken. Auf dem Heimweg ging ihm auf, dass ihn auf der Straße niemand erkannt hatte. Er dachte, so müsse es sein, sich frei zu fühlen. Nichts war einem anzusehen, niemand konnte wissen, dass man von einem solchen Ort kam.

Zu Hause hörte er schon unten auf der Treppe, dass sie spielte. Es klang wie eine gewisse Festpolonaise in F-Dur.

Als er das Zimmer betrat, erhob sie sich langsam und lächelnd und streckte die Arme aus, dann umarmten sie einander lange und wortlos. Sie kam ihm jetzt viel kleiner vor, ihr Körper schien in den zwei Jahren etwas Vogelähnliches angenommen zu haben. Vorsichtig befreite er sich aus ihrem sanften Griff, dann trockneten sie sich gegenseitig die Tränen.

Beim Essen kam er sich noch immer wie ein Gast vor. Meistens sprach er – oder war es möglich, dass er Konversation machte? –, um die Stille zu vermeiden; er redete über die Zukunft, über Pierre, über den gewaltigen Berg Matterhorn, der geradewegs in den Himmel ragte und den er irgendwann besteigen würde, erzählte, wie er Pierre angekündigt hatte, dass er Jura studieren wolle, um Rechtsanwalt zu werden, und dass er entweder auf Norra Real oder Östra Real gehen werde, denn in Stockholm würden zwanzig Punkte gefordert, er habe immerhin (im Arrest, dachte er) siebenundzwanzig Punkte zusammengebracht und also die Wahl.

»Das mit der Betragensnote war trotzdem übel. Ich hab im ganzen Leben noch nicht gehört, dass jemand mangelhaft bekommen hätte«, sagte sein Vater. »Musstest du nun ausgerechnet eine Serviererin ficken?«

Der Vater kaute unbeschwert weiter und versuchte dreinzublicken, als habe er nur ganz nebenbei eine Bemerkung über das Frühlingswetter gemacht. Erik schnappte einen warnenden Blick seiner Mutter auf.

»Das geht dich nichts an und auf mein Privatleben kannst du scheißen«, sagte er, nachdem er einige Sekunden überlegt hatte, und streckte lässig die Hand nach dem Salzstreuer aus.

Der Vater schlug den Nasenschlag.

DER VATER SCHLUG DEN NASENSCHLAG UND TRAF PERFEKT.

»Wie gesagt«, wiederholte Erik, »darauf kannst du ganz vollständig scheißen. Ich werde sie übrigens ziemlich bald besuchen.«

»Das wirst du garantiert nicht.«

»Doch. Ganz bestimmt.«

»Darüber wird nach dem Essen gesprochen.« Jetzt erst hörte er, dass es »darüber sprechen« hieß. Er hatte immer »darüber gebrochen« verstanden und das hatte er oft genug auch gemacht.

Die restliche Mahlzeit verlief düster und schweigsam.

Er betrachtete die Staubkörner, die in dem schmalen Abendsonnenstrahl tanzten, der durch das Fenster fiel. Er blies in die Staubkörner, die wie ein eigener Mikrokosmos umherwirbelten, und er senkte spielerisch leicht den Kopf, als sein Vater zu einem neuen Nasenschlag ausholte.

Der Alte muss komplett den Verstand verloren haben, dachte er. Oder war der Vater Silverhielm, wäre er einer wie Silverhielm, wenn er jünger wäre und Präfekt an dem Ort, den es nicht mehr gab? Vermutlich. Und Silverhielm würde selbstverständlich werden wie der Vater; sie starben nie aus. Konnte man ihnen denn nie entrinnen? Es spielte keine Rolle, ob man das Orionabzeichen verbrannte oder so tat, als existiere Stjärnsberg nicht mehr, als habe man sogar den Namen Stjärnsberg vergessen. Er dachte einen Moment lang an das Orionabzeichen, das er verbrannt und dessen Asche er danach zerkrümelt hatte, bis es im Aschenbecher des Zugabteils für immer verschwand.

Das Essen war beendet, und die Mutter räumte ab und bat den kleinen Bruder um Hilfe, alles wie immer. Und genau wie immer blieben er und sein Vater für einen Moment schweigend am Tisch sitzen.

»Ja, ja«, sagte der Vater und erhob sich. »Gehen wir also und bringen es hinter uns.«

Der Vater ging zur Schlafzimmertür, ohne sich auch nur zu vergewissern, dass Erik ihm folgte; er ging zur Schlafzimmertür, in der selbstverständlichen Gewissheit seines ganzen bisherigen Lebens, und er schien zu glauben, dass Erik ihm folgen werde, als sei er Romulus oder Remus.

Erik folgte seinem Vater ins Schlafzimmer und zog die Tür hinter sich zu. Hinter dem offenen Fenster war ein Laubsänger zu hören, weiter weg auf der anderen Seite des Hofes eine Schwarzdrossel. In der Luft lag eine fast sommerliche Wärme.

Der Vater stand in seiner üblichen Haltung neben dem Bett. In der Hand hielt er den albernen kleinen Schuhlöffel mit dem gewickelten Lederhandgriff.

Wie schade, dachte Erik, wie schade, dass er nicht die Hundepeitsche genommen hat, die geflochtene Hundepeitsche aus geschmeidigem dunkelbraunem Leder mit der kleinen Metallklammer, die die Haut aufreißt, wie schade, dass er heute nicht die Hundepeitsche ausgesucht hat.

»So«, sagte der Vater. »Hose runter und vorbeugen.«

Erik ging wortlos zur Tür und zog den Schlüssel heraus, der auf der anderen Seite im Schloss steckte. Dann drehte er ihn auf der Innenseite zweimal um und steckte ihn in seine linke Hosentasche. Er betrachtete den Mann, der noch immer größer war als er selbst und an Reichweite noch immer überlegen. Aber weder die Reichweite noch der kleine Schuhlöffel würden dem Mann in wenigen Minuten auch nur die geringste Hilfe sein. Der Mann hatte noch keine Angst, er wirkte nur überrascht. Also musste dem Mann zuerst eine Höllenangst eingejagt werden.

Erik holte tief Luft.

»Hör mir gut zu, Vater. Du bist das personifizierte Böse und als solches musst du vernichtet werden. In ungefähr einer halben Stunde wirst du dich im St.-Görans-Krankenhaus wiederfinden. Du wirst aus deinen Augen nichts sehen können. Dein Nasenbein wird an mehreren Stellen gebrochen sein. Ein Arm wird ebenfalls gebrochen sein und dir werden etliche Zähne fehlen. Und weißt du, was du im Krankenhaus sagen wirst, Vater? Du wirst nicht wagen, die Wahrheit zu erzählen, du wirst behaupten, die Treppe hinuntergefallen zu sein. Obwohl niemand dir glauben wird, wirst du das sagen.«

Erik legte eine Pause ein, um seine Worte einsinken zu lassen und ihre Wirkung zu beobachten, zu sehen, wie die Angst wie Gift durch den Blutkreislauf des Mannes gepumpt wurde oder sich in dem zu engen Gefängnis des Kopfes in einen Schwarm aus eingesperrten Fledermäusen verwandelte. Genau, der Mann hatte den Schuhlöffel halb erhoben, aber nur halb, dann schien er mitten in der Bewegung erstarrt zu sein. Die Angst war da, bald würde der Mann wehrlos sein.

Seltsam, dachte Erik, dieser Vogel vor dem Fenster, den ich jetzt ganz deutlich höre, dieser Vogel, der das Einzige ist, was ich durch Vaters Atemzüge noch hören kann – wieso fällt mir nicht ein, wie der heißt? Es ist ein normaler Vogel, vor nur einem halben Jahr noch hätte ich sofort sagen können, welcher, und jetzt ist es wie weggeblasen. Aber es ist an der Zeit, ein wenig Angst nachzugießen:

»Das wirst du sagen, auch wenn niemand dir glaubt. Denn wenn du die Polizei in die Sache hineinziehst, dann sage ich denen, was du in all den Jahren gemacht hast. Du kannst natürlich versuchen, mich mit dem Schuhlöffel zu schlagen. Durch die verschlossene Tür kommst du trotzdem nicht. Wenn ich mit deinem Gesicht fertig bin, werde ich dir den linken Arm brechen.

Ich werde ihn gleich beim Ellbogen brechen, und du wirst brüllen, bis du das Bewusstsein verlierst. Das schwöre ich dir, Vater. Ich werde es wirklich tun. Du wirst schreien und jammern, bis du vor Schmerz das Bewusstsein verlierst.«

Erik betrachtete den Mann, der da vor ihm stand. Es hatte gewirkt. Der Mann, der noch immer wie erstarrt dastand und seinen albernen kleinen Schuhlöffel halb erhoben hielt, war jetzt wehrlos. Der Mann atmete schwer durch die Nase und konnte seine Blicke nicht von Eriks Gesicht losreißen.

Warum fällt mir nicht ein, wie der Vogel heißt, dachte Erik, und wie ist es möglich, dass ich ganz ruhig bin, obwohl ich mein ganzes Leben lang auf diesen Augenblick gewartet habe? Das Adrenalin muss durch meinen ganzen Körper gepumpt worden sein, aber mein Herz schlägt nicht so heftig wie sonst, ich bin nicht so nervös, wie ich es eigentlich sein sollte. Seltsamerweise bin ich überhaupt nicht nervös, dabei wird in weniger als zehn Sekunden sein Blut auf den Fußboden und die Tapeten spritzen (ich darf nachher nicht darauf ausrutschen) und er wird blind mit seinen langen Armen in die Luft greifen. Ich bin trotzdem ganz ruhig. Und jetzt muss es doch wohl das letzte Mal sein? Und dann nie mehr. Danach ist es vorbei, nie mehr.

Dann machte er den ersten langsamen Schritt auf den versteinerten Mann zu.

> »*Ein cooler Krimi, ein eindringliches Debüt: mitreißend und rasant!*«
> *Verena Specks-Ludwig, WDR5*

192 Seiten. Klappenbroschur

Moki ist ein Freak, anders als die anderen, unnahbar und voller verrückter Ideen. Nicht einfach für Joss, denn diese Freundschaft bedeutet, nah am Abgrund zu stehen. Wie bei der Sache mit dem Kran am Fluss, von dem Moki hinunterspringt. Und Joss hinterher. Wie immer. Als Moki ein Haschischpaket findet, bestimmt natürlich er, dass sie die Drogen verkaufen. Doch kaum haben sie Kontakt zu Dealern aufgenommen, gerät die idiotensichere Sache außer Kontrolle. Und Joss ist sich bald nicht mehr sicher, ob er Moki eigentlich je wirklich gekannt hat. Eine nervenaufreibende, lebensgefährliche Zerreißprobe beginnt.

www.hanser-literaturverlage.de
HANSER